U0613209

天空的城

The city
of the sky

超级大坦克

科比

——著——

广东人民出版社

·广州·

图书在版编目（CIP）数据

天空的城. 3 / 超级大坦克科比著. —广州：广东人民出版社，2019. 10 （2025.2 重印）

ISBN 978-7-218-13802-2

Ⅰ. ①天… Ⅱ. ①超… Ⅲ. ①言情小说—中国—当代 Ⅳ. ①I247.5

中国版本图书馆 CIP 数据核字（2019）第 188808 号

Tiankong De Cheng 3

天 空 的 城 3　　　超级大坦克科比　著　　　　🔖 版权所有　翻印必究

出 版 人：肖风华

责任编辑：李　敏　温玲玲
责任技编：吴彦斌
出版发行：广东人民出版社
地　　址：广州市大沙头四马路10号（邮政编码：510199）
电　　话：（020）85716809（总编室）
传　　真：（020）83289585
网　　址：http：//www.gdpph.com
印　　刷：广东鹏腾宇文化创新有限公司
开　　本：787 mm×1092 mm　1/16
印　　张：22　　　字　　数：370 千
版　　次：2019 年 10 月第 1 版
印　　次：2025年 2 月第 16 次印刷
定　　价：48.00 元

如发现印装质量问题，影响阅读，请与出版社（020－85716849）联系调换。
售书热线：（020）87716172

目录

第 191 章

当然要

宝贝着

洗漱后躺在床上，原本以为没了鞭炮声的深夜会安静些，窗外却又传来了"滴答"的雨声。我的思绪很快回到了那个初次见到她的雨夜。当时的我落魄到在那个城市无处可去，而那天的她又是如此厌恶我，可我却厚颜从她那里巧取豪夺了一张银行卡，然后我们的命运便被纠缠在一起。后来，我粗暴地对待她，她便设计将我骗到郊外，我为感冒的她煮姜汤，她又去派出所解救了打架斗殴的我。我们时常争吵，又会送对方东西，有时她厌恶我的无聊，有时却又陪着我无聊，所以我们会去广场玩赛车，在便利店门前坐木马玩……这一个个细碎的画面，串起了命运的奇妙，也串起了我对她的爱，想必她也是……可是，到底要怎样才能牢牢守护住这份爱呢？原本在平静中喜悦的我，忽然有些慌张和不安……点上一支烟，稍稍缓解了情绪，我终于给她发了一条微信："睡了吗？"

"没有呢，在看电视剧。"

"下雨了，你听到了吗？"

"下了吗？"

"你关掉电视，就能听到了。"

"等会，先看完这一集。"

对于米彩的不配合我有些无奈，掐灭掉手中的烟，将手机放回到床头柜上，闭上眼睛听窗外淅沥沥的雨声。片刻之后微信的提示音响了起来，我以为米彩已经看完了那一集电视剧，赶忙从柜子上拿起手机，却不想她只是问我："你不看电视吗？"

"没有看电视的习惯。"

"今天是这部电视剧在全国的首播，你朋友主演的，你也不看吗？"

我顿感不可思议，米彩竟然在看乐瑶参演的电视剧，问道："哪个频道？"

"好几个卫视都在播，很好找的。"

我打开电视，很快便找到了乐瑶参演的电视剧。她在戏中饰演的是一个小宫女，受了委屈后却含泪隐忍。

米彩又发来一条信息："她的演技不错，那种隐忍的感觉演得很到位！"

我叹息，心中明白：乐瑶之所以演得这么入木三分，是因为她一直过着隐忍的生活，就好比，她被同剧组的女演员打了耳光，如果不靠隐忍，她一个新人又怎么在剧组里生存呢？想到乐瑶的辛酸，我忽然就不愿意再看下去，便关掉了电视，拉开窗户，又给自己点上了一支烟。

相较于米彩，乐瑶的经历也好不到哪里去，她的父母亲在她上大学时离了婚，然后各自迅速组建了家庭，对乐瑶一直疏于关心，所以乐瑶时常带着怨恨说自己无父无母，是石头缝里蹦出来的。我仍记得第一次见到她时，她身无分文却在酒吧买醉的情形，最后是我和罗本两个穷鬼凑了些钱帮她买的单。后来我们便成了朋友，而她的生活依旧窘迫，于是我陆续为她在自己当时工作的宝丽百货争取了几次拍摄宣传海报的机会，解了她经济上的燃眉之急。再后来，我便在酒后犯了错，把她给睡了，想来这是我人生中难以抹去的污点……

思绪又一次被微信的提示音给打断，这次我却过了很久才拿起手机看了看。

"昭阳，你在看电视吗？"

"不看了，没劲儿，脑残的穿越剧而已！你还在看吗？"

"播完了，今天只有两集，明天接着看。"

这让我有些哭笑不得，也更让她显得接地气了，至少她也会看女人们都爱看的穿越剧，再想想也没什么好稀奇的，毕竟那次在卓美举行的"第五个季节"即兴演唱会上，她还让我唱了一首《小龙人》，而谁也没有规定，像她那样高高在上的女人，就不能偶尔童真或低级趣味一次。夜更深了，我言归正传，给米彩回了条信息："后天我们一起回苏州，然后去参加方圆组织的同学聚会，好吗？"

米彩很快回了信息："嗯，听你安排。"

"这么乖？"

"因为你更乖！"

"还是你乖……"

我忽然就笑了，好似上次我们也有过类似的对话，但具体是什么时候下，我已经记不得了！手指在屏幕上迂回着，终于结束了无聊的对话，鼓足了勇气给她发了一条信息："喊你一声宝贝，不会觉得肉麻吧？"

"难道你不把我当宝贝吗？"

"当然要宝贝着！"

"那我干吗要觉得肉麻呢？但是你要发自内心的才好！"

"是发自内心的。"

"那你发一条语音信息过来，喊得出口吗？"

我按着语音键，心却忽然一阵狂跳，那厚起来堪比城墙的脸，竟然有些发热，但还是将"宝贝"两个字喊出了口。松开语音键后，我自嘲地笑了笑。我想，我一定是爱她的，所以才会趁着夜色温柔喊了她一声"宝贝"，而这简单的两个字，我也只对曾经的简薇说过，甚至在与李小允几个月的恋情中也从未说出口。

"很开心……所以我该休息了！你也早些休息。"

"等等，你不要给我一个亲昵的称呼吗？"

米彩似乎在思考，许久才回了一条语音信息："爱你……"

听着她温婉细腻的声音，我又一次心花怒放，也不在意自己和她要的是一个名词，而不是动词，对今晚的我而言，收获实在太多，多到恍惚，多到掉进一条幸福的河流中不能自拔。我真幸运，更满足，我明白"爱你"两个字从她口中说出来意味着什么，于是我更加迫不及待地想用一生去回馈她，然后经历着她的花样年华，最后在暮年时爱上她脸上的皱纹……关上灯，我又想象着我们即将在一起的生活：一天后她会陪着我参加方圆组织的同学聚会，一个星期后我则会陪伴她参加米仲德的生日宴会……但愿，这即将参加的同学聚会和生日宴会是我们爱情的一个美好开始！而我呢？最好要在这爱情的滋润中，创造出一份足够匹配米彩的事业！

第 192 章

吉他

吉他

在徐州又逗留了一天，我和米彩回到了苏州，一起吃了早晚饭后，她回到富人区，我则回到老屋子。因为长途开车后的疲惫，我早早便躺在床上休息，昏昏沉沉睡了两个小时才醒来，之后无论如何也睡不着了，想起吉他的

事情，简薇就这么把吉他拿走了，于情于理我都该和阿吉表达下歉意，当即便拨打了阿吉的电话。

很快阿吉便接听了，我对他说道："阿吉，吉他的事情简薇和我说了，不好意思啊！"

阿吉无奈道："你那个前女友可真不是一般的厉害……你小子得请我吃饭，给我压压惊！"

我无奈苦笑，也清楚简薇的性子有多烈，说道："这会儿有空吗？请你喝几杯。"

"行啊，去酒吧还是下馆子？"

"酒吧太闹，下馆子吧。"

一个馆子里，我点了一个羊肉火锅，和阿吉一边喝酒，一边聊天。我先倒了一杯酒，举起，带着歉意对阿吉说道："吉他的事情，哥们儿对不住了，等这手头宽了立马还给你。"

阿吉端起酒杯和我碰了一个，苦着脸说道："兄弟啊！钱倒真不是什么事儿，关键我心疼那把吉他啊！你说你那个前女友她会玩音乐吗，那把好吉他到她手里完全就是个摆设……唉！"说完他将杯中的酒一饮而尽，又给自己倒上一杯，看上去相当郁闷。

这让我很是好奇，我终于问道："她是怎么从你手里拿走吉他的？"

阿吉似乎心有余悸，喝了一口酒压了惊后才说道："那天晚上我在琴行里盘点货物，突然一辆红色的凯迪拉克就停在了门口，然后你那前女友就从车上走了下来，那气势逼得人不敢直视！然后没有一句废话，开口就问我：吉他呢？……我当然不愿意给她，说你已经卖给我了。"

"你继续说。"

阿吉点上一支烟，重重地吸了一口，说道："只见她调头就走，我寻思她这是知难而退了，哪想她从车里拎了一只黑色的桶回来了，告诉我桶里装的是汽油，我要不把吉他还给她，她就点火烧了我的琴行！"

我听得冷汗直冒，也点上一支烟，连吸了两口却不知道该说些什么。

阿吉用餐巾纸擦了擦脑门上的汗，继续说道："我对她说，你要敢点，我就报警，她抬手就拧开了桶上面的盖子，说你要报警就报，我看看是警察来得快，还是我点得快……我当时吓得肝都发颤，想从她手上抢走油桶，她却忽然泪如雨下，哽咽着让我把吉他还给她，说那把吉他就是她的命，要不在你手上，要不就在她手上，其他人谁想占有都不行！"阿吉说着又抹了抹脑门上的汗，叹息着说道："我当时真就吓傻了，愣是把吉他还给她了……想不给也不成，且不说她是不是真敢一把火点了琴行，就冲我们大家的关系也不能把场面弄得太难看吧！"

听完这来龙去脉，我心中一阵说不出的滋味，想起那晚我和米彩在护城河边确定恋人关系时，简薇却为了那把吉他撕心裂肺，可她为什么要这么做？难道是用那把吉他祭奠我们曾经刻骨铭心的过去吗？如果是，那这么做的意义又何在？我有些想不透。

"昭阳，我寻思着：你是不是和你那前女友之间有什么误会啊？就冲她那天的表现，真感觉她是对你余情未了！"

我越想越不对劲，越想越觉得自己和简薇之间隔着的可能不是时过境迁，而是一次坦诚的沟通，可是即便坦诚又能怎样？毕竟她已经和向晨走到了一起，而我也和米彩开始了新恋情，哪怕我们不在乎时过境迁，但一定不能忘记物是人非，否则造成的伤害便是加倍的。我喝了一杯酒又点上一支烟，用沉默避开了阿吉的问题，而阿吉也没有再追问，与我聊起了其他话题。

这个夜我有些喝高了，回到家后直接躺在沙发上睡了过去。次日醒来时，却意外发现自己身上盖了被子，而厨房里则传来水烧沸的声音，然后便看到米彩端着一杯热牛奶从厨房里走了出来。我按了按有些疼痛的脑袋坐了起来，米彩将牛奶递到我面前，责备地问道："昨天晚上你出去喝酒了吧？"

"嗯，和阿吉喝的。"我很坦诚地答道。

"你看你啊，同样是喝酒，人家阿吉第二天照常去琴行工作，你呢？"

我挑重点问道："你去找阿吉了？"

米彩点了点头："我想替你买回那把吉他，他说吉他已经被简薇拿走了。"

也不知是紧张还是酒后的虚弱，我额头冒出冷汗，问道："然后呢？"

"然后我想还给他吉他的钱，他说你昨晚已经给他了，话说你哪来的钱呀？要是你有钱上次也就不至于用自己的吉他去换了！"

我心中感谢阿吉，吉他的钱我肯定不能要米彩去还，否则那把送给她的吉他就没有了意义。"我帮乐瑶打理酒吧，她总要给我工资吧，前些天她打了一笔钱到我卡上。"我硬着头皮给了米彩一个还算合理的解释。

米彩好似不像以前那般警觉，只是点了点头，但看上去却不大高兴。我拉着她在自己身边坐下，放轻语气说道："吉他现在已经被简薇拿走了，今后我们之间不会再有联系，关于乐瑶的酒吧，你也放心，我很快就会交还给她，以后也不会再有什么来往的。"

"嗯，你要答应我，不许做那个管着许多花的园丁。"

我轻轻搂住她，说道："我这个园丁以后只会守着你这朵最圣洁的花。"

"这是你给我的承诺哦！"

我很认真地点点头。米彩终于笑了，说道："快把牛奶喝了吧，趁这几天有空，陪你去商场买几套衣服。"

"买衣服做啥？"

"参加我叔叔的生日宴会啊！"

"有必要特意去买衣服吗？"

"那天晚上会有一个酒会，需要穿正式一点的！"

我恍然顿悟，想想自己还真没有一套过千元的正装，显然不能满足去参加高端酒会的要求。

第 193 章

叫

大嫂

我就这么看着米彩，不言语也不表态，米彩不解地问道："怎么了？"

"你说买衣服这件事情是大事还是小事？"

米彩脱口而出："小事。"

"为什么我觉得是大事？"

"那你说说看，为什么觉得是大事？"

"因为我没钱。"

"我送给你呀！"

我冲米彩笑道："好啊，好啊，再送一栋别墅、一辆豪车吧？"

米彩眨了眨眼睛好似在思考，半晌问道："你真的想要？"

"真的。"

"好，那我送你！"

"那你再送我一艘游艇吧，在上面吹着海风、喝着红酒，多有格调！"

米彩终于理解了我的言外之意，表情复杂地看着我。

我拥住她，说道："其实送衣服和送豪宅、豪车在本质上是一样的，而这种赠予会在根上腐蚀爱情，我想这点你一定明白，而我的物质条件达不到穿奢侈品的程度，我便不愿意勉强，所以……让我穿正常的衣服去参加酒会，好吗？……或者你要嫌我丢脸我就不去了。"

"我怎么会嫌弃你呢！……衣服你喜欢穿什么就穿什么吧。"

我一口喝掉了杯中的牛奶，笑着对她说道："你歇一会儿，我去做早饭。吃完早饭后，我们喊上魏笑去广场玩赛车，然后中午去他爷爷那里拜个年吧。"

"好主意，我们好像很久没有去看爷爷了。"

早饭后，米彩心情很不错。我们互相依偎着走下楼。来到停车场，我的奥拓紧挨着她的奥迪，两人互相看了看，最后我问道："开谁的车？"

"你喜欢开哪辆就开哪辆呗，反正今天你做司机。"

我捏着她的鼻子，笑道："你看看，这男朋友比瑞士军刀的功能还多，又能做保姆又能做司机，你这是八辈子修来的福吧？"

"对，我会特别珍惜的。"

"有觉悟！"我一句赞许，然后又看着两辆车，开始玩起了点兵点将，最后手指在米彩的那辆 Q7 上定格，叹道："看来老天也打算让我过过开豪车的瘾，快把车钥匙给我，让我爽爽。"米彩从手提包里将车钥匙拿出来递给了我，我随即拉着她向车子走去。

一路上感受着 Q7 强悍的性能和舒适的驾乘感，不禁有些不能把持，在城市道路中将车速提到了 80，于是我们很快便在商场买好了年货，又很快来到了我们经常玩赛车的那个广场。

停好车之后，我从后备箱里拿出了两辆油动力的赛车，然后和米彩一起走向了广场。我先帮米彩发动了车子，然后又发动了自己的那一辆，两人开始不亦乐乎地玩起来。无比拉风的两辆赛车很快便吸引了许多小孩子的参战。每当我们的车子撞翻了别人的赛车，米彩都会笑得非常开心。这让我充满了成就感，因为在我的记忆中，她所有发自内心的笑容都没有这个早上多。时间就这么在欢愉中悄然流逝，却又为我们带来了一个绵柔的世界，让我们肆意享受。

不久，魏笑也来到了广场，见到我和米彩顿时露出笑容，抖着一身肥肉向我们这边跑来，喘息着说道："大哥、裁判姐姐，新年快乐。"想了想又纠

正道："不对，不应该说新年快乐，应该说恭喜发财，红包拿来！"看着魏笑向我们伸出的手，我和米彩相视一笑，最后由米彩从手提包里拿出了早就准备好的红包递给了他。

魏笑喜笑颜开地接过红包，又向我问道："大哥，你的呢？"

"你裁判姐姐不是已经给了吗？"

"对啊，可是你没给呀！"

我笑了笑说道："我们两人给你一份就够了，还有，从现在起你也不可以再叫她裁判姐姐，知道吗？"

魏笑挠了挠大脑袋，不解地问道："那叫什么啊？"

我将米彩搂在怀里，冲魏笑挑了挑眉毛答道："叫大嫂！"

魏笑一时没反应过来，愣了许久，忽地抖着一身肥肉，一蹦老高叫道："哇，大哥、裁判姐姐，你们谈恋爱了呀！"

我和米彩同时笑着点了点头。

"耶，万岁，大哥万岁、裁判姐姐万岁……"

我一把从魏笑的手中抽回了红包，然后故意冷着脸说道："刚刚我让你叫她什么，你忘了吗？"

魏笑哭丧着脸，可怜巴巴地看着我手中的红包。

米彩拍打了我一下，责备道："昭阳，你别和他闹，赶紧把红包还给他。"

我又将红包塞回到魏笑的手上，然后一副威严的腔调说道："还不赶快谢谢大嫂！"

魏笑赶忙学着古装电视剧里的模样向米彩作揖，说道："谢谢大嫂体谅，谢谢大嫂成全！"

米彩被魏笑滑稽的模样逗乐，嫣然一笑，又对我说道："你看看小胖子现在也学会了你的油嘴滑舌，真是担心他的未来呢！"

我拍了拍魏笑的肩膀，说道："别听你大嫂危言耸听，我们这叫能说会道，不叫油嘴滑舌，以后你还要不断向我学习，在学习中进步，知道吗？"

"遵命，大哥……是不是以后我变得像你这么能说会道，也会交一个像大嫂这么美丽的女朋友啊？"

我打量着魏笑，半晌摇头，开玩笑道："你这硬件差了点，估计够呛，况且像你大嫂这么漂亮的女人，全中国打着灯笼也找不出几个，所以，我建议你还是适当降低点标准，好吗？"

魏笑有些沮丧，抱着最后的希望问道："那我要是学会弹吉他了呢？"

　　我"训斥"道："肤浅、幼稚，你以为你大嫂跟着我，就是图我会弹吉他吗？……你大哥我是有人格魅力的，晓得吗？"

　　米彩却不愿意听我继续吹嘘，拉着魏笑说道："小胖，我们玩车去，留他自己一个人在这儿自吹自擂……"

　　魏笑冲我做了个鬼脸，拿着赛车喜滋滋地跟着米彩走向了另一边。看着他们玩耍的背影，我发自内心地笑了笑，然后为自己点上了一支烟，悠悠将那烟雾顺风吐出，让它们乘风飘向那座藏在白云里的城池。

　　抽了半支烟，手机的信息提示音打断了我的喜悦，我拿出手机看了看，是方圆发来的，他将今晚聚会的时间和烧烤店的地址发给了我。我不禁想，我已经让魏笑叫米彩大嫂，是不是也应该在今晚让方圆和颜妍叫她一声弟妹呢？我想我会，也希望他们能忘却简薇，将这声弟妹，叫得顺口、自然！

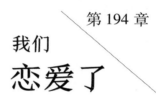

第 194 章

我们
恋爱了

　　中午去看望了魏笑的爷爷后，我和米彩又度过了一个难得悠闲的下午，因为一旦过了年假之后，我和米彩便将陷入各自的忙碌中，尤其是米彩，对于她而言，今年会是一个重大的转折，我相信她一定会拿出反制米仲德的措施。

　　时间很快便到了傍晚，我和米彩也做着赴约前的准备，两人待在洗手间里，对着同一面镜子，收拾着自己。

　　"昭阳，毛巾递给我用一下。"

　　我将毛巾递给了米彩，又对她说道："你把抽屉里的吹风机拿给我。"

　　米彩也从抽屉里拿出了吹风机，在我接过时，两人忍俊不禁。要是从前，我们是没有机会这么去请求对方帮忙的，但这代表着细节的琐碎，却恰恰是一种真实的生活。

　　吹干了自己的头发，我又帮米彩吹干了头发，同时提醒米彩："你多穿点

衣服，晚上会冷，而且据我估计，方圆找的地儿，很可能连空调都没有。"

"这不太可能吧?"

我再次确定地点了点头："很有可能，今天我们就是冲大学时吃烧烤的感觉去的。我印象最深刻的就是那些小摊贩们在户外用帐篷搭出临时小吃铺，然后我们一群人挤在里面喝啤酒吃烧烤……话说，你在那种地儿吃过吗?"

米彩摇了摇头，道："没吃过，但是见过。"

"在那种地方吃的就是气氛，天南地北地瞎吹胡侃，不过你应该不会太喜欢。"我潜意识里，米彩所接受的文化教育以及所处的阶层会让她不太能接受这种平民文化。

"还没有试过，你怎么知道我会不喜欢呢?"

我冲米彩笑了笑，却明白她是在迁就我。这很好理解，如果感兴趣，为什么从来没有尝试过呢，更明白我们之间还有太多的生活习惯需要磨合。当然，我们身上还是有共性的，比如都不太会往钱包里装钱，因为我没钱，而米彩喜欢刷卡消费。

晚上七点，我和米彩准时到达约定的烧烤店，准确说是烧烤摊。几乎在同一时间向晨和方圆也驱车赶到，几个人一起将车停在了烧烤摊对面的马路边上，但却引来了全部吃客的目光，他们有些不理解，为什么一群开着 Q7、路虎、A4 的人会来烧烤摊聚会，但我们却心照不宣：这是方圆借助对大学时的怀念，来消除我和向晨的隔阂，毕竟我们之间曾经有过四年的肝胆相照。

下了车，方圆很亲昵地搂着颜妍，但向晨和简薇却未如前几次那般牵手，而我和米彩也保持了些许距离，但这并不是刻意的，因为米彩似乎还没有在他们面前做好已经成为我女朋友的心理准备，当然我也没有。

聚到一起后，众人互相说着"新年快乐"，又各自拿出烟递给对方。交换了烟后，各自点燃，方圆拍了拍向晨的肩膀，问道："在国外的这段时间过得怎样?"

"还行……对了，这次从国外带了点东西送给你们。"

向晨说着又折回自己的车子，提来了一只袋子，然后先从里面拿出一只盒子递给了颜妍和方圆，说道："这款情侣手表送给你们。"

颜妍当即拆开礼品盒上的包装，一声惊叫："卡地亚的情侣表，向晨你这也太破费了吧!"

向晨笑了笑，说道："你们就是我的哥哥和嫂子，谈破费就太伤感情了。"

颜妍搭住向晨的肩膀，言语颇喜悦地说道："你小子有觉悟，不枉姐姐在大学时那么疼你！"

"那是，想起你以前给我们一帮懒汉洗外套、送饭，我这心里到现在都暖和！"

颜妍故作家长的姿态，一副欣慰的语气说道："看着你们现在一个个都有出息了，我这心里也暖和，这么多年总算没有白付出！"

众人一起笑了笑，向晨又从袋子里拿出一只礼品盒递给我，说道："昭阳，你单身，所以只帮你买了一只男款的手表。"

我看了看身边的米彩，并没有从向晨手中接过手表，笑了笑，说道："你客气了，不过戴手表我嫌勒得慌，你留着吧，要不送给其他有需要的人。"气氛顿时变得尴尬，但站在我的角度，我不可能收下向晨这块价值上万的手表。

方圆赶忙出来打圆场："昭阳，自己兄弟的一点心意，你就收下吧，要真不喜欢戴，就当工艺品收藏！"

正当我打算再次找理由拒绝的时候，米彩却忽然牵住了我的手，而这个动作被在场的所有人看得真真切切，以至于同时露出了惊诧的表情。感受到从米彩手心传来的温度，我的心先是一阵狂跳，忽然又平静下来，抬起和米彩握在一起的手，对众人笑了笑，说道："借今天这个机会，正式告诉大家一个好消息……我们恋爱了，这次真的恋爱了！"

众人先是看着我，然后将目光投在米彩的身上，米彩将我的手握得更紧，微笑着说道："我和昭阳恋爱了，你们是他最好的朋友，希望可以得到你们的祝福！"

方圆第一个为我们鼓掌祝贺："恭喜米总，你和昭阳在一起，我们一定发自内心地给予祝福！"

颜妍也给予祝福，轮到向晨时，他将那只原本打算送给我的手表递到了简薇手中，又抱歉地对我和米彩说道："不好意思，之前不知道你们已经确定了关系，我这送给昭阳的礼物准备得有些唐突了，过几天就给你们补上一对情侣款的手表……祝你们幸福！"

我拍了拍向晨的肩膀，道："真的不用破费了，你的祝福对我们来说就是最好的礼物！"

向晨笑了笑，没有再言语，而现在唯一没有为我们送上祝福的人便只剩下简薇，她出现在我视线的角落里，诠释的却尽是物是人非的荒凉，因为那张书写着过去的字画，已经被时过境迁侵蚀成一片空白，空白到荒凉！

简薇眼含笑意地对我和米彩说道："恭喜你们，希望你们的爱情可以天长

地久！"

面对简薇在平静中送来的祝福，我和米彩自然接受，随即向她表示感谢，当然也表达了对她和向晨的祝福，然后一切归于平静。

方圆一手搭着我的肩膀，一手搭着向晨的肩膀，语气中难掩兴奋地说道："今天对我们来说是一个大好的日子，所以咱们兄弟仨一定要喝到尽兴，行吗？"我和向晨点了点头。

第 195 章

洽谈

合作

进了用帐篷搭成的临时店铺内，我们围着一张不大的桌子坐了下来。方圆叫来老板，直接要了三桶十斤的扎啤，然后才开始点起吃的东西。很快，老板便端来了烧烤炉，我们三个男人也开始各自接了一大杯扎啤，保持着以前的默契，一口气喝完了第一杯。于是，在这零下的夜里，我的大脑被冰凉的酒液刺激出一阵强烈的冷痛，而冷痛消失后带来的却是肆意放纵后的快感。

我重重地呼出一口气，却发现方圆和向晨也在同一时间与我做出了一样的动作，然后三人无奈苦笑。实际上我们都已经没有了从前的激情和生猛，否则我们会不间歇地喝上第二杯。

简薇和颜妍熟练地翻动着烤炉上的肉串，然后颜妍递了一串已经熟了的给米彩，问道："米总，愿意尝尝吗？"

米彩点了点头，说道："当然愿意，很想感受一下你们大学时的生活。"

颜妍看着众人笑了笑，说道："我们纯粹就是瞎闹……不过米总，我有些好奇，你在美国上大学时是怎么生活的，也和我们一样吗？"

"那时候的生活很简单。"

颜妍点了点头，又问道："那米总你是在哪座城市上的大学呢？"

"费城。"

"薇薇是在洛杉矶，有时候真感觉人的命运挺奇妙的，该聚到一起的人，哪怕天南地北都会聚到一起……所以，我觉得我们应该珍惜这样的缘分，忘了那些乱七八糟的事情，时常能像今天这样聚聚该多好！"

颜妍的话说完后，众人陷入沉默中，诚然颜妍所表达的是一个美好的憧憬，可她毕竟不是当事人，我们深知，这样的聚会会越来越少。今天，我之所以愿意带米彩来赴约，一来确实对过去的大学生活有所留念，二来是希望借这个机会彻底了断过去，有时候想想那些因为过去而产生的撕心裂肺真的让人疲倦，倒不如带着物是人非的无奈相忘于时过境迁后的空白中。

很快，我们便在酒精的作用下有些恍惚，而一直和简薇少有交流的向晨，却忽然向简薇举起了杯子，说道："薇薇，今天趁朋友们都在，让他们做个见证，我很诚恳地请求你能原谅我前段时间的不理智……在国外的这段时间，我想了很多，也意识到自己没能给你自由……"

简薇皱了皱眉，打断向晨的话："我们之间的事情私下再说，可以吗？"

向晨向颜妍和方圆投去了求助的眼神。颜妍拉住简薇的手，说道："薇薇，向晨当着我们的面和你道歉，也就是想让我们帮忙监督，以后不再犯类似的错误，这是好事儿，你就让他说完吧。"

简薇看了看向晨，没有言语，算是用沉默给了颜妍一个面子。向晨好似有些激动，喝了一口酒后继续说道："关于你开广告公司的事情，我绝对不会再阻拦你，并且鼎力支持，以后我会把事业的重心移到苏州，在苏州陪着你做好广告公司！"

简薇的面色终于缓和了一些，对向晨说道："鼎力支持就不用了，我的广告公司和你的事业相比只是小打小闹，你还是以自己的事业为重，精神上给予支持就够了！"

向晨仰起头，等他再次看着简薇时，眼眶却已经泛红，嘴里哽咽着说道："薇薇，我是真的太在乎你了，所以才渴望将你留在身边，经营好我们以后的家庭，如果因此束缚了你的自由，我愿意妥协，因为爱一个人，就要爱她的全部，包括她所爱的自由。"

简薇的面色终于变了变，轻声对向晨说道："谢谢你的理解和包容！"

向晨双手重重地从自己的脸上抹过，失而复得般搂住简薇，笑了笑，然后又出人意料地对米彩说道："米总，今年我们公司搬到苏州后，希望能和你们卓美进行深度合作，我打算下个月在苏州的卓美和上海的卓美同时按高标准设柜，还希望你能给予资源上的支持！"

米彩因为意外并没有立即表态。方圆接过话，说道："米总，我觉得向晨

的烟酒专柜能够进卓美，对卓美而言也是一个契机，和宝丽百货相比，卓美在烟酒这一块确实稍稍弱了些，虽然向晨在宝丽已经设了专柜，但是我相信在卓美的设柜规模一定会超过在宝丽的投资。"

向晨点了点头，说道："去年，我去国外又拿到了两个一线红酒品牌的独家代理权，很想借助卓美这个平台展现我们公司在同行业中的绝对实力，所以投资的规模一定是空前的。"

米彩稍稍思考了一下，说道："等你的设柜计划书出来后，我们可以详谈，关于资源，我一定会在能力范围内给予最大的帮助。"

向晨举了举手中的酒杯，带着笑容对米彩说道："那就先在这里谢谢米总的鼎力支持了，希望可以合作愉快！"米彩只是点了点头，也没有再多说什么客套话。

回去的路上，米彩开车，我则有些眩晕地倚在副驾驶座上，有些茫然地看着车窗外这座城市的浮华，想起刚才他们洽谈合作时我就一直插不上话，不禁为自己的未来担忧，在心中一遍遍地拷问自己，要怎么去奋斗？拷问中，我渐渐感到了力不从心，因为我一无所有的身躯根本带不动那巨大的渴望，一瞬间我好似被困在了一个断裂的空间里，我的手触及着米彩的骄傲，脚却被锁在一片荒凉的沙漠中……

这时，原本干净的车窗忽然布满了密密麻麻的雨点，一场大雨不期而至，而米彩也终于在噼里啪啦的雨声中和我说了上车后的第一句话："昭阳，你怎么看向晨计划在卓美设柜这件事情？"

我一时没有反应过来，只是麻木地看着米彩，半晌说不出一个所以然。

第 196 章

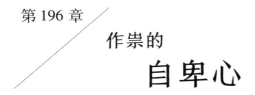

作祟的
自卑心

见我表情麻木，迟迟不说话，米彩关切地问道："你是不是酒喝多了不舒服？"

"有点，心里堵。"

"难怪从刚刚到现在一句话都不说，以后别喝那么多酒了。"

我点了点头，没有再言语。回到老屋子，我愈发眩晕，来不及洗漱便躺在了床上。我有些难受，直到脸上传来一阵冰凉才感觉舒服了些，睁开眼却看到米彩正用湿毛巾帮我擦着脸。我抓住她的手，对她说道："时间不早了，你早些回去休息吧。"

"你喝了这么多酒，没人照顾可不行，我今天晚上就住在这边了。"

"我没问题的，你回去吧。"

"昭阳，你这是怎么了？以前总是让我留在这里住，现在……现在我们在一起了，为什么却要让我离开呢？"

此刻的我不太有思考能力，而酒精却好似激发出我不愿意麻烦她的本能，又含糊不清地催促道："你赶紧回去休息，行吗？……没认识你之前，我每天都是这么过的，不活得好好的吗？"

米彩不言语，我翻了个身，背对着她也不言语，只感觉头一阵痛，一阵眩晕，然后便丧失了沟通的能力，昏睡了过去。

夜里，我的胃里开始翻江倒海，我跌跌撞撞地跑到卫生间抽空了自己般地狂吐，然后整个人虚脱，绵软无力地倚着马桶坐在了地上，发愣地看着对面的洗漱台。终于感觉到口渴，我回到客厅拿起茶壶想倒一杯水喝，却发现空空如也，也懒得去烧上一壶，直接接了一杯自来水，一饮而尽。在这冷水的刺激下我渐渐清醒，想起了之前还有意识时与米彩的一些对话。人在酒精的作用下，言行举止往往表达的是内心深处最真实的想法，所以，不被意识支配的我会让米彩离开，不愿意给她添麻烦，却记不得现在的她是我的女朋友。我又突然想起许多年前的那个下午，简薇开着新买的凯迪拉克带我兜风时的情景，顿感压抑。想来那个时候的我就已经让自卑在心中生根发芽，而这些年自己的一事无成更犹如肥料一般不断滋养着这根小芽，终究长成了一棵参天巨树，然后牢牢支配着我的价值观和爱情观。烦闷中我抽出一支烟点上，吸了一口，又疲倦地躺在沙发上，习惯性地望着天花板发呆。

吸完了一支烟后我回到了自己的房间里，这才发现床头的柜子上放了一只保温壶，原来米彩在离开时就为我准备了热水，可我却在稀里糊涂中喝了一杯冰冷的自来水，这多少有些讽刺。哪怕曾经和米彩处于敌对状态时，她也没有置我于不顾，何况我们现在是情侣关系！可我却没有想到这些，潜意识里尽是她的美貌、她的地位、她的财富，然后将自己禁锢在一个怪圈里用

手去触碰她，心却挣扎着想逃离。

人性终究是复杂的，这一刻我也不太弄得懂自己，但又确实被许多负面情绪所困扰，于是问自己：到底是什么原因触发了自己此时的情绪？想来是在一起的狂喜渐渐退却之后，整个人开始回归理性，然后不可避免地用现实的差距来衡量这一段感情，加上与简薇的前车之鉴，我已经丢掉了不知者无畏的勇气。

接下来的时间，我便一直躺在床上思考怎么去提升自己这件不得不做的事情，可是一点思路也没有，直到鼓楼六点的钟声响起才惊觉：不管我有多么好的创业思路，在没有资金做支撑的情况下，也只是空想，所以那过去的几个小时，只是一个痴人做着一个空乏的梦，于是更加失落、更加茫然。

没有了一丝睡意的我，马上便起了床，趁早熬好了粥，用保温瓶装着，又买了一些米彩爱吃的糕点，然后驱车向她现在住的小区赶去。到达目的地后，我将车停在小区的门口，然后拨打米彩的电话。米彩很快便接通了电话，她打了个哈欠，显然还有睡意的她是被电话铃声给吵醒的，这让我有些意外，因为她在休息时一般会将手机关机或调静音。

我问道："你还没起床吗？"

"嗯，你怎么起这么早？"

"睡不着就起床了……你今天睡觉时怎么没关机啊？"

"怕你夜里难受给我打电话！"

米彩的话让我内疚又感动，一阵沉默之后才对她说道："让你担心了……对了，我给你买了早餐，你告诉我你住哪栋楼，我给你送过去。"

"你干吗给我买早餐呀？"

"惯着你呗。"

"为什么要惯着我？"

"因为你是我的女朋友啊！"

"你还记得我是你的女朋友啊？"

我这才意识到米彩果然很在意我昨晚让她离开的事情，又是一阵沉默之后才说道："我也就是不想你太累，而且我酒喝断片了容易失态，不想破坏自己在你心目中伟岸的形象。"在我这有些牵强的解释之后，米彩没有再与我纠结昨天晚上的事情，在告诉了我她住在哪栋楼后便结束了通话。

进入小区，找到米彩说的楼号后才发现她住的并不是套房，而是联排的别墅，还有一个独立的院落，里面停着她的车，在苏州这个寸土寸金的地方，这栋小别墅的价值简直让我无法直视。米彩依旧穿着她那件棉卡通睡衣给我开了门，我随她走进了小别墅，顿时被院落里精心的布置所吸引，看着那流动的池水和假山，只觉得自己置身于一个江南小园林之中，也更加好奇米彩为什么会放弃这么好的居住环境而住进那间老屋子里。

我一边走，一边感叹道："你这边的环境很不错啊，挺有格调的！"

米彩笑了笑，回道："这个房子是去年我过生日的时候，叔叔送给我的。"

米彩的回答让我更加不能理解她和米仲德的关系，为什么米仲德在物质上给予她最好的同时却又在商场上对她如此苦苦相逼呢？仔细想想，人就是矛盾的，好比我自己，拼了命地想对她好，却又拒绝她对我好，说到底米仲德的矛盾源于欲望，而我的矛盾源于自卑，我明白，不管是米仲德的欲望还是我的自卑，都在一定程度上给了米彩伤害。

第 197 章

至少我

不会

清晨的阳光透过巨大的落地窗洒在纯白的餐桌上。餐桌两边，我和米彩相对而坐，一边吃着早餐，一边聊天。米彩将她吃了一半的红豆糕放进了我的餐盘里，说道："太甜了！"

哪怕是以前我也不介意吃她剩下的，夹起那被咬得像月牙的糕点，有些好笑地对她说道："你怎么吃个东西都能吃成艺术品，张嘴给我看看，你的牙是怎么长的。"

米彩张开嘴让我看她的牙。

"挺整齐的啊，怎么咬出来的形状都是扭曲的呢？"

"你能咬出笔直的呀？"

我当即在她咬出月牙形的基础上又咬掉了两个边角，顿时糕点变成了长方体，对她说道："看，这就笔直了吧？"

"可能因为你的牙是扭曲的缘故吧，所以你咬出来的就是笔直的！"

我被米彩强悍的逻辑能力弄得有些无语，一口吃掉剩余的红豆糕。快要吃完早餐时，我向米彩问道："今天中午想吃什么，我去买回来做。"

米彩摇了摇头，说道："我马上要去上海，今天下午集团有一个临时举行的董事会议要参加。"

我略感失望，又问道："那晚上回来吗？"

"现在说不准，如果晚上有宴会的话就回不来了。"

"哦，那你路上开车慢一点，咱们晚上再联系。"

"嗯，你今天一个人会不会很寂寞呢？"

"寂寞？我的人生中就没有寂寞这一说……"

"我可以理解为这就是你所说的逼格吗？"

看着米彩一本正经的模样，我忍俊不禁，说道："的确是逼格的体现，但是以后你还是别说这俩字了……和你气质不符！"

米彩摇头："以后你说什么，我就学什么。"

"还是学点好的吧！"

"好的、坏的我都学……要不然你就改掉那些坏的！"

我笑了笑，说道："你这是挖坑，引着我往里面跳呢？"

"那你跳不跳呀？"

"有选择性地跳，深坑不跳，怕折了腿！"

"跳折了我就养你，所以放心大胆地跳吧！"

我下意识地回了一句："谁要你养！"

米彩看着我，半晌没有言语，然后收起盘子向厨房走去，我跟着进了厨房，一把抱住她，"威胁"着说道："我告诉你，你不许和我生闷气啊！"

她哭笑不得地看着我，说道："我生你闷气，你就这么对我啊？"

我厚颜笑道："不小小地惩罚你一下，难道还要亲你一下吗？"

米彩一个闪身躲过了我，然后抬手看了看时间对我说道："不和你闹了，我得去上海了，盘子什么的你给洗了吧。"

"不是下午的会议吗？"

"过年路上很堵的，到那边都是中午了，再吃个饭也就下午了嘛！"

"也是，那你去吧，路上车多，一定要注意安全。"

米彩点了点头，却在要离去的时候，忽然亲了我的脸，让我有些回不过神，而她已经从客厅里拿了手提包上了自己的车。

看着车子渐渐消失，我反复问自己：做个家庭妇男让你养着我真的好吗？

真的好吗？洗完碗盘后，我便离开了米彩的住处，然后一个人晃荡着度过了上午的时光。正在我烦恼下午该怎么过时，却意外接到了乐瑶的电话，她从丽江度假回来了，约我出去坐坐。我也确实该和她好好聊聊酒吧的事情。

下午两点，卓美购物中心旁的"海景咖啡"内，我和乐瑶相对而坐，我喝的茶，她喝的咖啡。她先聊了一些在丽江的经历和感悟，然后我们才将话题聊到酒吧上。

乐瑶从手提包里拿出一个信封对我说道："昭阳，这是前些天答应给你的红包。"

我拿起信封看了看，里面装了大约十万块钱的现金，我从信封里抽出了两万块钱，说道："这两万块钱是我这两个多月的工资，我就收下了。"

乐瑶坚持着将信封又递给了我，说道："这个酒吧，破坏了你在徐州的生活……这，我很抱歉！"

"你要和我算上徐州的生活，那就真算不清了！……行了，不提这个，和你说正事儿。我昨天在微博上发布了第五个季节要会员制经营的通知，顾客们表示很支持，都愿意来办 VIP 卡，而酒吧走上正轨也是必然的事情了，所以我近期打算找一个有经验的酒吧经理来管理酒吧，我就不再参与了……"

我的话还没有说完，便被乐瑶打断："我知道你有离开的心思，但是为什么要这么快？"

我笑了笑，回道："为了新生活……"

"是什么样的新生活？"

我稍稍沉默后，对乐瑶说道："如果我告诉你，我和米彩恋爱了……你信吗？"

乐瑶面露意外的表情，却说道："为什么不信，我知道她一直喜欢你，CC 也这么说。"

我却不自信地向乐瑶问道："那你看好我们么？"

"我只希望你能幸福、快乐，至于你和哪个女人在一起，我并不关心，所以没有什么看好不看好的。"

我感觉乐瑶的话有些不对劲，换了个坐姿，说道："我怎么觉得你这话是在讽刺我花心呢？"

"当然没有！"

"那你和我说点正儿八经的。"

乐瑶摇头笑了笑，说道："行吧……你现在应该特别不自信吧？"

"你说对了。"

"是不是觉得自己过得太窘迫，感觉是她的负担和累赘？"

"对啊，就是这种感觉，你说我要是个大款该多好，今天她送我一套阿玛尼，明天我就还她一身香奈儿……"

乐瑶似笑非笑地看着我问道："你这是谈恋爱还是较劲儿啊？"

"真不是较劲儿，举这个例子就是希望我们之间能够保持一种平衡，真的，我觉得自己特别需要这种平衡！"

乐瑶收敛了笑容，正色说道："昭阳，我觉得简薇给你留下的阴影太重了，其实大可不必这样，你要知道并不是所有的女人都会像简薇那样用高标准来要求你的……至少我不会。"

第 198 章

做你的

灰姑娘

乐瑶的话让我产生了强烈的辩论欲望，我对她说道："假如现在可以选择，同一个男人，你是希望他富有，还是贫穷呢？"

"如果能富有当然好了，如果……"

我没有让乐瑶说完，就打断了她："所以米彩肯定也是这么想的，尽管我们不愿意承认，但是不得不说，一份有物质保障的爱情的确可以省去很多麻烦，她迁就我一时不难，难的是迁就一辈子，咱们再说句难听的，人都有个旦夕祸福，假如哪天她贫穷了，我也得要有足够的物质去保持她曾经的生活水平吧？"

乐瑶沉默了片刻，终于点头说道："你这么想是对的，一旦爱情回归理性之后，就脱离不了柴米油盐的琐碎，而女人终究也是渴望自己的男人会成为那残酷生活中的最后一道保障……我不例外，米彩也不能例外！"

"是吧……所以，我真的该做点儿什么了。"

"那你想好了做什么没有？"

"目前阶段谈创业并不太实际，还是先找份有发展空间的工作吧，至少有了一份稳定的收入，以后想送她一只包包或一件礼服，也不用太捉襟见肘！"

乐瑶笑了笑，说道："你真的挺爱她的，可是这个世界上最没有保质期的就是爱情，你有没有想过，假如哪天她不爱你了，你该怎么办？"

我愣了愣，才发觉，虽然我将爱情规划得足够远，却并没有想象过某一天我们不再爱了的情形，但这的确是有可能发生的。我有些烦闷，从烟盒里抽出一支烟点上，重重地吸了一口，才对乐瑶说道："如果和她也走不下去，我真的就不愿意再相信爱情了，但是……肯定不会再像从前那样颓废，我觉得自己可以带着看透了爱情后的豁达，继续在生活中奋斗！"

"你保证？"

我点了点头。

乐瑶出乎意料地从手提包里拿出手机，按下录音键，对我说道："把你刚刚说的话再重复一遍。"

"你……你这是在咒我们吗？"

乐瑶的面色又变得认真："如果你们能够白头到老，我当然会为你们感到开心，假如不能，我真的不希望你再像从前那样，因为那对你来说过于痛苦……所以，我以朋友的身份要你给我一个保证，一个不会带着痛苦去生活的保证！"

我看着乐瑶，许久才说道："如果某一天我和米彩……分手了，我一定会带着看透了爱情后的豁达，继续奋斗在生活中……"

乐瑶点了点头，将音频文件保存起来，而我却在心里祷告着："但愿永远也不会有机会听到这段音频！"

与乐瑶在咖啡店分别后，我当即去找了阿吉，然后将从乐瑶那里领来的两万块钱还给了他。终于没有了债务，这让我觉得新的生活越来越近，但却不能确定新生活的具体状态，或许快乐多于烦恼，也或许烦恼多过快乐。

傍晚时分，我给米彩发了信息，问她晚上回不回来，她说有宴会要参加，于是晚餐我便随意吃了些，然后沿着街道散起了步。一路上，我依旧在思考找一份什么样的工作，恍惚中，竟发现走到了护城河边，而天色已经完全暗了下来。坐在熟悉的河畔，我并没有像往常那样回忆和简薇在这里的点点滴滴，却想起那天自己发酒疯将手机扔进河里的画面，然后米彩来找了我。想来，这熟悉的河边，倒真是汇聚了自己人生中的千姿百态，因为我在这里弹过吉他，抽过烟，也在这里笑过、哭过、无奈过。

习惯性点上一支烟，在微风的吹拂下，我享受着一个人的宁静，对，就是一个人，我知道今天简薇一定不会来，因为向晨回来了。站累了，我就坐在草坪上，坐累了又躺下来，如此轻松、自在，不禁放声高歌，而夜色在我的歌声中又深了一些。微信的提示音忽然响了起来，我翻了一个身，从口袋里掏出手机，顿感喜悦，因为是米彩发来的。

"我回来了，你怎么不在家？"

"吃完饭散步，散到护城河来了……我这就回去。"

"跑这么远！……你先别回来，我去接你，正好我也想去那儿坐一会儿。"

片刻之后，米彩便来到护城河边，身上背着那把我送给她的吉他。她走到我身边，将吉他递给我，说道："你这么悠闲，就给我唱几首歌儿吧？"

"那你呢？"

"一边吃东西，一边听你唱。"

"你不是参加宴会了吗？怎么还要吃东西呢？"

"刚刚没食欲，现在有了。"

我笑了笑，将她搂在怀里问道："是不是见到我就有食欲了啊？"

"难道你是汉堡、薯条吗？"

"对啊，就看你敢不敢吃了！"

米彩摇了摇头示意不敢，又从自己的包里拿出一只盒子对我说道："看，我自己带了。"

"提拉米苏？"

米彩点了点头，打开盒子，用叉子挑了一块送到我嘴边，说道："张嘴。"

我张开嘴接过了蛋糕，她这才自己吃了起来，然后又向我催促道："快唱歌吧……唱一首《灰姑娘》。"

"你又不是灰姑娘！"

"可我想做你的灰姑娘……快唱，快唱！"米彩晃着我的胳膊又是一阵催促。

我拗不过米彩，笑着拨动了吉他弦，随即唱出了那首《灰姑娘》：

怎么会迷上你，我在问自己，我什么都能放弃，居然今天难离去，你并不美丽，但是你可爱至极，哎呀灰姑娘……如果这是梦，我愿长醉不愿醒，我曾经忍耐，我如此等待，也许在等你到来，也许在等你到来，也许在等你到来……

在我的歌声中，米彩悠闲地吃着她的提拉米苏，我不禁有些恍惚，只觉得类似的画面曾经经历过。这时，一阵风吹来了夜的味道，我终于想起，在几年前，我也时常在河岸边，这么唱歌给简薇听，那时候唱《私奔》，今天是唱《灰姑娘》，米彩吃提拉米苏，简薇却爱吃慕斯蛋糕，如此区别而已！

我用一个长音结束了这首歌曲，米彩又似那陷入热恋中的姑娘一般，依偎着我，亲昵地喂我吃提拉米苏。她的发丝不经意贴在我的脸上，我便嗅到了那飘散着的清香。我想将这一刻定格，却又想到几天后将要参加的生日宴会，要是彼时，我们还能以这样安逸又简单的状态，忘记人性的复杂去赴约，该有多好！

第 199 章

关于

结婚

夜色中，我与米彩互换了角色，我吃着她的提拉米苏，她则弹着吉他为我唱了一首蔡健雅的《红色高跟鞋》。唱完后，米彩将吉他放在自己身边的草地上，我托起她的手看了看，问道："你现在怎么不做美甲了啊？"

"做了就不能弹吉他了！"稍稍停了停，米彩又说道，"昭阳，我想送你一把吉他，你的生活里不能没有它。"

"你错了……我并不是罗本，吉他对于我来说是可有可无的。"

"真的吗？"

"真的，除非你觉得我还会回到曾经要靠驻唱去赚钱的日子。"

米彩显得有些犹豫，但还是对我说道："我知道你不喜欢我送你东西，不过我已经在上海的琴行帮你定做了一把吉他，过些日子就能拿到。"

我摸出一支烟点上，重重地吸了一口，问道："多少钱？"

"这重要吗？"

"我也是随便问问，至少能大概判断出吉他的品质吧。"

"拿到手你就知道了。"说完米彩又有些忐忑地问道，"你会接受吗？"

我点了点头。米彩面露微笑，挽住我的胳膊靠在了我的肩膀上。

次日，CC从北京回到了苏州，与她同行的还有罗本，趁乐瑶还在苏州未离去，我们便约着晚上到空城里餐厅聚会。

我在这座城市有两拨朋友，一拨以方圆、颜妍为代表，另一拨则是CC、罗本和乐瑶。说来奇怪，原本我与方圆他们相处更久，可是距离却越来越远，而CC、罗本则是毕业后才认识的，却越走越近……或许这种局面源于简薇和向晨的结合，但到底是不是最准确的答案，我也不太能肯定。

大约晚上七点，我们来到了空城里餐厅，米彩与CC的见面显得很感人，两人深深拥抱又互诉想念之情，也许只有在CC面前，米彩才会有一般闺密相处时的热情，犹记得前天带她去赴方圆的约，她始终有些冷淡。

很快，服务员便上了一桌酒菜，我们一边吃一边聊了起来。CC举杯对乐瑶说道："乐大腕，听说你的新剧播出后收视连创新高，恭喜恭喜啊！"

"谢谢。"乐瑶举杯笑着回应。

而此时米彩也少有地举杯对乐瑶说道："你的剧很好看，最近我都在追。"

乐瑶愣了一愣，随后才举杯对米彩说道："谢谢夸奖。"

"能剧透一下最后八阿哥和谁在一起了吗？"

看着米彩认真询问的表情，乐瑶面露尴尬之色，这种尴尬源于她与米彩有着天然的距离感。CC忍俊不禁，她搂住米彩的肩膀，叹道："亲爱的，你要不要这么可爱啊！……原本我以为你说追剧只是在客套呢。"

我接过CC的话，说道："这个我可以证明，她真在追乐瑶的这部剧，前些天还和我讨论了剧情呢！"

乐瑶一脸难以置信，想必也以为米彩只是和自己客套一下，终于对米彩说道："你确定要听剧透吗？"

我对米彩说道："别听了，要不没了吸引力，晚上你又找不到剧追了……倒不如让乐大腕给你签个名来得实在，毕竟你现在也算是她的影迷了！"

虽然不指望米彩和乐瑶也能像闺密般相处，但还是希望她们之间能够摒弃之前的距离感，所以我才开了这个玩笑。却不想米彩真的从包包里拿出笔记本递给乐瑶，说道："那就麻烦乐大腕帮我签个名吧。"

乐瑶终于友善地冲米彩笑了笑，接过笔记本，"刷刷"几笔在上面签下了自己的名字。而此刻的我却是感动的，因为我知道，当米彩随我们叫乐瑶乐大腕又要签名时，便是她在努力融入我的圈子中，只是我不确定，此时的米彩是否知道，乐瑶就是当时我们初次在老屋子里见面时，那个与我通话说起做人流的女人。

吃饭的过程中，罗本和 CC 也给我们带来了一个好消息，他们真的恋爱了，所以现在 CC 是罗本名正言顺的女朋友，我和米彩自然很高兴，以至于一向不太喜欢喝酒的米彩，都主动倒了一杯啤酒，向 CC 和罗本表示祝福。此刻看来，今年我们都有一个好的开头，包括乐瑶，虽然目前的她还没有在感情上找到归属，但是演艺事业已经开始扬帆起航。所以，我有理由相信，我们的生活都在往幸福的方向奔去。

聚会结束后，乐瑶回了酒店，CC 和米彩回了她的那栋小别墅，而罗本则和我回了那间老屋子。我和罗本躺在床上，习惯性地一人点了一支烟，我笑着向他问道： "告诉哥们儿，到底是什么力量让你决定忘记过去，接受 CC 的？"

"累了，自己也确实该找个靠谱的女人，想想结婚的事情……你呢，你和米彩又是出于什么动机走到一起的？"

"爱情吧……这个理由，觉得装逼吗？"

"装逼谈不上，毕竟像她那样的女人，男人很难不爱慕她，而你很牛逼地把爱慕转化成爱情，恰恰她对你也有感情，所以也算是两情相悦了！"

我又吸了一口烟，掐灭掉手中的烟头，很认真地向他问道："难不成你到现在对 CC 也没有一点爱情？"

罗本也掐灭掉手中的烟，看上去有些茫然，许久才说道："爱情对我来说太奢侈，不过既然选择了这一份感情，就不会负了 CC，我们会结婚的。"

一刹那，我也不知道该回应些什么，但是罗本的回答却在我的意料之中。作为兄弟，只是希望他能兑现和 CC 结婚的承诺，也更希望，日久生情并不是无稽之谈而是真实存在的，最后可以在罗本和 CC 的身上发挥作用。

一阵沉默后，罗本再次点燃一支烟向我问道： "你有和米彩结婚的打算吗？"

骤然听到"结婚"这个字眼，我有些不太适应，潜意识里总感觉离自己过于遥远，而米彩呢，不知道又是怎么看待结婚这个问题的，是不是也和我一样觉得遥远？我忽然心血来潮，想和她聊聊这个话题，于是也顾不上回答罗本，从床头柜上拿起手机，打算给她发一条微信。

第 200 章

参加

家宴

我思虑了很久才给米彩发了这么一条微信："你是怎么看待婚姻的?"

将手机放在一边，我吸了一口烟，这才对罗本说道："生活没有稳定之前，结婚这个词离我太遥远！"

罗本点了点头，说道："之前我也没想过，可这次回北京，看到我爸妈，忽然就感觉他们老了，心里说不出是什么滋味，明明这些年我处在一个该回报他们的年纪，却从来没有回报过他们……"说完他仰起头，重重吐出了口中的烟，烟雾缭绕中好似看到了他的负罪感。

想来罗本的妥协是有道理的，因为我们终究抵不住岁月的挤压，而爱情却始终飘忽，最后也就在疲倦中不愿意再去捕捉那最初想要的爱情，找一个人将就过着。在我和罗本的沉默中，米彩终于回了信息，她反问我："为什么突然问这个问题呢?"

我盯着信息看了许久，想必婚姻这两个字对于她来说也是陌生的，所以暂时没有看法的她选择将皮球丢还给我。我也很识趣地没有再纠缠着问下去，只是回了一句"随便问问"，并让她早点休息，便结束了对话，可心里却明白，在爱情这条长征的路上，我们还要互相磨合着走上很久很久……

时间继续向前推进着。想到明天是米仲德举行生日宴会的日子，这个夜晚我便处于焦虑之中，实际上我并没有足够的心理准备以米彩的男朋友身份去参加这场生日晚宴，我相信到时候我一定会不可避免地被问到诸如做什么工作之类的问题，这对我、对米彩而言都将会是一种尴尬。不能入眠的我，给自己泡了一杯茶，打开了电脑，上网浏览着各大网站的招聘信息，为找寻新的工作做着准备。筛选了一些公司投了简历之后，我终于合上了笔记本，而时间已经是深夜十二点。再次躺回床上，我习惯性拿起手机，才发现有一条米彩发来的微信，她让我明天早些起床，陪她去为米仲德准备生日礼物。我回了一句"没问题"，很快米彩便又回了信息："你怎么还没有休息?"

"还不困，你不也没有休息嘛！"

"我在做卓美今年第一季度的工作计划，马上就休息了。"

"嗯，那就明天见吧。"

"明天见。"

我莫名地叹息，将手机放回到床头柜上，然后为自己点上睡前的最后一支烟，可压抑的情绪却并没有得到缓解，只感觉自己被撕裂成两半，一半渴望早些完成爱情的磨合，一半又无奈于这糟糕的现状，这种感觉真的很不好，于是这个夜我失眠了！

哪怕失眠，次日我依旧在闹铃的提醒声中早早起了床，可因为睡眠的极度缺乏，整个人显得有些萎靡。洗漱之后，我从柜子里找了一套还算说得过去的正装穿上，然后又做好早餐。片刻之后，米彩便过来了，她并没有刻意去打扮，只穿了一套平常工作的职业装。

"今天要参加你叔叔的生日宴会，现场那么多的社会名流，你不打扮打扮吗？"

米彩摇了摇头，对我说道："我们赶紧吃早餐吧，时间挺紧的，要在中午之前赶到上海。"

我当然知道米彩没有刻意打扮是为了迁就我，总不能牵着手的两个人，我如此朴素，她却光鲜亮丽吧。我的负罪感愈发重了，心中更是一阵剧烈的挣扎，毕竟她是卓美的CEO，如此着装绝对不妥，可……我自己也很难过那个坎！此刻，我更深刻地了解到，无论你把爱情幻想得多么完美，终究还是逃脱不了现实的囚笼，因为谁都不能独立于社会之外去生存。

我终于艰难地带着笑容对米彩说道："待会儿顺便帮我买一套衣服吧。"

米彩有些意外，但很快便明白了我的意思，随即点了点头。我很感谢她没有追问"为什么"，这让我少了一些妥协之后而产生的失落感，但仅仅是少了一些，心里终究还是失落的。

吃完早饭，我和米彩一起去了商场，她送了我一套巴宝莉的西服，又买好送给米仲德的礼物之后，我们这才一起驱车赶往上海。大约一个小时后，我们来到了米仲德的别墅，而今天中午的宴会则是家宴，参加的都是米仲德的家人，晚宴邀请的才是朋友和卓美内部的一些核心骨干。

米彩将车停在门外，等待开门，我下意识地往院子里看了看，里面已经停满了各式豪车，看样子来参加家宴的亲戚并不少，于是我不可避免地感受到了压力。权衡了一下，我终于对米彩说道："要不今天中午的家宴我就不参加了，晚上和大家一起参加晚宴吧。"

"为什么？"

我沉默了一会儿很坦诚地说道："我还没有做好心理准备，也没有底气以你男朋友的身份面对你的家人。"

米彩的语气有些不悦："那你是不是我的男朋友呢？"

"是的，所以我更不能让你难堪，如果你的家人问起我的工作，我很难开口，我相信他们也很难接受我暂时无业的状况。"

"为什么非要将工作与我们的关系联系起来呢？"

"如果你能换位思考，我想你一定会理解我的。"

争执间，保姆已经打开了门，但米彩并没有将车开进去，她面色复杂地看着我。忽然车后响起一阵喇叭声，我下意识地回头看了看，发现一辆白色的 R8 被堵在后面，接着从车里走出一个穿着红色外套，看上去 20 多岁的年轻女人。

米彩对我说道："是我妹妹。"

"米仲德的女儿！"我在心里念了一句，不禁又往后看了一眼。

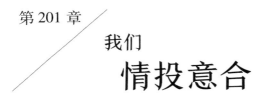

第 201 章

我们
情投意合

她越走越近，我终于将她看了个真切，她的眉眼与米彩有一丝相像，但是着装的风格却很张扬，甚至连走路的姿势中都有一股高傲的锐气，但必须承认她是一个美女，一个非常美的女人，虽然和米彩的美相比少了一分底蕴和从容，却也多了一分高傲和锐气。

米彩按下了车窗。她将短发别在耳后，笑了笑向米彩问道："姐，怎么堵在门口不进去啊？"

米彩还没有回答，她的目光便扫到了我，又问道："这是你男朋友吗？"

米彩看了看我，对她说道："嗯，给你们介绍一下，他叫昭阳。"

"昭阳，这是我妹妹，米斓。"

"色彩斑斓"，我当即将米彩与她的名字联系到了一起，想来当年米仲信与米仲德应该有很深厚的兄弟情谊，所以才给各自的女儿起了这样的名字。

我笑了笑，和她打招呼："你好，米斓。"

米斓又打量了我一下才说道："能做我姐姐的男朋友，看来你是相当优秀嘛！"

我有些尴尬，一时不知道怎么回答。

米彩帮我解了围，说道："小斓，你先回自己的车，我这就开进去。"

米斓再看了我一眼，这才转身向自己的车走去，而米彩也将车开进了院子里，我知道这场让我很尴尬的家宴是免不了的。我和米彩从车上走了下来，随即那满院的豪车让我看花了眼，其中还有几辆政府的公务车，想必米彩的家族中有人是从政的。我硬着头皮随米彩往别墅内走去，而与我们一起的还有米斓。

进了屋内，我又被奢华的布置闪得一阵眼晕，在我以往的人生中，我也确实没见过这么豪华的别墅。我平复了情绪，在屋内扫视一圈，只见米仲德坐在沙发上和一群年纪不尽相同，气势却都很足的人闲聊着。

米彩拉着我的手走到米仲德的面前，说道："叔叔，生日快乐。"

而我却慢了一拍之后才随米彩说道："生日快乐，米叔叔。"

米仲德放下了手中的雪茄，看着我和米彩拉在一起的手，这才打量着我，笑了笑，说道："小伙子，我们好像见过。"

我点了点头，说道："是在苏州的卓美，当时您忙着去参加会议。"

米彩接过话，说道："叔叔，他是我的男朋友昭阳，今天特意来祝您生日快乐的。"

米彩的话音刚落，屋内所有的目光全部集中到了我的身上。米仲德的脸上已经没了笑容，他拿起雪茄又抽了一口，说道："是吗？……小伙子，既然你是小彩的男朋友，今天趁着她的长辈都在，你做个详细的自我介绍，让我们全面了解你。"

米仲德口中的详细和全面让我不能敷衍了事，可又实在难以启齿，总不能为了所谓的面子，当着这么多老江湖的面编一套谎言吧。在我决定豁出去的时候，米彩握紧了我的手，坚定地说道："叔叔，他就是个平凡的男人，但我们情投意合。"

我看着米彩，这短短的一句话让我感到震撼，于是我的手心不能控制地冒出密密麻麻的细汗。

米仲德皱了皱眉，语气严厉地对米彩说道："小彩，不管大哥有没有过

世，我都是把你当亲生女儿看待的，关于你的感情和以后的婚姻，我必须要给你意见。"

"你给我意见是应该的，但是我也有权利选择自己的感情……今天是您的生日，我不希望影响到你的心情，您开心一些，也不要扫了亲戚朋友们的兴，好吗？"米彩用自己一贯的从容回应了米仲德。

米仲德看了看身边的人，终于忍住了没有发作，只是看了我一眼。而米彩拉着我走向了另一边，然后在一个没人的角落里坐了下来。此刻，我的心中很不是滋味，更觉得对不起米彩。米彩看上去很平静，但从她的神色中，依旧能看到无助和难过，可我却不知道该说些什么，好似所有能说的话，在这样的场合里都是苍白的。

"昭阳，抱歉……但我们是男女朋友，迟早有一天会面对的，希望你不要介意我今天带你来参加家宴的这个决定。"

"该说抱歉的是我……如果我有一点能耐，也不至于让你这么为难！"

米彩的眼眸间隐隐有泪光闪动，却笑着对我说道："我不在乎你有没有能耐，只在意你对我的感情真不真。"

我的眼角传来温热感，于是视线便模糊起来，那几年前在简薇家经历过的画面，好似与这一刻重叠起来，渐渐地连米彩与简薇的容颜也重叠了，可这种重叠却又撕裂了我，让我觉得自己正在重蹈覆辙。直到米斓来到我们身边，才打破了这些重叠在我脑海中的画面，然后在慌张中回过了神。

米斓言语冰冷地对我说道："昭阳是吧……我想和我姐说几句话，你能回避一下吗？"

我看着她，情绪被她言语中的轻蔑所点燃，但拼命克制了，并没有发作，只是笑了笑，然后起身在米彩的注视中向屋外走去，却已经大概知道她会和米彩聊些什么。屋外的阳光真是好，初春里带着些暖意的风，好似吹来了生机和希望，可我却依旧颓靡着。点上了一支烟，我重重地吸了一口，又奋力吐出，越发感到压抑。

只吸了一半，刚刚为我们开门的保姆来到我身边，抱歉地看着我，然后对我说道："对不起，昭阳先生，我们家米斓小姐让我请你离开这栋别墅。"

我向屋内正在和米彩聊天的米斓看了看，强烈的屈辱感却让我笑了出来，半晌咬着牙点了点头，道："明白……我走。"我没有丝毫留恋地转身向别墅外走去，那保姆却又小跑着追上了我，从口袋里拿出一百块钱递给我，说道："昭阳先生，这是米斓小姐给你的打车钱。"

　　我停下了脚步，双眼充血看着那人民币上刺眼的鲜红，许久从钱包里抽出 200 块钱，放在保姆的手上说道："这 200 块钱是给你们米斓小姐的，感谢她让我开了眼界，原来这世界上还有这么傻的女人！"

第 202 章

也许这是
最好的结局

　　当我走出别墅的一刹那，那压得我难以喘息的沉重感突然消失，可那屈辱感却挥之不去。沿着别墅外的沥青马路走了一段后，我终于看到了出租车，随即乘车离去。在去往市区的这一路上，我整个人是空乏的，好似看不到未来，更不知道以什么样的态度去对待与米彩的这段爱情，我明白：最初的我们都盲目低估了现实生活给予的压力。我忽然觉得自己是活该，米彩没有经历过爱情，她不了解身份差距下爱情所面临的巨大压力，难道我还不明白吗？可即便如此为什么还是选择了义无反顾呢？也许在心底依旧渴望那座晶莹剔透的城池，渴望一份不被世俗尘埃所污染的爱情。

　　到达市区后，我直接去了车站，准备搭乘汽车回苏州，却接到了米彩的电话，犹豫了一下最终还是接听了。

　　"昭阳，你去哪里了？"

　　"在回苏州的路上。"

　　"……对不起，米斓不该让你离开，但是……她针对的是我，不是你，你别生气，好吗？"

　　"你真的用不着安慰我，她针对的不是你，也不是我，而是贫穷，你不觉得站在你的亲戚朋友中，我是那么不堪入目吗？

　　"你这么说我真的很难过！"

　　我一阵沉默，心中苦涩的滋味更重，终于放轻了语气对她说道："我会努力的，为了你，也为了自己……你开心一些。"

　　下午时分，我回到了苏州的老屋子，第一件事情便是脱掉身上那套巴宝莉的西服，然后仰躺在沙发上，在看不到未来的茫然中，不停地抽着烟，却全然不顾中午未曾吃饭而产生的饥饿感。我问自己，为什么如此痛苦？因为我爱她，否则我会没有任何负担地放弃这段感情，大不了过回曾经的日子，至少是自由的。可是我无法舍弃，所以现在唯一能做的便是将那委屈和自卑统统转化为奋斗的动力，去创造一份属于自己的事业，让自己可以挺着胸膛去面对生活，面对那些曾经对自己不屑一顾的人。

窗外的天色已经暗了下去，我给自己煮了一碗泡面，吃完后便陷入到无事可做的恐慌中。不愿意去酒吧买醉，我便再次选择用散步的方式排遣心中的苦闷。原本我并没有为自己设定目的地，可还是本能似的走到了那条护城河边，也许这里已经成为我在这座城市中唯一的避风港，我需要在这里找到一些安慰和寄托。当我躺在草坪上，享受一阵阵吹过的春风时，我的心渐渐平静，然后带着一身疲倦进入睡梦中。直到感觉有人推我，我才从沉睡中醒来，朦胧地睁开了眼睛，发现简薇正坐在我的身边。

她笑了笑，对我说道："昭阳，我们又在这里碰上了。"

我从草地上坐了起来，习惯性从烟盒里摸出一支烟点上，才说道："最近我经常来，倒是你来得少了。"

"这段时间公司太忙了，不过偶尔还是会来坐坐的。"

"哦……向晨呢，他不陪你吗？"

"他比我还忙，已经去深圳好几天了。"稍稍停了停，她又向我问道，"你最近烦心的事情很多吗？"

我重重地呼出一口气，无奈地笑道："是啊。"

"和米彩闹矛盾了？"

"不是，工作上的事情。"

我不愿意与简薇聊这个话题，于是向她问道："上次你真的带着汽油去阿吉的琴行了？"

简薇先是一愣，然后笑道："桶里装的是水，我就是吓唬吓唬他。"

我哭笑不得："你是真的把他给吓傻了，以前也没发现你有这么出神入化的演技啊！"

"这和演技没有关系。"

"那和什么有关系？"

简薇撇了撇嘴，却没有作答，于是两人陷入到沉默中。大约坐了五分钟，简薇忽然向河岸边走去，我以为她有急事要离去，却不想她从车子的后备箱里拿出了一只吉他盒，然后取出了那把吉他，走回我的面前。

我不解地看着她，问道："什么意思？"

"不是还你吉他，只是希望你用这把吉他再弹上一首歌曲。"

我并没有立即回应简薇，只是看着那把有些地方已经被我的汗水浸染得发白的吉他，忽然便产生了强烈的亲近感，于是从简薇的手中接过了吉他，问道："弹什么歌？"

"《眼泪》，范晓萱的《眼泪》。"

我回忆着那首歌，在心中扒谱，感觉没问题后，便对简薇点了点头，然后拨动了吉他的弦开始弹奏。我以为这只是我的独角戏，却不想简薇也随着伴奏唱起了这首歌。

青春若有张不老的脸，但愿她永远不被改变，许多梦想总编织太美，跟着迎接幻灭，爱上你是最快乐的事，却也换来最痛苦的悲，苦涩交错爱的甜美，我怎样都学不会 ha……oh 眼泪，眼泪都是我的体会成长的滋味，oh 眼泪，忍住眼泪不让你看见，我在改变，孤单的感觉，你从不曾发现，我笑中还有泪，oh 眼泪，眼泪流过无言的夜，心痛的滋味，oh 眼泪，擦干眼泪忘掉一切，曾有的眷恋，眼泪是苦，眼泪是伤悲，眼泪都是你，眼泪是甜，眼泪是昨天，眼泪不流泪……

歌声渐止，我却在简薇的演唱中听到了明显的情绪，尤其是那句"爱上你是最快乐的事，却也换来最痛苦的悲……"渐渐地，我也沉浸其中，不能自拔。因为这歌词对于我和简薇来说是一种带着极大讽刺的总结。失神中，简薇忽然做了一个让我措手不及的举动，她从我的手中夺回吉他，然后没有一丝犹豫地将吉他扔进了护城河里。

看着那随水波沉沉浮浮的吉他，我的心翻滚起一阵挡都挡不住的绞痛，简薇却含着泪对我笑道："也许这就是最好的结局！"

眼看吉他就要沉入河底，从此彻底消失，我所有的理智在一瞬间轰然倒塌。我飞快地脱下自己身上的羽绒外套，翻过护栏，一头扎进了护城河里。

第 203 章

你有过
前科

　　我奋力向那快要沉没的吉他游过去，可是吉他却顺着水波越飘越远。冬天厚实的衣服已经完全被水浸湿，给我造成了极大的负担，再加上冰冷湖水的刺激，我感觉体力不支，一连呛了好几口水，可心中却始终有一种潜藏的力量支撑着我，让我去追寻那把吉他。岸边传来简薇模糊的声音，我在风浪声中听不真切，只是用尽最后的力气死死抓住那把即将沉没的吉他，向岸边游去，而我的小腿却因为极度的寒冷而痉挛，我心中又急又慌，第一次感觉死亡离自己是那么近。

　　这个时候，岸上的简薇忽然脱掉了自己的外套和毛衣，只穿一件单薄的打底衫跳进了河里，奋力向我游来……

　　"昭阳，你坚持住，一定要坚持住！"

　　强烈的求生欲望让我蹬着腿又用手扑打着水面，让自己不至于沉没，而简薇也终于游到了我的身边，她钻到我的腋下架住我，然后两人一起发力向河岸边游去。

　　冷风一阵阵吹过，我和简薇都筋疲力尽地倒在地上，并剧烈地咳嗽，身上不断地滴着水，那把吉他也是如此，水连成一条线顺着弦往下滴落。简薇的嘴唇煞白，浑身颤抖着，我用最后的力气爬过去，拿起羽绒服披在了她身上，然后从羽绒服口袋里拿出手机，准备拨打急救电话，因为害怕简薇抵御不住这湿寒的侵袭。

　　简薇却从我手中夺过手机，然后向我摇了摇头，哽咽着问道："你为什么要这么做？……为什么拼了命要拿回这把吉他？"

　　"我现在……很后怕，也后悔……可是当时我没有时间想太多，因为看着吉他沉入河里，就好像我自己将要深埋在河底一样，这完全出于本能反应……不得不去做！"

　　简薇面色复杂地看着我，我辨不清此刻从她脸上落下来的到底是眼泪还是河水，可她嘴角的抽搐却是真真切切的，数次欲言又止，终究还是没有说出口。

　　我冷得快要崩溃，简薇又将羽绒服外套披回到我身上，然后从草丛上拿回自己没有湿的毛衣和外套，当着我的面脱掉被河水浸湿的打底衫，换上干燥的毛衣和外套。她看了看还在滴水的吉他，向我问道："昭阳，这把……吉他还有用吗？"

我摇了摇头，说道："基本报废了……报废就报废吧。"

简薇有些失神地盯着吉他，久久不语。

我从地上抱起吉他，说道："如果一定要彻底废了这把吉他，找一个我不在的时间吧，毕竟陪了我这么多年……"

简薇从我手中接过了吉他，第一次在我面前低下了头，低声说道："我明白你的意思……我送你回去吧。"

"不用。"

"这里很难打到车的，再这么待下去你一定会着凉的。"

我抬头往马路上看了看，终于点了点头。

简薇将车里的空调温度调得极高，可我们两个人还是冷得发抖，尤其是在河里待的时间更长的我，但仍值得庆幸，至少捡回了两条命。一路疾行，车子很快便驶到了我住的那个小区，正当简薇准备将车开进小区里时，我却忽然看到了米彩的那辆 Q7 在我们之前拐进了小区里，当即让简薇靠路边停下了车。临下车时，简薇对我说道："昭阳，回去赶紧换了衣服，别着凉了！"

"嗯，你也是。"

简薇点了点头。

我走进了小区，坐在一个已经荒废了的小花园里，哪怕冻得牙齿直打颤，也不想回到屋里，因为不知道怎么和米彩解释这湿漉漉的一身。电话响了起来，我不用看也知道是米彩打来的，在铃声快要结束时，我才接通了电话，却不先开口，生怕自己的颤音露了馅。

"昭阳，你在哪儿？"

我心思急转，对米彩说道："在……方圆家喝酒呢！"

"是吗？"

"嗯……先不和你说了。"

"昭阳……"

我听出米彩语气中的不对劲，带着些不安问道："怎么了，还有事吗？"

"你现在到底在哪里，和我说实话好吗？"

我抱着最后的侥幸，答道："不是说了在方圆家吗？"

"你忘记今天卓美所有的中高层都去参加我叔叔的生日晚宴了吗？我是提

前退场的，你说方圆现在人在哪里？"

我顿时傻了眼，暗呼自己大意，终于对米彩说道："……在小区里，我这就上去。"

我忐忑不安地向楼道口走去，却发现米彩已经下了楼，她站在楼道口等我，我硬着头皮向她走去。她吃惊地看着浑身湿漉漉的我，问道："昭阳，你这是怎么了？"

我依旧死撑着笑道："路上不小心被洒水车给喷了，真够倒霉的！"

米彩的脸上终于露出曾经的不信任，她皱着眉对我说道："难道我们之间必须要有欺骗吗？"

我紧咬牙关，摆出一副任她宰割也坚决不说话的姿态，却冻得直发抖。

米彩叹息："先赶紧回去把衣服换了吧！"

我点了点头，虽然迫切想换掉衣服，却仍走在米彩的身后。一进屋，我当即跑进了卫生间，然后脱掉了全部的湿衣服，穿着浴袍回到自己的房间，换上内衣后便打开空调将自己裹在被子里，却仍瑟瑟发抖。米彩走了进来，倒了一杯热水递给我，虽然脸色不好，但仍关切地说道："我送你去医院吧。"

"不用这么麻烦，待会儿就扛过去了。"

米彩注视着我，许久问道："你告诉我，你是不是想不开去投河了？"

此言一出，我将还没来得及喝下去的热水一口喷了出去，呛了半天，才不可思议地看着她说道："我至于去投河吗？"

米彩点了点头："至于，你有过前科的！"

我猛然想起很久前打电话让米彩阻止我跳河的事情，她没说错，我是真的有过前科。如此看来，我还真是脆弱啊！

第 204 章

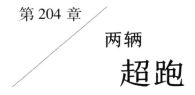
两辆
超跑

我不想我们的感情再生波折，所以不能告诉米彩自己跳进河中是为了

"救回"那把吉他，可实在也找不到什么好的说辞，索性保持沉默。而米彩似乎并不打算放弃真相，她一直用询问的眼神注视着我。

"我今天喝了些酒，有点恍惚，一脚踩空掉进护城河里了。"

"所以你不告诉我，是为了不让我担心，对吗？"

我因为这个谎言而羞耻，迟迟不言语，而米彩却误以为我默认了，她抱着我，哽咽道："对不起，我该早点从上海回来陪着你的。"

我有些手足无措，半晌才对她说道："真正不好的人是我，该自责的人也是我。你今天应该挺累的，早点回去休息吧。"

"我去给你煮姜汤，等你喝完我再走。"

米彩离开时已经是深夜十一点，之后我不可避免地想了很多，又提醒自己要与简薇保持距离，因为我明白，哪怕我和她是偶然见面，也会成为我和米彩之间的隐患。喝完姜汤出了一身虚汗的我有些疲倦，迷迷糊糊中，手机的短信提示音响了起来，我以为是米彩发来关心我的，赶忙让自己清醒，打开信息，却发现是简薇发来的。

"昭阳，你没有生病吧？"

毕竟是一条关心我的信息，稍稍犹豫之后，我还是回了："没有，你呢，也还好吗？"

"受了点寒，正在医院打点滴，问题不大。"

若是几年前，我早就不顾一切地买上滋补的夜宵赶到医院送给她，但如今我能做的只是将关心转化为一段干巴巴的文字发给她："哦，那你打完点滴早点回去休息，不要太累了。"

我以为我们之间的对话到此结束，却不想简薇又发来一条信息："听你说正在为工作的事情烦恼，正好我们公司打算与一家房地产公司谈年度广告代理，如果你愿意的话，可以帮忙跟进，如果谈下来，给你百分之十的项目提成，怎样？"

我心里大致估算了一下，如果是房地产的年度广告代理，至少是过百万的项目，百分之十就是十万，可能还远远不止，这的确让处于无业状态的我心动。稍稍思虑了一下，我便给简薇回了信息："谢谢你的美意，工作的事情我自己会搞定的，祝贵公司蒸蒸日上。"

简薇没有再回我的信息，可能是因为我那句"祝贵公司蒸蒸日上"让我们之间产生了极大的距离感，但我也确实因此获得了暂时的清静，对，此刻我最需要的就是清静，然后在清静中搞定自己的工作。

次日，我早早起床，吃了个早饭之后，便踏上了应聘之路，直到黄昏后才暂时闲了下来，但结果却不尽如人意，至少没有遇到对我很有意向的公司，大多是让我耐心等待应聘的结果。我虽然心中很焦虑，但这也是意料之中，毕竟这个社会最不缺的就是人才，这一点我在徐州找工作时就深有体会，最后也只是在李小允的帮助下，才谋得一份还算满意的工作。

天色又暗了一些，我带着一身疲倦来到那个经常与米彩玩赛车的广场上，寻了一张木椅坐了下来，然后有些失神地看着那些玩赛车的孩童们，心中说不出的羡慕，却更无奈，无奈童年的远去，无奈生活的不尽如人意。

"叔叔……叔叔，你能买我的花吗？"

我抬头才发现身边站着一个卖花的小丫头，笑了笑向她问道："你怎么知道叔叔需要花呢？"

"因为你有女朋友呀，我都看到好几次你带她来这里玩赛车了，不过那个时候我还没开始卖花呢……嘻嘻！"

我反正无聊，便与这小丫头聊了起来："那你现在为什么要卖花呢？"

"我们班上有一个小朋友生病了，但是她家很贫困，没钱给她看病，我们这些好朋友就利用放学时间到广场上卖花，赚钱给她治病，我们家最靠近这个广场，我就在这里卖花啦……叔叔，你就买几朵吧，我替豆豆谢谢你！"

"多少钱一朵？"

"5 块钱哦。"

我从钱包里抽出 200 块钱，对她说道："都给我吧。"

小丫头好似在算账，半晌对我说道："叔叔，我这里只有 30 朵哎，150 块钱就够了。"

"多的钱算叔叔请你和豆豆吃糖的，好吗？"我说着将钱递给了她，又从她手上捧过了花束。

"谢谢叔叔！"小丫头很开心地对我说道。

我看她可爱，便和她开玩笑道："那你亲叔叔一下。"

"不行，你的女朋友那么漂亮，我亲了你，以后她就不让你买我的花了！"

我被她逗得哈哈大笑，一天的阴霾也随之消散。我摸了摸她的脑袋，说道："叔叔和你开玩笑的，你的吻当然要留给自己以后的小男朋友，花卖完了就赶紧回家吧。"

小丫头点了点头，对我说了声"叔叔再见"后，便一蹦一跳地向广场的出口跑去。我看了看手中的花束，又拿出钱包翻了翻，发现里面还有两千多块钱的现金，想来是够我们吃一顿烛光晚餐了，而从我们恋爱以来，我还真没正儿八经给她送过一束花，吃上一顿浪漫的烛光晚餐。

驱车来到卓美的大楼下，然后手捧花束站在路边等待米彩下班，却意外发现远处停着一辆白色的R8，还有一辆法拉利458，且都是上海牌照，我当即反应过来那辆R8是那个米斓的，可那辆法拉利458的主人却不太清楚。我点上一支烟，虽然预计待会儿米彩可能会和那个让我极度厌烦的女人一起出来，但也没有打算避开。在我快要抽完一支烟的时候，终于发现米彩和米斓并肩向那辆停着的R8走去，再细看，竟然发现她们身后还跟着一个熟人，正是当初的小海龟蔚然，没想到他又回国了！

正在愣神间，三人已经走到了停着的R8和法拉利458旁边，米彩似乎打算坐进R8内，却被米斓推到了蔚然的那边，终究她还是上了蔚然的车，然后两辆超跑小片刻后便顺着车流消失在了我的视线中……

第205章

突生
意外

我立在原地，很久才向自己的车走去，将那束花扔到副驾驶座后，闭上眼睛有些乏力地靠在椅背上。忽然传来一阵敲车窗的声音，睁开眼，发现方圆正站在车窗外，我摇开了车窗，他笑着向我问道："你小子是在等米总吗？"

"她有事先走了，你有空吗，陪我去喝几杯。"

"你这心情看上去不太好啊！"方圆说着拉开了车门，发现摆放在副驾驶座上的花束，随即给了我一个明白了的眼神，又向我问道，"想去哪儿喝酒？"

我启动了车子，脱口而出："酒吧。"

这次我并没有去"第五个季节"喝酒，而是去了这几年我经常去买醉的酒吧，然后点了满满一桌啤酒。

方圆和我碰了一个之后，向我问道："和米总相处得不愉快吗？"

我一口气喝了半瓶才停下来，向方圆问道："你和兄弟说句心里话，你看

好我们吗?"

　　方圆沉默了许久,然后摇了摇头,却没有解释。

　　我闭上眼睛,发泄似的将瓶中剩余的啤酒喝完,其实心里并不是不知道米彩和蔚然只是朋友关系,但仍介意,尤其是想到蔚然曾经和她表白过就更加介意,况且看今天米斓对蔚然的态度,就明白他才是米彩家人中意的人选,而我只是那个被人拿一百块钱赶出别墅的穷鬼。冰冷的酒液流进了我的胃里,我又一次在压抑中体会到那种变异的快感,暂时忘却了所有的烦恼和不快。

　　方圆从我手中夺过酒瓶,沉着脸对我说道:"你少喝点,咱们聊会儿天。"

　　"有什么可聊的。"我说着又用牙咬开了一瓶啤酒,然后狠狠灌了一口。

　　方圆按住酒瓶,严肃地对我说道:"你知道吗?卓美最近有重大的人事变动,米仲德的女儿被调派到苏州了,现在负责整个商场的日常运营。"

　　我有些吃惊,下意识地问道:"米仲德的女儿调到苏州的卓美了?"

　　"嗯,很明显是用来牵制米总的……不过,米总近期也准备将陈景明调到上海的总部反制米仲德。"

　　"陈景明一个人势单力孤,去上海总部能有什么作用?"

　　方圆摇了摇头,说道:"你小看米总了,在上海总部她还是有不少心腹的,不过这些人很少参与集团的管理,所以需要陈景明去运用这些心腹的影响力参与到上海卓美的管理工作中,从而达到反制米仲德的目的。"

　　我点了点头,没有再发表什么意见,但心中还是相信陈景明的。短暂的沉默之后,我又拿起啤酒瓶喝了起来,此刻我好似十分依赖这种放纵后的快感,因为这会让我短暂地忘记那现实的悲痛和压抑。

　　"昭阳,你少喝一点……"方圆不厌其烦地提醒着我。

　　"哥们儿是让你来陪我喝酒的,不是劝酒的,难得有喝酒的兴致,你就别扫兴了,行吗?"

　　"我刚刚给米总发信息了,她说待会儿就过来。"

　　我看着方圆,心中不满他给米彩发信息,可最终也没有说什么,因为我还没喝糊涂,知道他这是为了我好。

　　片刻之后酒吧的入口处走来了两个女人,正是米彩和米斓。两人来到我和方圆的身边,方圆很正式地喊了米彩一声"米总"。米彩笑着对他说道:"不是工作时间,你叫我名字就可以了,谢谢你今天晚上陪着昭阳。"

　　方圆回应了米彩一个笑容,又和米彩身边的米斓打招呼,喊了一声"米总监"。米斓点了点头,倒没有因为方圆是我的朋友而厌恶他,可能是和方圆长着一张极具亲和力又不失帅气的脸有关。

"昭阳，我送你回去吧，你的车钥匙给我。"米彩对我说道。

我还没开口，米斓却言语冰冷地接过了话："你喝酒还要麻烦我送我姐过来，真以为你是谁啊！"

我终于按捺不住火气，说道："是不是不挤兑我，你就浑身难受？"

米斓霎时就火了，怒道："真不明白我姐是怎么看上你这个下三滥的！"

"昭阳、米斓，这是公共场合，你们少说两句，行吗？"米彩说着将米斓拉到了自己身后。

我知道自己犯不着和一个女人较劲，点上一支烟，极力克制着心中的火气。

这时从另一个角落里走来三个男人，那晃晃悠悠的样子好似喝了不少酒，他们来到米彩和米斓的身边，言语轻浮地说道："远看这俩姐就长得水灵，近看更赞……怎么样，到哥哥们那边坐坐，保证让你们嗨个够！"

方圆起身对仨人说道："这两个小姐是我们的朋友，你们讲点规矩。"

"哪来的傻逼，这儿有你说话的份儿吗？"其中一个留着寸头的夹克男指着方圆的鼻子说道。

我一直压抑着的火气瞬间被点燃，顺手从桌子上操起一个啤酒瓶，抬手就砸在了夹克男的头上，给他开了瓢。当即，夹克男的两个朋友操起啤酒瓶，气势汹汹地向我砸来，我本能地将米彩护在身后，而她身边的米斓却落单了，我躲过了其中的一个啤酒瓶，一脚又踹翻了一个，而剩下的那一个却举着瓶子砸向米斓，我想去拉她一把已经来不及了。

鲜红的血顺着方圆的后脑勺洒了下来，在那千钧一发之际，方圆抱住了米斓，却将自己的身后全部暴露出来，而酒瓶正好砸在了他的后脑勺上。

这个时候，酒吧的保安终于赶了过来，拉住了手持啤酒瓶的我，还有对方的两个人。

方圆就这么倒在了米斓的身上，而米斓已经被吓得脸色煞白，我也慌了神，因为方圆被砸中的地方正是头部最脆弱的后脑勺，我几乎颤抖着向米彩喊道："快……快打急救电话。"

米彩的脸色虽也煞白，但还是保持冷静地拨了急救电话，然后将地址报给了对方。

我终于意识到这场飞来横祸是因我来喝酒而起，当即瘫坐在地上，心中充满了自责：要是方圆有个三长两短，我怎么对得起颜妍！

第 206 章

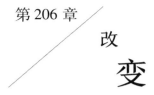

　　保安人员找来止血带帮方圆包扎上，米斓一直这么扶着方圆，一动不动。我终于冷静了些，对米斓说道："等不及救护车了，你的车钥匙给我，离这边最近的医院十分钟就能到。"

　　米斓机械似的将手提包递给了我，说道："车钥匙在里面。"

　　我打开手提包一股脑儿将里面的东西倒了出来，从里面找到了车钥匙，接着从米斓的手中接过方圆，抱着他向外面跑去。来到米斓的车边，我才想起 R8 是双人座，于是又向自己的车子跑去。

　　米彩紧紧跟着我，说道："你喝酒了，别再开车添乱，车钥匙给我，我来开。"

　　我示意车钥匙在我的上衣口袋里，米彩麻利地从里面掏了出来，当即打开车门。我将方圆抱了进去，护住他的头，让他躺在我的腿上。米彩第一时间启动了车子，瞬间冲过了一个弯道。好在没遇上堵车，原本十分钟的车程，五分钟便被米彩搞定，可我却好似在煎熬中过了一年。等米彩刚停稳车，我便抱着方圆向医院内冲去，然后心急如焚地看着方圆在一群医生和护士的簇拥下被推进了急救室。

　　米彩靠着墙壁站着，我低着头双手痛苦地拉扯着自己的头发，却一句话也说不出来。片刻之后米斓也赶到了医院，然后又来了几个民警，准备押解我去派出所处理打架事件。我挣扎着不想去，想在医院等待方圆的抢救结果。这时，米彩拿出手机拨通了一个电话，又来到几个民警的身边问道："请问你们谁是何警官？"

　　其中一个民警应了一声。

　　米彩将手机递给了他，说道："打扰一下，你们领导要和你说话。"

　　何姓民警从米彩手中接过了电话，然后不断地点着头，片刻后将电话还给米彩又冷着脸对我说道："明天自己主动到派出所接受处理，知道吗？"

　　我麻木地点了点头，然后无力地坐回到椅子上，除了挫败感，更感觉自己的世界黑了，我就是如此荒唐，荒唐到连累了自己的兄弟，荒唐到需要女人来为自己解决一个又一个麻烦……我为什么会活成这样，为什么？好似在炼狱中走了一遍之后，急救室的门终于被打开，我、米彩、米斓三人迅速迎着主治医生跑了过去。

医生摘下口罩对我们说道："万幸没有砸到要害，有点轻微脑震荡，刚刚做了缝合手术，静养一段时间就可以复原了。"

心中的大石落了地，紧绷的神经顿时松懈，我靠着墙壁坐了下来，缓了很久，这才敢摸出手机给颜妍打了电话。最终颜妍留在了医院陪护，也没有责备我什么，这却更加深了我的负罪感，直到此刻，我的心中仍一阵后怕，如果方圆真的出了什么意外，我哪怕自绝于颜妍面前也不足以弥补。

在我和米彩、米斓准备离去之时，得到消息的简薇也赶到了医院探望，但只与我们打了个照面后便直接去了病房，而此刻我真为她感到庆幸，因为放弃我这么一个一事无成的事儿逼，少了很多麻烦和痛苦。

米彩将我送回到老屋子后，我坐在沙发上一支接着一支地抽着烟，心中不可避免地想了很多，终于掐灭掉手中的烟，向坐在对面的米彩问道："你应该对我很失望吧？"

米彩久久没有言语，但这种沉默对于我而言也是一种回答，我心中忽然产生一种不能克制的窒息感，原本我是带着喜悦想送她一束花，再邀请她共进烛光晚餐，可最后却落得如此结局，说来便是那该死的自尊心在作祟，可是自尊心的根源又在哪里？说到底还不是因为自己没钱、没地位，一旦不能在这个现实世界中畅快地活着，便用自尊心将自己全副武装起来，然后在龟缩中得到那一丝可怜的安慰。

一直沉默着的米彩终于对我说道："昭阳，你可以成熟一些吗？这已经是你第二次在酒吧打架滋事了。"

"我受不了他们指着我兄弟的鼻子，更受不了他们嘴里对你的不干不净！"

米彩又陷入沉默中，我知道她心中有感动，所以不忍再责备我，却又不喜欢我的不理智，更连累了自己的兄弟。我虽然是在维护方圆，可和他差点有性命之忧相比，这样的维护真的正确吗？

米彩离开后，关了灯的房间里只剩下我一个人，一片黑暗中我渐渐冷静下来，然后回想走过的人生，却想不起自己是在什么时候被自尊心支配着，变成了一只刺猬，一只长着倒刺的刺猬，然后将自己刺得遍体鳞伤，还不断往伤口上撒盐。我不想再做那只长着倒刺的刺猬，哪怕拔掉倒刺的过程中必须忍受痛苦，我也在所不惜！重重地吐出了心中淤积的闷气，我终于拿出手

机给简薇发了一条信息："明天有时间吗？我想和你聊聊广告业务的事情。"

看着这发出去的信息，我好似感觉到那拔掉倒刺的疼痛，但是我需要一笔资金。在这个社会中生存，靠自己幻想出的自尊心并不会真正为自己获得多少尊严，相反事业和物质才是立足的根本。虽然我借助了简薇的力量，但如果能谈判成功，至少我是付出努力的，而不是那嗟来之食，我完全可以把简薇当成一个素不相识的广告公司的老总，然后指派我去洽谈这笔广告业务。

片刻之后简薇便回了我的信息："明天下班后吧。"

"嗯，你定个地方。"

"哪里都一样，只是我很好奇，是什么让你改变了原先的决定？"

我盯着这条信息看了许久，下意识地从烟盒里摸出一支烟点上，终于在手机屏幕上按出一行字发了出去："是面目全非的生活。"

夜，更加深沉，风透过那没有关严实的窗户吹动了窗帘，我便在缝隙中看到了洒进屋内的月光，它是那么皎洁，以至于让我看得有些入神，直到信息提示音再次响起。这是简薇在时隔一刻钟后才回复过来的信息："明白了，明天晚上七点，星巴克时代店见。"

第 207 章

赴
约

次日我早早便去了菜市场，买了些猪肝，加入红枣熬成了汤后便向医院赶去。来到医院后，颜妍正在病房的卫生间里洗漱，方圆还没有睡醒。我怕将方圆吵醒，便轻手轻脚地将装着汤的保温瓶放在了病床边的柜子上，然后带上门，站在走廊里给米彩打了一个电话。

"你起床了吗？我想买些早饭给你送过去。"

"不用了，我正在去上海的路上，今天有个工商管理局的会议要参加。"

"哦。"

米彩沉默了一会儿后，接着说道："你待会儿别忘了去派出所。"

"不会忘的。"

"够钱交罚款吗？"

实际上我的身上只剩下1000多块钱，但还是硬着头皮说道："有，你专心开车吧，我挂了。"

"嗯。"

随后两人便各自挂断了电话。

我回到病房里，颜妍提着我带来的保温瓶，问道："里面装的是什么？"

"红枣和猪肝炖的汤，补血的。"

颜妍放下保温瓶，面色严厉地说道："知道自己错了吗？"

"嗯，我就是一事儿逼！"

颜妍叹息，又放轻了语气说道："昭阳，你这好闯祸的脾气真该改改了，你自己说，从大学到现在你闯了多少祸，然后我们家方圆次次躺着都中枪，我这心里真是害怕，毕竟也没练过金钟罩、铁布衫啥的，真架不住你这么折腾！"

"姐，我真知道错了，以后一定克制……你累了一夜，也喝点汤吧，补血的，特别适合来了大姨妈的女人喝。"

颜妍白了我一眼，而方圆也终于醒了过来，我凑近他问道："还认识哥们儿不？"

"昭阳嘛！"

我又指着颜妍，向他问道："这个呢？"

"我老婆。"

我终于松了一口气，看样子是没留啥后遗症。我赶忙帮他们盛好了猪肝汤，看着两人吃完。

过了一会儿，病房的门忽然被打开，来人却让我倍感意外。米斓来到方圆的病床边，放下手中的果篮，言语颇关切地问道："方经理，感觉怎么样？"

方圆回应道："没什么问题，修养几天就能出院了，谢谢米总监专程来探望我。"

米斓笑了笑，又看了一眼颜妍，这才对方圆说道："你安心养病，治疗的费用公司会给你报销的。"

方圆连忙回道："米总监，这事儿就不用公司介入了，治疗的费用肯定要动手的人付。"

米斓看了看我，言语颇不屑地说道："这下三滥也打伤了对方的人，我姐

为了减少麻烦，和他们调解的结果是各自承担治疗费用，你觉得这下三滥有钱承担吗？"

颜妍冷冷地看着米斓，说道："这位小姐，你来看方圆，我很感谢，但是请你说话客气点，什么叫下三滥？"

我接过颜妍的话，说道："姐，你体谅她一些，可能小时候她被狗咬过，没打狂犬疫苗，现在逮住人都爱吠两声！"

米斓恨恨地瞪着我，处在快要发狂的边缘。

方圆见状捂住自己的额头，说道："我头有点晕，你们谁帮我去叫一下医生。"

众人顿时偃旗息鼓，颜妍起身准备去找医生，方圆却拉住她，笑了笑，道："开玩笑的，怕你们吵起来，这大清早的让我清静一下吧。"

米斓又瞪了我一眼，这才对方圆说道："方经理，你安心养好身体，我就不打扰了，再见。"

"再见。"

米斓离开后，我又对颜妍说道："你累了一宿了，赶紧回去休息吧，我在这儿陪方圆。"

颜妍点了点头，说道："嗯，那我中午过来换你。"又转而向方圆问道："中午你想吃点什么，我给你做。"

"合口味就行，对了，回头你来的时候把我的手提电脑给带过来，我还有几个企划文案要审核。"

颜妍应了一声，便提着自己的手提包离开了。见颜妍已经走远，我压低了声音向方圆问道："身上带钱了么，借我点儿。"

"怎么了？"

"去派出所交打架的罚款。"

方圆没再多说什么，从柜子里拿出自己的公文包，抽出一张银行卡递给我，又将密码也一并告诉了我。

我拍了拍他的肩膀，一半惭愧一半感激地说道："这次兄弟真的给你添麻烦了……你先自己待一会儿，我去派出所交完罚款就回来。"

"是兄弟就别说什么添麻烦的话。"方圆拍着我的肩膀笑了笑，说道，"赶紧去把罚款交了吧，以后凡事克制一点，收收自己的暴脾气。"

我点了点头，没有言语，但并不是敷衍方圆，事实上，我真的该让自己成熟一些了。来到派出所后，那个何姓警官按照程序先狠狠地教育了我一顿，然后在我主动提出要交罚款时，他却告诉我"不必了"。我有些费解，他又告诉我，在我没来之前，一个女人来派出所帮我交过罚款了。我知道这个女人多半是米彩的助理。我无法言明自己从派出所出来后的情绪，但心里却知道，米彩始终还是放不下我，虽然心中已经对我失望透顶。回到医院后，我将没动过的银行卡又还给了方圆，然后一直陪到傍晚，这才驱车向和简薇约定的咖啡店赶去。

大约一刻钟后，我到达了星巴克的时代店，而简薇已经坐在里面点好了咖啡。我做了个深呼吸才推门走了进去，却提醒自己这只是一场普通的商务会谈，简薇对我来说就是一个广告公司的老总，而我要做的便是期望接下来的会谈能够顺利，然后通过这次机会挖到我人生中的第一桶金。

第 208 章

一个简单的

夜

我在简薇的对面坐了下来，她帮我点了一杯拿铁，她自己则要了一杯密斯朵咖啡，而三年前，我们若来星巴克，都会这么点。实际上，我已经不太习惯喝咖啡，因为现在的我太容易失眠。我没有多余的话，直切主题："你们公司现在是什么情况？"

"行业内顶级广告策划两名，顶级设计师三个，资深策划和设计师若干，足够满足客户需求。"

我点了点头，如果简薇的广告公司在人员上有如此配置的话，那么还是很有底气去和房地产公司进行洽谈的。

"你是从哪儿找来这些精英的？"我有些疑惑地问道。

简薇语气很平静："从我爸公司挖的，还有通过朋友介绍来的。"

我一阵沉默，尽管简薇说过不借助他爸的资源，但真正创业时或多或少还是会接受一些帮助的，但不可否认，有了这些行业精英的加入，她的公司会更容易发展起来。在我的沉默中，简薇递给我一份资料，说道："这是我们

公司策划人员曾经做过的案例，你熟悉一下，这对你很有帮助。"

我点了点头，随即翻看起来，其中不乏一些为巨头房地产公司做过的广告策划案例，我明白仅凭这些经典案例，就已经为洽谈成功争取到极大的筹码。这时，简薇却面色严肃地对我说道："昭阳，我要提醒你，这次的业务难度还是很高的，虽然我们在策划和设计人员上有很大的优势，但是现在公司拥有的广告资源却很有限，到目前为止，我们在苏州市区内还没拿下一块户外的广告牌，你应该知道房地产是以大型户外广告为主的。"

我再次点头，缺乏广告资源，的确是洽谈合作中最大的障碍，相较于广告策划能力，房地产商更看重广告公司所拥有的广告资源，毕竟策划做得再好，没有传播的载体也是白搭。我带着疑惑问道："如果合作能够谈下来，你要怎么解决广告投放的问题呢？"

"和其他有资源的广告公司买广告投放的渠道。"

"这很冒险啊！如果那些广告公司出于保护自己的目的，不肯转租手中的广告投放渠道，那怎么办？"

"这个就不是你要操心的了，你只管大胆去谈。"

我注视着简薇，觉得她的表达前后有些矛盾，一方面提醒我目前广告公司没有资源会成为谈判的障碍，一方面又让我不要在意资源缺乏的短板大胆去谈。我端起咖啡喝了一口，没有多想，毕竟公司老板都擅长玩这套，提醒是怕员工掉以轻心，鼓励则是防止员工丧失信心，只不过简薇作为一个职场新 BOSS 没能拿捏好这个度，才让我觉得有些矛盾。我将简薇给我的资料放进了自己的公文包里，又问道："大概什么时候和对方公司约谈？"

"等我们的策划人员和设计师拿出项目的初步方案后就可以约谈，估计会在三天后，你可以利用这几天的时间先了解一下金鼎置业正在苏州开发的几个房产项目。"

我点了点头，又问道："这次的年度广告代理，金鼎置业不走公开招标的程序吗？"

"其实前段时间已经公开招标过了，不过招标过程中没有遇到满意的广告公司，所以这对我们来说是一个挑战，也是一个机遇，你有信心吗，昭阳？"

"尽力一试。"

简薇笑了笑，说道："我相信你可以成功拿下这个项目的。"

我简单回应了简薇一句"谢谢信任"，心中却已然了解拿下这个项目的难度，但是做业务，只要能够找准客户需求并去完美迎合，那成功的几率就会变得很大，所以我需要下一番苦工去找准客户需求这个最关键的点。

离开咖啡店后，我和简薇又一起驱车去医院看了方圆，离开时已是晚上八点。一个人行驶在回家的路上，不可避免地看到街头相互依偎的情侣们，这让我有些孤独，也有些无奈，因为我和米彩之间，似乎从来没有享受过爱恋中的轻松和简单。比如现在我想请她吃一支哈根达斯，然后让她依偎在我的怀里，看着她幸福的笑脸，可事实是现在的她很可能正在上海参加高端的商务宴会。她的地位和忙碌，已经决定我们之间很难有这样的小甜蜜，所以现在的我已经不太敢去奢望。

一回到老屋子，我便拿出了金鼎置业的项目资料研究起来。持续了一个多小时，我终于感觉到疲倦，合上资料，然后失神地看着沙发对面的落地灯。就这么看了一小会儿之后，我忽然想如从前那般和它们聊聊天，聊聊最近的烦心事。它们这些看上去没有情感的物件，实际上却是孤独时最好的伙伴，因为它们永远也不会嘲笑你、厌烦你。点上一支烟后，我便喋喋不休了起来……直到屋子的门被打开。我有些惊异地看着忽然出现在我面前的米彩。

她同样很诧异地看着我，问道："干吗这么看着我？"

"我以为你今晚不回苏州了。"

米彩笑了笑，说道："我不回来，你一个人肯定很无聊吧？"

得知米彩专程回来陪我，那刚刚铺天盖地的孤独感，瞬间烟消云散，于是对正在换鞋的她说道："别换了，请你吃东西。"

"嗯？吃什么？"

"待会儿你就知道了。"我说着便换好了鞋，然后拉着米彩向楼下跑去。

今天晚上的气温不算太低，吹过来的风已经带着丝丝暖意，我让米彩坐在外面等我，自己则去店里买了两个冰淇淋。我将其中一个递给了她，说道："请你吃的。"

米彩看上去有些犹豫，说道："真的要吃吗？"

我点了点头，说道："女孩子不都喜欢吃吗？刚刚我回家路过这里时，还看到一姑娘吃得特开心呢，真是应了爱她就请她吃哈根达斯那句广告词。"

米彩笑了笑，从我手中接过冰淇淋，然后靠在我的肩膀上吃了起来……而在这个只有我们两个人的世界中，我终于觉得她就是我的女朋友。等米彩吃完其中一个冰淇淋后，我又将另一个也递给了她，她看了看我，问道："你自己不吃吗？"

我摇头："看着你吃是我觉得最舒服的事情，吃吧。"

米彩看了我很久，才从我的手中接过，只是这一次却吃得很慢，然后我在不经意间看到她按住了自己的小腹，却又很快松开。我的神经还不算太大条，带着紧张问道："你是不是来例假、痛经了？"

"没关系的！"

我将她紧紧搂在怀里，心中除了感动更自责，我真的挺该死的，在她来例假的情况下还让她吃冰淇淋。

米彩轻声对我说道："昭阳，我知道自己有时因为工作忙，对你不够关心，忽略你的情绪，希望你不要怪我……但是，我真的很喜欢像现在这样简单、轻松地陪着你！"

"你别这么说，其实是我做得不够好，总是给你惹麻烦。"

米彩离开了我的肩膀，她声音依旧很轻地对我说道："昨天我在你的车子里发现了一束花，你应该是打算送给我的吧，为什么最后没有送，却跑到酒吧去喝酒了呢？"

第 209 章

巨大的

挑战

既然米彩问起，我便不打算隐瞒，但还是选择一种委婉的方式，说道："看到你和蔚然在一起，觉得你们应该有正事儿，就没打扰。"

米彩又靠在了我的肩头，却带着些抱歉说道："昨天是蔚然的生日，他举行了生日派对，我原本是打算喊上你一起的，但是……"

"但是怕我不适应那珠光宝气的场合。"

米彩并没有正面回应我，却向我问道："你是不是很不喜欢我和蔚然在一起？"

"肯定是介意的，但你们只是朋友，对吗？"

米彩点了点头。我抚摸着她的秀发，轻声在她耳边说道："忘了这些天的不愉快吧，我们好好在一起，谁也不作，好不好？"

米彩附和："好好在一起，谁都不作！"

我张开手臂，将她搂在怀里，关切地说道："你小腹还痛吗？回去给你煮些红糖水。"

"嗯。"

我们离开了街头的长椅，米彩却停下脚步，拉住了我的手。

"怎么了？"

"你背我。"

我笑了笑，随即弯下了身子背起她往回走。这一刻，那久违的幸福感终于再次占领了我的心房，想必米彩也如现在的我一般幸福。

时间又向前推进了三天，这三天中我暂时告别了之前的种种不快，全身心投入到即将和金鼎置业展开的谈判中，除了在网上找寻相关的资料，还多次实地考察了几个项目的在建情况。这个下午，我与一名房产策划师和一名设计师搭档去赴这次会谈，临去时，简薇却拎着手提包喊住了我。

"我和你们一起去，想看看你在谈判中的风采。"

我当即拒绝："别啊，又不是去打狼，这么多人过去会给客户留下我们不自信的第一印象。"

"我不这么认为，相反会显示出我们公司对这个项目的重视，对吗？"

当着简薇这么多员工的面，我也不能不给她台阶下，终于点了点头。一行人乘坐着简薇的那辆凯迪拉克 CTS 向金鼎置业赶去。金鼎置业的客户经理接待了我们，然后带着我们与他们策划部的总监见了面。策划部的总监好似认识简薇，很友善地称呼简薇为"简总"，简薇也向我们介绍了他。我们依次和他打招呼，然后一一落座。

简薇轻声在我耳边说道："以前与王总监吃过几次饭，所以才有这次约谈的机会，他为人还是很严格的，不过我希望待会儿你能保持良好的心态，做到随机应变，完成这次会谈。"

我点了点头，简薇再次向王总监介绍了我，并表示即将举行的会谈由我全权负责。

我平复了一下心情，快速让自己放松后，微笑着对王总监说道："您好，王总监，首先我代表思美广告向金鼎置业表达真挚的合作意愿，同时祝贵公司在建的几个项目都能取得红火的销售业绩。"

王总监笑了笑，问道："你说说看，我们金鼎置业在建的项目是哪几个。"

我不紧不慢地说出了几个在建项目的名称。王总监点点头，又说道："那

你再谈谈个人对这几个在建项目的看法。"

我快速在大脑里回忆，依旧很沉稳地向王总监表达了自己的一些看法。

王总监听完我的叙述之后，点了点头，面色却忽然变得严肃，说道："今年，我们金鼎置业在苏州一共有三个项目要上，上面给的广告预算是500万，这对任何广告公司而言都是一笔极具诱惑力的业务，但是想拿到我们的业务没有这么简单，我想你之前也应该了解到，我们公司曾经有过一次公开的招标，但是，来投标的广告公司无一幸免全都失败，所以，这次你必须给我一个充分选择你们思美广告的理由。"

我心中顿时一惊，因为之前我所预计的广告投入金额在100万到200万这个区间内，没想到竟然是500万，想来简薇还真是有魄力，如此巨大的广告业务，单笔就能养活一个中小型广告公司，所以没有一定的实力，是想都不敢想的，而简薇这刚成立的广告公司能有多强的硬件实力？我顿感压力，甚至忽略了如果能谈下这笔业务，我便可以获得50万报酬。

王总监不给我思考的空隙，极具压迫感地对我说道："不要和我提你们公司有多少顶级的策划和设计人员，前面来参与竞标的基本上都达到了4A级广告公司的标准，最不缺的就是顶级策划和设计。"

听王总监这么说，此刻我可以断定：这个王总监已经掌握了广告公司的谈判套路，这个时候我如果再走常规谈判程序，肯定会一败涂地。眼角的余光瞥到简薇，连她的脸上都露出了紧张之色，想必也是被王总监这不按套路出牌的方式震惊到了。我极力让自己冷静，快速思考着思美广告具有哪些其他广告公司所不具备的独特优势，但结果是没想到那独特的优势，劣势倒是想了一大堆。我深知这样的会谈机会只有一次，如果抓不住，以后便没有机会了，于是强行克服紧张。

我笑了笑，很坦诚地对王总监说道："王总监，实话和您说，我现在很紧张，因为您对广告行业的了解彻底打乱了我的谈判思路，我们公司和其他广告公司相比确实没有什么明显的优势，甚至劣势更多，但是有一点是其他广告公司所不具备的。"

王总监好似很享受我那一句"因为您对广告行业的了解"，笑了笑，说道："是什么优势，你说说看。"

此刻，我的心里并不明确有什么优势，之所以这么说，只是想为自己争取思考的时间，于是又对王总监说道："我想冒昧地抽支烟，行吗？"

王总监点了点头，做了一个请的手势："可以理解，你抽吧。"

我从口袋里拿出一盒点八的中南海，却不想王总监做了一个夹烟的手势，示意我给他也来一支。我抽出一支递给他，并为他点燃，他吸了一口，说道："以前在北京待过一段时间，抽的都是这个烟，还是蛮怀念的。"

我点了点头，给自己也点上一支，趁抽烟的空隙，再次快速在大脑里思索，与其说思索，倒不如说虚构，因为那所谓独特的优势是根本不存在的，但是我仍想做这最后的一搏。

第 210 章
胆大妄为

除了王总监，随行众人都忐忑地看着我，而我手中的那支烟，终于不可阻挡地燃尽，我心中骤然蹦出一个想法，却又忽然胆怯，因为这个想法过于夸张，过于离经叛道。一瞬间的微妙中，我骤然平静下来，按灭烟头，然后单手抓住烟灰缸旁的一只玻璃杯，抬手便将玻璃杯砸向地面。"哐当"的爆裂声后，现场鸦雀无声，众人怔怔地看着我。在死一般的寂静中，我笑了笑，说道："我们有其他广告公司不具备的胆大妄为。"

王总监抽出一张纸巾擦了擦脑门上的汗，又挥手让闻声赶来的保安离去，这才对我说道："你给我解释解释，所谓的胆大妄为，要是不能让我满意，这个砸掉的茶杯，你可得加倍赔偿。"

我再次平复了自己的情绪，依旧带着笑容说道："目前金鼎置业在建的三个项目中，有两个都是公寓型的楼盘，面对的主要消费群体是那些工作压力极大的白领，他们忙工作、忙社交，但个人生活却非常压抑，他们需要一种摔裂式的发泄，就比如我在摔裂一只杯子中所获得的快感……我相信自己刚刚的行为够得上胆大妄为这四个字，也只有我们这胆大妄为，初生牛犊不怕虎的广告公司才能策划出最能迎合都市白领消费需求的宣传主题。"

"如果让你策划，你会给我一个怎样的宣传主题？"

我的思维此刻犹如那泄洪的狂流，没有一丝考虑便说道："摔裂生活，爆

炸快感。"

"摔裂生活，爆炸快感！"

王总监重复了一遍我所提出的主题，随即鼓掌，说道："做广告的要么就是疯子，要么就是天才，我希望你是天才……最近投标的广告公司中，给我们提供的永远是一堆毫无情感的数据和公司的资质，我早就厌恶了这种千篇一律的模式，今天，我在你的身上看到了胆大妄为和一个广告人应该有的疯狂，我们在建的这两个青年公寓项目，需要这样突破式的宣传。"

简薇面露喜色，问道："王总监，那您是愿意与我们公司合作了吗？"

"我个人很有意愿与你们思美广告合作，不过还需要提交给上面的高层让他们研究决定，你们留下公司的资料和以前做过的房产策划案例，等通知吧。"

简薇点头，将资料交给了王总监，而我的手心已经完全被汗水所浸湿。又与王总监交流了一些策划构思后，我们才离开了金鼎置业。在回去的路上，简薇非常兴奋，对我说道："昭阳，你刚刚的表现虽然胆大妄为，但却是你性格的表现，很棒！"

我笑了笑，并没有言语，想来快要被生活磨平棱角的我，已经鲜有这样的狂妄了。

简薇又问道："你能告诉我，你在摔玻璃杯的那一刹那，在想什么呢？"

"破罐子破摔呗，他不是讨厌墨守成规吗，我就给他来点刺激的！"

简薇点头："这次如果能够拿下金鼎置业的年度广告代理，你记头等功。"

"人家还没有确定与我们合作呢，你还是淡定一些吧。"

简薇摇了摇头："我很了解王总监，他一定会向上面争取的，以他在金鼎置业的地位，问题不大。"

我疑惑地问道："你对他很了解？不就吃过几次饭吗？"

简薇愣了愣才回道："我对他的了解，是基于道听途说，身处这个行业，总会有一些小道消息嘛！"

我没再多想。这个傍晚，我拒绝了简薇共进晚餐的要求，早早回到了老屋子，然后又打电话给了米彩，确定她会回来吃饭后，便陷入到做晚餐的忙碌中。晚上七点时，我终于做出了一桌丰盛的晚餐，然后便开始等待米彩的归来。我就这么坐在沙发上，看着壁钟上的秒针走了一圈又一圈，疲倦中又躺了下来，然后看着分针走了一圈又一圈。

时间于我而言忽然变得极其漫长，米彩也好似离我越来越远，我不禁疑感：为什么我们没有恋爱前，总是感觉她每天都会准时回家，而恋爱后，却各种拖延呢？再想想便明白了，没有恋爱前，我总是担心她回到老屋子赶我出去，所以我能记住的只是她准时出现的画面。

恋爱后，我总是渴望多一些时间与她相处，所以更加在意她在工作中的拖延。实际上，以前的她也很忙碌，现在的她也有准时回家的时候，只是我在意的点转移了，如此想来，恋爱倒是真的会拉远两个人的距离，因为想念太多，在一起的时间却太少！

不知道睡了多久，终于感觉到有人推我，朦胧地睁开眼，看到的是米彩那美丽却充满疲倦的面容，她带着抱歉对我说道："本来可以八点之前回来的，但是商场出了一点安全事故，我又临时组织了一场会议，所以耽搁了……你等很久了吧？"

我笑了笑，说道："没事儿，我去热菜，你赶紧坐着歇一会儿。"

米彩依旧带着歉意点了点头，而我端起已经凉了的饭菜向厨房走去，这已经是第四遍了。热菜时，我不禁想，如果我能帮简薇拿下那笔业务，获得一笔报酬，然后让自己进入创业状态，是不是和米彩相聚的时间会更少呢？

第 211 章

你怎么这么

霸道

片刻之后我热好了饭菜，准备招呼米彩吃饭时，却发现她已经躺在沙发上睡着了。我因为心疼她而叹息，来到她身边轻轻将她推醒："吃饭了，吃完饭再睡。"

米彩揉了揉自己有些疲倦的眼睛，向我问道："煮了什么好吃的？"

"都是你爱吃的，还不容易吃胖。"

米彩振奋了精神，说道："太好了！"

我挑了挑眉毛冲她笑道："那你不表示表示吗？"

"怎么表示？"

我将脸凑近了她，说道："亲我一下。"

米彩笑了笑，随即亲了亲我的脸，我很享受这样的温馨，好似之前因为等待而产生的烦躁全部烟消云散。

饭桌上，我和米彩一边吃一边聊天，她向我问道："昭阳，你工作找得怎么样了？"

我下意识地放下碗筷，稍稍沉默之后才答道："正在找。"

米彩并没有看出什么端倪，只是点了点头，说道："慢慢找，不急。"

我也附和着点了点头，然后端起碗继续吃了起来。

饭后，米彩去了卫生间洗漱，我则在厨房洗着碗筷。清洗完餐具后，我和米彩都来到客厅，但她看上去依旧没有睡觉的打算，只是陪我坐在沙发上。我有些疑惑，便问道："你是不是有什么话要和我说？"

米彩看上去有些犹豫，但还是从自己的手提包里拿出一张银行卡，对我说道："这个给你。"

我并没有伸手去接，而是问道："你什么意思？"

"……你暂时没有工作，但总会有日常开销吧。"

"我身上还有 1000 多块钱呢。"

"那点钱能做什么？"

"这点钱对你来说确实不算什么，但对我来说，只要省着花，就可以坚持一段时间。"

"你我之间何必分得这么清楚呢？"

"至少我们还没结婚，结婚之前分清楚些，我觉得是好事儿。"

米彩不语，手中的银行卡却依然没有放下。

我冲她笑道："要不然你现在就嫁给我啊，你嫁给我，我就让你养着。"

"无赖！"

"再骂一遍听听。"

"无赖！"

"就喜欢听你骂我无赖……哈哈！"

米彩却没有附和我，许久才低声说道："你要真是个无赖就好了。"

我当然听得出米彩是在用隐晦的方式说我自尊心强，但那又如何，一个男人如果在自己的女人面前不能保持足够的自尊心，只能说明这个男人有吃软饭的嫌疑，贪图的只是女人的财富，而我显然不是，如果真有所图，也只是图她的心，一颗能够爱我到老的心……

我忽然站了起来，将米彩一把抱了起来，说道："乖了，赶紧去睡觉……明天说不定又忙得天昏地暗！"

"人家还不想睡觉，你怎么这么霸道啊？"

"在卓美你是 CEO，在这个屋子里，你只是我昭阳的女朋友，所以……就是要对你霸道！"

米彩瞪着我，手却温柔地搂住了我的脖子，而我带着一丝满足感将她抱进了房间，又替她盖上了被子，关掉了灯。

离开了米彩的房间，夜再次将我们分隔两边。目光在不经意地瞥到了米彩留在茶几上的那张银行卡，心中却滋味莫名，渐渐对金钱的渴望愈发强烈起来，但我明白，那属于我的金钱，一定要是自己堂堂正正赚回来的。于是不禁问自己：如果能从简薇那里拿到 50 万的提成，算得上是堂堂正正属于自己的吗？这很难说清楚，至少我并不认为自己的一次即兴发挥便值那 50 万！

时间继续往前推进，过去的两天中，我依旧穿梭在各家公司的面试中，但结果依旧让我失望，即便遇到一两家对我感兴趣的公司，但开出的试用期月薪最高的也才 5000 元，这显然让我不太满意，哪怕是在宝丽百货也曾拿到 7000 元的月薪，人一贯如此，曾经达到一定水平后，心理上就不能接受现在的后退……于是，我又一次被现实生活给残忍地揍了！

这又是一个疲倦了一天后的傍晚，我推着购物车游走在超市中，像个居家妇女一般寻找着打折后的食品。逛了一圈后，购物车里还是空荡荡的，总觉得这儿的商品都偏贵，又动起了去菜市场买食品的念头，于是真的两手空空离开了超市，又向对面不远处的菜市场走去。

一番与菜贩们激烈的讨价还价中，手机忽然响了。我接通了电话，还没来得及开口说上一句"你好"，电话那头的简薇便兴奋地对我说道："昭阳……好消息，我们在金鼎置业的年度广告代理申请已经被他们的高层通过了……我们成功了！我们拿下了这笔 500 万的年度广告代理业务！"

我有些恍惚，接着陷入沉默中，心中却忽然升起两个疑惑：我就要拿到 50 万的项目提成了吗？我该用这笔钱做些什么？电话那头的简薇依旧兴奋地说道："昭阳，明天下午三点钟，你来我们思美广告，我们一起去金鼎置业签订广告代理合同！"

我下意识地说了一句："我就不用去了吧。"

"不行，你是最大的功臣，少了谁也不能少了你！"

第 212 章

实话
实说

　　结束了和简薇的通话，我愣神了很久，直到小贩带着不满向我喊道："喂，你还买不买，不买别挡着别人。"

　　我这才将手机放回口袋里，说道："这个青菜，你给零头抹了。"

　　小贩不耐烦地将青菜放进了方便袋里，抱怨着同意了。我拎着方便袋向另一个卖鱼的摊儿走去，仍旧扯着嗓门开始了新一轮的讨价还价。最后，我手中提着用 50 元钱买来的菜，心里不免沾沾自喜，因为这番讨价还价买来的菜已经够我和米彩吃上很多天，想来这 1000 多块钱真的可以用上很久。

　　一阵风吹起了菜市场外透明的塑料袋，看着那轻飘飘的模样，我忽然觉得手中的那一袋菜格外沉重，而我的人生也好似随着那飘飞的塑料袋没了方向。我不禁问自己：这真是我要的生活吗？

　　这又是一个我做好晚餐等待米彩回来的夜晚，与前几天一样，今天的她依旧回来得很晚，而我把那一盘红烧肉也给热成了回锅肉。两人洗手之后坐在餐桌旁吃起了晚餐，米彩对我说道："昭阳，以后你别等我到这么晚了，你可以先吃的。"

　　"看着你吃，我才有胃口。"

　　米彩很开心地笑了笑，又像前几天一般关心起我的工作："你工作找得怎样了？"

　　我犹豫着要不要告诉她帮简薇谈下广告业务的事情，最终还是选择了隐瞒，摇了摇头。

　　"嗯，不用急，慢慢找。"

　　我向米彩面前凑了凑，问道："我看你这副淡定的模样，是不是巴不得我找不到工作，在家里做一个家庭妇男啊？"

　　"没有，你想太多了吧？"

　　看着她急于否认的模样，我皱了皱眉，再次问道："到底有没有？"

　　米彩好似犯了错般看着我，半晌才点了点头。我无奈地苦笑……

　　"是不是我说错话了？"米彩有些紧张地问我。

"没有，我只是想，以后就算有工作我也可以为你做晚饭、收拾家里的。"

米彩摇头："我不信，没有那么轻松的工作，尤其是你从事的行业。"

"于是你就自私地希望我一直找不到工作？"

"我错了！"

"罚你把这块肥肉吃了。"

我和米彩就这样愉快地吃着晚餐……

次日下午两点，我如约来到简薇的公司，准备和她一起去赴3点钟与金鼎置业签订广告代理合同的约。我坐在简薇的办公室里抽着烟，简薇则紧张地做着签约前的各项准备。我在无聊中抽完一支烟，然后说道："我怎么总感觉这次的合同拿得太容易了！"

"容易吗？我不这么觉得！"

"500万的广告项目啊！一个星期不到就拿下来了，还不够容易吗？"

"因为我们之前做了充分的准备……机会总是给有准备的人的。"

"勉强说得过去，但是……"

"别但是了，等着拿你的项目提成就行了。"

下午三点钟我们准时来到金鼎置业，然后在我的亲眼见证下，简薇与金鼎置业的总经理签订了年度的广告代理合约，当他们正式交换签过姓名的合同时，我才终于确定，自己真的要拿到那50万的提成了，我的心情霎时变得微妙，毕竟真的已经穷了太久太久……

签订合同后，由简薇做东，宴请了王总监和金鼎置业的其他高层。整个晚宴的过程中，王总监对我赞赏有加，而简薇也在赞赏声中说了一句让我难以忘记的话：她一直对我充满了信心。

接下来的时间，我一边应付着别人向我举起的酒杯，一边揣摩着简薇的这句话。她真的从未对我丢失过信心吗？如果答案是肯定的，为什么当初还要那么决然地抛弃我？我在酒后的眩晕中笑了笑，告诉自己：别天真了！这不过是她在人前的客套话而已。

这个夜，我招架不住别人的轮番劝酒，喝得完全断了片，以至于不知道自己是怎么回到家中的，直到半夜在口干舌燥中醒来。喝了一杯水，我下意识地拿起手机看了看，却发现上面有多个米彩打来的未接电话，这才想起喝酒时将手机调了静音。我带着一丝不安敲响了米彩的房门。

片刻之后，米彩穿着睡衣从房间里走了出来，她很平静地对我说了一句："醒了。"

"嗯，晚上是谁把我送回来的？"

"一个男人，我不认识，应该是和你一起喝酒的朋友吧。"

我心中顿时松了一口气。谁知这时米彩从茶几下的抽屉里拿出了一张银行卡递给我。

"你又给我银行卡做什么？"

米彩摇了摇头，说道："这张卡不是我的，是那个男人留下的，他说这是你谈下广告业务后获得的提成，有50万！"

我当即怔住了，有些发愣地看着米彩。

"昭阳，你不是一直在找工作吗？"

"嗯……是在找。"

"那你告诉我这50万是怎么回事……实话实说。"

我感觉到难以启齿。

"你不说，我也有办法知道这笔钱的来历，但我还是希望你自己说出来……我真的很害怕你做错事，怕这是一笔不干净的钱！"

"这钱真的是谈成广告业务后的提成，如果是不干净的钱，他怎么还敢将这笔钱让你转交给我。"

米彩点了点头，说道："这样最好……那你说说这笔你谈成的广告业务吧，我对此很好奇。"

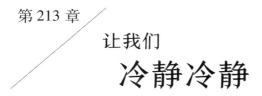

第213章

让我们

冷静冷静

米彩不得到答案便不罢休的眼神，让我感到压抑。我为自己点上了一支烟，吸了半支后便将烟按灭在烟灰缸里，然后心一横，说道："这笔广告业务是帮简薇和金鼎置业谈的……我……"

米彩眼中含泪，摇着头说道："你不用再往下说了。昭阳，我真的很怀疑自己在你心中的地位，你口口声声说在乎我，但是你愿意为乐瑶来苏州打理酒吧，愿意为简薇去洽谈业务，唯独不愿意去卓美工作……"

"……真的不是你想的这个样子。"

"你告诉我，你是怎么想的，这件事如果发生在别的女人身上，她们是不是能够无动于衷？"

我叹息，又在烦躁中点上一支烟，却忽然变得口拙，完全不知道怎么去解释。米彩转身向自己的房间走去，然后便听到收拾衣物的声音。我忽然感到疲倦，甚至没有力气去阻止，只是目光涣散地看着电视柜，却在电视柜旁看到了一把竖着摆放的吉他。我再次掐灭手中的烟，拿起吉他打量起来。

这把做工精湛的吉他明显是定制的，我忽然明白这就是米彩前些日子说要送给我的那把吉他。我又在吉他的背面看到彩虹和朝阳的图案，我知道，朝阳是我，彩虹是她，虽然这把吉他上没有刻我们的名字，但是更胜刻上姓名。我的心好似被扔进辣椒水中那般疼痛，抬起头极力让自己的气息顺畅，才放下吉他，轻轻推开了米彩的屋门。

她已经将自己曾经留在这里不肯带走的衣服一件件装进了一只大行李箱，我的心好似一点点被抽空，感觉到了恐慌和窒息。我终于不能控制自己，两步走到了米彩的身边，然后死死抱住她，不让她继续收拾下去。

米彩挣扎着，说道："放开我。"

"别走，好不好？"

"你走开。"

我将她抱得愈紧，已经哽咽："不要走、不要走……有些难处我不知道该怎么和你说，我笨，真不知道怎么去形容……但是，我爱你……真的爱，你走了，我会空的，空成一副皮囊！"

米彩紧紧咬着嘴唇，眼中隐隐含泪。我不顾一切地吻向她，她拼命拒绝，又渐渐迎合。我再也不能控制自己，将她抱到床上，一颗一颗地解开了她的衣扣，她的身体就这么暴露在我的面前……脸在不经意间与她的脸贴在了一起，那泪湿的感觉让我瞬间清醒，渐渐停止了手上的动作，然后抬起头看着她。她脸上挂满泪水，这一幕让我迅速消退了生理的欲望，不知所措地看着她，半晌才说道："对不起……对不起！"

米彩系上自己的衣扣，看了我许久："昭阳，让我们都冷静冷静，好吗？"

"要冷静多久，我害怕你这么一冷静就不再回来。"

"我更害怕你和那么多的女人纠缠不清……这不是我想要的爱情！"

"我也不想和她们纠缠不清，可是……现实……"

"你说啊，现实怎么了？"

"现实……让我需要那笔钱。"

"你需要钱为什么不和我说？"

"你不明白吗？我想要的是一笔靠自己能力赚来的钱，而不是别人的赠予！"

米彩痛苦地摇了摇头："现在我们连沟通都已经有了障碍……让彼此冷静冷静吧。"

我仰起头，不让眼角传来的温热感转化成眼泪，心中却泛起一阵铺天盖地的无力感……我想我一辈子都不会忘记这个夜晚以及她拖着行李箱离去的背影，因为那行李箱里装着的不仅是她的衣服，还有我的灵魂。

我一个人在她的房间里枯坐到天明，我渐渐明白，这个世界上最不能被计划的便是爱情，我们的确可以把爱情憧憬得很美好，可现实生活总有各种意外，让我们迷失在爱情的泥流中。而现在的我也只能寄希望于她那句"让彼此冷静冷静"，因为她还没有说"分手"。

我像一具没有灵魂的躯体，游荡在这个屋子里，一会儿站，一会儿坐，一会儿又走两步。直到屋子里手机的铃声响起，我才一个箭步冲进了房间，祈祷是米彩给我的电话，却是简薇打来的。我点上一支烟后接通了电话，也不说话，只是等待着她先开口。

"昭阳，对不起……我原本将银行卡放在了你的口袋里，没想到赵柯（送我回家的人）怕你酒后弄丢，便交给米彩保管了……"

我打断了简薇："如果向晨知道我帮你做业务，他会不开心吗？"

简薇几乎没有思考便说道："他凭什么干涉我工作上的事情？"

"那你干吗在意赵柯将银行卡给了米彩而不是我呢？"

简薇这才松了一口气，说道："没有影响到你们就好。"

挂掉电话后，我随即看到了一条没有打开的信息，是简薇昨晚发给我的，她告诉我，银行卡在我衣服口袋里，还附上了银行卡的密码。她没有撒谎，我现在所有的麻烦，只是因为赵柯的多此一举，可是能怪人家吗？毕竟人家也是出于好意，所以此刻我情愿相信，这是我和米彩走在爱情道路上必须经历的一劫。可是为什么简薇可以说出向晨凭什么干涉她工作这样的话，而我却不能用同样的一番话去说米彩呢？想来，爱情从来是不平等的，我和向晨都是爱情中弱势的一方，而米彩和简薇则是被偏爱的那一方。

黄昏的夕阳下，我抱着米彩给我定制的那把吉他来到了护城河边，看着吉他上那朝阳和彩虹的图案，我忽然很想她，想让她在我身边，听我为她弹上一曲，可终究是奢望。或许彩虹的美丽是因为经历了风雨的洗礼，朝阳的光辉是因为冲破了黑夜的束缚，她是彩虹，我是朝阳，我们命中注定是要在一起的，而现在短暂的分别只是因为那阻碍我们的风雨和黑夜，总有一天我会看到她的美丽，她会沐浴在我的光辉下！

第 214 章

冷静后的
结果

伴随着傍晚的春风吹过，我终于拨动吉他弦唱了那首曾经无数次唱起过的《爱的代价》以劝慰、勉励自己。一曲唱罢，我从口袋里掏出那张有 50 万存款的银行卡，将其举在眼前看着。50 万，可以让我在这座城市得到很多东西，只要我愿意，甚至可以在不贷款的情况下买下一所小型单身公寓，从此结束这漂泊的生活。可这是不是来得太容易了？所有的一切，只源于我在绝境中砸了一只杯子。思来想去后，我终于拨通了简薇的电话，约她过来。

我原以为简薇需要一个小时左右才能到，她却在半个小时后便出现在我面前，并开门见山地问道："是什么事情让你主动打电话约我来这里坐坐？"

我将捏在手中的银行卡在她面前晃了晃，说道："因为这个。"

"这张卡有问题吗？"

"卡没问题，是我有问题，我从没想过一笔业务便会为自己挣来 50 万，我自己有几斤几两我清楚！"

"那你现在是什么意思？"

"按照我之前的心里预计，我只能拿 10 万，多余的 40 万你拿走。"

简薇笑了笑，说道："昭阳，你要觉得这些钱拿得心虚，可以参与到金鼎置业的这个项目策划中来。"

我坚决摇了摇头，从一开始我便抱着赚一笔便收手的侥幸心理，并不打算与简薇保持长期合作的关系，因为害怕米彩在意。

简薇很不能理解地看着我："你真的要放弃这个展现自己才华的机会吗？"

我依旧坚决地说道："我只能要 10 万，剩余的 40 万，你拿去为公司多打通一些广告渠道吧。"

简薇沉默，许久没有表态，而我心里已经拿定主意，明天取出属于自己的 10 万块钱后，将这张卡再还给她。与简薇在护城河边告别后，我迎来了一个无处可去的黑夜，我想去酒吧买醉，却放弃了，只是漫无目的地开着车穿行在这座空洞的城市里，最后停在了卓美的大楼下。

等待中，一辆回头率极高的法拉利 458 停在了与我相隔 30 米远的地方，我知道这是蔚然的车，他来到卓美，那米彩应当还没有下班。蔚然打开车门手捧一束鲜花从车上走了下来，这明显向米彩示爱的行为刺激了我，我当即打开了车门，可是却在脚尖接触地面的一刹那，又收了回去，然后关上车门。此刻，我很想看看米彩是如何处理与异性朋友之间的关系的。

终于，我看到米彩拎着手提包从出口处走了出来，她的身边还跟随着一群卓美的高管。人群中穿着白色高跟鞋的她，就好像一位高贵的公主。我一直平静的心绪忽然躁动起来。

米彩发现了蔚然，她示意随行的人先离去，然后蔚然便带着笑容向她走去。他说了些什么我一点也听不到，只看到他将手中的花递给了米彩。米彩和他说了些什么，却没有伸手去接他递来的花。这一幕，让我当即打开车门下了车，然后向蔚然和米彩那边走去。

我们三个人就这么在人潮涌动中见了面，我将米彩拉到自己身后，对错愕的蔚然说道："谁让你给她送花的，谁让你这么干的？"

蔚然往我面前走了一步，毫不示弱地说道："我有追求 Betsy（米彩的英文名）的权利。"

"追你大爷……你要带种就把刚刚的话再重复一遍！"我说着已经攥紧了拳头。

蔚然毫不畏惧地看着我，说道："你听清楚了，我有追求 Betsy 的权利，你要是不能给她幸福，就趁早从她身边滚开！"

就在我准备抬脚踹向蔚然的时候，一直被我挡在身后的米彩用尽全身的力气推开了我，站在我和蔚然的中间，控诉般向我问道："昭阳，这就是你冷静后的结果吗？"

心中燃起的火焰好似被七月的雷雨瞬间扑灭，我怔怔地看着米彩。米彩最后看了我一眼，然后拉开了法拉利的车门，坐进了副驾驶室里，蔚然不屑地瞥了我一眼，随即也打开驾驶室的门坐进了车内。车子在瞬间启动，然后风一般向前驶去，只留下被路人指指点点的我……我有些恍惚，感觉痛苦如潮水般向我涌来，将我淹没，我问自己：难道我又做错了吗？

第 215 章

坏

天气

　　我真的有些疲倦了，却一遍遍地问着自己：我到底是哪里出了问题，为什么要如此重复地体会爱情中的悲痛？与简薇如此，与现在的米彩也是如此。挫败感。好似冻住了我的血液，我迈着僵硬的步子上了自己的车，在失魂落魄中，让车子化作一阵风，掠过城市、掠过虚妄……

　　回到老屋子，已经是深夜 11 点，我没有再抽烟，更没有喝酒，只是默默地收拾起自己的行李，因为在米彩推开我，上了蔚然的车时，我就觉得我们之间结束了，至于那"分手"两字，不说出来，是米彩给我的最后礼物，让我保留最后一丝尊严。很快我便收拾好了行李，在即将离开老屋子的那一刻，我只觉得自己做了一场梦，因为做梦都没有想到会突然将矛盾激化到这一步。再想想，人生本就如梦，人生本就无常，谁也没有能力让这个世界顺着自己规划的轨迹去发展，所以根本不值得为了这无常的世界去患得患失，而被玩弄后的我们终究有一天会学着逆来顺受，只是我稍稍学迟了一些。

　　关上门的那一刹那，我终于为自己点上了一支烟，重重地吸了一口，才提着行李顺着楼道向下走去。在我的一步又一步中，终于下到了三楼，却忽然听到从一楼传来的高跟鞋踩踏地面的声音，这个声音在深夜中格外清晰，而我更熟悉这个踩踏的节奏。于是我们在二楼相遇了。她看着我，又看了看我提着的行李，眼眶忽然湿润。

　　"你要去哪里？"她终于向我问道。

　　"这么大的城市，还怕找不到一处安身立命的地方吗？"

　　她沉默着……

"麻烦你侧一下身，让我过去，好吗？"

她立在原地，纹丝不动。我尝试着用手推开她，她却伸手拉住了护栏，依然不想离开原来的位置。我忽然有了一种错觉，她变成了初次见面时的我，而我变成了初次见面时的她，我那要离去的心又隐隐松动，不切实际的幻想着她会抱着我，哭着让我留下来。

终于，她好似下定了决心般问道："你离开这里，意味着分手吗？"

我又想起了她推开我坐上蔚然车的那一幕，终于咬牙说道："……对不起，我始终学不会你要的冷静和理智……让一让，好吗？"

米彩的身子缓缓侧向了一边，她低着头给我让出了离去的空间。我看着她，明明不想离开，明明期待她会抱住我，可我却被一种说不清楚的力量操纵着踏向下一级楼梯。我一步步走着，却越走越沉重，我有些窒息、有些失控，我发了疯似的想扔掉行李去抱紧她，可那股力量依旧操纵我往下走……直到感受到楼道外正下着的纷纷春雨。

这场不期而至的春雨，推波助澜似的冰冻了我的心，这一刻我抛却了一切杂念，将行李扔进车子的后备箱里，上了车，启动车子，化作雨中的风，瞬间驶离了这座让我们相识、相恋的小区。

我忽然很想听一首应景的歌，便打开了车内的播放器，找到了那首孙燕姿的《坏天气》。

都不想分离，为什么要在这里，表演不在乎的一出戏，我们该好好谈的不只是天气，解不开僵局，我们既然有伤害彼此的力气，为什么不努力，爱情让人靠得太近，忘了留点余地……

这真的是一首应景的歌，每一个字似乎都在演绎着今晚的我和米彩。或许我们都不想分离，却在楼道里表演了一出不在乎的戏。我们曾经走得那么近，近到忘记给彼此留下一丝余地，才会如此在乎对方和另外的异性在一起。可是我们既然有伤害彼此的力气，为什么不好好努力，去了解彼此、靠近彼此呢？想来这一切的一切，只是我们的孩子气在作祟，因为我们都输不起，在输不起中忘记了园丁和花朵的故事，忘记了油动力赛车，忘记了带着我们摇晃的木马，忘记了送给彼此的吉他……

我一个急刹停下了车子，然后下车，坐在那被雨水淋湿的路沿上，终于哭了……在号啕大哭中，我躺在了地上，然后从口袋里拿出那张有 50 万巨款的银行卡。于是又笑了，自嘲地笑了……如果，如果她愿意去了解我，她不该为我感到高兴吗？我在社会的边缘挣扎了数年，终于靠着一些运气、努力，赚到了这一笔对我来说是雪中送炭的钱……她真的不该为我感到高兴吗？为什么她不高兴？因为这区区50万在她眼里狗屁都算不上，所以她看到的只是我和简薇的纠缠不清，却没有看到我为了上次的谈判，通宵去研究金鼎置业的努力。于是我又在风雨里，陷入到孩子气的斤斤计较中……情愿死在这风雨里，也不愿意再回到那个老屋子中。我从口袋里拿出那被雨水淋湿的手机，找到米彩的号码，终于给她发了一条信息："我不懂你……你更不懂我！"

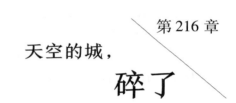

第 216 章

天空的城，

碎了

　　雨水虽然不是瓢泼着往下落，但足够让我在这深夜里狼狈，等再次坐回到车子里时，我的身上已经完全被雨水淋湿。冰冷中，我渐渐平静下来，开着车来到一家五星级的酒店，要了一间套房，然后用简薇给我的那张银行卡刷了住宿的款。

　　我从来没有富裕过，所以这是我人生中第一次住五星级酒店的套房。当躺在那宽大、舒适的床上时，我却充满失落感。喝了一罐啤酒，我从床头柜上拿起手机，心里却根本没有指望米彩会回我的信息。我打开了微信，那些我们恋爱之前的聊天记录依然还在，这些文字和语音，记录了我们曾经那些单纯的美好，而现在呢？我们在撕心裂肺中赠予了对方一只苦果。此时想来，这糟糕的今天，完全源于昨天的心动，若彼时心不动，此时就不痛！

　　手，机械似的划拉着屏幕，无意中在对话名单的最下面发现了乐瑶的头像，我们似乎快一个月没有联系了，不知道现在的她过得怎样，于是我打开了她的朋友圈动态。她的朋友圈动态呈现出的生活是如此丰富，至少我看到了她与国内诸多一线大腕吃饭、K 歌、骑马、打高尔夫、参加各种活动的照片。这一刻我终于意识到：此时的她，真的已经融入娱乐圈了，并且逐步为自

己争取着行业地位。我想给她发一条微信，但是听着窗外那淅沥沥的雨声，还是放弃了，我不想在自己无助和难过时，才去联系她，毕竟她不是我的吐槽机。

我又撕开一罐啤酒喝了起来，喝到一半时，微信提示音忽然响了起来，我拿起了手机，是乐瑶发来的，我不禁疑惑，这算心有灵犀吗？

"昭阳，最近过得怎样，你都很久没有为我的照片点过赞了！"

我当即找了一张她打高尔夫的照片，为她点了一个赞。

乐瑶很快给我回了信息："就猜到你还没睡觉，在干吗呢？"

"住五星级酒店的套房，享受人生的奢靡！"

"你吹牛交税了吗？"

我拍了一张照片作为证据给她发了过去。

"你是在哪儿发了一笔横财呀，脱了贫就直奔资产阶级而去了！"

"横财倒算不上。"

"好吧，那你告诉我是怎么赚的。"

我知道乐瑶是害怕我赚了来路不正的钱，所以她更关心我是怎么赚来的。

"靠智慧……"

"那我就放心了，真怕你去那些不正经的场所，出卖色相，从此走上一条自甘堕落的路！"

我当即回了一条语音信息："操……让我掐死你，好吧！"

"你来呀，我就在北京不挪地，恭候你的大驾。"

这番与乐瑶的对话终于让我扫掉了这个雨夜的些许阴霾，笑了笑，很久才回了乐瑶的信息："挺晚了，不说瞎话了，洗洗睡吧。"

"嗯，空了再联系，晚安！"

次日，我在酒店睡到快 12 点才起床，退掉房、吃了午饭之后，又去银行取出了 9 万多块钱的现金，然后带着还有 40 万余额的银行卡向简薇的思美广告赶去。到达目的地后，前台小姐告诉我简薇正在接待客户，让我稍等一下，我点了点头。

中午喝多了水，有些内急，便向卫生间走去，正好路过简薇的办公室。办公室的门是虚掩着的，窗帘也没有拉下，我下意识地往里面看了看，发现前台小姐所说的客户正是金鼎置业的王总监，我没有太在意，抬脚准备离去时，却隐约听到里面传来一声"师妹"，而这个声音自然是来自王总监的。我当即停下了脚步，往门前靠了靠。

"师哥，真的很感谢你这次的鼎力相助，这笔业务对我们公司来说很重要！”

"你是我的师妹，和我还用这么客气吗？……想想，这些年如果不是恩师（简薇的父亲）的倾力栽培，真的没有我的今天，在你的广告公司需要业务发展时，我肯定是不遗余力的！"

简薇很感激地笑了笑，而我的头皮却一阵阵发麻，稍稍回过神后，便推开简薇办公室的门走了进去。愤怒充斥着我的全身，我却说不出一句话。

简薇面色煞白，起身对我说道："昭阳……你，你怎么来了？"

我终于开了口："你和他认识，是不是？……金鼎置业的业务原本就是计划内的，是不是？"

简薇不知所措地看着我。王总监帮着打圆场："昭阳，你先别激动……"

"我怎么能不激动，简薇你到底把我当什么？我需要你来施舍吗？"我说着从身上扯下了背包，从里面掏出了厚厚一叠现金，指着简薇，"你告诉我，这是钱吗？……全是狗屎，臭不可闻的狗屎！"

现金被我狠狠地砸向了天花板，又纷纷飘落，落在了简薇的身上、我的身上、王总监的身上，最后铺满了整间办公室。我剧烈地喘息着，强烈的屈辱感将我那脆弱的心脏撑得好似要爆裂，亏我以为这笔钱是靠自己努力得来的，怨恨米彩不为我感到高兴，还自信满满地告诉乐瑶，钱是靠智慧赚来的。结果呢？结果只是一个笑话，一场让我好似小丑一般接受施舍的笑话！我将那张银行卡扔在了简薇的办公桌上后，头也不回地走了，脚步却越来越沉重，好似每走一步，便将那座晶莹剔透的城池踩出一道深深的裂痕。简薇还在我的身后呼喊着，而那座城池终于在她的呼喊声中碎了、崩塌了……

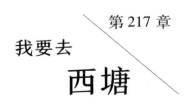

第 217 章

我要去
西塘

我前脚进了电梯，简薇后脚便跟了进来："昭阳，我知道这个做法损害你的自尊心，可是……"

我打断了简薇："可是我这堆扶不上墙的烂泥，根本就没有赚钱的能力，几年前如此，现在还是如此。"

"你不要这么妄自菲薄好不好？"

"难道这不是事实吗？"

"不是……我想你还不知道，你提出来的撕裂生活这个主题已经被正式运用到策划中了，现在所有的方案都在围绕这个主题展开！"

我狂按着电梯的按钮，门还没有完全打开，便走了出去，最近连番的遭遇让我很难再心平气和地去听别人说些什么。简薇再次拉住了我，说道："昭阳，你不要这样好不好？我只是希望你能够生活得好一些，我害怕看到你艰难挣扎的样子。"

我的情绪在翻涌，终于推开简薇拉住我的手，冰冷地说道："如果你真的希望我过得好一些，三年前你便不会连个理由都不给我便说出分手……"

走出电梯后，我再次体会到那种孑然一身的空乏，此刻的我不知道还能去哪里。徐州我已经没脸回去，因为此时的我比上一次回家时更落魄，我不能指望板爹和老妈搭救我这支离破碎的生活。苏州让我感到窒息，每一秒都窒息，我巴不得逃离这里。北京，北京有罗本和乐瑶，可潜意识里我更想找一个没有人认识我的地方，一个人静一静。可是现在的我，连一场短途旅行的钱都没有，我又一次被困死在这现实的囚笼中，快要疯了！走投无路中，我终于拨通了乐瑶的电话。

"昭阳，怎么突然给我打电话啊？"

"借我一些钱。"

"啊……你昨天不是刚步入资产阶级了吗？"

"你知道吗？我就是一个被玩弄的小丑！"

"谁玩弄你了？"

"如果你不想往我伤疤上再洒点盐的话，就别问了，好吗？"

乐瑶一阵沉默后，才说道："你要多少钱？"

"一万。"

"才这么点钱，能干吗？"

"我要开始一场一个人的旅行，一万块难道不够吗？那你借我两万吧。"

"一万够了，两万恐怕你会在外面待很久，你终究要回来的。"

我叹息，半晌说道："你说得对，还是借一万吧。"

"嗯，告诉我，你会去哪里？"

"这不重要。"

"但是对我来说重要！"

"这话怎么理解？"

"我是你的债权人，我必须要知道你的动向，防止你携款潜逃！"

"真添堵！"我嘴上抱怨了一句，却在心中思考着要去哪里，终于对乐瑶说道，"西塘，我要去古镇西塘过一个月。"

"为什么是西塘？"

一段斑驳的记忆在我的脑海中盘旋，我却不愿意说出来，只是说道："你别问那么多了，要是不愿意借，就赶紧挂你的电话吧。"

"借、借、借，你把你的银行账号给我，我这就去给你转账。"

"行，那谢谢你了。"

结束和乐瑶的通话后，我便将自己的银行卡号用短信发给了她，然后又给板爹打了个电话，告诉他，我要去广州一段时间，可能要换电话号码，到时候再和他联系。之后我便决然从手机里抽出了电话卡，然后掰断，扔进了垃圾箱里，于是我的世界刹那间清静了。

我迎来了待在苏州最后的十几个小时，我一共去了四个地方，先是去护城河边抽了两支烟，然后去找了魏笑，请他吃了一顿肯德基，再然后回到老屋子边的便利店门口，独自坐了一会儿木马，最后来到了卓美的大楼下，等来了下班后的赵里，然后将那辆奥拓小王子的车钥匙还给了他。

此时，我觉得自己该离开了，因为不想带着一些疼痛和尴尬遇见下班后的米彩，我觉得我们都不应该出现在彼此的世界中，因为我的那座天空的城池已经崩塌，所以更不会幻想和她在一起。我步行着向卓美的后楼走去，却在路过"海景咖啡"时，意外看到了坐在窗边的方圆和米斓，方圆也在第一时间看到了我，而米斓背对着我，并没有发现我。

方圆对米斓做了一个手势后，便出来与我碰了面。他递给我一支烟，笑着向我问道："你小子是来等米总下班的吗？"

我用最平静的腔调答道："不是，我们掰了。你不是一向不看好嘛！"

方圆一脸的不可思议："没有想到这么快！"

"总有一天我们是会分手的，之所以快，是因为多了一些外在的催化剂……其实，几年前我就已经明白：没有物质做保障的爱情，终究只是一盘散沙，握得越紧，落得越快，摔得越痛！"

方圆在叹息中沉默。我重重地吸了一口烟，向米斓看了看，问道："你怎

么和她混在一起？"

"上下级的关系嘛，难免要交流一些工作上的事情，顺便喝喝这家的咖啡。这次去哪里？"

"一个有回忆，能让我歇脚的地方。"

"什么时候回来？"

我边走边说道："修复了那座城池后再回来……修不好就不回来了！"

"你还是那么扯淡……"

我没有再回应方圆，因为他从来不相信，这个世界会有一座藏在天空里的城！

第218章

没有弦的
吉他

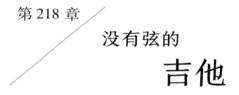

这个夜晚与方圆告别后，我便去银行查询了卡上的余额，乐瑶很有效率地给我转了一万块钱。我从卡里取了2000元，然后拿着行李住进了一间街边的旅店里。简陋的房间中，我的人生好似被一条分界线所切割，昨天之前是虚假的华丽，今天是孑然一身的落魄。可我却不觉得有多痛苦，因为类似的日子曾经经历得太多。我的手机里已经没有了电话卡，这种把自己隔离起来的行为，并没有让我感到孤独，反而让我获得了一丝安全感。

次日一早，我坐了一个多小时的汽车来到西塘这个古镇，实际上我来过这里很多次，但都是在几年前，是和简薇一起来的。我记得，她是在这里将第一次献给了我。想来，不仅是我和简薇，很多情侣都会在这里睡了彼此，然后分手了，又会回到这里治疗那撕心裂肺的伤。所以在我看来，这个古镇是这个世界上最矛盾的地方，一方面承载着少不经事的烂漫，一方面又撕裂切肤之痛后的惆怅。如果可以选择，我情愿不曾来过这个矛盾的地方。

此时，并不是西塘的旅游旺季，不过还是有一些游客在这里顾盼流连。我随着人潮走在这青石板铺成的蜿蜒小巷里，直到黄昏。天色渐暗，我开始寻找着自己心仪的客栈，许久，终于在街的尽头停了下来，因为面前是一个很奇怪的客栈，店铺的招牌上只有"客栈"两个字，所以这是一个没有名字的客栈，而招牌的下面挂着一把没有弦的吉他作为装饰物。我笑了笑，仅凭这两点，就足以成为我入住的理由，随即拎着背包走了进去。客栈的迎客厅很小，吧台只是一张简陋的办公桌，老板是一个穿着军大衣的抽烟男人，大约30岁，可一点也没有年轻人的朝气，看上去有些冷漠。

我来到他面前，问道："老板，还有客房吗？"

"有。"

"单人的标准间多少钱一晚？"

"150。"

"现在是旅游的淡季，150贵了吧。"

他没有看我，将烟按灭在烟灰缸里，依旧冷漠地说道："150，不刀（不讲价的意思）！"

我心中有些不爽，不过向来凭感觉做选择的自己真的挺喜欢这里，便耐着性子说道："我要是住一个月呢，也没有优惠吗？"

他终于看了看我，说道："常住的话，可以找人拼个房，两人分摊房费就行了。"

我有些诧异，他竟然主动让我拼房，这会让他少赚不少钱，看来也不是奸商，只是比较有个性而已，否则也不会在门口挂上一把没有弦的吉他。

"现在有人拼吗？"

他点了点头，随即向后面的房间走去，然后领出了一个大约二十三四岁，戴着眼镜，脸上长着不少痘痘的小青年来到我身边，并向痘痘男问道："他也是打算常住的，你愿意和他拼房吗？"

痘痘男打量着我，问道："你不是坏人吧？"

估计这痘痘男也是个涉世未深的愣头青，要不然也不能张口便这么问，我笑了笑，说道："没错，我就是坏人，拼不拼房？"

痘痘男咧嘴笑道："拼呗，能给我省不少房钱呢，我又可以在西塘多待一阵子了。"

我拿出身份证登记入住后，又向痘痘男问道："你来这儿是艳遇的，还是疗伤的？"

痘痘男不好意思地笑了笑，说道："我还是处男呢！"

"所以是来等艳遇的，是吧？"

"不做处男就行了。"

我心中笑喷了，与这种坦诚又带点儿天真的人相处起来不累。算好房租后，我当即拿出 1500 元递给痘痘男，说道："认识一下，我叫昭阳。"

痘痘男从我手中接过钱也没数便放进了口袋里，咧着嘴对我笑道："你好，阳哥，我叫童海舟。"

我回应了他一个笑容，随即随他向房间走去。房间是一个双人的标准间，里面有一台台式电脑、一台空调、两张床、几个柜子，再无其他摆设，不过对我来说无所谓。我将背包扔进了柜子里，便在自己那张床上躺了下来，而童海舟则抱着笔记本看着电视剧。

无聊中我便与他聊了起来："海舟，你还上学吗?"

"上的，不过今年 6 月就要毕业了，所以趁现在还有时间出来玩玩。"

我点了点头，一时没有想到继续聊下去的话题，便陷入沉默中。

童海舟却忽然很认真地问我："阳哥……你睡过女人么？是什么感觉?"

"你不是变态吧?"

"阳哥，别误会、别误会，我不是处男么，所以特别好奇!"

我对童海舟报以理解的笑容，说道："我也没睡过人。"

"哇，这么说你还是老处男!"

"唉……是啊!"

童海舟满脸同情地看着我，半晌说道："阳哥，我觉得你长得挺帅的，怎么还会是老处男呢？这不科学啊!"

"我帅吗?"

童海舟用力地点了点头。

"你觉得我帅，是因为你太丑了，其实不算帅。"

"这倒是，我就是太丑了，所以一般女人都看不上我!"说着他很惆怅地从身边拿出烟盒，抽出一支扔给我，自己也点了一支。

我点上烟，安慰道："别郁闷了，不是还有哥陪你做处男么。"

童海舟连连点头，道："对，这么一想我这心里就平衡了，难怪刚刚见到你时就觉得亲切，原来我们都是处男，可悲、可叹啊！阳哥，你喜欢什么类型的女人?"

我反正无聊，便继续与他胡扯："胸大、屁股圆的，你呢?"

"最近在幻想一个女人，特别喜欢她。"

"谁?"

"乐瑶!"

我顿时就被自己吸进去的烟给呛住了，半晌缓过来，问道："你认识她?"

"不认识啊，但她不是明星嘛! 最近演的那部宫廷戏可火了……我还关注了她的微博呢，每天都刷新，等她更新，说真的，看她在微博上发布的那些照片，真是美爆了! 而且我发现她穿时装比古装更好看!"

我终于意识到：乐瑶真的已经不是从前的乐瑶了!

半晌他又感慨道："唉! 如果能有机会和她说上一句话，少活十年我也愿意啊!"

"你继续幻想，我出去找饭吃了。"

"阳哥，等等，我和你一起。"

"你还用吃饭吗? 光靠幻想就能养活你了!"

"阳哥，你真爱开玩笑，不过和我一起吃饭是有福利的。"

我有些好奇，笑问道："什么福利?"

"待会儿吃过饭带你去西塘河看一个超级美女……差不多每天晚上 8 点钟，她都会去河边坐一会儿，连着一个多星期了!"

我有些怀疑他的审美观，于是问道："和乐瑶比，谁更美?"

童海舟想了想，答道："不是同一个类型的，如果非要对比……呃……真没法比，总之都是女神!"

看着他纠结的模样，我倒真来了兴趣，尤其是在西塘这个充满邂逅的地方，更加深了一探究竟的欲望，心中不禁想：也许这个世界上真的有某个女人会比米彩、乐瑶还要美丽一些! 毕竟我所在的圈子是有局限的，接触的女人们也是有限的!

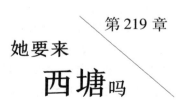

第 219 章

她要来

西塘吗

我和童海舟选了一个面馆，各自点了一碗面吃了起来，一边吃我一边对

他说道："你这三个字的名字喊起来太费劲了，我给你简化一下吧。"

"你随意，别改了我的姓就行。"

我稍稍想了想，道："行，不改你的姓，以后就叫你童子吧。"

他点了点头，说道："好，反正也是处男一个。"

我笑了笑，与这样的人相处就是轻松。

童子很快吃完了，向我催促道："阳哥，你吃快点，这会儿她应该已经去那里了，一般只坐个半小时就走。"

"你好像研究得很透彻嘛！你和她搭过讪吗？"

童子连连摇头："没有，在她十米范围内，我的腿就开始打晃了！"

"难怪还没破童子之身呢！"

"你不也是处男吗？……说得你敢和她搭讪似的。"

"我的处男和你的处男不是同一种性质的。这样吧，待会儿我要是和她说一句话，你就请我吃一顿饭，行不行？"

"要是你不敢呢？"

"你这一个月的食宿我包了。"

"成交。"

吃完饭，我和童子两人沿着西塘河走，大约走了几百米，童子便将我拉到了一座桥上，然后面露喜色地对我说道："阳哥，看到没有，就是那个女人。"

我顺着童子所指的方向看去，果然看到了一个身穿红色外套的女人，不过相隔甚远，容貌看不太清楚，但仅凭坐姿和身材还是能感觉出是一个美丽的女人。

童子拉了拉我，说道："壮士，快去吧……我在十米外的柳树下等你！"

我下了小桥，然后向那个女人走去，我渐渐看清了她，她果然很美，这种感觉也只有初见米彩时曾有过，难怪童子这个处男鼓不起勇气去和她搭讪。

我走到她身边的台阶，坐了下来，却不急于搭讪，先给自己点上一支烟。我故意顺着风将烟雾吐向了她那边，然后等待着……却不想她也从随身携带的包里拿出一盒女士烟，随后点上一支，好似完全忽略我的存在。我被惊到了，再想想也没什么，一个女人独自来到西塘，想来是受了情伤，而解情伤的药无非就是烟或酒，或是一场旅行……只是，这样的女人也会为情所伤吗？

我终于将手中的烟按灭，笑了笑问道："姑娘，你是失恋了吗？"

她没有看我，言语中充满不耐烦，回道："这和你有关系吗？"

我赶忙否认："当然没关系，又不是我让你失恋的！"

她终于看了看我，言语更冷地说道："少和我油嘴滑舌！"

我笑了笑，说道："你是被油嘴滑舌的男人伤过吧？"

她眼眸中闪过一丝憎恨的神色，随即掐灭掉手中的烟，起身便离开。我也没有再纠缠她，因为失恋的女人过于危险。说实话，这种女人并不是我喜欢的类型，虽然她有着不弱于米彩的容貌。

这时，童子鬼鬼祟祟地来到我身边，问道："阳哥，你和她聊什么了？"

"想知道吗？"

"特别想。"

"明天等她再来这儿，你自己问她……对了，按照咱俩的赌约，欠我的饭别忘了。"

"这个肯定不会忘，但是你得告诉我和她说了些什么啊？"

我没有再理会童子，学着刚刚那个女人的模样憎恨地看了他一眼，随即起身离去。

回到客栈，童子继续看他未看完的电视剧，我则习惯性躺在床上看着天花板发呆，看上去完全放空了自己，其实正在自我反思中。此刻的我是想念米彩的，担心她忙于工作，顾不上吃晚饭。可是想着想着我便笑了，因为现在的她也有可能正和蔚然在一起享受另一种生活……于是，我强迫自己不去想她。我又想起了简薇，想起以前我们在西塘时恨不能私定终身的快乐日子……我又开始展望未来的日子，以后陪伴我继续走下去的女人又会是谁呢？我想不出答案，终于我明白了：那座天空的城池，是没有那么容易修复的，所以我还得在西塘一边放松，一边等着一个机缘去拯救我的生活和那座碎了的城池。

忽然童子一声炸裂般的叫喊声把我拉到现实："阳哥，乐瑶更新微博了……"

"她不是每天都发微博吗，有什么好咋呼的！"

"不是，和以前不一样，她今天更新了一篇西塘的旅游攻略，她会不会要来西塘啊？"

我顿感意外，如果说乐瑶要来西塘，那一定是来找我的，否则很难解释这样的巧合，可是最近的她一直忙于拍戏，好似也不太可能来西塘，再想想，她一直有收集旅游攻略的习惯，可能是因为我来西塘，让她对西塘产生了兴

趣，便顺手收藏了，即便要来，估计也是以后！

想通了后，我没有再言语，童子却反复研究着乐瑶的微博，从多方面论证着乐瑶要来西塘的可能性。

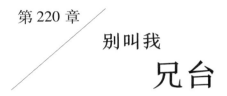

第220章

别叫我

兄台

这是我在西塘的第一个夜晚，我几乎没有做什么梦，次日天刚亮便醒了过来。我更愿把在西塘的日子当作是一种生活，而不是享乐。呼吸着清晨的空气，我漫步在青石板铺成的蜿蜒小路上，习惯性地不给自己设定目的地，走累了就坐在河边歇歇。空气里散发着温暖的味道、花草的味道、河水的味道。难怪人们愿意把这里当成治疗情伤的圣地，毕竟风景如画，毕竟有一群和自己一样承受失恋苦痛的同胞，毕竟心存期待，渴望在西塘遇到一个参悟爱情真谛，提炼出爱情中的温暖，再毫无保留地献给自己的另一半。

坐在河岸边的台阶上，为自己点上一支烟，在吞云吐雾中享受阳光的温暖。彼岸，我又发现了那个穿着红色外套的女人，原来她早上也会来这里坐坐，只是童子习惯睡懒觉，不曾发现。我从身边捡起一块石片，甩手打了一个水漂，让石片向她那边跳跃而去。谁知河岸较窄，石片跃过河面，溅起一阵水花不偏不倚向她飞去。她闪避不及，水花便打湿了她的裤脚，石片则打中了她的手臂，好在力道已经很弱。

我赶忙抱歉地向她喊道："不好意思啊，我没想到会飞那么远！"

"你有病！"

"我们都有病，要不然干吗一个人跑来西塘呢！"

她没有搭我的腔，从身边捡起一块不小的石块，报复性地向我扔来，力道却差了点，没有砸到我，落进岸边的水里，溅了我一身水花。我无奈地笑了笑，并没有说什么。而她已经转身离开。

上午 10 点左右，我又回到了客栈，客栈的老板和昨天一样，依旧坐在服务台旁面无表情地抽着烟。我笑了笑向他问道："老板，你那把挂在外面的吉他怎么没装弦？"

他往门口的方向看了看，这才说道："装饰用的，有没有弦都一样。"

他的眼神告诉我，吉他的事情并不简单，但却是他的隐私，而我选择了尊重，没有再追问下去。他的烟快要抽完，我给他递了一支烟，自己也点了一支，在飘散的烟雾中又向他问道："老板，这边的酒吧你应该都挺熟的吧？"

"嗯。"

"晚上带我去转转呗，没有熟人怕被宰。"

他点了点头，说道："行，你什么时候想去就来找我。"

我回应了他一个感谢的笑容后，便回到了房间，而童子也才刚刚起床。

"阳哥，你中午想吃点啥，我请你。"

"随便叫点外卖吧，不想出去了。"我应了一声。

"好……我发现我们挺有默契的，我也不喜欢中午出去吃。"

"知道这是什么动物的习性吗？"

"你说。"

"蛆都怕见阳光，是吧？"

童子恍然大悟，连连点头。我没再言语，实际上这些年时常出没在夜场的自己，要比他活得更像蛆，如果当初的自己愿意去努力、去奋斗，至少现在也不会混得比方圆差，而那唯一不愿意去奋斗的理由，便是爱情，想来我便是那只活在腐烂爱情中的蛆。

童子唉声叹气地从卫生间里出来，然后求助似的向我问道："阳哥，你觉得我还有救吗？"

"说说你最近的规划，我再帮你分析分析。"

"当务之急是找个女朋友告别处男之身……"

我打断了他："你是和我开玩笑的，是吗？"

却不想童子很认真地说道："真不是开玩笑，你不知道每到周末，看着同宿舍的兄弟们一个个都带着女朋友出去玩，我这心里有多空虚寂寞冷，要不然我也不能一个人跑到西塘来等艳遇。"

"你是有多饥渴！"我倍感无语。

"是处男就饥渴，除非你有病！"

童子再次运用他的有理有据，将我弄得哑口无言。

在我的沉默中，童子又哀号道："上帝啊，请赐我一个女人吧，只要有乐瑶

的百分之一美丽，我就满足了！"我对他饥渴的程度有了一个更直观的了解。

等外卖的过程中，童子继续用他的笔记本看电视剧，我则被无聊折磨了一遍又一遍。我终于从背包里拿出了那部没有电话卡的手机，又盯着微信的图标看了许久，最后还是将手机放回背包里，短暂地放空自己。

忽然童子又咋呼一声："哇……我高兴得要死了！阳哥……我要死了！"

我不耐烦地回道："放心地死吧，你中午那份饭我帮你吃。"

童子抱着手提电脑，一个跳跃，飞到我床上，兴奋得结结巴巴地对我说道："你看，乐瑶……乐瑶她在……在微博回复我了！"

我颇感意外地凑近电脑看了看，总算看明白了：先是童子在乐瑶的微博里留言，说自己正在西塘，然后乐瑶回复了五个字"兄台，好玩吗？"

我刚放下电脑，童子便搭着我的双肩一顿猛摇："阳哥、阳哥……我该怎么回……怎么回才能显示出我很有学问啊！"

我被他摇得难受，一脚将他踹到床下，当即帮他在乐瑶的微博上回复了一句："别叫我兄台，请叫我处男！"然后自己也被逗乐，"哈哈"大笑了起来！

第 221 章

我在
西塘等你

童子从地上爬了起来，看到我帮他回的微博立马蔫了，呈崩溃状，半晌对我说道："阳哥，你真不是人！"

我一脸无辜："你不是一直以处男自居吗？我也没回错啊！"

"但这话不能在女神的微博上说啊，显得我这人多下作！"

"你看她微博回复的人那么多，不一定会注意到你的。"

"她前面已经问我了，一定在等我回复，怎么可能忽略。"

我又一次被他弄得很无语，半晌说道："这事儿算我对不起你，成吗？别哭丧着脸了，晚上带你去酒吧爽爽！"童子这才放了我一马，可嘴里仍在嘀咕着，一副愤恨的模样，这让我更加不能理解他那被处男所捆绑的价值观。

吃完了外卖后，我又迎来了一个无事可做的下午，于是来到客栈的前台，与客栈老板聊起了天。我向他询问道："老板，现在你这边的住客多吗？"

他摇了摇头。

"是因为淡季？"

"生意一直不好。"

我给他递了一支烟，才说道："我说句实话你别介意啊……你这边住宿的硬件条件差了些，和其他客栈比起来性价比不高。"

他没有什么表情地回道："那你不也住进来了吗？"

"我住进来，是冲着你门口挂着的那把没有弦的吉他。"

"你是玩音乐的？"

"算爱好吧。"

他点了点头，说道："晚上带你去一个酒吧，里面的老板也喜欢玩音乐，你们可以交流切磋一下。"

"这个没问题。"稍稍停了停，我又问道，"你这客栈是自己的房子，还是租来的？"

"租的。"

我不禁为他担忧："那你这生意长期不景气，很难维持经营吧？"

他重重地吐出了口中的烟，说道："现在竞争激烈，从去年下半年就已经开始亏损，实在支撑不下去只能关门歇业了。"尽管他看上去冷漠，但话语中却对这间即将关门歇业的客栈充满了眷念。

我拍了拍他的肩膀，安慰道："还有两三个月就迎来旅游旺季了，坚持一下肯定能熬过去的。"他看了看我，没有言语，这让我意识到：他可能连熬过这两三个月的资金都没有了。

晚上，客栈老板将我和童子带到了一个叫"我在西塘等你"的音乐酒吧。这是一个很小的酒吧，老板名叫阿峰，在客栈老板将我介绍给他时，他笑着问我："来西塘是疗情伤的，还是找艳遇的？"

我回以笑容，说道："疗情伤。"

阿峰拍着我的肩膀，说道："那你来我的酒吧就对了，点上一杯酒，听我们唱歌吧。"

我鼓掌表示期待他们的表演。我与童子两人要了几瓶啤酒，选了一个靠近演唱台的位置坐了下来。阿峰手抱吉他让我点歌，我几乎没有想，便说出了那首《私奔》，我想听听这首歌在别人演绎时，是否也像我这般撕心裂肺。

阿峰对我做了一个 OK 的手势，然后便拨动吉他弦唱了起来。

这首歌被阿峰演绎得很平静，却又饱含深情，想来这是和人的性格有关的，所以分手后的我久久不能平静，带着痛苦活在撕心裂肺的刀刃上。片刻之后阿峰唱完了这首《私奔》，又端着啤酒杯向我走来，笑着说道："兄弟，听抗抗（客栈老板的名字）说你也是玩音乐的，待会儿上去热闹热闹。"

我和他碰了一个杯，随即点了点头，实际上我很喜欢在这样的环境里唱歌，唱给这些有故事的人听。与阿峰一边喝酒聊天，一边听着台上的人演唱，忽然身边的童子奋力拉着我的衣袖，示意我往门外看。我转过头，此刻，走进酒吧的竟然是那个身穿红色外套的美丽女人。她目不斜视地向演唱台走去，然后在演唱台旁边的箱子处停了下来。

我不明白她要做些什么，便细看那只箱子，才发现是演唱过后接收顾客小费的道具。只见她从手提包里拿出一只红色的钱包，然后从里面抽出一叠钱，大约有两三千的样子，数都没数便放了进去，然后找了个安静的角落坐下来。我有些大跌眼镜，没想到这个女人竟然这么有钱、大方。身边的阿峰冲她抱拳表示感谢，她只是微微点头示意，然后又扫了我一眼，目光便又回到了演唱台上。

看着我惊异的眼神，阿峰笑了笑，说道："这个女人已经连着好几天来我们酒吧了，每次出手都很阔绰，最多的一次给了 5300 块钱的小费！"

我摇头感叹道："土豪的世界吾等不懂！"

阿峰点头表示认同，随即又拍了拍我的肩膀，说道："孙可唱完了，你上去玩玩吧，给咱们酒吧来自五湖四海的兄弟姐妹们助助兴！"我点头，清了清嗓子，然后向小演唱台走去。

第 222 章

红桃 K 的

游戏

我在众人的掌声和注目中走上了小舞台，然后从乐队成员的手中接过了吉他，拨动弦，选择了一首子曰乐队的《相对》，因为这首歌似乎唱出了我在最近这一段感情中的情绪。如歌词所写，面对米彩时，配不上她的漂亮让我惭愧，我拼了命想跟上她的脚步，却在追逐中越来越疲惫。我已经不太愿意用撕心裂肺的方式去演绎，于是放松了心情，在平静中演唱，在演唱中回忆，在回忆中越唱越轻，轻到有些哽咽……这才发现，在这段刚刚结束的爱情中我是有委屈的，所以在潜意识里，我是如此需要西塘这个地方。一曲唱罢，台下响起一片掌声，酒吧老板阿峰在第一时间向我竖起了大拇指，连那身着红色外套的女子也随众人鼓起了掌。这让我相信，音乐是一种很奇妙的力量，它会暂时消融两个人的成见。

阿峰却来到我身边，并鼓动众人让我再唱一首，我盛情难却，又抱起了吉他，对在座的顾客说道："你们点歌吧，我给你们唱。"

众人你一言我一语，瞬间说出了十几个歌名，阿峰赶忙维持秩序，对众人说道："大家都点的话，昭阳兄弟也没办法全部满足……这样吧，我们做一个游戏，我这里有一副扑克牌，每人发一张，如果谁能拿到红桃 K，就可以获得一次点唱的机会，如何？"众人纷纷点头。

阿峰又示意众人安静，继续说道："我们这个酒吧的主题是：我在西塘等你，可以等一阵风，等一场雪，等一次邂逅，也可能只是等一个人……一个等，便是一个故事，所以分享故事也是我们这个酒吧的主题。在这里我提议，待会儿有幸抽中红桃 K 的人，能够和大家分享自己心中的那个等，让我们在你的故事中，一起度过这个孤单的夜……好吗？"

在众人的赞同声中，阿峰开始按次序发牌。红桃 K 只有一张，众人都在为自己错失了机会而遗憾，于是更加关注是谁获得这唯一的机会。交头接耳中，红色外套女人拿起手中的牌对众人说道："红桃 K 在我这里。"

我诧异地看着她，为这样的巧合感到不可思议。阿峰从她手中拿回了那张红桃 K，然后回到我身边，用只有我能听到的声音说道："这张红桃 K 是我故意给她的，其实我蛮好奇她的经历！"我在恍然大悟中点了点头。

阿峰又对那个女人说道："小姐，你获得了这次点唱的机会，请说吧，希望听什么歌，昭阳一定会满足你的。"

"《爱和承诺》。"

我说道："没记错的话，这是张学友和陈慧娴合唱的吧？"

她点了点头。

"这是两个人合唱的情歌，我需要一个人配合。"

阿峰向她问道："小姐，你愿意与昭阳合唱这首歌吗？"

她摇了摇头，表示不愿意。我有些尴尬，但并不介意，因为我明白，有些歌一生只能与一个人唱，对她来说，我并不是那个能与她唱这首歌的男人。阿峰对身后的女贝斯手说道："杏儿，你与昭阳合作这首歌吧。"

杏儿点了点头，手持麦克站在了我的身边，我们互相示意后，便合作唱起了这首可以让有故事的人落泪的情歌。杏儿虽然是个贝斯手，却有着一副很细腻、温婉的嗓音，而我因为常年抽烟，声音略微嘶哑，两种极致的嗓音融合后，却产生了奇异的效果，似动情、似悲伤、似渴望……以至于所有人都沉浸在我们的歌声中，而她已经抽泣不止……这一刻我仿佛看到了她心中紧绷的那根弦被歌声无情地扯断。

歌声渐止，现场没有掌声，只有一张张动情的面孔，所有人都在这首歌里听到了曾经的憧憬和期待，又撕裂了现在的痛苦和无奈。许久，阿峰第一个重重地鼓掌，说道："我相信，大家都在这首《爱和承诺》中，想起了曾经的海誓山盟，于是还没有愈合的伤口又被撕裂……但又怎样？"稍稍停了停，他又说道："我们这是一个音乐酒吧，更是一个疗伤的酒吧，在经营酒吧的这些年，我见过太多痛不欲生的顾客来到这里寻求安慰，可是很多时候，并没有得到真正的安慰，相反却会将伤口撕扯得鲜血淋漓……但这并不可怕，因为我始终坚信，只有真正体会到撕裂的痛苦后，才能领悟生活和爱情的真谛，从此破茧成蝶，更加坚强地走完剩余的人生……你们要记住，只有坚强才是自己最后的依仗，因为只要活着就会有痛，谁都躲避不了……"

一直沉默的众人终于为阿峰鼓掌……

我想，或许撕裂痛苦后的破茧成蝶，才是这群需要疗伤的人来这里的真正意义。按照红桃 K 的游戏规则，红衣女子现在应该与大家分享自己的故事，可是她却提前离开了，不过众人并没有追究什么，因为有些故事是不能分享的。

结束了即兴演唱之后，我回到了起初坐的那个位置，而童子表情很深沉地思考着些什么，半晌才对我说道："阳哥，我觉得还是做处男好……爱情太吓人了！"接着又很愤恨地补充道："对了……我现在特别生气！"

"又怎么了？"

"乐瑶真的看到了那条回复，她把我的账号都给封了……"

我下意识地回道："这算事儿吗，回头我让她给你解封就是了。"

第 223 章

最担心你的是
米彩

童子瞪大双眼，说道："你让她给我解封？我没听错吧！"

我笑了笑，道："我认识她。"

童子好似听到一个笑话般，说道："哈哈……你认识她！鬼才信呢！她可是明星，一颗冉冉升起的明星！"

"你也觉得我在说笑吗？"

"简直是在玩命地吹牛！"

"那不就结了，就算你恨死了我，也无济于事啊！"

童子做了个要掐死我的动作，又深深叹息，然后一口气喝掉了自己瓶中剩余的啤酒，果然是恨死了我。

离开酒吧，刚过晚上 9 点，我打算在西塘河边坐一会儿，因为回去也无事可做，可童子却急着赶回去追乐瑶的剧，于是我们暂时分道扬镳。我一个人晃荡在西塘河边，直到寻到一处僻静的地方，才停止了脚步，坐在河岸边的阶梯上，眼睛却紧盯着水波流动的河面。我有些失神，心中已经不期待能够在这条西塘河里看到那座城池的倒影，因为我明白：现在的我还未能修复那座城池，我依旧和来之前一样的迷茫。

一阵风吹来，也吹来了一阵接近我的脚步声，我下意识地想回头看看，却被一双手从后面蒙住了我的眼睛。她捏着嗓子，故作一副童音对我说道："昭阳小同学，猜猜我是谁啊！"

一阵兰蔻美丽人生款的香水味飘进了我的鼻子里，我认识的女人中，只有她喜欢用这款香水。

"松手，别闹！你不是忙着拍戏吗？怎么来西塘了？"

她终于松开了蒙住我眼睛的手，绕到我前面，又蹲在地上看着我，问道："你怎么猜到是我的？"

"是你身上的香水味出卖了你！"

"你真棒，堪比狗鼻子了。"

"怎么说话呢！"

乐瑶并不理会我的不满，紧靠着我的身边坐了下来。

我又带着疑惑向她问道："你的戏拍完了吗？"

"昨天将这个星期我要拍的戏都拍完了。"停了停她又轻声说道，"我想来看看你。"

"还是以工作为重吧，你现在可是受人崇拜的大明星！"

乐瑶摘掉了墨镜和口罩，笑了笑，说道："在你面前，我就是乐瑶。"

我因为她的话而感动，却又不知道怎么应付这煽情的一幕，于是选择了沉默。

"昭阳，我觉得自己挺幸运的，下午到西塘，晚上就遇到你了！"

"你要下午刚到就遇见我才算幸运。"

乐瑶拍打了我一下，却又像曾经那般挽住了我的胳膊，说道："你这么不告而别地玩失踪，有多少人担心得茶饭不思啊！"

我根本不信有人会担心我，便和乐瑶开玩笑道："你算其中一个吗？"

她摇了摇头："不算，因为我是唯一一个知道你去向的人……其实，最担心你的是米彩！"

"她？"

"对，就是她……如果我告诉你，昨天她飞北京找了我，你信吗？"

我摇头。

"她真的去了，满脸憔悴！"

我仍质疑着问道："她为什么要找你？"

"因为 CC 告诉她，你离开苏州且没有回徐州就一定会借钱，而你借钱的对象无非是方圆、罗本、CC 还有我，排除其他三个人后，那只剩下我了。"

"可我也不一定会告诉你，我去哪儿了。"

"病急乱投医，听过吗？……对于米彩来说，我就是最后那一点儿希望！很幸运，她投对了，我知道你在西塘。"

"那你告诉她了吗？"

"没有，我觉得你在哪里，一定不应该从我口中转告给她，因为这会让她很受伤……所以，我来西塘了，然后将她找过我的事情告诉你，让你自己去抉择要不要和她联系。"

我死死盯着乐瑶，想从她的脸上找到撒谎的蛛丝马迹，可是完全没有，而她好似也没有撒谎的动机，于是我那颗质疑的心，渐渐有些动摇了！

乐瑶伸手在我面前晃了晃："昭阳，你干吗这么傻看着我？"

　　我终于转移了视线，哪怕相信了乐瑶，却仍觉得这是一场梦，米彩怎么可能为了我的不告而别，特意飞到北京去找乐瑶！

　　乐瑶又推了推陷入沉默中的我，说道："告诉我，你和她是怎么了？"

　　"分手了。"

　　"谁先提的？"

　　我不禁愣住了，半晌说道："谁都没有提分手，但真的分手了！"

　　乐瑶瞪大了眼睛看着我，问道："该不会是你一厢情愿地认为你们分手了吧？"

　　我心中"咯噔"一下，可那天她决然推开我，坐上蔚然车的画面又闪现在我的脑海中，当即我摇了摇头，对乐瑶说道："不会是我的一厢情愿，有些事情别人不清楚，我和她是清楚的，也是千真万确发生过的……我觉得我们那短的、可怜的爱情，已经被扯淡的现实给撕裂了！"

　　乐瑶没有再继续追问下去，却笑了笑对我说道："该转告你的，我都转告了，剩下的事情怎么做，你自己决定……不过，今天这个夜晚是属于我的，这可是我第一次来西塘，你得好好陪我逛逛。"

　　"逛吧……"

第 224 章

在灰烬里

重生

　　我和乐瑶在西塘河边的一间小茶馆，一边看着西塘的夜景，一边喝茶聊天。没聊几句，乐瑶便被同在茶馆的顾客认出来了，要求签名、合影，乐瑶一一满足之后，又戴上了那只硕大的墨镜，这才避免了被继续认出的麻烦。

　　我幸灾乐祸地调笑道："完了，以后你没有私人的生活空间了！"

　　"你觉得这是坏事儿吗？"

　　"对你来说应该不算吧，毕竟这是你曾经梦寐以求的生活。"

　　"可总有一天我会厌烦的。"

"那就在没有厌烦之前好好享受。"

乐瑶点了点头，便不再言语，而我也在她的沉默中，想起了一个逻辑不通的细节：按道理米彩知道我从简薇那里获得了50万的业务报酬，可是，她为什么还会觉得我这次离开苏州需要和别人借钱呢？唯一的解释是：她去找过简薇了，或者简薇找过她。

夜色更深了，小茶馆也到了打烊的时间，我和乐瑶无奈离去。再次晃荡在那条青石板的小巷里，我向她问道："这次准备在西塘待多久？"

"一个星期吧，不过你要觉得不方便，我们可以在这里各玩各的。"

"好啊，各玩各的。"

乐瑶摘掉墨镜瞪着我。

"干吗瞪着我？"

"我是不是在你面前连女人口是心非的权利都没有了？"

"口是心非只有小女人才会干，你现在可是星光闪耀的大腕！"

"是啊，我这个大腕干吗来西塘找你这个小瘪三……明天回北京了！"

"几点走，我要能起床就送送你！"

乐瑶抓狂般向了我勾了勾手指，说道："过来，让我掐死你吧！"

乐瑶一步步向我逼近，却在靠近我的时候忽然拥住了我，在我耳边轻声说道："我舍不得掐死你……昭阳，赶紧加油奋斗吧，你身边的所有人都在进步，如果你还停留在原地，会越来越痛苦的！"

"我明白……"

直到快11点，我才和乐瑶告别，回到客栈里，而童子依旧抱着电脑追着电视剧。小片刻之后，童子终于看完了电视剧，将电脑放在一边，向我问道："阳哥，你怎么到现在才回来啊，都11点多了！"

"来了一个朋友，陪了她一会儿。"

"谁啊？男的女的？"

"乐瑶。"

童子顿时就怒了："阳哥……你老是开同一个玩笑有意思吗？"

"没有，你别想太多了！"我哭笑不得，索性不去理会他，只是点上一支烟默默吸着，可一个念头却在这弥漫的烟雾中渐渐滋长，最后一发不可收拾。我终于拿出了手机，又续上一支烟后才向正在打网络游戏的童子问道："这个房间的无线密码是多少？"

"阳哥，原来你也会上网！我以为你不食人间烟火呢，这两天都没见你接过一个电话！"

"密码。"

童子赶忙回道："667766。"

我重重地吸了一口烟，打开网络连接，终于将那一排密码输了进去，而在网络连接上的刹那，几十条推送消息急促地响了起来。信息大多是 CC 和方圆等人发来的，而米彩只有两条，一条问我在哪里，另一条让我看到信息后与她联系。她还是一向的冷静。她的冷静感染了我，我并没有考虑太多，当即回了信息："我还好！"

没有得到一丝让我喘息的时间，她便回了信息："你在哪里？"

"在一个可以让我在灰烬中重生的地方。"

"你还会回苏州吗？"

我忽然被这个问题难住了，自从丢掉了吉他，我的行李变得轻便，一个旅行包便装下了我在苏州所有的东西，我可以轻便得像一阵风，来往在各个城市之间。于是我以自己臆想出来的轻松回道："不回去了，我已经将在那座城市里的所有东西都带了出来。"

米彩久久才回了我信息："我明白了。"

我怔怔地看着这条回信，心中没来由的一阵失落。我不想让自己继续沉浸在无法言明的失落中，便决然关掉手机，并下定决心在西塘的这段时间不会再打开。我终于去卫生间洗漱，然后直挺挺地躺在床上，一言不发，直到童子与我说话。

"阳哥，明天中午你想好吃什么外卖了吗？"

"明天不想吃外卖。"

"那咋吃？"

"咱们一起出去吃，我朋友还在西塘，我们约好了。"

"你那朋友是男人还是女人？"

"这重要吗？"

"当然重要，要是女人的话我还是可以勉强出去吃的！"

我和他开玩笑，道："是女人，但是不怎么漂亮。"

"是女人就行！"

"你这又是何苦呢！"

"来西塘这么久，除了买东西，我还没和女人说过话，你懂了吧？"

第 225 章

梦想

起航的地方

次日，我依旧习惯性早早起床，洗漱之后又沿着西塘河走了一圈。大约9点左右，我回到了客栈，却没有发现客栈老板，正好有客人要住房，我便帮他接待了一下，可是住客在听说要150元的住店费，且不还价后，转头就离开了。我有点郁闷，真不太明白他为什么如此坚守着150元的价格，不肯妥协。片刻后，客栈老板回来了，手中提着一块黑板，黑板上写着转让广告。

我诧异地问道："老板，真的要转让这间客栈吗？你可以根据旅游的淡旺季，适当调整下住宿的价格，再重新装修一下，生意还是有可能好转的。"

他摇了摇头，说道："我开客栈并不是为了在这里找一个谋生的饭碗。"

"那你是为了什么？"

他向远方看了看，表情有些黯然，许久才点上一支烟，说道："我一直在西塘等一个不知去向的女人……已经五年了，她应该不会再回来了，所以我也不应该继续留在这里，我该过正常人的生活。"

我满脸震惊地看着他，不知道是什么力量支撑他苦等五年，这五年也许远比我当初等待简薇的那几年更难熬，至少我还知道简薇在美国。我很好奇，等待背后是怎样一个惊心动魄的故事，便又一次问道："可以和我聊聊你的故事吗？"

他摇头："已经走到终点的故事，没什么好说的。"

他言语中的坚决，让我不得不再次选择了尊重他，半晌看着他手中的黑板，问道："你打算多少钱转让这个客栈？"

"五万，连同外面那辆用来接送客的面包车。"

"这个价格你有点亏！"我提醒道，毕竟除了面包车，客栈里的装修和电器设备也要花上不少钱。

可他并不太在意："你有兴趣接手吗？"

我有些心动，可是一旦接手，我整个人就要被困在西塘，可能数年都不得离去。我心中一番权衡之后对他说道："有点兴趣，不过需要时间考虑一下。"

他点了点头，没有再说什么。

回到自己住的房间，童子已经起床，依旧打着他的网络游戏，依旧是运动服、运动裤，几天没洗的脑袋上像顶了一只鸟窝。我抽了一支烟，倍感无聊，便对童子说道："你知道咱们住的这个客栈要转让了吗？"

"啊！……那我们以后住哪儿啊，我都交了一个月的房租了！"

"老板在转让之前肯定会做好安排的，你就别操闲心了。"

童子果然不再操心，注意力又集中到他正在玩的网络游戏上。我从地上捡起一只拖鞋扔向他，对他说道："我要是买下这个客栈，你觉得怎样？"

"真的假的？"

"我现在没工作，寻思着开个客栈也挺不错的！"

童子瞬间高潮了似的，说道："开啊，要是缺人手我可以帮你打工！"

"你确定自己不是心血来潮？"

童子一本正经地说道："阳哥，真不是心血来潮……你说毕业以后打工多没劲，还不如待在西塘这个风景如画的地方，每天看看美女呢！"

"你要抱着这个心态，就不必动给我打工的心思了！"

"那我应该抱什么心态啊？"

"如果我真的接手这个客栈，以后就会正规运营，几年后，全国的景区内都会有我们的客栈，这会是我的目标，你说，你用玩乐的心态对待我的宏图大业，我能乐意吗？"

童子张大了嘴看着我，半晌说道："阳哥，你确定不是在和我开玩笑？……全国性的连锁客栈，想想就好像在做梦一样啊，这也太难了吧？"

我笑道："相比，我觉得你破了处男之身这个梦想更难实现一点！"

童子一脸绝望地看着我，半晌向我问道："那你有钱盘下这间客栈吗？"

"没有，但是可以想办法嘛！"

"要不咱俩合伙呗……如果哪天真的做成全国连锁了，我会成为一个多么具有战略眼光的投资家！"

"合伙！你一刚毕业的哪来的钱做投资？"

"我可以卖掉我的游戏账号啊……最少值两万块钱呢！"

我一脸怀疑地看着他。他又对我说道："阳哥，上天对人是公平的，他让我做了这么久的处男，就一定会赐给我其他方面的天赋……我是一个绝对的游戏高手，而且大学里学的专业就是游戏开发哦！"

我感叹道："玩个游戏都能玩出两万块钱，这个社会是怎么了？"

童子得意地笑了笑："阳哥，我们一起在西塘开客栈吧！"

我带着最后的疑惑问道："你爸妈不干涉你吗？"

"不会，反正西塘离我们家不远，而且我刚大学毕业，他们对我也不会有太高的要求，再说开客栈也是一种创业嘛，我们浙江人还是很热衷于创业的！"

我点了点头，又一次在心中衡量了起来……既然我已经没了再回苏州的理由，为何不暂时选择西塘呢？而且长期处于迷茫中的我，也真的需要一份属于自己的事业了，哪怕是从小打小闹开始。确定了这个想法之后，我终于对满脸期待的童子说道："行，就让梦想在这里扎根开花吧！"

童子兴奋地鼓掌，好似已经做成了一件惊天动地的大事业。我笑道："行了，赶紧去洗个澡，好好将自己收拾一下，待会儿把你介绍给我的朋友。"

童子点头，拿起换洗的衣服一溜烟地钻进了卫生间里。

第226章
她给我的

只用了片刻，童子便焕然一新地从卫生间里走了出来："阳哥，我这身打扮还行不？"

我点头称赞，童子面露喜色，又折回卫生间，给自己抹上了发蜡，这才信心满满地拎起背包，与我一同赴约。小片刻之后，我和童子来到了与乐瑶相约的酒楼，勾肩搭背地向二楼走去。

童子颇疑惑地问道："阳哥，干吗去二楼啊？"

"二楼有包厢。"

"不就咱三人么，用得着包厢吗？"

我不耐烦地应道："当然用得着！"

"你那朋友肯定特款吧？三个人都奢侈地弄一包厢，你没看到么，楼下的公告都提示了，包厢最低消费 1000 块呢！"

两人说话间，服务员已经带着我们来到事先订好的包厢门口，随即敲了敲门，说道："你好小姐，你的朋友已经到了。"

"请进吧！"

童子面露喜色，说道："阳哥，听声音你的朋友肯定是个美女！"

我没有理会他，推开了门，向里面走去，童子紧跟在我身后。

进门后，乐瑶向我抱怨道："昭阳，我等了你快 20 分钟，你还真是大牌啊！"

"带了一爱磨叽的朋友，光在卫生间捣鼓发型就花了半个小时。"

乐瑶探着身子看了看被我挡在身后的童子，我也很配合地侧了侧身，于是童子便和乐瑶正式见面了。乐瑶冲童子笑了笑："嗨，你好。"

童子那夸张的表情，好似要将脸上的痘痘给撑破，半晌说不出话来，最后扶住我，说道："阳哥……我腿软！"

"腿软也没辙，这儿可没有十米的空间让你保持镇定！"

乐瑶面露不解之色，向我问道："你的朋友怎么了？"

"突然见到心目中的女神，估计整个人幸福得崩溃了！"

乐瑶笑了笑，向不知所措的童子问道："我很可怕么？"

童子连忙摇头，却说不出话来。我拍了拍他的肩膀，说道："出息点成么？明星也是人，比如你眼前这位，也只是个会来大姨妈的女人！"

我的口无遮拦让乐瑶狠狠瞪了我一眼，而我却浑然不在意地拉着还有些犯怵的童子在她身边坐了下来。乐瑶也不再与我计较，如从前那般充当着服务员，为我倒上了茶水，又给童子也倒了一杯，说道："小朋友，我还不知道你叫什么名字呢！"

童子又是一阵紧张："呃……我叫……童海舟！"

我试图让气氛轻松一些，便调笑道："别名童子或处男！"

乐瑶忽然想起了什么似的，问道："那个在我微博上留言的就是你吧？"

童子顿时愤愤然指着我，说道："是他，是他用我的账号回复的！"

乐瑶一副了然的表情，感叹道："我说呢，是谁敢这么胆大妄为！"

"娱乐精神嘛！"

乐瑶却凑近了我，压低声音问道："你真是处男吗？"

"我是不是处男你不知道吗？"

"所以你就是缺德!"

童子好似听到了我们的对话,终于恢复了镇定,生怕全世界只剩下自己一个处男,赶忙对乐瑶说道:"乐姐,阳哥他真是处男!"

我和乐瑶被他的天真弄得很尴尬。终于乐瑶对他说道:"小朋友,你别被昭阳的人面兽心给欺骗了,就他,女朋友都换了好几任了,一个比一个漂亮,对了……有几年他还特别爱泡吧……剩下的你自己去领悟吧,姐姐就不和你多说了!"

童子三观崩塌了似的看着我……

乐瑶又叹息着说道:"他在西塘潇洒快活的时候,说不定某个地方某个女人还在为他默默流着泪呢!"虽然这是乐瑶的一句玩笑话,可我的脑海中忽然浮现出米彩黯然神伤的模样……但是她真的会如此吗?

饭菜上齐后,我对乐瑶言归正传:"有个事情需要你帮忙。"

"你说。"

"其实就是借钱的事儿。"

乐瑶有些疑惑地看着我。

我向她解释道:"我现在住的这间客栈因为经营不善要转让,我寻思着接下来,好好改造改造,以后正儿八经地做点事业。"

"好啊,这是好事情,我支持你……要多少钱,你说吧。"

"我初步预计要 15 万。"

"嗯,没有问题……我相信你一定会经营得很好。"

我看着乐瑶,好似在所有认识的女人中,她对我是最有信心的,实际上处于人生低谷中的我,对自己都不太有信心。

她又对我说道:"昭阳,你知道吗?现在第五个季节酒吧,已经走上了正轨,目前正在筹备苏州的第二家分店……你想想,你能在那么恶劣的营销环境下拯救了酒吧,现在对象只是换成了西塘的一个小客栈,肯定没问题的!"

我看着乐瑶诚挚的面容,心中顿时燃起奋斗的信心:"是啊,我连第五个季节都能拯救,何况只是一个小客栈呢!"此刻我坚信:我一定会在西塘这个小地方扬帆起航的!……也许真的只有在获得阶段性的成功后,我才能找到重回苏州和徐州的理由。

第 227 章

给板爹的

电话

吃完午餐后，我与乐瑶、童子三人便一起到了那间没有店名的客栈，老板依旧坐在前台抽着烟，他的表情有些落寞。乐瑶依旧带着墨镜和口罩站在我身边，童子则站在我们身后，生怕被乐瑶的星芒刺伤似的。我环视这间客栈，终于对他说道："老板，我决定要这间客栈了。"

他点了点头，从抽屉里拿出一份客栈的转让合同，对我说道："这上面的条款你要觉得没问题就签了吧。"

我拿起合同看了看，实际上并没有多少条款，只是简单地表明我需要一次性支付他五万块钱的转让费。和这样的人交流不需要赘言，看明白了合同后，我当即在合同上签上了自己的姓名。他将合同给了我一份，身后的乐瑶替我支付了那五万元的转让费，而后他又为自己点上一支烟，甚至没有再看这间客栈一眼，只是默默地从办公桌下拖出一只行李箱向外面走去，却又在门口挂着的那把吉他前面停了下来。

我来到他的身边，带着善意说道："这把吉他如果承载着你的过去，你可以带走的。"

他摇了摇头，说道："不用了，也许有一天她会回来，这把吉他会告诉她：我曾经在这里等过。"

"那你留个联系方式吧，如果有一天她回来了，也能找到你！"

"当我决定离开西塘，她能不能找到我就已经不重要了！"说完，他默默拖着自己的行李箱向西塘河的那边走去，背影好似消融在那片河水里。

客栈老板就这么走了，我们的命运因为这间客栈而有了短暂交集，只不过他选择的是放弃，而我却把客栈当作梦想起航的地方。

整个下午我和童子都在盘点客栈的物品，一一记录，而乐瑶也帮忙做了一些力所能及的事情。时间很快便到了夜晚，三人一起去外面吃了饭后，童子先行回到客栈，而我和乐瑶则晃荡在西塘河边的夜色中。

"昭阳，你今年都会待在西塘吗？"

我点了点头。

"也不错……反正这儿离苏州近，回去也就个把小时。"

"又扯上苏州干吗？"

"因为苏州有你念念不忘的人。"

我没有言语，因为我也不确定，"念念不忘"是否用得夸大了些。

"我很好奇，后来你和米彩联系了吗？"

"联系了。"

乐瑶一阵沉默后，才笑了笑向我问道："说什么了？"

"她问我回不回苏州，我说不回了，然后她说明白了。"

乐瑶看着我，又推了推我说道："你继续说啊！"

"已经说完了啊，没什么可说的了。"

"这就完了？我以为米彩要和你说分手呢！"

"分都分了，还有必要再多此一举吗？"

"当然，你们俩之所以谁都不肯说出这两个字，是因为谁都不想分手，只是可能被某些事情梗着，才造成今天这局面！"

我看着乐瑶，不知道大大咧咧的她什么时候变得这么细腻，但这种细腻却让我感到不太舒服，只觉得自己像一个透明人暴露在她面前。

乐瑶又对我说道："那天米彩来北京找到我，我冷着脸有一句没一句地应付着，她却不识趣，要不是看 CC 的面子，我直接让经纪人请她走了。"

"你干吗那么对她？"

"看看，你还是很心疼她嘛，毕竟潜意识是骗不了人的。"

我这才反应过来是乐瑶的试探，于是打算开个玩笑带过这个话题："她不是你的粉丝吗？一个成熟的影视明星，应该对自己的粉丝客气一点！"

"切！"

乐瑶加快了脚步向前走去，我依旧一边晃荡着一边想着某些事情。乐瑶已经在河岸边一处有台阶的地方坐了下来，我也跟在她身边坐了下来，看着她单薄的身影倒映在河面，心中升起一阵莫名的情绪，便问道："你呢，感情上有着落了吗？"

"混我们这行的谈感情太奢侈！"

"演艺圈也是有真爱的，比如……"我猛然想起自己用来举例子的那对明星夫妻，最近也离婚了！

"比如谁啊？"

"呃……哪个圈子都会有真感情的，这点你得坚信。"

乐瑶没有回应我的话，有些茫然地看着河面。

许久过去，我终于打破了沉默："手机借我用一下。"

"怎么？"

"出来好几天了，给我爸妈打个电话，报平安。"

乐瑶从口袋里拿出手机递给了我。

我隐藏了来电号码之后拨通了板爹的电话，片刻之后他便接通了。

"板爹，我是你儿子。"

"嗯，你现在人在哪儿呢？"

"……深圳，又去深圳了。"

"你这一天到晚瞎转悠啥呢，在苏州待不下去，就给我回徐州。"

听着板爹愤怒的言语，我意识到在我离去的这些天一定发生了什么。

"干吗突然让我回徐州？你以前不是一直挺支持我留在苏州的嘛！"

板爹没有理会，自有一股威严地问道："打个电话都没有来电归属，你现在人到底在哪里？"

我硬着头皮答道："呃……有的电话是不显示来电归属的嘛！"

"去找个有来电归属地的电话打过来。"板爹说完便挂了电话。

听着电话里的挂断音，我有些措手不及，忽然觉得告诉他我人在西塘也没什么，难道我的潜意识里，觉得米彩会向板爹打听我的消息，所以才有了去广州的这个谎言？有没有可能我并不是真的对她绝望了，而是负气离开？我不愿再多想下去，因为眼前到哪里去找一个深圳归属地的电话，然后再给板爹拨过去才是重中之重。

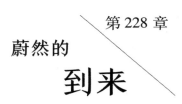

第 228 章

蔚然的

到来

我纠结的表情让乐瑶很是不解地问道："你干吗不和他说实话？"

"犯错往往就在一念之间……不管了，和他实话实说吧。"

我说着便取消了号码的隐藏功能，再次拨了过去。板爹好似一直在等我的电话，以至于第一时间便接通了，他向我问道："怎么是北京的号码？"

"用的朋友的手机。"

"你现在人到底在哪里？"

我犹豫了一下，说道："……西塘，我人在西塘。"

"跑那个地方做什么？"

"散散心呗，反正现在工作又没着落。"

板爹一阵沉默后，说道："小米在我旁边，你和她说几句。"

"啥……她怎么会在你旁边？"

"我在苏州出差，今天她请我在外面吃晚饭。"

这次换我沉默，我似乎听到了电话那头米彩的呼吸声，于是我的心一阵"突突"乱跳。

"你在西塘吗？"米彩向我问道。

事已至此，我便没了隐瞒的必要，便说道："对，我在西塘。"

"乐瑶在陪着你？"

我愣了一愣，当即明白过来，因为板爹刚刚问我怎么是北京的号码，以米彩的逻辑推理能力，自然猜到此刻在我身边的是乐瑶。

"是，她现在就在我旁边。谢谢你招待我爸，不过以后不需要了。"

"你……为什么要这样对我？"

"没有人比你更清楚我为什么会离开苏州。"

"是我上蔚然的车伤害了你，是吗？"

"难道不是吗？"

"那天是我没有顾及你的感受……可你有没有考虑过我的感受？"

"你一个千金小姐、天之骄女，人人以你为中心，我在或不在，对你有一丝影响吗？"

电话那头的米彩在哭泣……我不愿意听到这让我揪心的哭泣声，随后便挂掉了电话。我将电话还给了乐瑶，在烦闷中点上了一支烟。此时，我害怕自己心动，然后再重复心痛。

乐瑶推了推我，问道："怎么眉头紧锁的啊？"

"别问了。"

乐瑶看着我欲言又止，终究点了点头，道："早点回去休息，别想太多了！无论这个世界让你多么不喜欢，我这个朋友一定会把自己装扮成你喜欢的风景，陪着你!"

"谢谢!"

我在心烦意乱中回到了客栈，童子出奇地没有打游戏，也没有看影视剧，而是坐在自己的床铺上，一脸回味的模样，看上去有些痴呆。见我回来，他顿时从痴呆模式中切换了出来，对我说道:"阳哥，你终于回来了!"

"怎么，有事儿吗?"

"嗯，我想了半天，就不明白你怎么能认识乐瑶这个大明星啊?"

"她没有成名前我们就认识了。"

童子点了点头，又说道:"我还是觉得不可思议，总感觉自己在做梦，我竟然认识了一个大明星!"

"她现在的名气让你将她神化了，其实她成名前还是很心酸的。"

"阳哥，以后你会不会和乐瑶在一起啊?"

这对我来说是一个很无聊的问题，便不耐烦地反问:"你觉得呢?"

"这个……不太好说，但是我觉得她对你很好，可以说是千依百顺……你和她之间一定发生过什么。"

我愣了一愣，想起自己的确和乐瑶有过一夜，后来她说怀孕了，孩子是我的，可我觉得并不太可能。童子很期待地看着我，我终于对他说道:"我们就是相处了很多年的朋友，你就别乱想了!"

"是哦，她那么一个女神怎么会和你在一起呢?……阳哥，你说以后她越来越有名气，会不会就忘了你这个朋友啊? 真不希望会有这么一天。"

我笑了笑，问道:"这和你有关系吗?"

"她连你都记不得了，还会记得我吗?"

"如果你能在其他事情上有这么强烈的忧患意识，我会很欣慰!"

童子嘿嘿地笑了笑，而我没有再给他说话的机会，拿起换掉的脏衣服向卫生间走去，自从来到西塘，我还没有洗过衣服，想来真是邋遢。洗完衣服，我很是疲惫，但夜却是无眠的。我承认，米彩在电话里哭泣的声音让我心痛，我想和她说点儿什么，但又不愿意把自己弄得太卑贱，我始终觉得一个男人在爱情中应该有原则地付出，如果没有下限地去讨好，在失去时，你除了会痛苦，还会倍感屈辱。

经历了一个少眠的夜，次日我依旧起得很早。吃了些油炸包子后，我便坐在电脑前查阅起最近一年多的住宿记录，打算具体分析后，再制定相应的改造计划。持续了一个多小时，那一堆数据看得我头晕眼花，终于抬起头看

向门外的柳树，缓解自己的视觉疲劳。这时一辆法拉利 458 出现在我的视线中，接着便看到了从车上走下来的蔚然。他走到我面前，而我因为对他实在无好感，便皱眉问道："你怎么找来的？"

"在西塘找一个人不难吧。"

我知道他不会无缘无故来找我，多半是为了米彩的事情，刚想开口询问，却不想他脱掉身上的夹克外套，向我勾了勾手指，挑衅地说道："上次你不是要和我动手么，现在我亲自来西塘给你这个机会。"

"你有病吧？"

蔚然面色沉得好似结了冰，他抬手向我挥了一拳，我本能地向后一仰，躲过了这一拳，却不想他的另一只手迅疾无比地拉住了我的外套，一发力让我的身子几乎贴住了他，而那挥出去的手臂一弯曲，肘部便向我砸了过来。仅仅两个动作，我便知道他一定接受过专业的搏击训练，而自己却无论如何也躲不开了，于是下颚被他这一肘砸得裂开了，腥涩的血液顺着我的嘴角流了下来。

第 229 章

爱情中的
白痴

蔚然只砸了我一肘便松开了我，我一边抹了抹从嘴角流出的血，一边用眼角的余光瞄有没有称手的东西。

"知道我为什么不动手了吗？"

我没言语，手却抓住了被电脑屏幕挡住的玻璃烟灰缸，准备拍在他的脑袋上，此刻我又被内心的冲动所支配着，全然不管这么做会有什么后果。

正当我准备动手的时候，蔚然又对我说道："打伤了你，Betsy（米彩）会难过，另外我来西塘也不是为了耀武扬威，只是为了给 Betsy 要个说法。"

我下意识地松开了烟灰缸，看着蔚然等待他继续说下去。

蔚然看着我，不屑地笑了笑，说道："Betsy 是和你在一起了，但你却不知道她因为和你在一起承受了多大的压力，至少卓美的那帮股东是希望她和我在一起的，告诉你：米仲德从海外融的那笔资金，就是出自我手，不过那个时候的我并不知道米仲德的野心……总之，卓美的水很深，以后你会明白的……Betsy 没有什么朋友，所以一些不开心的事情都会和我说，每次我让她放弃你时，她都很开心地告诉我，你让她很有安全感，她对你充满了期待……"

听到这里，我的心一揪。蔚然继续说道："我不希望她和你在一起，因为你这个人不沉稳，市井气息太重，我曾经劝过她很多次，但她不听，于是就有了那天晚上的事情！"

"什么那天晚上的事情，你给我说明白一点。"

"呵呵……其实，那天晚上我早就看到你在卓美的楼下等 Betsy，后来我给她打了电话，我告诉她，我想试探试探你。所以我买了花，摆出一副要表白的样子，我猜你会很没风度地和我动手，Betsy 认为你不会，并让我不要这么无聊地去试探你。恋爱中的女人是傻子，明明你和你的前女友产生了不该有的交集，让她难过得离开，可心中却还是盲目信任你，给你机会……但是作为局外人我看得很清楚，你永远摆脱不了你的本性，所以我执意去买了花，并故意纠缠她……后来的事情你也知道了……换位思考一下，我相信你应该能明白 Betsy 的心情吧。她在我面前总是说对你充满了期待，你给了她很多快乐和安全感，并以这个为理由拒绝了我很多次。可是你呢？一面时不时给她惹点麻烦，一面又和自己的前女友保持着不明不白的关系，我想问问……你到底置她的信任和期待于何处？"

此刻，我终于理解那时候的米彩为什么会用尽全力推开我，更明白那句"这就是你冷静后的结果"是如何让她撕心裂肺……或许那天她所承受的苦痛远比我来得更多。

"那天晚上她上了我的车后，不过开了两站路，就想要回去找你，说自己的行为伤害了你的自尊，我没有同意，因为我觉得你对她的伤害更大，该道歉的人是你。我开导了她两个小时，可最后她还是回去找你了，你却从她的屋子里搬了出去，后来索性玩起了失踪，她又不顾公司的事务，满世界打听你的消息，而你连自己的行踪都不愿意告诉她。"

蔚然说着摇了摇头，接着说道："我真的不能理解，在大学时被所有导师公认的商业才女，为什么会在爱情中变得像一个白痴……我也是白痴，否则我为什么去苦苦追求一个为了别的男人而变成白痴的女人！"

通过蔚然的口，我终于明白了米彩在一个我看不见的角落，都为我做了些什么。当她身边所有人都在质疑我时，她却傻傻地坚持着，为了让我开心，

甚至不顾自己的生理期去吃冰淇淋，可我却一次次地伤害着她那颗敏感又脆弱的心……我真的错了！

"昭阳，那天晚上如果不是 Betsy 挡在你前面，我一定会把你打成残废，因为我极度厌烦你这个垃圾！"

"既然你这么恨我，为什么今天要来这里？"

蔚然将自己的手捏得"咯吱"作响，许久才说道："我巴不得你们就这么分手才好……但是我更不愿意看到她那么伤心，这些天她在我面前流过的眼泪，比我们认识的这四年还要多……你伤透了她，你知道吗？"

我的眼角传来温热感，哪怕此刻蔚然动手打死我，我也不会有一丝反抗，甚至对我来说是一种解脱。

"昭阳，你听着，对 Betsy 我是永远都不会放弃的，如果你识趣的话，就赶紧和她说出分手两个字，省得她老以为你对她还有眷恋……而我一定会照顾好她，帮她守住她父亲的产业，让她做这个世界上最幸福的女人。"说完，蔚然便离开了客栈。

我失魂落魄地坐回办公椅上，恨不能现在就回苏州，可心中另一种力量却死死拉扯着我——我配不上她，更不应该这么无休止地伤害她，离开我她会比现在幸福很多。我在痛苦中双手掩面，好似陷入一种不能自拔的绝境中，全然不顾嘴角不停流出的血。

"昭阳，你怎么流了那么多血？"乐瑶惊叫声将我唤醒。

我用手抹掉了嘴角的血，却不知道该怎么和乐瑶解释。

她拉着我的胳膊，说道："你先别说话了，我送你去医院止血……"

我挣脱了她，对她说道："你的手机给我，我想打个电话。"

"都这样了，还打什么电话呀！"

我说不出话，眼角处却再次传来温热感，我好像哭了，却控制不住。

第 230 章

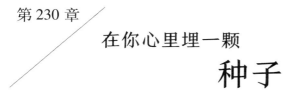
在你心里埋一颗
种子

我用手按住额头，再次对乐瑶说道："手机给我。"

"不管什么事情先止了血再说。"乐瑶说完便拉着我向客栈外走去。

我机械似的随着乐瑶的脚步向诊所走去，可许多心思却困在自己的身体里面，完全释放不出来，以至于那用于消毒的医用酒精涂抹在自己的伤口上都不觉得痛。心思的繁重中，我又想起了那首曾被我和米彩用来互相调侃的《新房客》。说到底，我们只是彼此捕捉到的一只飞鸟，可却触摸不到对方的羽毛，所以我们一直在和对方说"你好"，可是回应的往往是"打扰"。于是我们都错了，可是错的根源到底在哪里呢？或许是源于心血来潮，也可能只是源于一场千里迢迢的邂逅。假如，没有那一次次的冲动，我依旧是他的房东，她是我的房客，是不是会更好呢？此刻，我给不了自己答案。也许，从那天晚上，我将房客的称谓强加在她身上时，命运的齿轮就已经在我们之间转动了。

离开诊所后，我依旧是去时的心情，只是脸上多了一块止血的纱布。河岸边的台阶上，乐瑶坐在我的身边，她终于向我问道："刚刚到底发生了什么？"

"被人给揍了一顿。"

"只有你揍人的份儿，谁还能把你给揍了？"

"说得我好像独孤求败似的！"

"我不管，下次他再惹你，你一定要打赢！"

"打赢或打输代表不了什么，你就别孩子气了。"

"孩子气也是希望你开心一点嘛。"

"以后我只做一个等待晚上，迎接白天，什么都不去想的人，可好？"

"那不成'植物人'了吗？"

我不语，心中却略感失望，原来过于追求简单、无忧的生活，就堕落成了"植物人"。

乐瑶往我身边靠了靠，说道："昭阳，其实你能敞开了心扉和我说一些心中的想法，我真的挺开心的。我觉得你比以前成熟了一些，至少心里有了奋斗的欲望，所以你会接下这间客栈！"

"是吗？"

乐瑶又肯定地点了点头，说道："是的……前些日子我一直在一个偏远的山区拍戏，那里甚至连电都没有通上，山民们的全部生活便是那一亩几分地，闲时的活动就是坐在田埂上唠唠嗑，可是我觉得他们很幸福，也想明白了些道理。其实人的一切痛苦只是源于把自己看得过于重要，太想满足自己内心

那些虚无缥缈的欲望，比如爱情，一旦不是自己幻想出来的样子便会痛苦……实际上说透了，爱情不过是温饱后的一种消遣，不必太认真！"

我琢磨着乐瑶的话，发现与我所领悟的"心不动、则不痛"是一个道理，可是为什么已经领悟的自己还会感觉到痛呢？想来还是因为放不下欲望，而这些挥之不去的欲望，聚在一起后，便织成了一张黑色的网，遮天蔽日，从此再也见不到那座晶莹剔透的城池。

我终于对乐瑶说道："如果有机会，真想把自己扔进那个连电都不通的山村，每天坐在田埂上，张望着百亩的良田和成排的稻草人！"

乐瑶笑了笑，说道："还得带上一包点八的中南海。"

"没错，这是一定要记得的。"

乐瑶微笑着搂着我的肩膀，猜中了我的心思似乎让她很开心。我随着她笑了笑，然后茫然地看着对岸随风飘动的柳絮，也许是视觉疲劳了，我好似看到了一支燃烧的火把，却又熄灭了，我在世界的黯淡中，渐渐失去了给米彩拨打电话的欲望。

我与乐瑶在河边坐了很久。最终她从手提包里拿出一张银行卡递给我，说道："昭阳，这张卡里有十万块钱，给你改造客栈用。我要走了，今天中午。"

我点了点头，从她的手中接过，我的心好似在一瞬间失去了依靠，下意识地握住了她的手，说道："不是说一个星期吗？"

"剧组的一个男演员要出国参加颁奖典礼，所以导演临时加急安排了几场戏。"

我意识到自己的失态，赶忙松开了紧握住乐瑶的手。乐瑶却回握住我的手，说道："不要忘记把客栈做成全国连锁的抱负，我会全力支持你的。"

"这一次我会用所有的力量去经营好客栈的。"

"嗯……等拍完最近的戏，我会回西塘看你的。"

我心中如此失落，许久才问道："今天可以不走吗？"

"我晚上之前必须回到北京，因为晚上就有两场夜戏。"

"那一路顺风吧。"

乐瑶点了点头，拉开了我的外套，隔着毛衣亲吻了我的胸膛……

我不解地看着她。

"我在你的心里埋了一颗种子，几年后如果有雨水滋润了你，你要记得让这颗种子萌芽开花。"

我愣了许久，才回道："如果真的还有雨水眷顾这块干涸之地，这颗种子一定会萌芽开花的！"

乐瑶站了起来，戴上了墨镜和口罩，向我挥了挥手，独自向河岸上走去。我看着她的背影许久，才感觉到自己的手背有一滴温热，原来这是她在戴上墨镜前流下的一滴泪，也可能是那颗并未能种进心里的种子……

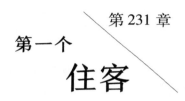

第 231 章

第一个

住客

乐瑶离开后，我独自往客栈走去。走到一个新开张的便利店门口，我停下了脚步，因为店门口正在安装两匹供孩子游乐的电动木马。于是，我又想起了她那独有的、淡然的微笑，而我曾经深陷在她的微笑中不能自拔，只是那过去经历的种种，此刻我用一句时过境迁便彻底带了过去。我不再留恋什么，抬起脚步继续向自己的客栈走去。

客栈内，童子正坐在服务台前面，代替我接待顾客，见到我回来，盯着我看了好一会儿，问道："阳哥，你的脸怎么了？"

"不小心磕到了……今天有游客入住吗？"

童子一脸绝望地摇了摇头，说道："没有……自从我们盘下这间客栈后，还没有新的住客来光顾过。"

我只是点了点头，没有多言，心里却想着：在为这间客栈换血肉的同时，要塑造怎样一个灵魂。所谓灵魂就好比第五个季节酒吧的"四季变迁"，我在西塘等你酒吧中的"等你"，这被塑造出来的灵魂，最终都会成为经营中的核心卖点，吸引顾客在这里消费，并产生归属感。

"阳哥，你眉头紧锁的在想啥呢？"

我反问道："你现在也是这间客栈的股东之一了，说说看，有没有什么好的想法经营好这间客栈呢？"

童子不假思索地回答道："降价呗，只要我们比其他客栈便宜，住客们自

然就来了！"

我摇头，说道："降价只是一种促销手段，不能作为长期的经营战略，而且我们的客栈是租用别人的房子，在西塘有很多客栈是本地居民自建的，对比他们，我们是玩不起价格战的，知道吗？"

"那你说咋办？"

"一步步来，先从客栈的装修改造做起。"

"好吧，经营上的事情我不太懂，听你安排就是了。"

"嗯，给你个任务，两天内你在淘宝上开设一个店铺，等我们的客栈装修好了，可以在淘宝上接住宿的订单，这样我们就会增加一个销售的渠道。"

"阳哥，你真厉害，我怎么没有想到呢？"

"厉害个屁，现在西塘80%的客栈在淘宝上都有店铺，我们已经落后人家很远了，现在我们要发力，争取在基础渠道上追上其他客栈，知道吗？"

童子连连点头。

我又对他说道："今天客栈就交给你了，我这会儿去找装修公司，尽快搞定装修的方案。"

"你就放心去吧，我会照看好客栈的。"说完我准备离去。

"阳哥，等等。"

"还有事情吗？"

"今天乐姐会来和我们一起吃饭吗？"

"不会，她回北京了。"

童子顿时耷拉着脑袋，整个人像一只泄了气的皮球。我笑了笑，没心思继续和他闲扯，再次叮嘱他照看好客栈后，便拿起车钥匙向门口停着的面包车走去。

和当时改造第五个季节酒吧一样，我这一天都奔波在各个装潢公司间，除了询价，也与他们交流一些装修上的想法。忙碌中，时间已经悄然到了黄昏，夕阳下的西塘迎来了一天中最有诗意的时刻，可我却拖着疲乏的身躯回到了客栈。

童子正疯狂地点着鼠标，打着游戏，我坐在对面的藤椅上，向他问道："今天下午来住客了吗？"

"没有。"

"我让你做的淘宝店铺，做好了吗？"

"没有，反正现在也没有住客，等装修好了再弄呗！"

我皱了皱眉，非常反感童子这懒散的表现，但还是耐着性子说道："你先别玩游戏，我有话和你说。"

"等等，等等……"

我点上一支烟，等待着。一支烟抽完，我又抽了一支烟，童子依旧没有要停下来的意思。我终于来了火，一巴掌拍在了他握住鼠标的手上，说道："你怎么这么不上心呢？这游戏有什么好玩的！"

童子被我这突如其来的发作吓蒙了，张着嘴看着我，半晌才对我说道："开个客栈没必要这么认真吧？再说，我都看了一天店了，怎么就不上心？"

我有些无法和童子沟通，心情随之烦躁起来。童子却忽然来了脾气，发泄似的一脚踢开身边的办公椅，对我说道："我吃饭去了。"说完离开了客栈。

我一个人坐在空荡荡的客栈里，直到夕阳隐去，才打开照明灯，然后有些压抑地点上了一支烟。我意识到自己有些小题大做，毕竟童子处于那个年纪，还没有忧患意识。实际上处于大学毕业边缘的准毕业生，多少都有这样的表现，我不该对他要求太高，而应该循循善诱去启发他。

时间到了晚上九点，童子还没有回来，我不禁担忧起来，决定出去找童子。夜晚的西塘有点凉，我披上一件厚实的外套，拿起桌上的打火机和烟盒便向外面走去。匆匆的脚步中，我与她有一个瞬间的眼神交汇，我停下了脚步，她回眸看着我。

"你怎么来西塘了？"

简薇比我更显意外，半晌才说道："今天是周末，来西塘散散心……没想到你失踪了这么多天，竟然在西塘！"

我半晌没有言语，心想：难道在简薇的心里，还惦念着西塘这个我们曾睡了彼此的地方？简薇也没有再说话，只是看着客栈招牌下挂着的那把没有弦的吉他。我终于对她说道："你还没有找到住宿的地方吧，这是我的客栈。"

"你的客栈？"

"是，昨天才接手的。"

"这个客栈这么偏，现在又是旅游的淡季，我会不会是你接手后的第一个住客？"

"算是吧……你先进去帮我照看一下客栈，我出去办点事儿，马上就回来。"

简薇点了点头，我当即领着她进了客栈。

第 232 章

回馈你对我的

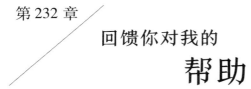

　　教会简薇怎么用操作软件之后，我便离开客栈，沿着街边的店铺找寻童子。我几乎将整条街找了一遍，也没有发现他。又沿着西塘河找了起来，终于在河岸边的台阶上找到了他。

　　我来到他身边，递给他一支烟，说道："这么晚了还不回去，还生我气呢？"

　　"有一点。"

　　"我今天心情不太好，这个我要和你道歉，不过咱们都是男人，有什么情绪不要憋在心里，你要真不舒服，给我两拳，我皱一下眉都不算是好汉！"

　　"得了吧，你的脸都成这样了，我还好意思打你吗？"

　　童子的冷幽默让我笑了笑，我随即搂住他的肩膀，说道："其实我大学刚毕业的那会儿比你还混……所以我不希望你走上我的老路，因为几年后你会为自己的一事无成而懊悔……再说，我们现在也算是走在了创业的路上，一定要有一颗吃苦的心，你也知道客栈现在的经营有多难，我们只有加倍努力，才能赶上别的客栈，你说是不是？"

　　"阳哥，我明白了，以后我会好好努力的。"

　　"嗯，我相信你……咱们抽完这根烟就回去吧，客栈里来住客了。"

　　"啊！真的来住客了啊？"

　　"千真万确。"

　　"是不是大美女？"

　　我点了点头，说道："是个大美女。"

　　童子霎时变得迫不及待。

　　我与童子回到客栈后，简薇依旧坐在服务台旁帮我照看着，童子附在我耳边轻声说道："阳哥，真的是美女唉，简直和乐瑶不相上下！"

　　我也轻声回道："她们不是同一类型的，没什么可比性。"

　　童子很赞同地说道："对……她比乐瑶更有气场，不过少了点小迷人！"

　　我和童子对话间，简薇放下了手中的鼠标，对我说道："昭阳，我要一个单人的标准间，带我去看看房间吧。"

"你身份证给我，我登记一下。"

"我刚刚自己已经登记过了。"

我点了点头，身边的童子面露惊色地拉了拉我，问道："阳哥，这个美女你也认识啊？"

"认识。"

"疯了，怎么你身边的都是美女啊？"

我没再回应童子，准备带她去客房看看，却不想她从钱包里抽出了200元递给了我，算作房钱。我摇了摇头，说道："不用了。"

"我可是你的第一个住客，开门红的生意可不能不收钱啊！"

我想了想，从简薇手中抽出其中一张100元的钞票，又从抽屉里找了12元钱递给她，说道："收88元吧，第一笔生意图个吉利。"

简薇没有再坚持，接过钱后在我的带领下向客房走去。进了客房后，我打开了灯，简薇环视着房间，对我说道："房间的装修很一般啊，而且这个客栈地理位置相对较偏，你怎么会接手的呢？"

"如果地理位置好又赚钱，你觉得老板还会转让吗？"

"这倒是！"

"我会将这个客栈重新装修一遍，然后找准经营定位，我相信还是会有生机的。"

"重新装修？这需要一笔不小的资金吧？"

"房间里的电器就不换了，我算过了，8万块钱就能搞定。"

"你哪来的钱？"

我稍稍一愣，随即说道："这你就别管了。"

简薇一阵沉默后，对我说道："你离开苏州后，到处都打听不到你的消息，我很担心……很庆幸能在西塘遇到你，但是我不太能理解，你为什么会选择开一间什么都不是的客栈？"

"什么都不是的客栈？"

"对不起，是我用词不当，我的意思是，你不应该把人生中最宝贵的时间浪费在一间曾经亏损的客栈上。"

"我不这样看，只要我心中充满力量，小客栈也会变成大梦想的。"

简薇欲言又止，又说："在你离开苏州后，米彩找过我……我让你们之间产生误会了！"

"这都是过去的事情，没必要再拿出来作为谈资。"

"你真不打算再回苏州了吗?"

"于情于理我都不应该再回苏州。"

"米彩呢,你也真的放得下吗?"

我看着简薇,只觉得从她嘴里问出这个问题是如此别扭,半晌说道:"有些人哪怕走到一起,也注定不是一个世界的人,这点你应该比我更有体会。"

"我只是不想因为自己的失误,影响到你们两个人的感情……昭阳,无论我们之间变得怎样,我都希望你能幸福。"

"不是因为你的失误,而是我们两个人不能互相信任。"

简薇终于沉默,想必她也明白:有多少海誓山盟过的情侣,最后倒在了信任的危机中,比如曾经的我和她。许久她才对我说道:"你留在西塘,在我看来是不应该的,但是我也没有立场和资格要求你离开……只是希望你遇到困难的时候,告诉我,我会力所能及地帮忙。"

"我从来不怀疑,但我真的不需要你这么纯粹的帮忙。"

"昭阳,你错了,这不是纯粹的帮忙,而是为了回馈你对我的帮助……有时候,我真的希望我们是陌生人,这样你就不会有太多的想法了……我承认,拿下金鼎置业的广告业务和我的师哥(王总监)有一定关系,但是这么大的业务是仅凭关系就能够拿下来的吗?……实际上,在你去金鼎置业之前,我们已经提过两次案,但是都失败了,因为我们没有拿出金鼎置业想要的创意,而我师哥的作用,就是为我们争取到了第三次提案的机会,最终是你提出来的摔裂生活这个创意打动了他们,那50万的项目提成你就应该心安理得地拿着,你应该明白,在我们广告行业,一个好的创意,甚至一句广告词,卖几百万都是很常见的!"

第 233 章

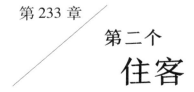

第二个
住客

简薇的告知加劝慰让我陷入沉默中,半晌我说道:"我认可你说的话,如果我们真的是陌生人，我能帮助你力挽狂澜，我会狂喜，可是我们之间确实有一段回避不了的过去，以我现有的认知，我不能不在意。"

"说到底你是对自己的才华没信心，否则你不会在意这些的。"

"才华？……这么笼统的一个词，用在这个事件上合适吗？"

简薇表情黯然，却又笑了笑说道："是啊，才华两个字太空洞……曾经我也想过，大学毕业后，我们一起开一间广告公司，以你的才华加上我爸爸手中的资源，一定可以让你名扬广告界，可是……"

"可是认可我才华的只是你，而不是你的父亲。在这个社会，实际的资源远比抽象的才华更重要，认清了现实后，最后破碎的是我们两个人的梦。"

简薇紧咬嘴唇，极力抑止即将落下的眼泪，哽咽着对我说道："如果当初我爸愿意给我们机会，我们就不会变成……现在这个样子，我真的很恨！"

简薇的这番表达让我惋惜，更让我痛心。半晌我终于向简薇问道："你是不是又和向晨闹什么矛盾了？"

"为什么这么问？"

"人往往不满于现在，才会回想当初，显然你现在就是。学会适应现在吧……就好比我，我也不想蜷缩在这里，可是其他地方我去不了，倒不如将种种不满转化为改变的动力，或许以后会慢慢变好的。"

"昭阳，很开心你比以前成熟了，你一定会越来越好的。"

我看着简薇却不言语，因为我不确定自己是否真的成熟了，也许在某个人眼里我还是幼稚的。

离开简薇住的那间客房后，我仍不想休息，而想出去散散步，让大脑清醒一些，好想想要怎么去改造客栈，毫不夸张地说：客栈虽小，却承载着我破碎后又凝聚出的梦想，我不愿意再将失败烙印在西塘这个地方。此时已经是晚上十点，街上变得冷冷清清，只有河对岸有一个身影与我以同样的节奏向前晃荡着，我仔细看了看，正是那个几天未见，喜欢穿红衣服的漂亮女人。

我向她喊道："喂，这么晚了还散步啊？"

"你不也是嘛。"

我笑了笑，喊道："以为你不愿意搭理我呢！"

我们虽说着话，脚步却没有停止，依旧向前方的一座小桥走去。我踏过小桥向她那边走去，她也走过小桥，来到了我刚刚走过的那一边，于是我们在交换了位置后，依旧隔着小河流向前走着。

我又向她喊道："你现在住哪个客栈？"

"和你有关系吗?"

"当然有了,我在这里接手了一间客栈,正愁没生意呢,反正住哪儿都是住,你就去住我们家客栈呗。"

"原来你是个拉皮条的!"

"我是打开门做正经生意的,怎么能说是拉皮条的呢!"

"你的客栈叫什么名字?"

"客栈。"

"什么名字?"

"就叫客栈啊!"

"作怪,故弄玄虚!"

我无奈苦笑:"你不爱住就算了,干吗还贬低我的客栈啊。"

"不是不爱住,是因为我明天就要离开西塘了。"

"哦,这样啊,那就祝你离开西塘后,能过得开心一些吧。"

"谢谢。"

"不客气,其实我倒真希望西塘会成为一个治疗情伤的圣地,当我们离开这里后,便会迎来崭新的生活、崭新的自己。"

她点头,又向我挥了挥手,随后在前面左转进了一条巷子,于是她的身影很快便消失在夜色中。我重重地呼出一口气,心中再次想起了米彩,我虽嘴上说得轻巧,但真的离开西塘,某天与她邂逅在某个街角,我会成为那个崭新的自己吗?

又晃荡了一小会儿之后,我回到了客栈,却意外发现客栈的门口停着一辆红色的Q7,走近看了看,是苏州的牌照。米彩继蔚然之后,终于来了。为什么会用上"终于"呢?难道我潜意识里也认为她一定会来?对,她是一定会来的,因为我们之间还有"分手"两个字没有说出口。

我抽了一支烟才进了客栈,四下看了看,却没有发现米彩的身影,而童子却激动地对我说道:"阳哥,我们店迎来了第二个住客!……她太美丽了,是一种说不出的美丽,简直比乐瑶还美丽……你说咱们的客栈这么容易招美女,以后改名叫美女客栈好了!"

童子的形容,让我确定这第二个住客是米彩无疑,可心中却因为她的美丽而黯然,因为只有我自己明白,她的美丽和高贵,到底给我带来了多少压力和痛苦……

"她人呢?"

"我已经给她安排好房间了，对了，她还向我打听你呢？你回来了，我得赶紧打她客房的电话通知她。"

"等等。"

我说着一个箭步冲到童子的面前，按下了他拿着电话的手。

第 234 章

我会
想你

童子疑惑不解地看着我："咋了，阳哥？"

"她的房号你告诉我，我去找她。"

"二楼的三号房。"

我点了点头，心中略松了一口气，因为简薇住在一楼，她们碰在一起的几率会小很多。转念一想，我和米彩已经将爱情走到这生不如死的地步，即便碰上了简薇又怎样？

我拿上烟和打火机，在童子的注视中向二楼走去。我在三号房的门口站了许久，却始终下不了决心敲响房门。我低头看着自己的脚尖，门却被轻轻打开，那熟悉又亲切的淡淡香味便飘进了我的鼻腔里。我抬起头，有些失神地看着她。

"为什么来了却不敲门？"

局促中，我没经大脑地回了一句："不知道你睡没睡。"

米彩注视着我，伸手向我的脸摸来，我本能地避开了她的手。

她的手悬在空中，在表情黯然中又放了下来："你的脸怎么了？"

"磕到了。"

"疼吗？"

"不疼。"

米彩将鬓角的头发别到耳后，我摸了下鼻子，我们都有些局促不安。许久，她终于对我说道："进来坐坐吧。"

我犹豫了一下，还是走进了房间，她坐在床上，我坐在对面的椅子上。

"我抽支烟你不介意吧？"

米彩摇了摇头。我当即点上了一支烟，吸了一口后，内心的局促感才稍稍得到缓解，终于看着米彩说道："今天上午蔚然来找过我了。"

"我知道。"

"他和我说了很多……有些话，我觉得也没有完全说错。"

"他对你说了什么？"

"我直接告诉你听完这些话后我的想法吧……我觉得就像现在这样待在西塘经营一间不大的客栈挺好的，我一向没什么志向，我们从来不是一路人。"

"那天我们决定在一起时，你不是这么说的。"

"谁能预料到以后的事情，哪对情侣之间没有点儿海誓山盟，是不是最后都要走到一起？"

泪水从她的脸上滑落下来，我却只是看着，既然已经下定决心，就已经做好了承受后果的痛。痛苦第一次在她淡漠的脸上表现得如此明显，她终于哽咽着说道："……可是你不在……我会想你！……你已经走进了我的心里。"

我不语。

"昭阳，你送我的只是一颗从天而降的陨石，可我从来不觉得危险，一直当作一颗完美的钻石……想象着将这颗钻石镶嵌在戒指上，等着有一天……有一天你会娶我……可是今天你亲口告诉我，这是陨石不是钻石，这种感觉……真的很揪心……如果你真的觉得我不应该出现在你的生活中，你对我说分手……我一定不会再出现在你的世界里。"

我数次张开了嘴唇，却始终说不出"分手"两个字。许久，我终于咬牙说道："分手两个字不应该从男人的口中说出来，你说吧。"

"我不说……我不想说。"

看着她的情绪接近失控的边缘，我心中那根紧绷着的弦终于被拉扯断，可是依旧不肯向她走近半步。我虽然爱着她，但我们之间的差距实在太大了，如果只是贪图一时的幸福，毁掉的可能是彼此的一生。准确地说是她，和我在一起注定要活在非议和委屈中，甚至会影响她对卓美的掌控，这一点蔚然之前已经和我说得很清楚。我忽然平静下来，看着她说道："我们分手吧，以后不要再来西塘了，我一个人在这里很好，很安静。"

米彩看着我，她的眼里不再噙着泪水，甚至比此时的我还要平静，也许是源于我说出了"分手"两个字。

我笑道："你看看这样多好、多轻松……我们一直活在现实的世界里，又不是狗血的琼瑶戏里，何必弄得那么撕心裂肺呢！要知道，今天可以睡了彼此，明天说分手的大有人在！"

"原来你是这么看得开的人，是我不够了解你……"

"放心吧，我这人最擅长的就是让自己过得开心。"

米彩看着我，我又向她笑了笑，她没有再回应，从床边的柜子上拿起了自己的手提包和一只不大的行李箱，起身向客房门外走去。我随她一直走到服务台，对已经昏昏欲睡的童子说道："童子，这位小姐的住宿费按照钟点房算，多余的钱退给她。"

"咋了，阳哥？"

"你给退了吧。"

童子看了看米彩，又看了看我，最后从收银柜里拿出 100 元递给了我，我接过又交还到米彩的手上。米彩从我手中接过，紧紧攥在手里，便头也不回地向客栈外走去。忽然客栈里十一点的钟声敲响，我拦住了她，说道："等等……时间很晚了，你今天晚上就留在西塘吧，休息好了明天早上再走。"

"你要我带着什么情绪留在西塘？"

"如果一定要走，我送你回苏州。"

"你要送便送。"

"车钥匙给我。"我说着向米彩伸出了手。

米彩从包里拿出车钥匙递给我，我伸手接过，又折回到客栈里，向童子交代几句，便朝门外走去。

这个夜晚的月色是如此之好，气温是如此适宜，一点也没有渲染出我们分手时该有的悲伤气氛，但我又一次在风中看到了她隐隐含着泪的眼睛。我极力克制心中的情绪，打开车门对她说道："上车吧，很快就能回到苏州了。"

她点了点头，却没有打开副驾驶室的车门，而是坐在了后面，这样也好，她就不会在这一路看到我悲伤的脸了。

第235章

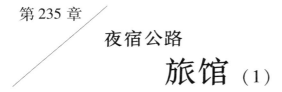

夜宿公路
旅馆 （1）

我启动车子，又打开了近光灯，下意识地想回头看看坐在后座的她，却又不得不摆出一副分手后无所谓的做派。我轻轻呼出一口气，终于脚踩油门，向苏州方向驶去。黑夜彻底笼罩了大地，我却将车子开得飞快，只希望早点结束这种口是心非的煎熬。

行驶了大约四十分钟，我渐渐受够了这比夜色更僵硬的沉默，随即打开车里的音乐播放器，音响里传来了筠子的那首《冬至》。我的思绪又飘回到去年的除夕夜，记得那时候的米彩为了配合"第五个季节"的除夕夜活动，特意学了筠子的两首《春分》和《立秋》，唯独没有学这首《冬至》。此刻看来，她应该因此喜欢上了筠子这位歌手，所以在她的车里才有了《春分·立秋·冬至》这张已经绝版的专辑。

"为什么有这么多的墙，所有漫长的路越走越漫长……"我沉浸在歌词中，有些恍惚，恍惚中不禁联想到自己走过的这一路，包括爱情、事业……细想，这些年我好似一直在艰难地越过那一道道被现实所创造出来的围墙，可是无论我怎么用力，却总在越过一道墙后，发现还有更高的围墙，于是我在渐渐乏力后收获了太多的无奈和抱怨。

分神中，我驶过一个弯道，却忘记了交替变换远近光提醒对向驶来的车，我赶忙将远光切换成近光，可对面的车却并没有切换灯光，我的视线在强光中出现了一片盲区，于是本能地强行制动，降低车速。视线还没有恢复，车子产生了一阵剧烈的晃动感，随着车后米彩的一声尖叫，方向盘上的安全气囊便弹了出来，重重打在了我的脑门上。

我眩晕了很久，视线才渐渐恢复，这才发现车子撞在了路边的一棵树上，树已经被拦腰撞断。我一阵阵后怕，赶忙解掉了身上的安全带，打开车门喊着米彩的名字。我走到后门，手有些颤抖地拉开，心中微微松了一口气，米彩的身上是系着安全带的，只是神情看上去有些呆滞。

我在强烈的恐慌中问道："对不起，你没事吧。"

她许久才摇了摇头。

"你轻轻活动一下四肢，看看有没有哪里受了伤。"

米彩轻轻动了下手脚，终于开口说道："没有。"

我悬着的心这才放了下来，心中忽然明白米彩为什么会这么惊恐，因为是车祸夺走了米仲信的生命，她要远比一般人更恐惧车祸。我又心疼又自责，替她解开了安全带，然后将她从车上抱了下来。她紧握着我的手，我搂住她，一遍遍地说着"对不起""我们没事了"。

待米彩的情绪稍稍稳定之后，我用她的手机拨打了救援电话。大约过了半个小时，清障车来到我们出事的地点，米彩作为车主登记了相关信息。救援人员临走前，告诉我们前方 500 米远的地方有一个公路旅馆，如果不赶时间的话，可以先去旅馆住一夜。

过了将近一刻钟，我和米彩才从刚刚的惊心动魄中平静下来。我弯下身子，背着她去前面的公路旅馆。她并没有被所谓的分手而负累，如曾经那般趴在了我的身上。走了差不多一刻钟，我们终于看到了那间公路旅馆。这是一个很陈旧的旅馆，旅馆的门前因为长期遭受重型货车的碾压，随处可见深深浅浅的坑，而空气中充满了汽油和柴油的味道。这让我更加自责，想来米彩应该从来没有住过这么劣质的旅馆。

推开门，前台坐着一个微胖的中年妇女，她一边织着毛衣，一边看着电视。我放下米彩，拿出自己的身份证对中年妇女说道："你好，还有房吗？"

"没了。"

"这……一间都没有了吗？"

中年妇女不耐烦地说道："你没看到门口停着的货车吗？今天晚上来了一个车队，没房了。"

我耐着性子说道："帮忙想想办法吧，这前不着村后不着店的，我们也没地方去。"

中年妇女终于抬头看了看我和米彩，说道："真没房了，有房谁还不想做生意啊！"

我掏出钱包从里面抽出一百元放在柜台上，说道："想想办法吧。"

中年妇女将一百元放进了口袋里，想了想说道："倒是有一间我们家闺女住的房间，她在外地上大学，已经空置了很长时间，里面没有卫生间，只能用公用的，你们要不嫌弃条件差的话就住。"

我看着米彩征求她的意见，她点了点头。跟着中年妇女走过一条狭窄的走廊，我们终于到了那间房前，她打开了房门示意我们进去。

我对米彩说道："你进去住吧，我在大厅的沙发上凑合一夜就行了。"

中年妇女疑惑地看着我，可能她以为我们是一对情侣，住一间房是理所应当的。米彩看着我，沉默了好一会儿才说道："我一个人住害怕。"

中年妇女已经打开了灯，对我说道："人家姑娘都说害怕了，你一小伙子就别扭扭捏捏了，再说你睡外面的沙发，我可没有多余的被子给你……反正一夜，你就克服克服，要实在不方便，给你搬张椅子，你趴在办公桌上睡。"

我又看了看米彩，她依旧是心有余悸的表情，显然还在后怕中。我终于点了点头对中年妇女说道："那就麻烦你搬张椅子来吧。"

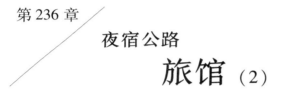

第236章

夜宿公路

旅馆（2）

进了房间后，因为没有独立的卫生间，我和米彩都没有洗漱，她穿戴整齐地躺在床上，我则坐在一张木头椅子上，昏黄的灯光下，两人相对无言。

"你要想抽烟就抽吧。"这似乎是米彩第一次主动成全我想抽烟的欲望，可偏偏这样我更不愿意用二手烟去伤害她。我索性将烟盒揉成一团扔进身旁的垃圾篓里。

"为什么要把烟扔掉？"

我没有正面回答，只是说道："你不是累了吗，早点休息吧。"

"你呢？"

"等你睡着了我就睡了。"

米彩看着我，一副欲言又止的模样。

"怎么了？"

"我要用……卫生间，你能陪我去吗？"

"嗯，一起吧。"

走廊里连个楼道灯都没有，我用手机灯充当照明物与米彩并肩向前走着。终于来到公用的卫生间前，我将手机递到米彩的手上，说道："我先进去，你在外面等一下。"

米彩点了点头。我打开门走了进去，里面刺鼻的味道让我一阵恶心，快速解决完生理需求，便跑了出来，对米彩说道："里面太脏了，我们去问问老板娘还有没有其他的卫生间。"

米彩将用来照明的手机递给我，道："你能用，我就能用。"

我想拉住她，她已经走了进去并随手关上了门。过了好一阵，米彩捂住鼻子从里面走了出来，一阵干呕。我轻轻拍着她的后背，似责备却更心疼地叹道："你这又是何必呢？就是在外面找棵能遮挡的树，也比在这里强啊！"

米彩摇了摇头，快步向前走去，我紧随她的脚步回到了房间。她依旧躺在小木床上，我坐在椅子上。此时的米彩已经没了睡意，看着天花板一阵失神。

我终于对她说道："你体会到穷人的无奈了吧，虽然今天晚上我们是被逼住在这里，但是那些跑长途的司机，却是经常要住这样的公路旅馆的，而类似的遭遇我也经历过太多次。"

许久她淡淡地回了一句："我不想听这些。"

"那你就睡吧，过了这个晚上，你不必经历这些。"

米彩没有理会我，她侧过身子背对着我。我伸手关掉了房间里的灯，趴在桌上，期待自己尽快进入睡眠状态，可是半个小时过去，我依旧没有一点睡意。我尽量不发出声响坐直了身子，睁开眼睛，直面黑夜。

"昭阳，你睡不着吗？"

"不困，你怎么也还没睡？"

"我也不困。如果我们刚刚死在车祸里，现在是不是就到另外一个世界了？"

"你希望还有另一个世界吗？"

"嗯。"

"我不希望有。"

"为什么。"

"担心另一个世界会更造作，倒不如消失得干干净净。"

米彩不语。

我随她沉默了很久才又问道："你怕死吗？"

"怕，你怕不怕？"

"我说不怕，你信吗？"

米彩想了想，说道："信，所以你做什么事情，都那么不计后果，而这个世界上也没有什么比死更可怕的事情了。"

"当然有比死更可怕的事情。"

"你说说看，是什么事情。"

"真心换不来真心……如果真心可以换到真心，很多事情就不会出差错。"

"你是在说我们吗？"

"不是，这句话是泛指，爱情、友情、亲情、师生情……都可以。"想了想我又补充道，"其实有时候两个人都想以真心对待彼此，可是因为世界观、价值观、身份地位的不同，导致付出真心的方式也不同，最后两颗真心也会因为对接不上而搁浅。"

"这次，你是说的我们，对吗？"

"也许吧。"夜在我们的对话中又深了一些，我也终于打了个哈欠。

"你要坐着不舒服就到床上来吧。"

"我怕我会犯错……"

"你连死都不怕，还怕会犯错吗？"

"死伤害的只是自己，犯错伤害的却是他人。"

"你既然有这样的觉悟就不会对我犯错的，坐在椅子上怎么能睡好呢，赶紧休息吧。"

我终于不再多想，和衣在米彩的身边躺了下来。夜色中，她像一只缺乏安全感的猫缩在了我的怀里，轻声问我："昭阳，我们真的要分手吗？"

"我只是一颗陨石，永远也送不了你钻石……我们在爱情中都不成熟，以至于屡屡犯错……一切源于冲动，该回归理性了，虽然迟了一些，但彼此还可以回头。"

"也许你是对的，所以我们没有在一起前的日子是那么开心……有时候做朋友真的要比做恋人幸福很多……"

次日，我在刺眼的阳光中醒来，米彩已经不在我的身边，她在桌子上留下了一张字条：

"阳，我不知道现在我们算不算分手，但依然想告诉你：我愿意陪你住这样的小旅馆，体会你曾经体会过的生活，我明白你心里的顾虑，明白你还爱着我，也明白我们都用错了爱的方式……我要去美国了，两个月……这两个月，希望你会过得开心，开心地等我回来……对了，我的助理在旅馆外等你，你醒了就去找她吧，她会送你回西塘的，最后祝你的客栈能够红红火火！"

我反复看着米彩留下的这张字条，不禁自问：难道真的有命运这一说吗？一场车祸，换了一次掏心的交流，也击破了我自以为滴水不漏的无所谓。我真是可笑啊！……明明真心爱着，又怎能在如此聪明的她面前装作不爱的样子呢？她早就识破了。呼出一口气，将字条塞进了口袋里，向窗外看了看，心道："那就两个月后见吧……只是为什么突然要去美国呢？"

第 237 章

所期待的

未来

我简单收拾了一下自己，便走出了这间让我印象深刻的旅馆，果然在门外停着一辆白色宝马 3 系。我还没靠近，车门便打开，走下来一个带着白色近视眼镜的女人，我认出了她，因为曾经去卓美为米彩送饭时和她有过一面之缘。

"昭阳先生，这边。"

我向她走去，带着歉意说道："不好意思让你久等了！"

她示意没关系，又做了一个请的手势，我随之坐进了车里。车子启动后，我便与她聊了起来："你们米总怎么突然去美国了？"

助理答道："为卓美在纳斯达克的上市做准备，不出意外，卓美会在一年内成为上市集团。"

我感叹了一句："很牛啊！"

助理笑了笑："毕竟卓美是一个已经经营了数十年的老牌综合百货公司，我们有实力申请上市，而且集团目前也确实需要资金实现新的飞跃，现在新兴电商对传统百货行业的冲击力是越来越明显了！"

我点了点头，虽然以卓美目前的经营定位自保没有问题，但是想实现质的飞跃实在太难，上市融资是目前经营环境下明智的选择。

我又接着问道："这次你们米总是带着团队去美国的吧？"

"嗯，是一个十人的团队。"

我心里寻思：之所以米彩将卓美的上市提上日程，很可能是出于搅浑卓美这潭深水的目的，从而抑制米仲德对卓美的绝对掌控，想必他们两人之间的较量已经进入到恶斗的阶段，只希望这样不会影响到卓美的根底才好。

助理又向我问道："不知道昭阳先生近期有什么打算呢？"

"在西塘开客栈，然后上市。"

助理转过头不可思议地看着我。我又想起昨天因为自己分神而导致的车祸，心有余悸下赶忙提醒她："你好好开车，那什么上市是我吹牛逼的。"助理笑着摇了摇头。

四十分钟左右，我又回到了西塘，此时已经是上午十一点了，请米彩的助理吃了个便饭后，她便离开了西塘，而我也回到了客栈，负责接待住客的依旧是童子。

"阳哥，你可回来了！今天我们客栈来了三个住客呢！"

对此我并不感到意外，如果连周末都没有住客的话，这个客栈也就真算不上客栈了。我向童子问道："昨天住进来的那个女住客（简薇）走了吗？"

"还没有，应该是出去吃饭了吧。"

"你先去吃饭，再休息一会儿，今天下午我来照看客栈。"

童子应了一声，又凑近了我，贱兮兮地问道："阳哥，你老实交代，昨天晚上和那个大美女干啥去了？"

"我不和脑子里装的都是脏东西的人聊晚上的事情。"

童子自讨没趣，鄙视了我一眼之后向客栈外走去。我则代替童子坐在了服务台前，点上一支烟，思考着客栈未来的经营，我又陷入到当初改造"第五个季节"的困境中。大约过了半个小时，在外面吃完饭的简薇回来了，她笑着对我说道："回来了。"

"你知道我昨晚出去了？"

"我不光知道你出去了，还知道米彩来找过你。"

我不用多想也知道是童子没闭紧自己的嘴，便点头承认了。

"你们冰释前嫌了？"

我实在辨不清自己此时和米彩的关系，但想到她走时留给我的那张字条，还是对简薇点了点头，说道："算是吧。"

简薇又笑了笑，说道："相爱的两个人不会那么容易分开的。"

我看着简薇，不知道她是以什么为立足点得出这个结论的，难道她是在间接告诉我，当初她和我分手，是因为不在乎我了吗？此时的我不想在这个问题上纠结太多，便转移话题问道："你打算什么时候离开西塘？"

"马上，明天公司有些紧急事务要处理。"

我点了点头，没再言语。简薇搬了一张椅子在我身边坐了下来，又向我问道："在愁客栈的经营呢？"

"是啊，暂时没有太好的思路，西塘看似小，但大大小小的客栈几百家，且都以特色经营为主，想在这复杂的营销环境里找准自己的经营定位很难！"

简薇点点头，顿了一下又对我说道："但是我相信你会找到办法的。"

"希望能够用最少的时间吧。"

"加油，等我们公司忙完了最近的几个大单，组织员工们来西塘放松放松，你要记得给我们留房、优惠啊。"

"这是肯定的。"

"嗯，那我就先走了，再见昭阳。"

"路上开车慢一点。"

简薇点了点头，又想起什么似的对我说道："对了，能留个你的联系方式吗？以后广告公司遇到什么创意上的难题，希望可以和你交流交流。"

"我马上去办一张本地的手机卡，有了号码后，我给你发信息。"

"嗯，别忘了。"简薇说着向我挥了挥手，转身离开。

于是，我的世界随着三个女人的先后离去变得平静起来。

下午，我去移动营业厅办了一张手机卡，然后又群发了短信告知亲朋好友现在的新号码，随着众人的陆续回应，我再次与那个偏离了很久的现实世界接上了轨，而这也预示着我该将自己置身于这无法逃离的世界中，倾力奋斗了。还有两个月，便会迎来西塘的旅游旺季，我愈发渴望用这两个月打造出一个红红火火的客栈，除了回应一直质疑我的人，也迎接米彩的归来。真希望到那天，我们能用一个崭新的姿态去面对彼此，不再有前面那么多的误会。而这便是我所期待的未来！

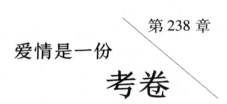

第 238 章

爱情是一份

考卷

傍晚时分，因为生意惨淡，我和童子两人手捧盒饭，蹲在客栈对面的柳

树下一边吃一边看着往来的顾客。

童子叹息道："阳哥，这没生意我啃鸡腿都不开心！"

"要不你冲路上的游客吆喝几声，没准就住咱们客栈了。"

"谁愿意理我，你当我是乐瑶呢！"

我笑了笑，拍着他的肩膀安慰道："车到山前必有路，创业切忌浮躁。"

"好吧，我冷静……要是哪天我们的客栈门庭若市，我一定会幸福惨了。"

我和他开玩笑道："比你破了处男之身还幸福？"

"这是两种不同性质的幸福，不好放在一起比。"

"你分得可真清楚！"

沐浴在傍晚的春风中，静看河水裹挟着落叶向东流去，看得累了便与划船的姑娘们吆喝两声，而时间在姑娘们银铃似的笑声中，化成了风、化成了云直向天际处飘去。身后忽然飘来一阵女人的香味和一股烟草味，然后两只手同时拍在了我的肩膀上，我回头望去，女人香来自于 CC，烟草味是从罗本双指间夹着的香烟上飘来的。

我喜出望外："你俩怎么来了？"

CC 笑道："你的客栈开业我们怎能不来捧场呢？"

我搂住二人，心中很是高兴："你俩还没吃饭吧，请你们去吃西塘的特色菜。"

罗本笑着对 CC 说道："看到没，昭阳这人没什么优点，就是热情，要不咱们勉为其难给个机会，让他请我们吃饭。"

"你这逼格已至化境了……真想塑个像把你当逼神给供着！"

说完，罗本和 CC 哈哈大笑，看来他俩的心情不错，想来他们的爱情有了一定进展。

与罗本、CC 二人在附近选了一间特色餐馆，边吃边叙旧。

我向罗本问道："你在北京那边的工作完成了吗？"

"搞定了，制片方已经确定用我的词曲，前些天就交工了。"

"那真的挺好的。"

CC 接过话："这次多亏了乐大腕，罗本才有这样的机会。"

罗本点了点头，随即又说道："说起大腕，也真心不容易，我在北京待了几个月，好几次生病都是我过去照顾她的。"

我疑惑地问道："她不是有经纪人吗？"

"她说不喜欢与把她当赚钱工具的人相处，话又说回来，进了这行不就已经沦为赚钱工具了嘛！"罗本说着往嘴里扔了一支烟，随即点上。

我半晌不言语，心中弥漫着一种说不出的滋味。

CC好似感觉到话题的沉重，拍了拍我的肩膀问道："昭阳，听说这边有个'我在西塘等你'的酒吧挺出名的？"

"嗯，是有这么个酒吧，老板阿峰也是玩音乐的。"

CC笑了笑对罗本说道："那咱们得去坐坐了。"

"你俩不是冲着砸人家场子去的吧？"

罗本逼格很高地回了一句："至于嘛，一个酒吧而已。"

往酒吧去的路上，我和CC走在一起，她终于埋怨道："昭阳，不是我说你，这次不声不响来西塘的事情，实在做得太过分了啊！"

"那时候我也不觉得自己离开苏州她会怎样。"

"可事实是她满世界去找你……你就不能好好珍惜她吗？"

"这件事情我也纠结了很久，你知道爱情这东西充满变数，我很不希望自己给她带来一个又一个的麻烦，严格来说，我并不是一个省心的男人。"

"是，爱情是充满变数，可是爱情更没有道理可言，否则米儿她就不该爱上你，你也不该爱上她……既然命运这样安排，就应该倍加珍惜。"

"我也希望如此，可是我能为她做的实在太少了……"

"如果某一天蔚然也不辞而别，你觉得米儿会满世界去找吗？米儿与蔚然的情谊仅限于患难之交，那天她是撇开你上了蔚然的车，但这更加证明她只是拿蔚然当朋友或哥哥，如果她真的对蔚然有男女之情，反而不会上他的车，因为潜意识里她会对你这个正牌男友产生负罪感，这种负罪感会阻止她做出伤害你的举动……相反，正因为她坦坦荡荡，所以才没有想那么多，实际上没有恋爱经历的她在感情上是很单纯的。"

"你这逆向思维真够复杂的！"

"就算复杂，聪明如你也一定是懂的。"

我看着CC，不言不语。

CC又笑道："你现在是不是特崇拜姐姐啊？其实不用崇拜，毕竟大学时姐姐主修的就是情感心理学，你们那点小情绪，分分钟就给你们治愈。"

我表情夸张地说道："哇，CC姐，你真的很懂啊，我代表痴男怨女们给你点一百个赞！"说完用手指在CC的脸上一顿乱戳。

CC一边躲，一边怒道："昭阳，真想把你放幼儿园里好好改造改造！"

我大笑，可心中仍在思索着CC的这番话。其实，她分析得是否正确并不

重要，重要的是，我和米彩之间还没有形成那种天然的信任感。想来爱情就是一份考卷，鞭笞着恋爱中的男女去学习、去成长，而两个月后，我和米彩又将面对这份考卷，只希望那时候的我们能考出一个及格的成绩。

说话间，我们三人已经来到阿峰的酒吧，今天酒吧里的游客很多，我挥手向阿峰致意。阿峰挤开人群来到我身边，面带喜色地说道："昭阳，正想去客栈找你呢？"

"啥事儿？"

"今天我们即兴举行一场酒吧好声音比赛，这样的活动肯定不能少了你。"

我笑了笑，心中很期待，拉着罗本和CC，向阿峰说道："今天带了两个朋友来玩，待会儿也一起参加你们的活动。"

阿峰与CC、罗本互相打了招呼后，四人便向酒吧内走去。

阿峰压低了声音在我耳边问道："你这俩朋友也是玩音乐的么？"

"待会儿你就知道了。"

"故弄玄虚了吧，我瞅着不太像玩音乐的！"

原来罗本今天穿着一套商务西装，而CC也夫唱妇随地穿了一套正装，可能是中午在北京参加了什么活动后，直接飞来西塘的。我耸了耸肩对阿峰说道："那你就当他们是业余的KTV水平吧。"

第239章

酒吧

好声音

进入酒吧后，我和罗本、CC找到一个无人的角落坐了下来，要了些啤酒，又接着聊了起来。聊着聊着，CC看了看表，打断了我和罗本："米儿是上午九点从北京直飞纽约的，这个时候应该快到了吧？"

我算了算时间，如果是早上九点赶到首都机场，那昨天米彩或许在半夜时就离开了。行程安排如此紧凑，看来蔚然并没有对我说瞎话，米彩确实为了找我，耽误了许多时间。这往好了想，证明米彩在意我，往坏了想，我又一次成为米彩的负担。

CC 推了推我问道：“想什么呢？”

我回过神，拿起啤酒瓶喝了一口才回道：“没想什么。”

CC 瞪着我，说道：“我刚说米儿快到纽约了，你不关心一下吗？”

我点了点头，问道：“情感心理学领域的专家，那我该说点儿什么？”

“废话不要说，一句亲爱的或宝贝足矣！”

我又推了推一旁的罗本，问道：“你平常怎么称呼 CC 的？”

罗本看了 CC 一眼，随即答道：“就喊 CC。”

我敲着桌子对 CC 说道：“看看，你们家罗本都办不到，你就别强人所难了。”

CC 回道：“罗本是反面教材。”说完又示意我将手机拿出来。

我从口袋里拿出了手机，CC 没给我反应时间，直接从我的手中接了过去，又向我问道：“米儿知道你的新号码吗？”我点了点头。CC 手指飞快地在屏幕上敲出一行字发了出去，又将手机还给我，笑道：“自己看。”

我点开手机屏幕看了看，赫然在已发记录里发现了这么一条信息：“宝贝，落地了吗？”我手指 CC 说道：“还能不能让人有点逼格了？”

“没准米儿就喜欢你没逼格的样子呢！我真是好奇米儿待会儿会怎么回信息呢！”

“你真是我亲姐！”我说着往嘴里扔了一支烟点上。

一直看着舞台的罗本忽然凑过来对我说道：“待会儿回了信息，咱们一起研究研究。”

“滚蛋，和你有半毛钱关系？”

阿峰组织的“酒吧好声音”已经开始了，听说今天最后摘得桂冠的人除了获得一把价值不菲的吉他，以后来酒吧消费还可以享受半价的优惠。我很是心动，因为我现在确实缺一把吉他，再者那个半价优惠实在太诱人了，因为以后我是常住西塘的。想来所谓半价只是阿峰玩的一个概念，毕竟游客在西塘待不了多久，根本不会有太多消费的机会。我心中暗笑，要是自己能拿第一，估计阿峰得郁闷死！

活动的规则很简单，但凡有兴趣并对自己充满自信的人便可以上台一展歌喉，评委则是下面的顾客，每人手中有一票，可以投给心仪的演唱者，最后谁累积的票数最高，便是今晚的“好声音”。很快便有一个打扮夸张的姑娘上了台，开口就是一首戴爱玲的《超级爆》。

气氛在爆炸般的金属音乐声中掀起了第一个高潮，很可能这个打头阵的姑娘是阿峰安排来活跃气氛的，顾客们纷纷叫好，这也在侧面表明阿峰是一个很懂经营的酒吧老板。演唱结束后，台下掌声不断，很多顾客都为这个姑娘投了一票。

我推了推 CC："上去玩玩么？"

CC 摇了摇头："不玩了，年纪大了，你没看到刚刚那个姑娘是怎么跳的么，腰都快扭断了！"

"来都来了，玩玩呗，谁也没规定上去就非要又唱又跳的，是不是？"

CC 疑惑地问道："昭阳，你对这个活动有些热情过头了吧？"

我不大好意思地笑道："姐，我想要那把吉他，虽然算不上顶级，但平常用也够了。"

"昭阳，你怎么这么可怜啊，玩了这么多年音乐，混到最后连一把吉他都没有！关键我也没有把握能帮你拿下那把吉他啊，除非……"

我赶忙问道："除非什么？"

"唉！要是米儿在，这把吉他肯定是十拿九稳的了，你说谁不爱美女啊！再说她的演唱水平也真是棒……"

我打断了 CC："可以不拿我们消遣吗？"

"错，是拿你消遣，谁让你谈个恋爱弄得像小孩子怄气似的，竟然一个人躲到西塘来了！"

没等我辩解，罗本又很不合时宜地凑过来，问道："米彩回你信息了没？"

我虽然不爽，还是看了看手机，手机依旧安静，实际上相较于罗本我更好奇米彩会怎么回应。遐想中，CC 拍了拍我的肩膀说道："待会儿米儿回信息了，我不帮你代劳，你如果能心甘情愿地喊她一声宝贝，姐姐我就去帮你把吉他给拿下，怎样？"

我想象自己喊米彩"宝贝"时的样子，顿时打了个冷战，我似乎很排斥这种肉麻的字眼，而且潜意识里仍把米彩当作是高高在上的卓美 CEO。正准备拒绝 CC 时，摆在桌上的手机一阵震动，我还没看清是谁发来的信息时，罗本已经将手机握在手上，瞅了一眼后，特淡定地对我说了一句："是米彩回的信息。"

第 240 章

温柔的
战争

　　我故作平静地冲罗本勾了勾手指，说道："手机还我。"

　　话音刚落，一直在演唱台上组织活动的阿峰手持话筒向我发出邀请："昭阳，上来活跃一下气氛吧，我们很期待你的演唱。"众人纷纷随着阿峰的目光看向我，我心里却仍惦记着米彩回的信息。

　　罗本好似故意拿我找乐子，说道："大家都等着呢，唱完歌再看不迟。"

　　这时阿峰开始鼓动众人为我鼓掌，我不大甘心地向演唱台走去。阿峰将那把作为奖品的吉他递给我，我试了下音，品质果然不错，又回头对身后的乐队说道："来一首林俊杰的《江南》。"

　　乐队示意没问题，我便开始拨动吉他的弦，虽然与乐队配合得少，但还是很快便找到了对方的节奏。我蛮喜欢这把吉他，所以才很用心地选择了《江南》这首歌，毕竟西塘是一个典型的江南古镇，唱这首歌会增加一些情感分。我跟着伴奏开始唱起来，起初还算投入，可是刚进了副歌，便开始分神，想着米彩回了什么信息。忽然有一句没能跟上节奏，接着便忘了词，然后我尴尬地用"嗯……啊"带了过去，台下一片嘘声，而 CC 和罗本已经忍俊不禁。终于演唱完，我将吉他递给一脸意外的阿峰，便向罗本和 CC 走去。

　　"我都苦成这样了，你俩好意思么？……待会儿你们要不帮我把吉他拿下来，我和你们没完。"

　　CC 和罗本笑而不语。我又向被罗本握在手上的手机看了看，再次问道："她到底回了什么？"

　　罗本终于将手机递给了我。我当即将手机屏幕点开，米彩回的信息便第一时间呈现在我的面前："为什么突然喊我宝贝？"

　　这个回答果然是米彩的风格，可我却因此纠结起来。

　　CC 似笑非笑地向我问道："昭阳，你打算怎么回？"

　　我回想着那些我们曾经在一起的点点滴滴，恨不能穷我所有去宝贝着她，不禁有些费解：既然心里宝贝着，为什么嘴里却说不出来呢？半晌我终于给米彩回了信息："难道你不是我的宝贝吗？"

CC再次火急火燎地从我手中拿走了手机，看完我回的信息后气不打一处来，说道："昭阳，你还真够可以啊，打了个太极，又把难题原封不动地扔给了米儿！"说完又将手机往罗本面前递了递，让他看我的回信。

罗本感叹道："他们的爱情是一场战争……"

CC点头道："只希望是一场温柔的战争才好！"

这一次，米彩过了很久也没有回信息。在我等待米彩的回信时，罗本接替了鼓手的工作，CC则手持吉他，两人准备合唱一曲。一段旋律响起，我第一时间便听出是筠子的《立秋》，但却是改编过的，和原版相比更加抒情，我知道这个改编是出自罗本之手。CC一开口，充满磁性的声音便让众人为之鼓掌，甚至阿峰都竖起了大拇指，表示欣赏。《立秋》的副歌刚过，便接了一段过渡的音乐，然后完美地切换成筠子的另一首歌《冬至》，而这次演唱的变成了罗本。在罗本木质的嗓音中，两首歌就这么完美地被串联起来，让聆听的人好似身陷一种奇异的情境中。

不知什么时候，阿峰来到我的身边，很惊奇地说道："你的朋友很牛，今天我算是开了眼界了，他的音乐才华真让人羡慕！"

我只是点了点头，并没有说太多，因为罗本的才华不需要去强调。阿峰递给我一支烟，点燃后，他向我问道："最近客栈的生意怎么样？听说你打算重新装修客栈。"

"嗯，你觉得装修过后能改变目前的经营状况吗？"

阿峰摇了摇头，说道："说实话，很难！……关键你们客栈的位置太偏了，现在竞争又这么激烈，说是夹缝中求生存也不夸张！"

我重重地吸了口烟，说道："事在人为，我相信我能做好这间客栈。"

阿峰有些伤感地说道："我和抗抗（原客栈老板）是很多年的朋友了，我也希望你能将这间客栈经营好，这真的是他的心血！"

我点了点头，又聊了几句后阿峰便离开了，而我心中隐隐产生了一个想法，或许我可以借助阿峰这间颇有人气的酒吧来带动客栈的经营。不过，这个想法暂时还不成熟，还需要再仔细打磨。我喝了一口酒，趁着思维被打开，快速在大脑里构建出多个合作方案，又在这些方案中去糟粕存精华，最终一套具有可行性的方案在我的大脑里成形……我为之感到兴奋，一连喝了好几口酒，以至于变得眩晕。可我却能理解这种需要释放的兴奋，因为我真的太需要证明自己了。这时，摆放在桌子上的手机又响了，我第一时间拿起手机，果然是米彩发来的信息："我希望自己是你的宝贝，永远不会弄丢的宝贝！"

第 241 章

将最美的

年华献给你

这是一条能让我悸动的回复，我沉浸在纷杂的情绪中，久久未能回神，直到酒吧里响起一阵雷鸣般的掌声。原来 CC 和罗本在观众的强烈要求下，第二首歌已经演唱完毕。我将手机放回口袋，此时投票环节进行到一半，我便已经判断出今天的"好声音"非罗本和 CC 莫属了，毕竟他们带来的是一场很难在酒吧看到的高水平演出。

我随观众们鼓掌，心中很是羡慕罗本和 CC 这一对，他们之间除了爱情还有音乐，刚刚改编过的《立秋》和《冬至》便是一种体现，想想能和自己爱的人抛开世俗的杂念在音乐中寻找到灵魂，便是一种千金难换的美妙。

投票环节结束后，罗本和 CC 回到座位上，我向他们竖了竖大拇指，说道："刚刚两首歌衔接得天衣无缝，很牛的改编。"

罗本一如既往，并不在意地笑了笑。CC 则拍着我的肩膀，问道："米儿给你回信息了吗？"

"回了。"

"回的什么？"

"给我们留点儿隐私行吗？"

"哟，这会儿知道要隐私啦……算了，我积点德成全你们的卿卿我我。"

"积点德这个词用得好！"

CC 面色不悦地说道："昭阳，你是不是觉得我关心你和米儿的事情特缺德啊？"

我赶忙摇头，示意不缺德。

CC 又语重心长地说道："我知道你和米儿身份悬殊，但这在我看来并不是问题，只要你们两个人心里有对方，就算现实是一块铁板，终究有一天也会变成绕指柔的！"

在我看来，CC 的说法是片面的，因为铁板变成绕指柔之前，我和米彩不得不站在风口浪尖上忍受着风吹雨打。所以罗本说爱情是一场战争是有道理的，不过并不是我与米彩之间的战争，而是悬殊的身份与现实之间的战争。

今晚的"酒吧好声音"，CC和罗本这对配合默契的组合毫无悬念地拿下了冠军，当然也得到了那把吉他作为奖励，还有一个徒有虚名的消费五折永久体验。CC拿到了那把吉他后当即送给了我，我很是开心，有了这把吉他，以后我也可以在闲时为我的住客们唱唱歌了。

三人在十一点左右回到了客栈，童子依旧很尽责地坐在前台接待着住客。我有些过意不去，对他说道："你先去休息吧，今天晚上我来守客栈。"

童子冲我笑道："没关系，正好利用这个时间把淘宝店铺给弄起来……阳哥，你来看看，还满意不？"

我凑近电脑看了看，鼓励道："挺好的！"

童子笑了笑，又问道："阳哥，我们的生意什么时候能好啊？今天晚上我守了三个多小时，只来了一个住客，要不是我给他打了七折恐怕还不会入住！"

"现在的确是寒冬，我正在努力想办法，熬过这段时间就好了……赶紧去休息吧，养足了精神，明天继续奋斗。"

童子点了点头，又与CC、罗本打了招呼后向自己的房间走去。我在电脑前坐了下来，向二人问道："你们准备怎么住，是一间房，还是两间？"

罗本好似出自本能地说道："两间。"

我看了看CC，心中颇感意外，意外他们还没有同房。

CC笑了笑，说道："就开两间。"

我点头，很快办好了登记，CC、罗本拿了房卡，向二楼走去。而我终于获得一丝空间，为自己点上了一支烟。半支烟吸完，我又从口袋里拿出手机，反复看着米彩回过来的信息，终于在时隔一个多小时后回复她："还记得我曾说过，要带你跳进一条幸福的河流，一直游到尽头吗？"

她似乎一直在等我的回复，几乎是秒回："嗯……还算数吗？"

"等我找到这条幸福的河流，一定会算数的。"

"那你要快一些，让我将最美的年华献给你。"

此刻我的视线全部集中在那小小的"献"字上，可又觉得是那么重！我将剩余的半支烟抽完，才回了信息："我会努力去寻找那条幸福的河流！"

"嗯……希望与河流对应的天上，还有一座你梦寐以求的城池。"

我的大脑里随之浮现出一幅画面：一条幸福的河流之上，飘浮着一座晶莹剔透的城池，它们遥相呼应，渐渐幻化成一条绚丽的彩虹，落进了我的心里。我便笑了……

　　心情得到一定的舒解后，我终于全身心投入到接下来改造客栈的工作中。我浏览着各个旅游网站，收集着游客们在西塘旅游后写下的感悟。我要借助这些感悟弄清楚他们的需求，我深信了解并满足客户的需求，才是获得商业利益的基础。浏览中，我收集到最多的负面信息便是：游客们抱怨在西塘受了不良商家的欺诈，花了冤枉钱不说，还糟蹋了旅游的好心情。我开启逆向思维，以此为基点，迅速提炼出他们的需求，继而，一个"完美旅游套餐计划"便在大脑里成形了。我迅速敲击着电脑键盘，将自己的想法转换成文字，而时间在浑然不觉中，已经来到半夜的三点钟。看着新鲜出炉的方案，我重重地呼出一口气，我有预感，我们的客栈会因为这个"完美旅游套餐计划"而起死回生。刹那间，我的心好似沉浸在一种难以名状的兴奋中一阵狂奔，在狂奔中追逐清风、追逐黎明、追逐雨后的彩虹……

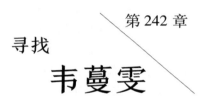

第 242 章

寻找

韦蔓雯

　　我带着疲惫走向自己的房间，路过罗本的房间时，听见里面传出了电视机的声音，以为他睡着了，便拿出备用钥匙打开了房门，准备帮他关掉电视。一打开房门时，却发现罗本抽着烟，正看着某台音乐会的录播。我有些意外，问道："都三点多了，怎么还没睡呢？"

　　罗本弹了弹手中的烟灰，说道："习惯性失眠。"

　　"早点睡。"我说着打了个哈欠准备离开。

　　罗本却喊住了我："陪哥们儿聊会天。"

　　我在罗本旁边的一张床上躺了下来，端起茶杯喝了一口安神茶，问道："咋了，有心事？"

　　罗本点了点头。这个世界上不会再有人比我更了解罗本，我带着善意提醒道："我觉得你既然选择了和 CC 在一起，就不应该想太多。"

　　罗本摇头否决："我很不想伤害 CC，但是有些东西是刻在骨子里的。"

我沉默了半晌才问道："你是不是有那个女人的消息了？"

"没有，我这一辈子唯一不敢做的事情就是去打探她的消息。"

此刻，我感觉到罗本被困在一个自我虚设的世界里，无法前进，也无法后退。又一阵沉默之后，我终于对他说道："要不你把这个女人的信息告诉我，我帮你去打听。"

罗本久久不言语，表情却极其挣扎。

"告诉我吧，打开了这个心结对 CC 而言也是一种尊重！"

许久，罗本重重地呼出一口气，终于说道："韦蔓雯，北京师范大学，教育学专业 2009 级毕业生。"

"家庭住址知道吗？"

"她后来搬过家，不太清楚了。"

"你们还有没有什么共同的朋友？"

罗本摇头："这么多年我一直像一只鸵鸟将头埋在沙土里，不停地告诉自己找不到她……如果真的那么容易打听到她的消息，我自己就去了……"

我能理解他的心情，叹息道："我记住了，你就等我的消息吧。"

罗本点了点头，终于放平了枕头，准备休息。关掉灯，我枕在自己的双臂上，想起罗本当初告诉我：为了成全韦蔓雯的幸福，他当着她的面睡了一个小姐，后来她也确实因此离开了罗本，回到北京。这并不是一个多么复杂的故事，可直到现在想起来，仍感觉惊心动魄，因为故事里包含了太深的爱和太过残忍的无奈！我希望故事有一个美好的结局：她回到北京后成为一名大学教师，找到一个彼此相爱的男人，厮守终生……而这才是对罗本最好的交代，否则，他当初撕心裂肺的放弃便没有了意义。

次日，我醒来后的第一件事情便是给乐瑶发了一条信息，将我所了解到的，关于韦蔓雯的资料发给了她，让她在北京寻找这个人，我相信以她现在的人脉，在知道姓名和毕业学校的前提下，并不会太难。

与 CC 和罗本一起吃了午饭后，他们便回了苏州，继续打理空城里音乐餐厅和"第五个季节"主题酒吧。这样也好，毕竟对于罗本来说，待在苏州要比待在北京好得多。

下午，装潢公司的人来到我们客栈，开始对部分客房进行改造，童子负责监督，而我则带着昨晚做好的"完美旅游套餐计划"来到了阿峰的酒吧。此时酒吧还没开始营业，我和阿峰在一个比较安静的环境中聊了起来。我将计划书递给他，说道："你看看这份计划书有没有可行性。"

阿峰颇为好奇地从我手中接过，细细地看了起来，我一边喝啤酒一边等待他的答复。大约过了一刻钟，阿峰看完了计划书，向我问道："你这个计划的依据是什么呢？"

"客户需求……昨天晚上我将国内所有的旅游网站都看了一遍，很多游客对西塘的商家是很有戒备心理的。"

阿峰颇认同地点头回道："旅游景点嘛，总会有一些喜欢宰客的商家，这个是无法避免的！"

"但是所有的游客都期待能够在西塘有一次完美的旅游经历，矛盾就这么产生了。"

阿峰想了想，说道："如果我们能够解决这个矛盾，那么就会获得独一无二的商机。"

我点头道："是的。我的想法是将一些在西塘有口碑的商家联合起来，然后将各自提供的饮食、住宿、售卖服务做成一个套餐，统一对外出售，让顾客只需付一次钱就可以无后顾之忧地享受完美西塘……你想，现在人的生活节奏快，来西塘的目的就是为了放松和消遣，我们现在提供这样一个一站式服务，是不是迎合了他们的需求？让他们不必为了找客栈、找酒吧而烦恼，更不必担心被无良的商家给坑了。"

"有道理……可是，仅我们部分商家也不能完全满足顾客的需求，比如小吃，整个西塘就有几百家，顾客们肯定希望尽可能多体验几家。"

"这个很好解决，只要购买了我们的套餐，我们就额外赠送导游服务，充当导游的，便是我们这些参与商家中的工作人员。一来，可以节省我们的人力成本；二来，这些工作人员也足够熟悉西塘，他们除了会为游客介绍旅游景点，也会为游客提供高性价比的消费指南，这样他们就不必担心遇到无良商家了，在真正意义上解决他们的后顾之忧。"

阿峰陷入到思考中，片刻后鼓掌说道："在我把自己想象成游客时，我对这个完美旅游套餐计划非常心动……因为真的很完美，真的很省心！"

第 243 章

我们
好缺钱

离开阿峰的酒吧已经是黄昏时分，我边走边想着怎么去完善"完美旅游套餐计划"。制订计划并不难，难的是怎么将这个人性化的计划投放给有需求的游客，另外选择合适的宣传平台也是营销中的一个难点。回到客栈，负责装修改造的工人已经离去，今天一共装修了两间房，我第一时间检查了装修成果，结果还算满意。

晚餐我与童子和往常一样，手捧盒饭蹲在客栈对面的柳树下吃着。

童子边吃边向我问道："阳哥，乐瑶她还会来西塘吗？"

"不好说，怎么了？"

"她在西塘的那几天我太兴奋，连签名都忘记和她要了。"

这对我来说是一个很无味的话题，所以并没有应童子的话。

童子又叹息："唉……客栈就我们两个男人，是不是太阳盛阴衰了？"

"保洁的大婶不是女的吗？"

"这哪能算……阳哥，你都一把年纪了，怎么不找一个女朋友呢？"

"是啊，我为什么还没有找女朋友呢？"

"赶紧给我们的客栈找一个老板娘吧，以后我们也就不用天天吃盒饭了，你看看咱们隔壁的江南小筑客栈，老板就有一个漂亮的女朋友，把客栈打理得呀，真叫一个清爽！"

我沉浸在童子所描绘出的画面中，半晌回不过神来，我承认，我所期待的便是这么一个能和我一起经营客栈的女人，不奢求繁花似锦，只要心中草木茂盛即可。

童子又推了推我："阳哥，你想啥呢？"

"想找一个江南小筑家老板娘似的女人。"

"嘿嘿……要不你找乐瑶吧，毕竟她对你挺好的。"

"好是好，但她能和我们开客栈吗？"

"也是，她是明星……要不那个开凯迪拉克的美女（简薇）行不行？"

"不行。"

"那个开 Q7 的绝世美女呢？"

"也不行，她也不会来。"

"唉！她们都愿意来找你，却又没人愿意守着你，你还真是孤独啊！"

"是啊。"

这个生意惨淡的夜晚，我在"江南小筑客栈"的门口站了好一会儿，他们家的老板娘是一个会唱昆曲的年轻女人，老板会拉二胡，一群住客在二楼的小阳台上一边喝茶、聊天，一边看着他们的表演。我并不太喜欢昆曲，但还是听了很久，想来是因为羡慕吧。

回到自己的客栈，我洗漱后躺在床上无心睡眠。我忽然有些怀念曾经待在徐州的那段日子，那时我不用吃盒饭，如果遇到板爹心情好，还会拿出自己珍藏的好酒与我喝上几杯。还有一个叫李小允的女人，时不时会去商场买几件衣服送给我，虽然是打折过的，但款式很适合我。原本我可以将这样的生活一直维持下去，可生活又让我做了另一种选择。现在的生活也谈不上有多坏，只是就像童子说的那样，我有些许的孤独，还有对未来的一丝迷茫。如果我做不好这间客栈，又会将自己的生活过成一个轮回，我一点也不想要这样的轮回，因为年纪越来越大，轮回不起了。所以，还是忍受着那些不如意，将客栈做好，再不济也要让自己以后的生活有个保障。

一个星期过去，客栈终于改造完毕，这次改造花完了乐瑶留给我的十万块钱，而现在客栈的日常开支，完全依靠童子卖游戏账号后获得的那两万块钱。实际上也没有两万块钱，因为童子报驾校又花了四千多块钱，他也确实需要一本驾照，因为开车去接住客的活，也不能完全落在我身上。

这又是一个中午，客栈的房东夹着一只公文包找到我，我赶忙给他点一支烟。他吸了一口烟对我说道："你们今年的房租该交了啊。"

"不是还有两个月才到期吗？"

"我们家的房子都是提前两个月收租的，你不交的话，根据事先拟定的合同，我现在就有权把房子租给别人，两个月后你搬走。"

"你看我们这刚装修完，手头有点儿紧，你给再宽限几天吧。"

"你这让我很难办啊！"

我回房间拿了一条上次乐瑶来时送给我的烟，赔着笑脸递给房东，说道："这烟您先拿去抽，房租的事我再想办法，保证一分钱都不少你的，成吗？"

房东从我手中接过烟看了看，说道："你这烟的档次可不低啊！能抽得起这个烟，还在乎那一点房租吗？"

"朋友送的，我哪抽得起！"

房东将烟放进自己的公文包，又提醒道："你这儿刚装修完，我也就不为难你了，就再宽限你一个星期。"我赶忙点头，房东这才离去。

童子哀叹道："阳哥，一年的房租要七万啊……"

我从烟盒里抽出一支烟点上，责备自己大意了，心想还有两个月，也就没有预留出下一阶段的房租钱。我吸了一口烟，心中有些烦闷，半晌对童子说道："钱的事情我来想办法。"

"找乐瑶借吗？"

我没有回答，因为不太想找乐瑶借第二次钱，毕竟她如果在北京常住，也需要有自己的房子，听说一个知名艺人奋斗了多年，所赚的钱也不过刚够在北京的二环买一套房子。可是除了乐瑶，我还能和谁借这七万块钱呢？

第 244 章

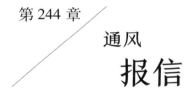

通风
报信

我将手机从口袋里拿了出来，将通讯录翻看了一遍又一遍，却始终没下定决心和某个人借这笔钱，因为这笔数额不小的房租钱并不是那么容易开口去借的，也不是每个人都会像乐瑶这般待我。我陷入到迷茫之中，有些无助，可事情却又不得不办。这个世界上最美好的事情，便是你渴望一个眼神、期待一阵春风的时候，她便刚好经过，可此刻我的世界里并没有这个人，孤独得好似只剩下了自己的背影。抱起吉他，我准备开开嗓子唱上一曲，手机却一阵震动，是米彩发来的，她关心我有没有吃晚饭。

我给她回了信息："你那边才早上六点吧，怎么起这么早？"

她给我发了一张照片，照片中她身穿运动服，带着专用的跑步臂套。

我笑了笑，给她回了信息："原来美女也要靠后天保养的啊，你要不喜欢锻炼，估计这身材也得走形。"

"那也不一定，工作忙起来的时候也经常几个星期不锻炼。"

"有本事几个月不锻炼看看。"

这个话题对米彩而言似乎有些无聊，她转而向我问道："最近客栈经营得怎样？"

"挺好的啊。"

"继续加油哦！"

"嗯，早上的空气正好，你赶紧去跑步。"

这一次，米彩过了一小会才回信息："你不关心我在这边过得怎样吗？"

我摸了摸鼻尖，才发现自己总会下意识地以为她过得不错，以为她是一个被光环笼罩的女人。原来我的心里一直藏着一个以为她过得不错的借口。

"那你在那边过得怎样？"

"昨天纽约下大雨了，酒店窗台上的花被淋死了好几盆！"

"这和你过得好不好有关系吗？"

"有啊，如果我记得把它们搬进屋里，它们就不会被淋死了。"

"所以你自责难过下，就过得不好了？"

"对。"

"下次下雨前记得搬进去。"

"好。"

我与米彩的对话止于这里，但我发现她炫目的光环下还有着一颗细腻的心，所以一个小事件，也会被她弄得轰轰烈烈，继而让自己失落又难过。

华灯初上，我很刻意地在客栈里拖地、擦拭家具，然后累得躺在地板上一阵阵喘息，于是那些烦忧便没了生存的空间，统统消失在我的世界里。昏昏欲睡中，手机又响了起来，是一个陌生的号码。我接通，传来一个女人的声音："请问是客栈的老板吗？"

我觉得这声音很熟悉，却又不敢认，于是说道："嗯，没错。"

"我在论坛里看到你们家客栈的宣传图还不错，想去住你们的客栈。"

"你来嘛，我们客栈的性价比还是很高的。"

"我已经到西塘的车站了，麻烦你来接一下我。"

"好的，您怎么称呼呢？"

"姓李。"

"李小允？"

"这就被你听出来了？"

我倍感意外："真的是你！你怎么来西塘了？"

"休年假了，正想着去哪儿散散心呢，听阿姨说你在西塘开客栈，顺便来看看咯。"

"你怎么没用以前的手机号码？"

"早就换了。"

"你在车站稍等一会儿，我这就过去。"

李小允叮嘱道："你车子开慢点，不急的。"

我应了一声便挂了电话，自己也笑了笑，一个古镇西塘把我的大人生浓缩成了小人生，她们相继而来，相继而去，最后只在我的记忆里走了一遍，谁都没有真正留下来，这让我对"过客"二字有了更深的体悟。

我开着前客栈老板抗抗留下的那辆面包车向西塘车站驶去，小片刻之后我便到达了目的地。站台边，李小允穿着一件淡蓝色的牛仔外套，头发扎成一个髻，脚下穿着一双 new balance 的运动鞋，一副出门旅行的模样。我摇下车窗示意她上车，她笑了笑打开了副驾驶的门，坐在了我的身边。路上，我一边开车一边与李小允聊天，我对她说道："你来西塘我蛮意外的。"

"顺道路过，后天去厦门的鼓浪屿。"

我点了点头，也没有找到下一个话题，于是双方陷入到短暂的沉默中。

许久李小允才对我说道："昭阳，这次来我还有个事情要告诉你。"

我笑了笑，说道："想说你找到对象，从此结束了相亲的征程了吗？"

"别开我玩笑，我说的是正事儿。"

我终于正色看着她，等待她继续说下去。

"阿姨好像不太支持你留在西塘开客栈，这些天一直让叔叔在他们单位帮你安排工作，目的就是让你回到徐州过日子，可能这几天就会来西塘找你。"

我的心好似被浇了一盆凉水，房租的事情还没解决，这麻烦事倒来了。半晌，我说道："这边的客栈我投资了将近二十万，无论如何也不能半途而废。"

"我只负责通风报信，最后的决定权还是在你手上……不过你也得体谅阿姨一些，毕竟谁都指望老有所依，是不是？"

我点了点头，因为站在老妈的角度，她的决定是合情合理的。

李小允又问我："你女朋友对你在西塘开客栈是什么看法呢？"

我愣了愣，才想起那天我和米彩在徐州确定关系时，李小允便是旁观者之一，可是此时的我也弄不清楚和米彩到底是什么关系，我们之间有太多悬而未决的东西，让我们陌生却又在靠近。我终于对李小允说道："她是支持的吧。"

李小允点头道："看她的气质不是一般人吧，她到底是做什么的？"

第 245 章

秉烛
夜谈

　　关于米彩的身份并不是一件需要隐瞒的事情，我很直爽地告诉她。

　　李小允颇感意外，向我问道："那你的压力一定不小吧？"

　　"我们是两个世界的人。"

　　"那你们现在……"

　　"前段时间我们之间闹了些矛盾，她去了美国，两地相隔，我也不知道要怎么定位我们现在的关系。"

　　李小允点了点头后没再问什么。没多久，我们便回到了客栈。下了车后，李小允便盯着我看。我不解地问道："怎么了？"

　　"你的头发很久没去理了吧？"

　　我下意识地摸了摸，说道："也没多长嘛！"

　　"男人一定要有精气神，赶紧去理一下吧。"

　　"明天吧，我饭还没吃呢。"

　　"这好办，我帮你做饭，你去理发，正好回来就可以吃了。"

　　"那多不好意思！"

　　李小允一再坚持，我有些无奈，只得应了下来。将她介绍给童子认识后，我和李小允离开客栈，一起走在西塘的老街上，她去买菜，我则去找理发店。很快我便在街边找到了一个正在营业的理发店，准备进去时，李小允却拉住了我，她从自己的钱包里抽出一张一百元递给我，说道："当初从你这里拿的1000 元钱，还剩 338 元。"

　　"你还真打算用这种方式还给我啊？"

　　"是的，取之于你，用之于你。"李小允将钱往我手上递了递。我滋味莫名地从她手中接过，心中却希望以后不会再用到这笔钱，因为每次动用时，都是我处在人生的低谷时。

　　我接受理发师的建议，剪了个很有蓬松感的短发，也因此花掉了 30 元，不过人要比刚刚精神了许多。回到客栈时，李小允已经做好了几个家常小菜，和童子一边聊天，一边等着我。我故意在二人面前捋了捋头发，一副很招摇

的模样。

李小允打量着我，点头赞道："不错，理发师的手艺不错。"

我又捋了捋头发，这才在两人身边坐了下来。童子凑到我耳边，低声说道："阳哥，来了好几个女人，她是唯一一个会为你做饭的哎！"

我向李小允看了看，心中涌起一股难以形容的情绪，诚然她和简薇、米彩、乐瑶相比，只是一个很普通的女人，可也是最真实的女人。李小允装了一碗米饭递给我，示意我赶紧吃。我点头，来不及说一声"谢谢"，便狼吞虎咽起来。她做的家常菜让我感觉像是在家中吃饭，没有一丝漂泊不定的味道。

饭后，李小允看着对面的西塘河，说道："昭阳，你这儿环境挺好的，难怪很多文艺青年都扎堆来西塘开客栈呢！"

"我在西塘开客栈和文艺情节倒没什么关系。"

"那和什么有关系？"

"钱……我想赚到一笔能改善自己生活的钱。"

"那你赚到了吗？"

我摇了摇头，习惯性点上一支烟，在沉默中将烟吸掉了一半。忽然停电了，我起身张望着，原来整条街都停了。因为没了电，很多住客都聚集在西塘河边，放起了水灯，看着星光点点的河面，让我有一种回到古代水灯节的错觉。我从储物室里找了几只有灯罩的蜡烛灯，点燃后挂在了一根支柱上，于是我和李小允相隔的空隙间又被烛光给覆盖了。

"这电停得好，停得应景。"我点自嘲地说。

"这话怎么理解？"

"就像我的人生，见不到一点儿光亮。"

李小允向挂着的烛台看了看，说道："那不是光吗？"

"也算，就是黯淡了一些。"

"看来你对这间客栈抱有很大的期待，这烛台的光亮根本不能满足你。"

"是啊……我想把这间客栈做成全国知名的景区连锁客栈。"

"男人有梦想、有抱负是好的，我支持你。"她边说边从钱包里抽出一张银行卡递给我。

"谢谢你的支持，但你干吗给我银行卡？"

"我都听你朋友（童子）说了，你们客栈今年七万块的房租钱还没有着落呢，这张卡里有十万块钱，你先拿去用吧。"

我没有伸手去接，向她问道："你哪来这么多钱？"

"我的生活开支不大，平常结余下来的……本来想留着结婚时买房交首付的，不过暂时也用不上了，所以你拿着先救急吧。"

"这不行，真不行……我不能要你这笔钱。"

"不是借给你的，而是借给你的梦想和抱负的。"

"小允，你真的觉得我会在西塘这个地方成功么？"

"只要你心怀梦想，并为之奋斗，就已经成功了一半，还有，你潜藏的能力，是成功的另一半，所以你一定会成功的。"

"谢谢，我现在很需要这样的肯定。"

李小允笑了笑，又将那张银行卡放在我的手上，说道："时间不早了，我先去休息了。"

"等等。"我喊了一声，随即伸手拉住了李小允的衣服，而我手中的那张银行卡已经很隐蔽地落进了她的衣服口袋里。

"怎么了？"

"也不知道今天晚上会不会来电，你带一个烛台回房间照明用吧。"

李小允就这么提了一盏烛台离开，而我依然在小阳台上坐着……烛光又黯淡了一些，可我的心中却燃起了一团火焰，将原本已经灰暗的世界照耀得一片透亮：无论多么艰难，我也要将这个客栈经营下去，并经营好……因为不敢辜负李小允这十万块钱的信任！凑近烛台打开了灯罩，我用烛火点上了一支烟，再次想着要和谁去借这七万块钱。我很明白：如果自己在短期内不能借到的话，李小允还会将她那用来做嫁妆的钱给我解燃眉之急。

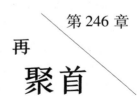

第 246 章

再
聚首

李小允离开半个小时后，整个西塘街又变得灯火通明，我便吹灭了烛台里的蜡烛，于是空气里残留的烟熏味更重了。我坐回到躺椅上，拿出手机，手指放在了米彩的号码上许久，却依然未能按下去。这种犹豫让我感到极度焦虑，最后恼怒地将手机扔在身边的石桌上。我有些呆滞地望着眼前灯红酒绿的西塘街，不禁问自己：为什么在这个满大街跑着奔驰、宝马的时代，自己的创业却充满着荆棘和烦恼？到底是他们的成功来得太容易，还是自己过于片面，只看到了他们的光鲜？此刻我迷茫了，生平第一次在煎熬中体会到了创业的艰难。

次日中午，我将李小允送到了西塘的车站。临别时，我们没有给予对方什么赠言，她只是问我要走了昨天理发后剩下的 70 元钱，于是，我还有 308 元暂时寄存在她那里。最后，我们轻轻拥抱了一下，便各自奔向另一个世界，她的世界里即将有鼓浪屿的海风、海浪和海鲜，我的世界依旧充满缺钱的无措。于是，我没有再回客栈，直接驾驶那辆破旧的面包车去了苏州，因为此刻能为我解决这笔资金的，也只剩下苏州的那几个朋友了。

到达苏州，已经是下午时分，我第一个联系的人便是颜妍，因为她执掌着他们家的经济大权，找她借钱会比找方圆更有效率。大约四点，颜妍从公司请假出来见了我。我们在市中心的一间咖啡店见了面，只是此时她看上去很憔悴。我将点好的咖啡递给了她，问道："你是不是最近工作挺忙的啊？"

颜妍端起咖啡喝了一口，答道："还好，和以前一样，倒是你，怎么突然回苏州了？"

我一时难以启齿去说借钱的事，便笑道："想你了，回来看看你。"

颜妍只是看了看我，并没有像曾经那样骂我一句"死样"。我向她那边凑了凑，说道："我大老远回来看你，能不能给爷笑一个？"

"昭阳，你别闹，我没心情。"

我终于意识到了些什么，问道："是不是出什么事儿了？"

颜妍忽然哽咽起来，我心中一紧，赶忙递给她一张面纸。颜妍用面纸抹了抹自己的眼角，哽咽着说道："我和方圆吵架了……最近他总是很晚才回家，那天……我终于忍受不了冲他发了脾气，他也发了火，最后吵得不可收拾，他就……搬出去了！已经一个星期没有回家……"

因为太过意外，我赶忙劝慰道："怎么就吵架了？不过他现在是卓美的企划部经理，工作肯定很忙，你多体谅他一下。"

"以前他在宝丽百货工作时，也不是没忙过，但真的很少出现这种连续几个星期都在夜里 12 点以后回家的现象，还满身酒气，昭阳……你说，有几个女人能忍受？"颜妍说完又是一阵哭泣。

"你先别想太多了，我马上去找方圆。"

颜妍点了点头，有些自责地向我问道："昭阳，是不是我太不体谅他了？……有时候看到他工作那么累，我也很心疼，可是……"

"两个人在一起过日子，难免磕磕碰碰，所以互相理解很重要，这次吵架，就当是一个学习的过程吧，说不定方圆冷静下来后也懊悔着呢。"

颜妍不语，依旧哭泣。

我又向她问道："方圆不在的这些天，你和他联系过吗？"

颜妍摇了摇头："我不觉得……这是我的错，这个家，我也一直在努力赚钱维持着，我真的很希望他的注意力能分一点在我的身上……"

说着，颜妍的神情有些恍惚、痛苦，她双手按着自己的额头，泣不成声："昭阳……我真的很想要一个孩子，可是……可是，这个事情我到现在连提都不敢和他提一声！……这对一个女人来说难道不悲哀吗？"

我轻轻拍着颜妍的后背，让她的气息顺畅些，可自己的心却越来越堵，难道作为模范夫妻的颜妍和方圆也逃不过时间的检验吗？一个人到底肯迁就另一个人多久？

把颜妍劝回家中休息后，我则驱车赶向了卓美，并在路上拨打方圆的电话，在等待时间快要结束时，他才接听了电话。我直切主题："我在苏州，你现在有空吗，出来聊聊。"

方圆语速很快地说道："今天不行，马上就要去上海总部，有个紧急会议要参加。"

"方圆，工作是重要，但也不能和自己的老婆、家庭相提并论吧？"

"你知道我和颜妍吵架的事情了？"

"纸难道还能包得住火吗？……我不管你有多重要的会议要参加，半个小时后，见不到你人，以后别和我提兄弟两个字。"我说完便很恼火地挂断了电话。我这么恼火，可能因为方圆和颜妍这一对，承载着大学恋情最后的希望，也是我一直所向往着的美好……如果连他们都破灭了，那这个世界上真的不会再有那一座晶莹剔透的城池。

我在那间大学时经常光顾的烧烤店点好了啤酒等待着方圆，半个小时很快便过去了，可他并没有出现，我更加恼火。当我准备再次拨打他电话时，一辆黑色的路虎停在了烧烤店的门口，然后向晨从车上走了下来，老远就对我说道："昭阳，咱哥俩先喝几杯，方圆马上就到。"

我当即明白，我只给方圆半个小时过于苛刻，但他又真的在意兄弟这两个字，所以就委托向晨前来救场。向晨在我的对面坐了下来，帮我倒上一杯

啤酒后，自己又倒上一杯，随即端起杯子向我举了举，示意干杯。我暂时收起情绪与他碰了一个，却已经记不得上次我们两人单独喝酒是几年前了！可是，这个仅此两人的再聚首却让我感到难以适应！

第 247 章

调
解

我将杯中的啤酒一饮而尽，放下杯子对向晨说道："方圆和颜妍这次闹得这么狠，你在苏州也不劝劝！"

"这你真是冤枉我了，方圆刚和我打电话时才说他和颜妍闹矛盾了。"

我点头，对向晨举了举杯，又一口喝掉了杯中的酒，示意抱歉。向晨也喝掉了杯中的酒算是回应，然后两人便陷入到沉默中，再无多余的话可说。沉默中向晨抽出一支烟扔给了我，我伸手接住，随即点燃，那中南海特有的烟味便在烧烤店里弥漫开来。而这种熟得不能再熟的味道，便是物是人非后大学时遗留下来的唯一印记。

一支烟抽完，又喝了几杯啤酒，方圆的那辆银白色的奥迪 A4 终于出现在我们的视线中，车子刚停稳，他便匆匆从车里走了出来。方圆与向晨坐在了一边，我给他倒了一杯啤酒，他接过一口喝完，然后对我说道："刚刚安排企划部的副经理去参加总部的紧急会议，所以来迟了一点。"

方圆这么一说，我倒是有点过意不去，说道："我知道你公司事务忙，但是真不想看你和颜妍这么死耗着……"

方圆倒满一杯啤酒，发泄似的一口气喝完。我又对他说道："真的，不到感情完全破裂的时候，不要用离家出走去惩罚女人。"

方圆放下酒杯，说道："你不也把米总扔在苏州，自己跑去西塘了吗？"

我顿时感觉亲手甩了自己一记响亮的耳光，半晌对方圆说道："你俩是法律上的合法夫妻，和我们能一样吗？……再说了，谁不知道我昭阳就一不靠谱的人渣，你方圆拿自己和我比，不掉身价吗？"

　　方圆看了我一眼，又是一杯啤酒下了肚，才说道："昭阳，你说我这么拼死拼活去奋斗，目的不就是为了让我和她的日子过得更好么？……我生在一个不算富裕的家庭，小时候体会过生活的拮据……所以，拿到大学录取通知书的第一天我就发誓，以后一定不让我的子女去经历自己曾经的生活。"

　　方圆说的是实话，在他高三之前，他爸做生意一直没有什么起色，甚至亏损，直到他上了大学，他爸才在老家开了一个橱柜专卖店，赚了一些钱，总算改善了生活，但高三之前的方圆一直过得很清苦。一阵沉默后我再次切入正题："听颜妍说，你连着几个星期都在晚上十二点后回家，百货公司有这么大的工作强度吗？"

　　向晨将话接了过去，说道："这个我可以为方圆作证，最近一段时间他一直在加急给我在卓美设的烟酒专柜做企划案……我是计划四月份就投入运营，时间确实很紧。"

　　方圆带着些委屈对我说道："昭阳，你听到了没有，你说她该和我闹吗？"

　　我又追问道："那你说说，满身酒气地回家又是怎么回事？"

　　"我是企划部经理啊，工作应酬多不正说明公司器重我嘛！"

　　"谁啊，谁给你那么多应酬，如果我没记错的话，你的顶头上司是米彩的堂妹米斓吧？"

　　"昭阳你别往歪了想，我和米总监只是同事关系，而且最近一段时间她被米总调派到了南京的卓美，出任新商场的总经理，我们在空间上完全没有产生交集的条件。"

　　我依旧面带疑色地看着他。

　　方圆终于火道："你要不相信，现在就可以打电话向米总求证。"

　　这不是一件可以含糊的事情，我顾不上方圆的怒火，当即便给米彩发了信息。得到的回复是：米斓确实被调派到了南京的卓美，而且是米彩在离开苏州前亲自经手的。我终于不再疑惑，随之松了一口气，举起杯子向方圆道歉。

　　向晨又打圆场道："方圆，这个事情你就别和昭阳计较了，毕竟也是为了颜妍，现在把误会澄清了就好了……我这就给薇薇打电话，让她把颜妍带过来，你们夫妻俩好好聊聊，然后赶紧把这个事儿翻篇，行吗？"方圆点了点头，向晨当即拿出手机给简薇打了电话。

　　大约二十分钟后，简薇带着颜妍来到了这个烧烤店。我和向晨一人说了一段，将方圆最近的真实情况解释给了颜妍听，希望她能体谅方圆一些。简

薇作为颜妍的闺密，又向方圆陈述了颜妍的不容易，也希望他能多考虑颜妍的感受。众人说完后，方圆和颜妍互相看着，却始终不说一句话。

我有些看不下去，给方圆和颜妍各倒了一杯啤酒，说道："你俩把这杯酒喝了，还做好夫妻，成吗？"

向晨又附和道："夫妻哪有隔夜仇，互相体谅一些。"

颜妍终于落泪，哽咽着对方圆说道："老公，对不起……我应该去理解你工作上的辛苦，以后……以后我不会再和你发脾气了。"

方圆不语。简薇重重一拍桌子，怒道："方圆你还算个男人吗？自己一个人抛家弃妻地在外面住了一个多星期，现在颜妍主动和你道歉，你却还端着？"

向晨将激动的简薇拉回到座椅上，但简薇却不罢休，愤愤不平地等着方圆表态。

方圆点上一支烟，重重地吸了一口，才说道："一个男人最怕的不是工作上的辛苦，而是自己老婆的不理解……我也想轻松一点，也不想去应付一个个酒局，那种在酒局上不得不喝的痛苦，你们体会过吗？……每次喝到吐，吐到虚脱时，能支撑我的便是颜妍和我们的家庭，以及自己虚构出来的关于未来的美好……其实心里有多苦，只有自己清楚……"

方圆这番掏心掏肺的表态让颜妍终于不能控制自己，抱住他失声痛哭，一遍遍地说着"对不起"，最后惹得方圆一阵痛哭，而我这颗悬着的心却在他们的哭声中放了下来，因为我知道，他们之间的误解已经消除了。

这个夜，简薇开车送走了喝过酒的向晨，而颜妍与方圆一起回了他们的家。我呢，依旧孤身一人，将那辆破旧的面包车停在了烧烤店的门口，然后在附近找了一间小旅馆，直到躺在床上，才想起自己来苏州是为了向方圆和颜妍借钱的。又想了想，便放弃了这个念头，因为我不确定这是否会让颜妍感到为难，而经历了今天的事情，我更了解到方圆赚钱的不容易，这个时候我还是不要给刚刚和好的他们添堵了。一声轻叹后，我心中却更加迷茫了。手机忽然一阵震动，我当即拿起看了看，是米彩发来的信息："你为什么突然和我打听起米斓的事情了？"

第 248 章

谁管你的
偶像包袱

我稍稍思量了一下后给米彩回了信息："随便打听一下。"

"你还和她计较着呢？"

我不愿意与米彩聊方圆和颜妍的家务事，为了避免她继续追问下去，索性顺着她的意回了条信息："是啊，计较着呢。"

"你原来这么小气啊？"

"是的，下次她再敢出言不逊，我就把她扔你们家别墅旁边的河里。"

米彩许久也没有回信息，我也借此摆脱了她的追问。我吸了一口烟，吐出一条长长的烟柱，烟柱妄想冲破黑夜的围堵，却发现窗户紧闭，于是幽闭、窄小的房间里一片乌烟瘴气。我赶忙掐灭掉手中的烟，打开了窗户。一阵寒冷刺骨的风吹来，于是我将窗户只开了一半，这才舒服了一些。我想到了罗本和 CC，我知道，只要自己开口，他们一定会借，但正因为这样，我更不能和他们借，谁知道此时的他们是否已经酝酿着在苏州买一套房子。无措中，我变得无聊，将烟点燃了又掐灭，如此反复了几次，把时间都弄得漫长起来。直到手机信息提示音再次响起，我才恢复了正常，打开手机，却不是米彩发来的，而是乐瑶。

"昭阳，你休息了吗？"

"还没，你是不是打听到罗本初恋女友的消息了？"

"已经托人打听了，不过还没有消息。"

"哦。"

乐瑶过了小片刻才回信息："你现在能来北京吗？"

"怎么了？"

"发热了，难受！"

"那你赶紧去医院啊！"

"一个人哪儿也不想去。"

我有些犯难，白天还好，但现在已经是晚上九点半了，怎么过去都是个问题。稍稍犹豫了一下，还是拿起手机查起了上海飞北京的航班，发现十一

点半还有一个班次，手脚利落一点还是能够赶上的。我拿起放在床边的衣服穿上，这时又收到了一条短信，以为是乐瑶的，却是米彩发来的。

"早点休息吧，客栈很重要，但也不要太累了！"

我才意识到自己和米彩那悬而未决的关系，此时，我披星戴月地赶去北京，真的合适吗？另一个声音又在我的脑海中响起：如果我真的只是把乐瑶当一个肝胆相照的朋友，那为什么不能去？我和米彩之间一直缺乏信任和理解，而这样的突发事件对我和她而言都是一种考验，如果我真的身正不怕影子斜就该去北京，因为这是乐瑶自去北京后第一次在生病时让我去照顾她。相反，我对乐瑶如果有男女之情，那就不该去，因为去了会做不该做的事情。如此一想，我便不再犹豫，拎着行李包向楼下走去。

夜里的一点半，我终于到达了北京，哪怕是深夜，这座大都市仍是不眠的，我很容易便打到了车，当即将乐瑶给我的地址报给了出租车司机。过了二十分钟，我来到乐瑶的住处，按响门铃之后，乐瑶身上披着棉被为我打开了房门。屋子里的两台空调都在作业，茶几上放满擦完鼻涕后的纸巾，看样子是病得不轻。

乐瑶言语间带着些开心对我说道："昭阳，没想到你真的会来。"

"我总不能见死不救吧……你就是一个事儿精！"我说着摸了摸她的额头，滚烫感立即向我的手心传来，"走了，我送你去医院。"

"不想去，要扎针的！"

我不耐烦地说道："多大事儿啊，你赶紧去找一件厚实的衣服穿上。"

"你不怕扎针，难道就代表所有人都不怕扎针吗？"

"那你让我连夜赶到北京，也不是陪你聊天的吧？"

我因为担心而丢掉了耐心，将裹着被子的她拖到了门外，关上门说道："你这属于高烧了，不打点滴肯定不行的……有车吗，我开你的车。"

"有，车钥匙在屋里的手提包里。"

"那你屋子里的钥匙给我，我进去拿。"

乐瑶指了指自己，示意我看她。

我打量着她，只见她身上裹着被子，里面是一件睡衣，连个口袋都没有，我顿感自己的脑门上冒出一排冷汗，半晌说道："……房门钥匙也在屋里？"

乐瑶没好气地回道："你说呢？……赶着去投胎似的！"

"不管了，打的去。"

乐瑶看了看自己身上裹着的被子又瞪了我一眼，说道："昭阳，你这个王八蛋，不知道我是有偶像包袱的嘛，你赶紧想办法替我把屋门打开，我进去换一套衣服。"

"谁管你的偶像包袱。"我说着扛起裹着棉被的乐瑶向电梯口走去。

第 249 章

真心换

真心

进了电梯，我按了下行键之后，便将乐瑶放了下来，抬手看了看表，已经是深夜两点。乐瑶靠在电梯的一角对我说道："昭阳，我只是发热，你连夜从苏州赶过来，我真的很感动！"

我不在意地笑了笑，说道："我是看在晚上有特价机票的分上。"

"没特价机票你就不来了？"

"来啊，机票你给报销了。"

乐瑶笑了笑，没有再言语，我又替她将裹着的被子紧了紧。电梯依旧在下行，我也靠在了电梯的一角，心中想：或许在别人眼里，我在深夜赶到北京来看乐瑶的行为过于荒唐，但我自己并不这么觉得，因为有些情意，某类情感缺失的人是不能够理解的，而我昭阳向来活的也只是心情，而不是合理。再者，潜意识里既然乐瑶开了口我就该来。因为随着岁月的打磨，我和她在互相关心中早已产生了一种类似于亲情的感情。

诊所里，乐瑶躺在病床上打着点滴，我则找到医生，不解地向他问道："医生，她发热、感冒特别多，到底是什么问题？"

医生答道："发热是因为工作强度大，作息不规律，造成身体的免疫力下降，平常要多注意锻炼，另外在饮食上也要注意些。"

我点了点头，心中也稍稍松了一口气。

医生又向我问道："她有没有什么重大的病史？"

我想了想，答道："应该没有吧。"

"以前有没有受过什么严重的风寒呢？"

我终于想起，当初乐瑶人工流产后不足一个月，便在横店拍戏时跳进了冰凉的河水里，便对医生说道："你能严格保密患者的隐私吗？"

"我们是有职业道德的。"

我终于对医生说道："她有过一次人工流产，手术后还不满一个月，便因为拍戏的需要跳进过河水里，而且是在初冬的时候！"

医生的面色变得严肃，对我说道："那她的身体肯定是受了大伤……你是她的家人，还是男朋友？"

"家人……医生你有什么话就直说，行吗？我心里慌！"

"你也不用太紧张，我只是提醒你以后一定要注意她的日常生活，另外可以吃些热性中药调理一下，帮助恢复身体机能。"

我点头，又向躺在病床上已经睡着的乐瑶看了看，心中充满了同情：或许在别人眼里，她的星途很坦荡，可背后的付出却是常人难以想象的。打完点滴之后，我将乐瑶从病床上扶起，又为她穿上鞋子，这时东方的天际处已经有了一片鱼肚白。我征求乐瑶的意见："咱们找个酒店先休息一会儿吧，等开锁公司的人开了门后，再送你回去。"

"房子是我的经纪人租的，他也有屋子的房卡，打电话给他就行了。"

"那你记得住他的电话号码吗？"

乐瑶点了点头。我拿出手机递给她，她很快跟经纪人沟通好了。

回到乐瑶住的公寓，我并没有立即随她上去，而是在楼下等着，因为担心她的经纪人误会而产生不必要的麻烦。大约等了一刻钟，我便看到一个穿着时尚，明显带着娱乐圈气质的男人从公寓的电梯里走了出来，随即上了一辆黑色的奔驰轿车，疾驰而去。而乐瑶的电话也在第一时间打了过来。再次回到乐瑶的公寓，我给她烧了热水，看着她吃完了药，心中才松了一口气。

窗外的天色又亮了一些，已经是早上五点了。我抹了抹自己的脸，缓解了些疲倦后对乐瑶说道："你好好休息吧，我回去了。"

"你一夜都没合眼，睡一会儿再走吧。"

"没事儿，我待会儿在飞机上睡。"

乐瑶却坚决不让我走。我一点也不想留在北京，因为交房租的期限越来越近，便又对乐瑶说道："客栈很忙的，你就别留我了，行吗？"

"不是一直没生意嘛，能有多忙！"

"就是因为没生意才更要去忙啊！"

乐瑶却脸一沉，说道："行了，别装了……我知道你的客栈最近遇到些麻烦，你先睡一觉，醒了后我帮你解决这个麻烦。"

"是不是童子告诉你的？"

"人家既然能弄到我的手机号码，为什么不能告诉我？"

我半晌无语，估摸着童子这货在我不知情下看了我的手机通讯录。

"我总不能一直问你借钱吧？……你也有自己的生活。"

乐瑶笑道："我最近接了一个商业代言，七位数的报酬哦！"

"有能耐你别租房啊，现在就去二环买一套房子。"

乐瑶很无语地看着我，半晌才回道："你这人怎么这么轴呢？"

我盯着乐瑶看，忽然便明白了，说道："你让我来北京，这才是目的，是吧？"

"你要不来北京，我就不会和你说起这事……只有用真心才能换到另一个人的真心……你能在深夜从上海赶到北京照顾我，这份情意，难道还比不上区区七万块钱吗？……我们认识很多年了，第一次在酒吧喝完酒，没钱买单，是你和罗本帮我买的，后来又将我举荐给你们百货公司拍宣传海报，让我拿到一笔报酬解了燃眉之急……再后来，酒吧出了问题，依旧是你……"乐瑶的声音已经哽咽，没有再说下去。

我许久才说道："也许这些年……我早已将你当妹妹了。"

乐瑶的泪水落了下来："我知道……所以我这辈子最后悔的事情，就是让你在酒后睡了我！"

第 250 章

好多
美女啊

我的心绪因为乐瑶的哭泣而混乱，嘴也在此情此景中变得笨拙，只是这么看着她。

乐瑶却又忽然破涕为笑，向我问道："昭阳，有没有觉得我的演技越来越炉火纯青了？"

虽然她有捉弄我的嫌疑，但更有可能只是故作洒脱让我好过一些。我终

于对她说道："演技是有进步了，可是自己的身体也要注意，如果真的没有生活自理能力的话，就雇一个阿姨照顾着吧。"

"我会考虑这么做的。先休息一会儿，下午再走好吗？"

我终于不再坚持，随即在客厅的沙发上躺了下来，乐瑶则拿了一床被子给我，极度疲乏的我，很快便进入睡眠之中。这一觉一直睡到中午才醒来，此时乐瑶已从外面餐厅订好饭菜。我去卫生间洗漱之后，与她一起坐在了餐椅上，准备用餐。

我刚拿起筷子，乐瑶便递了一瓶酸奶给我，道："昨天熬夜了，饭前喝一杯酸奶对肠胃有好处。"

我从乐瑶手中接过："一直以为你大大咧咧的，看不出来还挺细心的！"

乐瑶看了我一眼，语气有些冷地回道："那是因为你从来没有认真了解过我，每个人都是双面的。"

"只要你愿意，八面玲珑都可以。"

"什么意思？"

"你是学表演的，演绎多种人格你可以信手拈来。"

"是啊，可是为什么在你面前总是大大咧咧的呢？"

我看着似笑非笑的乐瑶，当即便明白了，实际上她在我面前表现出的是最不戒备、最本真的自己。这是一件只能意会的事情，所以我只是对乐瑶笑了笑算是回应，端起碗便埋头猛吃。饭后，乐瑶回到房间，拿出了一张银行卡递给我："这张卡里有十万块钱，你先拿去用吧，以后客栈再遇到困难，记得要和我说。"

"七万块就够了。"

"预备点流动资金没坏处的。"

我沉默了半晌，终于还是接受了这笔钱，又对乐瑶说道："你在这边也注意一点身体，医生建议你开一些热性的中药调理一下。"

"知道了，你也注意身体，不要太劳累。"

简单说了几句告别语后，我便带着乐瑶给我的那张银行卡离开了。登上飞机的那一刻，我忽然感觉在北京弄丢了一样东西，却又想不起是什么。

傍晚时分，我终于开着那辆面包车回到了西塘，刚停稳车子，便从腰间抽下腰带向客栈里走去。"啪"一声，我抬手将皮腰带重重拍在了桌子上，童子抱头钻到桌子底下，带着哭腔向我问道："阳哥，你咋这么暴躁！"

"你个小兔崽子，谁让你动我电话了？"

"……我就是……想和乐瑶联……联系嘛!"

"你给我起来。"

"我不……起来你肯定会抽我。"

"不抽你,你给我赶紧起来。"

童子从桌下探头看了看我,见我不动声色,终于从桌子底下钻了出来,嬉皮笑脸地对我说道:"阳哥,我错了!"

"哪儿错了?"

"没得到你同意就动你的手机。"

"以后别这么干了,你要乐瑶的号码问我要就是了。"

"嘿嘿……阳哥,你为人这么正派又不会搜出艳照什么的有伤风化的东西,所以抱着对你的绝对信任,我才私自动了你的电话。"

"我靠……你还看了相册?"

"是啊,顺便瞅了瞅……"童子顿了下,忽然又咋呼道,"相册里好多美女啊……"

我又拿起摆放在桌上的皮腰带,童子抱着头一边"哈哈"大笑,一边夺路向外面跑去……我将腰带又系回到腰间,坐在办公椅上无奈地摇头。我拿出手机,翻看着里面的相册,果然有好多美女,其中照片最多的还是米彩。看着她的照片,我忽然想起:似乎自从她去了美国后我便没有主动和她联系过,倒是她会时不时地关心我,而以前却恰恰相反。我决定主动关心她一次,于是给她发了一条信息:"你起床了吗?"

一会儿之后米彩便给我回了信息:"嗯,刚起,准备去洗漱了。"

"等等……发一张你洗漱前的素颜照过来看看。"

"怎么忽然提这么奇怪的要求啊?"

我没有正面作答,却催促道:"快点发来。"

米彩没有逆着我,她让我稍等一会儿。实际上我就是想看看这个女人到底有没有不美丽的时候。五分钟后,米彩发来了一条图片信息,图片中她披头散发,完全素颜,可是展示出的却是另一种不修边幅的美,这让我有些懊恼,因为某些时候我情愿她平凡一些,于是很违心地回了这么一条信息:"真邋遢!快去洗漱吧。"米彩淡然地答应了。

二十分钟后,西塘已经等来了夜晚的灯火,可纽约才刚刚迎来一天的起点,所以我颓靡地躺在办公椅上,米彩却充满活力地告诉我她要去跑步了。

我问道:"你喜欢一边听歌,一边跑步吗?"

"喜欢，跑步时特别喜欢听着小红莓乐队的 Dreams！"

"我也喜欢这首歌。"

"突然想念我们一起唱歌的日子了！"

"等你回来我们一起唱。"

"好，在西塘吗？"

"对，唱给我的住客们听，生意也就变好了。"

"真的吗？"

"当然……我们家隔壁的客栈，老板会拉二胡，老板娘会唱昆曲儿，每天晚上都会唱给住客们听，所以生意要比我们好多了！"

米彩回了一个微笑的表情："那我们也唱！"

我因为这条回信浮想联翩，如果她不是来玩票，而是和我一样将生活的重心放在这间客栈上，白天我去带客，她照看客栈，晚上我们一起弹吉他，即兴为住客们唱上几首歌儿，该有多好！

第 251 章

高尚和

自私

　　夜色和灯光，好似将小小的西塘谱写成一首古诗，青石板的街上时不时会出现一群顾盼流连的游客，争相欣赏那渐醒的三月花，却始终无人关注我们这间叫"客栈"的客栈。我不愿意再被动地等待下去，从自己的房间里拿出了吉他，然后坐在客栈对面的柳树下自弹自唱起来。一曲唱罢，一些游客向我聚拢过来，纷纷询问我是不是流浪歌手，当我告诉他们自己是对面客栈的老板时，人群当即散了一半。只有一对学生情侣，在我承诺给他们打七折后，才同意去光顾我们的客栈。

　　将吉他送回客栈后，我便去了阿峰的酒吧，照例要了些啤酒，又和他聊起了那个"完美旅游套餐计划"。等敲定一些细节后，已经是深夜的 11 点，可我却不想回客栈，于是又点了两瓶啤酒喝了，和阿峰闲聊起来，又聊到了那个时常身着红色衣服的女子。

阿峰开玩笑似的说道:"自从她离开西塘后,我酒吧的收入锐减!"

"以后还会来的。"

"你确定?"

"她离开西塘前的那个晚上,我和她碰过一面……很明显她的心结还没有打开。"

阿峰点头感慨:"这是一个在感情上受过重伤的女人,不是那么容易痊愈的!……只是到底是什么样的男人才能在情感上伤害到她?"

我笑了笑,说道:"我以前也不懂,不过现在懂了……"

"此话怎讲。"

我耸了耸肩,说道:"只可意会不可言传!"

阿峰做了个无奈的表情,喝掉了瓶中剩余的啤酒,便起身向演唱台走去。我的世界在阿峰的歌声中暂时安静下来,于是将双手放在脑后,闭目养神,直到手机震动起来。我掏出手机看了看,是板爹打来的,我的心肝儿随即一颤。

我接通了电话,努力带着笑意说道:"板爹,怎么还没睡呢?"

"我和你妈过两天去西塘。"

"我在这儿挺好的,你们就不要舟车劳顿地赶过来了。"

板爹的语气很冷:"你少揣着明白装糊涂,我们为什么去西塘你自己不清楚吗?男人做事情要有考量,你现在待在西塘算怎么回事?"

"待在西塘就是我考量之后的结果。"

"人不全是为了自己而活着的,你今年也27岁了,好好想想自己身上的责任!"板爹说完就挂掉了电话。

我听着那持续不断的挂断音,心中一阵阵焦虑,拿起一瓶啤酒,一饮而尽!回到客栈后,我连洗漱的心思也没有便躺在了床上,此刻我真想找一个人为自己解惑,为什么总在自己选定一种生活时,便会遇到各种各样的阻力,到底是我主观地偏离了世界,还是世界客观地让我偏离了?我得不到答案,于是发了一条信息给米彩,将这个问题抛给了她,希望她会以一个旁观者的角度为我解惑。片刻后米彩回了信息:"你在意的应该是为什么偏离,而不是世界与你的关系。"

我似乎不该让米彩为我解惑,因为聪明的她已然将这个话题上升到哲学的高度,这让我更加无所适从。半晌我才回了信息:"在西塘开客栈的外地人很多,没有结婚成家的也很多,为什么偏偏我要遭遇来自家庭的阻力呢?"

"你怎么知道他们就不曾遭遇家庭的阻力呢？人的目光始终是有局限性的，很多时候总习惯站在对自己有利的立场去看待问题，所以总感觉别人的设定是有问题的，而自己是委屈的。"

"人可真自私！"

"可偏偏很多人会把自私当成高尚！"

"你是在指我吗？"

米彩并没有明确回答，只是说道："关于你留在西塘，可以说是好男儿志在四方，也可以说你不顾及父母的感受，所以这个世界本就是矛盾的，没有绝对的对错，只是看你渴望得到他们理解的人，是否愿意理解你！"

"所以问题的关键在于理解，是吗？"

"对，如果他们愿意理解你，你可以在西塘成就一番事业，再回馈你的家人，甚至社会，那你就是高尚的，如果他们不愿意理解你，即便你成就了事业，那也始终是自私的。"

米彩的回答让我豁然开朗，如果我真的决定在西塘做出一番事业，那么必然要征得板爹和老妈的理解。正当我思索用什么方式让他们理解我时，米彩又发来一条信息："你爸妈会去西塘找你吗？"

"是啊，最近就会来。"

"他们希望你有一个稳定的事业和女朋友，是不是？"

"父母都是这个想法。"

"那你就成全他们这个想法呀。"

我的确有可能在未来将经营客栈变成一个稳定的事业，可是女朋友呢？此刻我到哪里去找一个让他们满意的女朋友？我想到了米彩，可是……此时我该怎么和她开这个口？

"昭阳，你怎么不回信息了？"

"我现在没有能力去成全他们的想法。"

这一次米彩过了很久才回了信息："……我知道你爸爸一直把我当成是你的女朋友。"

我不确定米彩是不是在暗示我，于是试探着问道："那你在他面前承认了吗？"

"为什么不承认？……只是后来，我们就闹分手了。"

"再后来你就去美国了！"

"你还真会避重就轻……"

"是不是觉得我很狡猾？再狡猾的狐狸也斗不过好猎手！"

这一次，米彩久久也没有回信息，或许以上的对话并不是她所期待的。可是她到底期待些什么呢？难道是那一句："亲爱的，让我们从头再来吧！"

第 252 章

我们喝些
啤酒吧

此刻，那一句"让我们从头再来"对我而言是那么为难，因为不愿意再仓促开始，经历了一些事件后，爱情应当回归理性。于是我也没有再给米彩发信息，因为当务之急是找些什么说辞让板爹和老妈能够理解我在西塘开客栈的决定。实际上并没有什么太好的说辞，因为这一次连板爹也选择和老妈同一阵营，以板爹的脾气，他认定的事情，我又怎么能说得动呢？夜更深了，我带着许多剪不断理还乱的心思，进入睡眠中。

次日一早，我刚起床，房东又一次来到了客栈，我照例给他点了一支烟。他悠悠吸了一口，向我问道："房租钱准备得怎么样了？"

我笑了笑，说道："这不还有四天嘛。"

房东沉着脸，说道："咱们丑话先说在前面，限定的时间里你要交不出房租，到时候房子租给别人，你可不要说我不近人情！"

"明白的。"

房东这才点了点头，捧着茶杯离开了客栈。童子很是疑惑地向我问道："阳哥，那七万块的房租钱，你还没有搞定吗？"

"搞定了。"

"那你刚刚为什么不给房东啊？"

"我有我的想法。"

"哦……对了，这笔房租钱是乐瑶借给你的吧？"

我点了点头。

童子邀功似的笑道："怎样，我还是有些作用的吧？如果我不告诉乐瑶，

你肯定不好意思和她借!"

"你挺了解我的嘛。"

"嘿嘿……你是我的搭档嘛,我当然了解你。"

我皮笑肉不笑地看着童子,说道:"以后咱们客栈的事你不要和乐瑶说了,知道吗?"

"她那么关心你,为什么不能和她说啊?"

"你是不是觉得她过得挺好的啊?"

童子点头道:"当然,她是大明星,不缺钱,也不缺喜欢她的人。"

"这些都是表象,她过得不算好,我们不能给她增加负担……反正你从现在起给我记住咯,以后类似的事情不能和她说,要不……"我说着摸了摸腰间的皮带。

童子吓得双手抱头,夸张地喊道:"没下次了,没下次了!"

我无奈地笑了笑,没有再理会童子,点上一支烟在沙发上坐了下来,仍在为板爹和老妈即将来西塘的事情感到头疼,所以我才没有急着将所欠的房租交给房东,因为我不确定自己是否能顶住来自家庭责任的压力,如果顶不住,我还是要随他们回徐州的。

又是两天过去,我们开设的淘宝店铺终于起了作用,有一对游客在淘宝上买了我们的房间,今天傍晚时分便住了进来,这对我们来说算是一个好消息,于是我想留在西塘做好这间客栈的欲望又强烈了一些。夜晚将至,我依旧搬了一张小板凳,坐在客栈对面的柳树下,弹起了吉他,依旧有围观的人群,而在我亮出客栈老板的身份后,也有愿意去我们客栈入住的游客。一个小时就这么过去,我利用难得的空隙,打开太空杯喝了几口水,然后点上烟享受着晚风温柔的吹拂,或许这便是待在西塘的乐趣,虽然已经被商业化,但你依然会享受到那种异样的安逸。

一支烟刚抽完,巷尾便飘来了各种小吃的油香味,我有些饿了,便委托童子去给我买些小吃,而自己靠在柳树上闭目养神。忽然我的鼻子一阵痒痒,然后在小吃的油香味中分辨出一阵女人的幽香,睁开眼便发现米彩正弯腰看着我,手中拿着一片撩拨我的柳叶。我因为意外,连续眨了好几次眼,确定不是幻象后问道:"你不是要在美国待上两个月嘛,怎么突然回来了?"

"人生总会遇到突发事件,需要改变原先计划的。"

我看着米彩,半晌不知道该说些什么。米彩却打量着我,又环顾四周感慨道:"周围的环境这么好,可你为什么如此可怜呢?"

我笑着说道："晚风萧瑟，人寂寥啊！"末了又补充道："肚子也饿！"

"我还没来得及吃晚饭。"

我起身将身下的板凳让给了米彩："你先坐一会儿，待会儿就有得吃了。"

话音刚落，童子便拎着一袋小吃来到我们面前，他惊讶地看着米彩，说道："美女姐姐，你又来西塘看阳哥了！"

米彩点头冲他笑了笑。童子将方便袋递给了我，看了看米彩又冲我挤了挤眼睛，这才拎着自己的那份进了客栈。我在米彩的身边坐下，打开了方便袋，对她说道："这些小吃都是西塘比较有名的，也很卫生，你喜欢吃什么自己挑。"

米彩很有兴致地从里面拿了好几串吃起来。

我向她问道："你那辆 Q7 修好了吗？你怎么过来的？"

"修好了，不过贡献给公司做公车用了。"

"那你现在开什么车？"

米彩向不远处的空地指了指。我循着她所指的方向望去，停着的是一辆白色的大众 CC，市场价也就在三十万左右。我疑惑地问道："你开 CC？"

米彩点头道："是啊，我问过 CC 了，CC 说这款车她开了几年各方面感觉都还不错，我也就买了。"

我知道 CC 是很喜欢这款车，所以我们才一直喊她 CC，不过米彩开这种级别的车实在与她的身份不符。米彩似乎看穿了我心中所想，笑道："开自己喜欢的车子就好啦，再说人活着不就图个自由么，何必什么事情都要用一个方形的框限制住呢？"

这曾经是我所追求的，但从米彩嘴里说出来还是感觉到了震撼。在我的沉默中，已经吃完手中小吃的米彩又伸出了手，我再次将方便袋递给了她，她却忽然停了下来，问道："昭阳，有啤酒吗？我们喝些啤酒吧。"

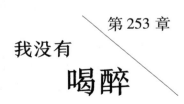

第253章

我没有

喝醉

我注视着米彩，有些疑惑。米彩又道："难道吃着小吃、喝啤酒不是一种

享受吗？"

"对我来说当然是享受了！"

米彩对我微微一笑，说道："那你有没有啤酒？"

"没有，不过这条街的尽头有一个小卖部，我可以去买。"

"一起去呗。"

将没有吃完的小吃放在客栈之后，我便与米彩在夜幕下向街尾走去。

米彩向我问道："你们家板爹和你妈来西塘了吗？"

我停下了脚步，一脸无奈的表情说道："来过了。"

"啊！我已经用最快的速度处理完手中事务了，还是没赶上啊！"

一个小试探，便知道米彩的来意了。米彩遗憾地向我问道："那你爸妈怎么说？"

"什么也没说……因为他们还没有来！"

米彩叉着腰，一脸的生气。我拿掉了她叉在腰间的手，嬉笑道："别生气了，只是逗你玩嘛。"

不多一会儿，我们来到了街尾的那间便利店，我向米彩问道："喝什么牌子的啤酒？"

"随便。"

我买了一箱青岛灌装的啤酒，付完钱后看到米彩却坐在了橱窗前的电动木马上，我很有默契地帮她投了一枚硬币，于是木马也就晃动起来。

"昭阳，你不玩吗？"

"就剩一枚硬币了，待会儿留给你玩。"我说着撕开了一罐啤酒喝了起来。

米彩向我伸手："给我一罐。"

"你在晃着呢，待会儿喝。"

"放心吧，我的平衡感是很好的。"

看她这么自信，我便帮她也撕开了一罐啤酒，然后递给了她。她果然能够跟随晃动的节奏，轻松地喝着啤酒，但好像又不太适应啤酒的味道，一脸痛苦的表情。

我嘲笑道："你这不是典型的打肿了脸充胖子么？你都不会喝啤酒！"

米彩用手背抹掉了嘴角残留的酒液，一副轻松的语气对我说道："啤酒是不好喝，但是我喝得很开心啊！"

"不好喝怎么还会开心呢？"

"不好喝属于口味感觉，开心属于心理感受，不冲突啊！"

"我怎么发现你越来越哲学了？"

"那我就说通俗一点……啤酒是不好喝，但是我们能在一起喝，我就觉得开心。"

我当然不怀疑米彩的这番话，实际上与她在一起，哪怕是一件微不足道的事情我也会觉得开心，难道这便是相爱的感觉吗？说话间米彩已经喝完了一罐啤酒，而木马也几乎在同一时间停了下来，我又适时投了一枚硬币进去，已经停歇的木马又载着米彩晃动起来，好似晃出了一幅比西塘还要美的画卷。

离开便利店，我们再次回到柳树下。我抱起吉他，开始了自弹自唱，米彩依旧有滋有味地喝一口啤酒，吃一串小吃。唱着唱着，游客却越来越少，因为此刻已经过了傍晚的高峰期。大腿忽然感觉沉重，顺滑的秀发也影响了我拨弦的手，我低下头看了看，才发现米彩已经趴在我的腿上睡着了。我笑了笑，将吉他放在了一边，抱起她向客栈里走去，又让童子帮忙开了一间房。将她平放在床上后，才发现她面色潮红，显然是不胜酒力所致。我又去泡了一杯解酒茶，等茶不那么烫了，才唤醒她。

米彩坐起来，从我手中接过解酒茶，喝了一口，像个孩子似的对我说道："我没喝醉！"

我笑了笑，说道："一般喝醉了的，都说自己没喝醉。"

米彩转动着手中的杯子，没再言语。我对她说道："我先去前台把今天的账算一下，你喝完茶后就早点休息吧。"

我还没起身，米彩便伸手拉住了我，向我摇了摇头，说道："我们聊聊天吧……有些话，也许只有在喝了酒后才说得出口。"

我的心跳在加速，因为不确定她要对我说什么。她却忽然就哭了，抱住我，哽咽着说道："以后不要再不告而别了，我真的好害怕这种感觉……就好像永远失去了你！"

我的心里好似打翻了五味瓶，也许这些话，那天，我们住在公路旅馆时她就想说了，只是那天的我却是冷漠的。她一定比所有人更害怕不告而别，因为她的父亲米仲信离开时也是这般。

"对不起，是我不够成熟，我不该让你体会这种感觉。"

米彩哭得更凶了："昭阳……当我决定和你在一起的时候，我的心里只有一辈子这三个字，所以才那么害怕你会辜负了我！"此刻任何言语，都不够表达我的感受，我只是紧紧地拥住她，让哭泣的她不再无依无靠。

第 254 章

不速之

　　一直到米彩停止了哭泣，我才放开了她，用手抹掉她脸上的泪迹，轻声说道："睡吧，我坐在这儿陪你，等你睡着。"

　　米彩点头，我帮她放平了枕头，又扶她躺下。她很顺从地闭上了眼睛，却又对我说道："昭阳，你能唱王菲的《矜持》给我听吗？"

　　我笑了笑，说道："这首歌唱的是一个矜持的女人，又不是一个矜持的男人，还是你唱给我听吧。"

　　"歌里的那个女人已经不矜持了。"

　　我回忆着歌词，似乎唱的是一个矜持的女人为了自己深爱的男人变得不再矜持，不仅仅是因为害怕寂寞，还有一颗爱到底的心。我向米彩提议："要不我们一起唱吧，一人一段。"

　　米彩点头，在我之前唱了起来：

　　　　我从来不曾抗拒你的魅力，虽然你从来不曾对我着迷，我总是微笑地看着你，我的情意总是轻易就洋溢眼底，我曾经想过在寂寞的夜里，你终于在我的房间里，你闭上眼睛亲吻了我，不说一句紧紧抱我在你怀里，我是爱你的，我爱你到底，生平第一次我放下矜持，任凭自己幻想一切关于我和你，你是爱我的，你爱我到底，生平第一次我放下矜持，相信自己真的可以深深去爱你……

　　轮到我唱的时候，我将歌词里的"我"全部换成了"你"，直到唱完。米彩看着我，带着些幽怨道："你怎么那么坏？好好的歌词被你改得面目全非了！"

　　"但是意境没变啊，我这么唱，才能保住你在这首歌中的主角地位！"

　　米彩的语气变得失落："怕是你在嘲笑我不够矜持吧？总是千方百计地找你，你却不太愿意见我。"

　　"怎么会呢！……实际上，我怕见的不是你，而是我们之间的差距，这种差距会让人变得脆弱。"

"昭阳，我会等你，等我们之间不会被差距所束缚……你要努力！"

我点了点头，又向窗外看了看，夜色如墨，但在那遥远的地方，似乎还有一颗指明方向的星星在闪烁着。离开米彩的房间，我去将今天的账目核算了一下，然后又做起了"完美旅游套餐计划"的宣传方案，缓过神时，已经是深夜一点了。我点上一支烟，吸了一口，又重重地吐出，我深知总有一天我和米彩是要直面这种差距的，而结果无非三种：第一种，我和她的差距依然存在，而差距所衍生出的疼痛感仍日复一日年复一年地撕扯着脆弱的爱情。第二种，她在物质上变得一无所有，差距终于不存在了，可她能适应这种由奢入俭的生活吗？第三种，我经过努力后，终于可以在商界比肩于她。我肯定愿意选择第三种结果，因为这看上去是最好的。也许，还有第四种结果：我们形同陌路，最后只是在夜深人静时才想起，彼此曾经相爱过，可睡在身边的人却已经不是对方。

次日，我起来得稍迟，打开门的一刹那，却发现米彩穿着我们客栈的工作服，拎着两瓶热水，往客房送去。等她出来后，我问道："你这是在干啥？怎么不多睡一会儿？"

"昨晚睡得很早……你就别挡着我了，还有一个房间要收拾呢！"

"你不是喜欢跑步吗，房间还是我来收拾吧，你赶紧跑步去。"

米彩却反过来催促我："你快点去洗漱才是真的，我买好的早餐都快凉了。"说完后没再给我阻止的机会，从墙角处推起一辆清洁车向另一间客房走去。我看着她的背影愣了一会儿……想来，"江南小筑"家的老板娘，与现在的她比起来也不过如此吧。

洗漱后，我吃着米彩买的早餐，童子在一旁羡慕道："阳哥，你真的给咱们客栈找了一个老板娘啊……这可是全西塘最美的老板娘了，不对，是全国所有景区客栈的最美老板娘。"

"她不会在这里待多久的。"

"那她到底是不是客栈的老板娘？"

我没再言语，却分外珍惜这样的日子，因为太短暂了。米彩终于打扫完了房间，如释重负般在我身边坐了下来。我夹了一个生煎包送到她嘴边："你尝尝，挺不错的。"

米彩咬了一小口，我又递给了她一杯豆浆。

童子咋呼道："两位，秀恩爱的时候能不能顾及一下我这个孤家寡人的感受啊！"

我和米彩相视一笑，仍一杯豆浆我们一人一口，把他弄得一副崩溃状。一顿早餐还没吃完，门外忽然传来一阵跑车发动机的轰鸣声，接着便看到一辆法拉利458，还有一辆奥迪R8。这两辆车的出现，让我变得烦躁，因为我太清楚车主是谁了。果不其然，蔚然和米斓先后从两辆车里走了出来。

蔚然和米斓并肩走进了客栈，先是米斓开了口："姐，你从美国回来怎么也不给我打个电话，要不是美国那边的人告诉我，我都不知道你回来了！"

米彩回道："就待几天。"

蔚然看了看我，将话接了过去："回来看他？"

米彩似乎很顾及我的心情，说道："找个地方喝点东西再聊吧。"

米斓和蔚然点头应了下来，欲离去时，米斓满是不屑地向我问道："这客栈是你开的？"

"是我开的。"

"真有出息！"

米彩皱着眉训斥道："米斓，你够了！"

"我就是看他不顺眼，这样的垃圾到底有什么好？"

我又一次处于发怒的边缘，却极力控制着自己，只是笑了笑，说道："我也觉得你这个女人很贱，但是我不会在门口放上一块'米斓和狗不得入内'的牌子，所以你现在才有机会这么肆无忌惮地对着我叫唤。"

米斓顿时就要发作，米彩拉住了她，蔚然也从另一侧拉住了她。米斓挣脱开，充满怨气地冲我点着头："希望你不会因为今天的言行而后悔。"说完便转身向客栈的门外走去。

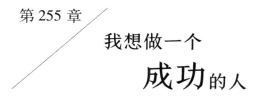

第255章

我想做一个

成功的人

又是一阵发动机的轰鸣声，三人很快便消失在我的视线中，我心中已经懒得再有什么感觉，因为如果我决定和米彩在一起，类似的场面还会不断发生。身边的童子却面色煞白，带着些颤音对我说道："阳哥……那一男一女的气势好足，他们是谁啊？"

"有钱人。"

"是啊，奥迪 R8 和法拉利 458，真的好有钱！"

我从烟盒里抽出一支烟扔进了嘴里，又往门外看了看，空气里还弥留着些许汽油味。

童子很惆怅地提醒我："他们把你的老板娘带走了！"

我看了童子一眼，没有理他，只是沉闷地抽着烟。一个小时后，米彩给我发了一条信息，说要去苏州一趟，争取黄昏前赶回来。我故作不在意地回复让她以自己的事务为重。

下午，我终于在时隔三天后，再次接到板爹的电话，他告诉我，他和老妈已经到了西塘汽车站，让我去接他们。

我驱车赶到了车站，板爹依然没有表情，老妈却沉着脸看着我。我赶忙堆着笑容从车里拿出两瓶矿泉水递给他们，说道："板爹、妈，旅途辛苦了，待会儿我请你们尝尝西塘的特色菜，保证让你们赞不绝口！"

老妈从我手中接过矿泉水，说道："我们来西塘也不是为了什么特色菜，你就不要破费了！"

"破费"两个字忽然让我产生了强烈的距离感，心中一阵低落，但还是挤出笑容说道："你们是我亲爸妈，好不容易来西塘一次，只要你们玩得惬意，花多少钱我也不心疼！"说完便帮他们打开了车门。

板爹一声叹息，没多说什么，先上了车，老妈随后上了车，我替他们关上车门，自己也上了车，启动后，直接载着他们向西塘最好的一家酒楼驶去。

点好菜后，我又向板爹问道："板爹，喝点酒不？"

板爹还没有表态，老妈抢先说道："别喝了，待会儿有正事儿要说。"

尽管已经有足够的心理准备，但心中还是一紧。

老妈顿了下对我说道："昭阳，你是我们的儿子，好或坏我们都有责任，所以这次来西塘，我和你爸也不是向你兴师问罪的，就是希望你能和我们回徐州……我和你爸已经商量过了，让他在单位给你谋一个资料保管员的工作，要不了一年就能给你转成正式编制，日子也就踏实下来了。"

我感到震惊，当即向板爹确认道："爸，你真的要给我在你们单位安排一份工作？"

板爹点了点头："嗯。"

　　我心中泛起一阵强烈的无力感，竟然连极具原则的板爹都妥协了。此时此景，我无法出言反驳，只是低头沉默。

　　老妈又放轻了语气向我问道："昭阳，你和妈妈说，一个人在外面飘着的日子好过吗？"

　　"是不好过，我也不是不能接受朝九晚五的上班生活，关键我已经投了很多钱，而且对这个客栈也是真有想法，这一次……这一次我想做一个成功的人！"

　　"你现在知道要做一个成功的人了？大学毕业那几年，你都做了些什么？……不用我提醒，你也知道自己今年已经 27 岁了吧，与你同龄的，有些小孩子都上幼儿园了，你呢？"

　　我反驳道："没有物质基础做保障的婚姻是脆弱的，我不觉得先立业再成家有什么不对！"

　　老妈的脸色立即变得难看，训斥道："你告诉我，除了你自己还有谁觉得你是对的，支持你这么做？"

　　我想到了米彩，可除非她亲自开口，我是没有自信代替她去表态的，于是再次陷入到沉默中。板爹在我的沉默中开了口："昭阳，我们也不是非要逼你回徐州，但是有个前提，你首先要把生活给过安稳了……你不是有个同学叫方圆吗？如果你能像他那样在苏州安家立业，我们做父母的自然无话可说。"

　　我不得不在板爹的这一番话中重新审视自己，我现在这个情况不让父母焦心才奇怪，可我也不甘心就这么放弃了。回到客栈后，帮板爹和老妈安排了一间房休息，我又一次陷入到抉择的痛苦中，我渐渐感觉到所谓的坚持在家庭责任面前是那么渺小，而自己更像是一个任性妄为的少年。我想起去年回到徐州的那个心无杂念的自己，那时候愿意接受安稳的生活，而现在却因为自己的世界多了一个米彩，所以才那么排斥平凡。可板爹和老妈能理解我此刻的心情吗？我不奢望他们能够理解，更深知，现今的一切都需要自己咬牙去承受。

　　天色渐渐暗了下来，已经到了吃晚饭的时间，可是说傍晚之前会回来的米彩依然没有回来。我不禁有些担心，想给她打个电话，板爹和老妈却从客房里走了出来，说是要请我吃饭。我有些无奈，这顿饭只是让我尽快做出选择。我一阵沉默后，终于对他们说道："再等一会儿吧，还差一个人，等她回来了，咱们一起去吃。"

　　老妈疑惑地问道："还差一个人！是谁啊？"

　　我心一横，看着老妈和板爹答道："我女朋友！"

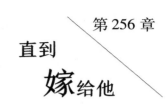

第 256 章

直到
嫁给他

板爹看上去很平静，老妈却有些异样。我拿出手机，拨通了米彩的电话。接通提示音只响了两声，米彩便接听了电话。

我向她问道："你回来了吗？"

"已经在路上了，马上到菱塘湾桥了。"

"那快了！我爸妈来了。"

米彩的语气有些诧异："什么时候到的？"

"中午那会儿，现在正等你一起吃晚饭呢。"

"我马上就到。"

米彩的话音刚落，我好似听到发动机的轰鸣声又剧烈了一些，赶忙提醒她："你慢一点，不差这一会儿！"那边已经挂断了电话。

片刻之后，一辆飞速出现的白色奥迪 R8 瞬间停在了客栈的门口，我知道这是米彩借用了米斓的车。车子刚停稳，米彩便从车里走了出来，快速向我们这边走来。来到我们面前，米彩很恭敬地和板爹、老妈打了招呼。

我轻轻呼出一口气，然后握住了米彩的手，很认真地对板爹和老妈说道："虽然之前已经见过面，但还是正式介绍一下，这是我的女朋友米彩，一个苏州姑娘！"

板爹与米彩已经非常熟识，他对米彩笑了笑，而老妈则表现得很诧异，哪怕已经见过，还是上上下下地打量了米彩好几遍。米彩攥紧我的手，低着头，一副腼腆的模样。

老妈终于开口问道："你真是我们家昭阳的女朋友。"

"嗯。"米彩点了点头。

老妈还想说些什么，板爹却冲我们挥了挥手，示意先去吃饭。酒楼里，我与米彩坐在一边，板爹和老妈坐在另一边。板爹点单，我则从服务员手中接过水壶，为我们四个倒好茶水。而米彩显得有些拘谨，或许是因为老妈表现得不够热情的缘故。我握了握米彩的手，示意不用太拘谨。

板爹终于点好了单，按惯例，此时老妈应该询问米彩的家庭背景，可是

老妈并没有问，也许板爹私下已经和她聊起过米彩。这时，一向不善言谈的板爹破天荒打破了沉默，他向米彩问道："小米，最近工作忙吗？"

米彩看了看我，才答道："不算太忙，基本上每个星期都会有时间来看看昭阳。"

我自然明白米彩的意思，她之所以这么说，是为了给下面支持我在西塘开客栈的立场做铺垫。

老妈终于开了口："那你支持他留在西塘开客栈吗？"

米彩点了点头，道："我支持他。"

老妈面色有些冷地说道："那你为什么会支持他这个胡闹的行为。"

"阿姨，您真的觉得昭阳是在胡闹吗？"

米彩在反问这句话时，职场 CEO 的那种气场便显现了出来，以至于让老妈愣了一愣才应答道："先成家后立业，这是古训，他违背了就是胡闹。"

米彩并没有急于反驳老妈，转而对我说道："昭阳，成家和立业，你有能力处理好这两者的关系吗？"

"我有信心处理好，但是需要你配合……"

我的话没说完，米彩便点头说道："我愿意配合你，也愿意等你。"

老妈笑了笑，道："愿意配合、愿意等是好事，但是在这个今天结婚明天都可以离婚的时代，你能保证以后非我们家昭阳不嫁吗？"

老妈的这句话，无疑是往深水里扔了一颗重磅炸弹，而我却不想让米彩在这个场合去承诺什么，因为完全没有必要，毕竟谁都不能预料未来会发生什么。在我准备帮米彩解围时，她却很平静地说道："阿姨，我并不是一个随便的女人，昭阳是我人生中的第一个男朋友，也是最后一个，只要不出现不可抗力的意外，我愿意一直守着他，直到嫁给他。"

这时，板爹终于开了腔："昭阳他妈，孩子的话都说到这个份上了，如果我们做父母的还为难的话，就显得有些不近情理了！"

老妈显然还有话要说，但最后还是沉默了。饶是如此，板爹和老妈也没有明确表示愿意理解我留在西塘的决定。也许，我们还需要一次更交心的沟通，从而彻底打消他们的疑虑。

离开酒楼，我和米彩将板爹和老妈送回客栈休息后，两人便走在青石板的小路上，顺着流水的方向散起了步。

我向米彩问道："今天你怎么突然回苏州了？"

米彩顿了下才答道："做一件让自己不开心的事情。"

　　尽管我很好奇，但还是没有追问，因为米彩如果愿意明说，她会说的。又走了一段路后，米彩说有些累，我便在河边寻了一处有台阶的地方，与她坐了下来。她靠在我的肩膀上，许久才轻声说道："昭阳，我后天要回美国了。"

　　"这么快吗？"

　　"嗯，上市的事情容不得有一丝马虎，我必须全程参与。"

　　尽管心中不舍，我还是摆出一副潇洒的姿态说道："那就提前预祝卓美可以在纳斯达克上市成功了！"

　　"谢谢，我会努力的。"

　　我搂紧了她，却没有再言语，因为沉默会让时间变得漫长一些，而这便是我主观利用相对论的原理，多争取了一些与她在一起的时光。春天的风从我们身边静静吹过，米彩很享受地闭上了眼睛，我也觉得有些乏了，却在准备闭上眼睛的那一刹那，看到了坐在对岸的那个红衣女子，我的判断没有错，她果然又一次来到了西塘。

第 257 章

破釜

沉舟

　　几乎是同时，红衣女子也发现了我，西塘河并不宽，我笑了笑对她说道："我们又见面了！"

　　"是西塘太小了。"

　　我们的对话惊动了米彩，她睁开了眼睛，看向河对岸的红衣女子，与此同时，红衣女子也看着她，这一对视持续了五秒钟。对视结束后，红衣女子便离开了，可能是我和米彩的出双入对刺激了她的孤独。

　　在她离开后，米彩正色道："你认识她吗？"

　　"不认识。"

　　"那你还和人家搭讪？"

"某人是吃醋了吗?"

"是你太不老实了!"

我笑了笑,道:"她不是游客嘛!我和她搭讪是为了挖掘客栈的潜在客户。"

"我终于知道你在西塘开客栈的真实目的了!"

"什么真实目的?"

"名正言顺地接触各路美女!"

"我有那么狭隘么?"

"你就是那么狭隘!我觉得你还是随你们家板爹回徐州去吧。"

看着她那较劲的模样,我无奈一笑,似乎吃醋便是女人基因里的东西,连米彩这么淡漠的女人也不能幸免,但再深入想想,这实则是我的幸运,这从侧面证明她是爱我的。

次日,米彩早早便起了床,买好了早餐,又不辞辛劳地打扫了客房,这一切都被板爹和老妈看在眼里。板爹只有两天的假期,吃完午饭后,我和米彩便将他们送到了西塘的车站。临别时,老妈将米彩叫到了一边,与她单独聊了起来,而我和板爹也因此有了单独交流的机会。

板爹对我说道:"你在西塘开客栈的事情,我和你妈商量过了。"

我带着些紧张问道:"你们不反对了吧?"

"不是不反对,是实在拿你没有办法了。"

板爹的话让我有些难过,半晌我才说道:"其实我知道自己挺不懂事的,但是请你们给我这个机会,让我在西塘完成人生的蜕变。"

板爹一声轻叹,拍了拍我的肩膀:"我们当然也希望你能做出一番事业,但终身大事才是眼前的重中之重,时候差不多了,就和小米聊聊结婚的事吧。"

我向米彩那边看了看,终究没有向板爹保证些什么,因为"结婚"两个字对于现在的我们过于遥远。客车渐渐驶离车站,我和米彩向板爹和老妈挥手告别。我仰起头,重重地呼出一口气,因为暂时躲过来自家庭的压力,可是心中的那份责任感却愈发沉重起来,这种沉重驱使我必须要在西塘完成人生的蜕变,否则,我没有任何的颜面去再次面对他们。

此刻,我已经破釜沉舟般断绝了自己所有的退路,而成败便在这间还处于试水期的客栈上。米彩拉住了我的手,轻声问道:"你现在的压力应该很大吧?"

"嗯……"

米彩将我的手握紧了一些，凝重地对我说道："共勉吧。"

我看着她，虽然她没有明说，可是"共勉吧"这三个字已经说明了她现在的境遇，很可能她与米仲德的权利争夺已经到了最关键的时期。

回到客栈，米彩便收拾了自己的行李，因为明天她将从上海飞往纽约。

我向她问道："明天几点的飞机？"

"下午两点。"

"那明天中午从西塘出发也是来得及的。"

"我还要去苏州处理一些事务。"

我点了点头，心中却不想她就这么离去，终于想到一个好借口，说道："你这次来，是开的米斓的车，你自己的车也要送回去的，我帮你开回苏州吧。"

"不了，这车就放在你这边吧，也许有用得上的时候。"

米彩的拒绝让我有些失落，又是一阵沉默后，我终于放下男人的面子，低声说道："其实……我是想多陪你一会儿。"

她收拾行李的动作忽然停了下来，看着我，眼神中也充满了不舍，因为这一别又将是一个多月，也许会更长。她抱住了我，哽咽着说道："我也舍不得你……可是很多事情身不由己。"

我紧紧拥住了她，在她的耳边说道："我明白，所以我更加珍惜能够在一起的每分每秒，让我陪你去苏州，好吗？"

米彩轻轻点头。我将她拥得更紧了，又亲吻了她的脸颊，可那不舍的情绪却没有在这甜蜜的拥吻中融化，于是我又轻声在她耳边唱着那首代表着她也代表着我的《矜持》。她在我的歌声中，又一次落了泪，也许是因为曾经所受的委屈，也许是因为两颗分开过的心又靠在了一起。

与米彩牵着手，站在客栈的门外，今天正午的阳光似乎比往常更灿烂一些，空气中有了一丝炎热的味道。我这才想起，自己与米彩相识以来，已经走过了秋季、冬季、春季。现在春季已经到尽头了，可那个属于我们的夏季终究还没有来，但这并不妨碍我去期待，期待夏季的热情，期待她会穿着一身洁白的长裙出现在我的面前。

第 258 章

　　这个中午，我与米彩各开一辆车回到了苏州，她马不停蹄地去了卓美，我则去超市买了菜，然后回到那间老屋子。今晚我想为她做一顿饯行的晚餐。将菜洗好之后，我打扫了屋子，又帮阳台上那些快枯萎的花草树木浇了水，最后去了米彩的房间。我在衣柜旁的角落里发现了两辆摆放整齐的油动力赛车，还有两把吉他。这些都是我们曾经送给彼此的礼物，承载过我们的快乐、忧伤，可它们还是最初的模样，而我和米彩却已历经了一个轮回。

　　下午五点钟，米彩终于处理完事务回到老屋子，我恰巧在她的房间里抽烟。在她没有进来前，我用最快的速度掐灭掉烟头，然后又打开窗户，抱起一只枕头拼命扇着风。米彩在门外喊着我的名字，我没有应她，只听到她的脚步声越来越近，然后门便被打开了。她说道："你怎么在我的房间？"

　　"找东西。"

　　米彩狐疑地看着我："那我喊你没听到吗？"

　　"我找东西找困了，就在你床上躺了一会儿，没听到你喊我。"

　　米彩向我走近了几步，皱眉道："你是在我房间抽烟了吧？"

　　眼看不能再抵赖下去，我梗着脖子说道："抽了，你看着办吧。"

　　"你是故意想找找当初和我争吵的感觉吧？"

　　我权当米彩是给我找台阶下，连忙点头。

　　她当即脸一沉，说道："你给我出去……"

　　"你玩真的？"

　　米彩用蛮力将我从她的房间往外推："谁让你在我房间抽烟的！"

　　"我错了，我不该在你的房间抽烟！"

　　"你说我该怎么惩罚你这个惯犯呢？"

　　我不假思索地答道："亲我一口。"

　　米彩撇嘴看着我……

　　"既然你不愿意，那我就自罚吧。"说完我顺势拥住了米彩，然后向她的嘴唇亲了过去。她没有闪躲，于是我们又一次吻在了一起，她依旧是那么生涩，可并不妨碍我沉醉在那片包裹着自己的温热感中。在我不能自拔时，嘴唇处却传来一阵剧烈的疼痛感。

她终于张口松开了我，我摸着嘴唇问道："为什么咬我？"

"明天我要走了。"

"这两者有联系吗？"

米彩点了点头，说道："有，当你这张嘴忍不住和别的女人搭讪时，就要想起今天被我咬得有多痛。"

"不痛啊，要不你再咬一口。"

米彩眯了眯眼睛，便向我靠了过来，我捂住嘴向后退了一步，说道："痛、痛、痛，你别咬了！那要是你在国外和其他男人搭讪怎么办？是不是我也得反咬你一口？"

"我不会。"

"那我也得反咬你一口。"

米彩很无语地看着我，然后灵敏地躲开了我的反扑，于是我们便以这种嬉闹的方式度过了临别前的最后一个夜晚。可是那种绞心的不舍，却一直延续到次日。

机场的候机厅内，我和米彩迎来了最后分别的时刻，她从手提包里拿出了一串钥匙递给我："这是老屋子的钥匙，以后你有时间，要记得把阳台上的花浇些水。"

"我搬到西塘养着。"

米彩摇头道："那个屋子里一定要养一些花草的。"

"为什么？"

米彩笑了笑，说道："有这些花草陪着，屋子也就不孤单了啊！"

我点了点头，又一次向她问出了那个困扰了自己许久的问题："为什么当初会买下那间老房子？"

米彩想了想才回道："等你娶我的那天，我再告诉你。"

"我真的很好奇啊，为什么非要等到那一天？"

"因为到了那天告诉你，才会特别有意义。"

我在心中憧憬着会有那么一天，而登机的语音播报声也响起。米彩从我手中接过行李箱："昭阳，我走了。"

"嗯。"

我们似乎很刻意去淡化这离愁，所以米彩向我挥了挥手后便向登机口走去。我久久看着她离去的背影，忽然又一次撕心裂肺起来，这种感觉也只有简薇当初去美国留学时才有过。我终于不能控制自己，狂奔着追上了她，然后从后面紧紧拥住了她，几乎哽咽着对她说道："等你回来时，已经是初夏了，要记得穿一件漂亮的白裙子……因为我还没有见过你穿裙子的样子。"

米彩重重地点头，却没有回头。语音播报声又一次响起，我不得不松开她，她又向前走去。就在我以为看不到她的面容时，她却回过头来，眼中隐隐含泪，却微笑着对我说道："昭阳，等我回来时，希望可以看到一个自信的你！"

我点头……飞机场的围栏外，我看着那架载着米彩的客机冲上了云霄。终于在难以抑制的离愁中为自己点了一支烟，仰望天空，好似在那云彩里看到了穿着漂亮裙子的她。

离开机场后，我并没有立即去西塘，而是回了苏州。我要去找简薇，希望她能在广告渠道上为我提供些帮助，因为我所制订的"完美旅游套餐计划"需要优质的广告渠道进行传播。此刻，我并不想被过去所束缚，而与简薇的关系定位，也仅仅是在商场上可以互相帮助的朋友而已。我知道曾经的自己是不屑这么做的，但是经历了一系列事件后，我有所领悟：我真的需要做出改变了，这种改变会让我告别过去的自欺欺人和诸多顾虑，然后更加坦荡地面对简薇，面对自己的事业，最后让自己变得自信。

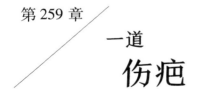

第 259 章

一道
伤疤

晚上七点左右，我与简薇约在了一间咖啡店。简薇看上去很是疲劳，喝了一口咖啡，还是笑着对我说道："这些天我一直在等你来找我。"

"为什么这么肯定我会来找你？"

简薇耸了耸肩，说道："如果我猜得没错，你客栈的营销策略已经做出来了，不过在广告投放上遇到了困难。"

"是啊……我们这样的小客栈花重金去做广告是不切实际的，但又确实需要广告宣传。"

简薇点头："你那间客栈的硬伤很多，而西塘客栈之间的竞争又激烈，几乎每家都很有特色，没有一些非常规的手段，想从里面脱颖而出几乎是不可能的。"稍稍停了停她又问道："能和我聊聊你的营销策略吗？"

我当即将那个"完美旅游套餐计划"说给她听。她听完后沉思了片刻，说道："这么说，你所针对的目标消费群体是那些自助游的游客？"

"对，其实去西塘游玩的，大部分都是自助游，跟团的倒不是很多。"

"跟团和自助游有具体的数字比例吗？"

我摇头："这个没法统计，但西塘这个景区的性质已经决定自助游会更有乐趣。"

"如果真是这样，那么广告投放倒很好解决了……我有一个叔叔，是全国最大的自助旅游网的创始人，如果在网站的首页给你一个广告版面，推出你的完美旅游套餐计划，效果一定会很好的。"

我怔怔地看着简薇，尽管她说得很轻松，但是我很明白，那种级别的网站广告位可以说是"寸土寸金"，豆腐块大的地方，没有六位数的人民币是买不到的。

我顿了下说道："我对这个广告位很感兴趣，不过我没有多余的资金。"

"我知道你没有资金，但是，你找我的作用不就在这里吗？"

"你是打算帮我垫资？"

简薇摇头："以我对你的了解，垫资这种方式你是不会接受的……所以，我会安排你和杨从容（容易旅游网的创始人）叔叔见个面。"

我更加不解，说道："他这样一个日理万机的人物，凭什么为了一个广告位和我这个小人物见面啊？"

简薇笑了笑，说道："因为他的容易旅游网遇到了发展上的瓶颈，如果你能给他一些合理的建议，我相信他不会吝啬一个广告宣传位的。"

"你的意思，是让我这个业外人，给他这个从业多年的业内人士提建议？"

我的反应让简薇皱了皱眉，她说道："难道不可以吗？为什么你就不能自信一点？……杨叔叔之所以遇到发展瓶颈，正是因为他从业多年，思维已经被局限，他现在很需要一个能够突破常规思维的建议，而业外的人不是最有可能打破常规思维吗？"

"业外的人多了去了，为什么要找我？"

"因为你有想法，你比杨叔叔更需要这个机会……昭阳，能不能成功咱们另说，但至少要试一下，再不济也为自己积累了人脉，是不是？"

我终于点头，说道："大概什么时候安排我和杨总见面？"

简薇想了想，答道："他下个星期六会从北京来上海，咱们就定在那天见面，今天晚上我把容易旅游网的一些资料发给你，你好好研究一下，可以吗？"

"没有问题。"

简薇又特别强调："这一次，我只负责帮你引荐，剩下的你自己去争取，可别又多疑我私下帮你打点了什么啊！"

"上次的事情，对不起，再不高兴我也不应该用那种方式将钱还给你。"

简薇摇了摇头，说道："当年，你让我着迷的不就是这么一个直来直去的性格吗？那五十万，换了别人是不会拒绝的，而你的拒绝正是你的与众不同，也是一个男人难得的魅力！"

我笑了笑，说道："也可以说是死要面子活受罪。"

"不重要了。"

我心中莫名一痛，的确，对于现在的我和简薇而言，是魅力还是死要面子，真的不再重要了，因为我们已经生生撕裂了彼此，然后在重新生长中，与别人结成了情侣关系。所以，我将自己和简薇定位成商场上可以互相帮忙的朋友是正确的。

简薇有些失神地看着窗外，这时服务员端来了我们点的晚餐。没有察觉的简薇在同一时间端起了咖啡杯，与放下餐盘的服务员的手碰在一起，于是咖啡洒到了她的袖口上。服务员不停地说对不起，简薇示意没事，然后挽起了袖子，摘下了手表。我忽然在她的手腕处看到了一道伤疤，而她已经用纸巾擦干了手表上的咖啡，又将手表戴回到了手腕处。我一把拉住了她的手腕，将手表往上移了移，一道一寸长的伤疤就这么暴露在我的眼前。

"你这伤口是怎么来的？"

简薇用力抽回了自己的手，放下袖子语气很平静地说道："在美国参加学校组织的生存体验时，不小心划伤的。"

"你确定？"我皱眉问道。

"你是在怀疑什么吗？"

"为什么划伤的地方偏偏是手腕？"

"同学没有拿稳的刀，正好落在了我的手腕上……"

我紧盯着简薇，试图从她的表情中找到撒谎的蛛丝马迹，可是她看上去是那么从容。我终于摇了摇头，没有再问下去。简薇则拿起了手提包，说道："我公司还有点事情，就先走了，晚上你记得在邮箱里收一下容易旅游网的资料。"

"这刚上的糕点你还没吃呢！"

简薇没有理会，只给了我一个背影，很快便驾驶着那辆凯迪拉克 CTS 消失在了那片灯火闪亮的地方。

第 260 章

在美国的
日子

简薇离开后，我在咖啡店坐了很久，却没有吃简薇未曾动过的那碟糕点，而大脑里总是间歇性闪现那一道伤疤。终于喝掉了杯中的咖啡，看着窗外却又是一阵失神，多渴望化作街边那一盏熄灭的路灯，而不管这是一盏多么悲伤的路灯，已经照不亮前路。

离开咖啡店后，我去了 CC 的空城里音乐餐厅，可 CC 并不在，只有罗本在。他给我拿来了一大杯扎啤，我一口气喝掉半杯，才向他问道："CC 呢？"

"去了第五个季节酒吧，今天那边有一个专场的走秀。"

我点了点头，没有再言语，只是喝着酒。

罗本扔给了我一支烟，笑了笑问道："有心事？"

我点燃了烟，重重吸了一口："谈不上心事，就是心里有点儿慌。"

"是因为米彩走了？"

"可能吧。"

罗本没有再追问，只是陪我抽着烟，直到抽完，才问道："打听到蔓雯的消息了吗？"

我摇了摇头，却在他的脸上看到了一种害怕结果的怯懦。我弄不懂爱情到底是什么，竟然能让罗本这个硬汉逃避了数年，连等待结果的勇气也只是

被逼出来的。

因为喝了不少酒，我将米彩留给我的那辆车停在了音乐餐厅外，打车回到了老屋子。没得及洗漱，我便去了米彩的房间，借用她的台式电脑收简薇的邮件，她果然很守时地将容易旅游网的资料发给了我。我点上一支烟，克服着酒后的眩晕细细阅读起来。

片刻之后，手机铃声响了起来，是简薇打来的。我接通后，简薇向我问道："昭阳，那份资料你收到了吗？"

"嗯，正在看，你能提供一些杨总的个人资料吗？"

"你是说他的从业经历吗？"

"越详细越好……对了，你还用 QQ 吗，咱们 QQ 聊。"

"有一个工作用的 QQ，我待会儿加你。"

一会儿，电脑音响里传来了两声添加好友的咳嗽声。我打开了添加消息，发现用户名是"思美广告"，这无疑是简薇的工作 QQ 了。难道这些年她一直没有忘记我的 QQ 号码？这根本不需要质疑。很快"思美广告"便发来了信息："我是简薇，这是我工作用的 QQ。"

我并没立即回复她，而是凭着记忆，在查找好友的工具栏中输入了她曾经用了好几年的那个 QQ 号码。很快便搜索到了，她的用户名还是叫"薇薇简"，只是最后更新的个性签名还停留在几年前，想来这个 QQ 号已经被她遗弃了多年。我终于关掉了查找工具栏，给简薇回了信息："知道了，你将杨总的个人资料发给我吧。"

简薇似乎早有准备，第一时间便给我发送了一个文档，我接收成功后向简薇发送了一个抱拳感谢的表情，简薇回了个微笑的表情，而我们的对话也止于此。

将资料上的重点单独整理出来后，已经是深夜的十二点，我揉了揉太阳穴，缓解了些疲劳，便打算洗漱休息，却在准备关掉电脑的一刹那，发现了简薇的 QQ 还在线，便发了一条信息："怎么还没有休息呢？"

"公司才起步，还没有形成一套完善的管理体系，很多工作我都要亲自参与。"

"那你要注意劳逸结合，毕竟身体才是工作的本钱。"

"你也一样。"

这样的文字，让我不知道怎么接话，于是在短暂的空白中，我打开了"我的电脑"，然后胡乱中点到一个名为"我在美国的日子"的文件夹。我恍然想起，自己现在用的是米彩的电脑，那么这个文件夹里一定有不少她在美国的照。我不确定这是否属于她的隐私，但在好奇心的驱使下，还是打开了文件夹。里面果然存放着米彩海量的照片。我一张一张地浏览着，除了米彩的生活照，还有各类获奖照片，看来蔚然所言不虚，她的确是一个才女。

浏览到快一半时，我看到了一个独立的文件夹——是用米彩和蔚然的英文名字命名的。我还没有打开，心中便不舒服起来。又点上一支烟，我才打开了文件夹，于是心中更不舒服起来，因为里面有很多米彩与蔚然举止亲密的照片，其中一张，两人甚至是脸靠着脸。我猛吸了一口烟，抬手就想删除这些照片，但还是忍了下来。说他们的感情介于恋人和朋友之间并不过分……可是这又能说明什么呢？毕竟是过去的事情，毕竟米彩并没有与蔚然以情侣的身份相处过。换位思考，如果米彩也纠结于我的过去，那我岂不是更无地自容，毕竟我和简薇同居过，与乐瑶上过床……

时间就这么在我的胡思乱想中一分一秒地过去，回过神时，简薇的QQ头像已经变得灰暗，想必已经离开公司回去休息了。掐灭掉烟蒂，我忽然便没有了休息的欲望，索性又在网上找起了相关资料，继续研究旅游产业的现状。之所以熬夜，还有另一个目的，因为三个小时后米彩将到达纽约，哪怕等到半夜，我也想和她聊聊，并不一定要聊她和蔚然的关系，只是想和她聊聊。

第 261 章

你是很

害怕他吗

喝了一杯浓茶提神后，我给米彩发了信息，大意是让她在下了飞机后与我联系。我精神抖擞地等到了半夜三点钟，却没有等来米彩的回复。这也正常，因为这么远的航程，飞行时间是不可能那么精确的。我趴在桌子上，紧盯着手机，等待那一阵提示音响起，可意识却渐渐模糊，就这么睡了过去。这片刻的睡眠中，我梦到了简薇，可梦境却是那么混乱，似乎每一个片段都不是由完整的事件构成的，我穿梭在一个个支离破碎的画面中，倍感疲倦

……直到那一阵手机铃声响起。

我猛然惊醒，双手重重地从脸上抹过，这才拿起手机，果然是米彩发来的信息："我已经到纽约了，你不会还没休息吧？"

我当即便回了信息："一直在等你的回信。"

"你那边已经是夜里三点多了呀！赶紧去休息，熬夜伤身。"

"嗯，你到了酒店也早点休息。"

"好，晚安。"

我和米彩的对话就此结束，我终究没有和她说起那些照片，因为很可能是自己过于敏感，并不应该小题大做。关掉电脑，我回到自己的房间，直挺挺地躺在床上，又迎来了一个不是夜的夜。

次日，我睡到快中午时才起床，没来得及吃午饭，便驱车赶回西塘。回到后的第一件事情便是联系房东，结清所欠的七万元房租，而这也意味着我至少会用一年的时间去经营好这间客栈。之后我与童子聊起了客栈经营的事情，我们一致认为，客栈还需要增加一个前台收银员，毕竟我待在客栈里的时间不多，而童子也负荷不了这么长的营业时间。此时已是春末，西塘传统的旅游淡季已经过去，我们的生意也稍有起色，每天都会有几对游客入住，勉强维持经营，但满足不了我对这间客栈的期待。

我简单地吃了个午饭后，便去酒吧找阿峰。阿峰正和自己的乐队练歌，我便找了个位置坐下，边等边看他们排练。片刻之后，排练完的阿峰拿来了两瓶啤酒，在我对面坐下，又将其中一瓶递给了我。我从阿峰的手中接过，问道："这几天的生意怎么样？"

"老样子，维持经营没问题。"

我笑了笑，说道："我前天又看到了那个穿着红衣服的女人。"

"你不是撩我玩的吧？怎么没来我们酒吧？"

"肯定不是撩你玩，千真万确。不过谁让你玩那什么扑克牌的游戏，让她讲自己的经历，她不愿意讲，肯定就不来了。"

阿峰点头道："有道理。"

"唉！就这么损失了一个给你们乐队打赏的女土豪！"

阿峰摇头。

我笑了笑，终于正色道："那些参与完美旅游套餐计划的商家，你找得怎么样了？"

"正在找，不过有些商家有戒备心理。"

"有戒备很正常，毕竟这个计划还没有给他们带来实质性的收入。不过，你还是要尽快把这个事情搞定。"

"很急吗？"

"嗯，你听过容易旅游网吗？"

"全国最大的自助旅游网站，不过这和咱们的计划有关系吗？"

我点头，说道："我有一个朋友和网站的创始人杨从容熟识，可能有机会在上面做一期专题广告，如果这个事情确定下来，留给我们的时间就很少了，所以需要提前做好准备。"

阿峰满脸不可思议地看着我，说道："你朋友认识杨从容？这可是很牛的人物啊，有报道说，容易网今年刚拿到了 2000 万美金的 C 轮投资，肯定会进一步巩固在旅游网行业的老大地位。"

我点了点头，又强调道："不过这个事情，也只是有可能，还不能确定。"

"尽力而为，尽力而为！"阿峰说着向我举了举啤酒瓶。

我与他碰了一个，虽然喝着酒，却想着怎么应付下个星期与杨从容的见面，如果真的可以在容易网上做一期专题广告，那么客栈的流量一定会迎来爆发式的增长，而"完美旅游套餐计划"也会因此蜕变为一个有独特体系的成熟商业模式。

这又是一个忙碌后的夜晚，我仰躺在办公椅上休憩着，而一直挂着的 QQ 忽然传来了信息提示音。我坐直身体，看了看闪烁的头像，才发现是简薇发来的。

"昭阳，还有三天就和杨从容叔叔见面了，你准备得怎么样了？"

"一直准备着。"

"嗯，加油，我依然很看好你。"

"谢谢。"

"对了，那天我爸爸也会去。"

我顿时变得像一只刺猬："他去做什么？"

"杨叔叔的容易网一直和他的广告公司有合作，这次约谈的主要议题就是容易网的发展战略规划，他当然会参加……不过他并不知道约谈的对象是你，你是很害怕他吗？"

忽然，那些不愿意想起的往事，再次浮现在我的脑海中，如果曾经因为和简薇的恋情对他心存畏惧，那么时过境迁后的今天还有什么害怕的理由？

第 262 章

站在商界的
巅峰处

　　我下意识地摸了摸鼻翼，回了信息："事到如今，我还有害怕他的理由吗？在我眼里他只是即将与我举行商业交流的某某。"

　　在信息发出去的那一刹那，才发现最后的"某某"两个字是那么扎眼，如果只是寻常人，我理应称呼他为前辈，为什么却用了"某某"二字呢？想来，我对他是有怨恨的。我又一次仰躺在办公椅上，呆滞地看着屋顶，可那些不堪回首的片段，却纷纷而来，填满了我的脑海。

　　大概简薇也被"某某"二字所触动，许久才回了信息："你能以平常的心态面对他就好。"

　　"嗯……你这么帮我，向晨知道了不会有意见吧？"

　　简薇反问道："他应该有意见吗？"

　　我有些无言以对，而简薇的 QQ 头像已经暗了下去，显示离线状态，这样也好，省得纠结要怎么回她。

　　忙碌到凌晨十二点，准备休息时，收到了米彩从美国传来的短信。

　　"客栈最近怎么样了？"

　　我一阵犹豫后，还是决定向她坦白简薇为我提供帮助的事情，我希望我们之间能够多一些信任："简薇将我介绍给了容易网的杨从容，可能会帮我们的客栈做一期专题广告。"

　　信息发出去之后，我便陷入到忐忑的等待中。而她久久也没有回信息。我愈发不安起来，也管不了是国际长途，直接一个电话拨了过去。但电话只响了一声，米彩便挂断了，她果然还是介意的，却不想手机铃声又响了起来。我条件反射似的拿起了电话，是米彩打过来的，我没有一丝犹豫地接通了电话："刚刚为什么挂我电话。"

　　"你打的不是国际长途吗，还是我打给你吧。"

　　"你是不是担心我不够钱交话费啊，告诉你，完全多余的担心，哥们儿奢侈着呢！"

　　米彩不动声色地说道："那行，给你一个奢侈的机会，我挂断，你拨过来吧。"

"别挂、别挂。"

"不奢侈了?"

"大家都日理万机的,有这挂来挂去的时间,都挣好几百 dollar（美元）了。"

米彩笑了笑,这才让我放心了些,我又试探着问道:"刚刚怎么那么久都没回信息?"

"我在想杨从容是谁呀,好熟悉的名字!"

"你真的是在想这些? 对于简薇给予我的帮助,你一点也不介意?"

米彩沉默了许久,才回道:"我知道现在客栈的经营很难,仅靠你自己是支撑不下去的,而简薇是广告界的人,你的朋友圈中,能在广告资源上给予帮助的也只有她了,我权当你是为了客栈,没有私心。"

"我保证没有私心。"

米彩笑了笑,说道:"这句话让我心里踏实多了,好了,不和你聊了,这可是国际长途,毕竟我也没你那么奢!"

米彩的调侃终于让我心中舒服了一些,心中更盼望着能早些将客栈做出来,也不辜负米彩的这番包容。

又过去了两天,明天便是我和杨从容约定见面的日子。这个傍晚,我驱车赶回了苏州,因为在这之前我需要和简薇碰个面,然后由她带我去上海。回到苏州后,我在简薇公司的附近,订了一个餐厅,又打电话邀请了方圆和颜妍一起共进晚餐,可这夫妻二人却趁这难得的周末回了方圆的老家,于是我和简薇不得不又一次单独相对。

晚上的八点左右,简薇来到了我订好的餐厅,我为她倒上一杯饮料,她很客气地说了一声"谢谢",才从我的手中接过。

浅饮了一口之后,她对我说道:"明天早上杨叔叔有会议要参加,所以你们见面的时间我就安排在中午,正好一起吃个饭。"

"没问题。"

简薇点了点头,便不再多言。

我又向她问道:"向晨呢? 他好像很久没待在苏州了。"

简薇看着我,又笑了笑道:"前天还在苏州,昨天才回了南京,你们是联系少了,才会有这样的错觉。"

我点头,而简薇已自顾自地吃起了东西,我也随着她吃了起来。

吃了一会儿之后，简薇放下了筷子，向我问道："你和米彩前段时间的矛盾应该解决了吧？"

我点了点头，手中的筷子却没有停下来。

"打算什么时候结婚？"

我忽然就停住了，有些意外地看着简薇，毕竟我从来没打听过她与向晨的婚讯，于是对她说道："暂时还没有结婚的打算，不过我相信我们会结婚的……你呢，你和向晨准备什么时候结婚？"

"现在我的广告公司正在发展阶段，他的商贸公司也需要发展，所以我们暂时不考虑结婚。"

我点了点头，自嘲道："我们都在为事业耽误着婚姻，不过和你们相比，我的事业实在是算不上事业。"

"事无巨细，事业也一样，我相信，只要你愿意去奋斗，总有一天会站在商界的巅峰上，去俯视所有曾经看不起你的人！"

我又一次注视着简薇，因为从她这句话的语气中，我听出了她对那些曾经蔑视过我的人是如此厌恶，甚至超过了我自己对那群人的厌恶！可是，我真的有机会站在商界的巅峰上吗？

第 263 章

不怕拼命
怕平凡

对于简薇的勉励，我很郑重地点了点头，既然我已经为自己确立了目标，那么就要在汗水中不断探索和奋斗。这个晚上，简薇的胃口似乎很好，一连吃了两小碗米饭，而我也不过才吃了一碗。

简薇帮我舀了一碗蔬菜汤，问道："昭阳，胃口不好吗？"

"是你胃口太好了。"

"最近工作强度大，胃口好，身体才能好。"

我笑了笑，又问道："除了金鼎置业的业务，最近又接到大订单了吗？"

"我将金鼎置业支付的50%的预付款全部用来打通广告渠道了，都以大型户外广告牌为主，所以最近房地产和4S店的广告订单接到了不少。"

"那恭喜了。"

"现在恭喜还太早。等我的思美广告在业内比简博裕（简薇的父亲）的广告公司更具盛名时，你再恭喜我吧！"

我笑了笑，说道："你对你爸就直呼其名啊！"

"有什么好大惊小怪的！几年前不就这么叫了吗，当然，心情好，还是会叫他一声爸的。"

简薇的我行我素并没有引起我的反感，相反却让我有些心痛，因为她曾以这样的性格，为了我与她的父母闹得天翻地覆过。

吃完饭后，我和简薇漫步在街上的人群中，借散步消化着饱胀感。实际上，我们已经好些年没有这么悠然地漫步在街头了，可两人之间再也找不到当初在一起时的那种意境，因为我不愿意再随遇而安，她也不愿意在我的随遇而安中去找寻无拘无束的快感。走得累了，我们便坐在了街边的路沿上，我照例从烟盒里抽出一支烟点上，简薇则轻捶着自己的双腿，缓解疲劳。

一会儿后，她向我问道："明天就要和简博裕、杨从容叔叔见面了，是不是挺紧张的？"

我笑了笑，说道："说得好像去拼命似的。"

"明天你还真得拿出拼命的架势，那两只江湖老鸟，你没有这样的气势，是镇不住他们的。"

"我可以喊你霸气姐么？"

简薇面色认真地说道："昭阳，我没有和你开玩笑，身为男人，必须要有不怕拼命、怕平凡的觉悟。"

"行，明天就算当不成英雄，也要做一条好汉！"

简薇拍了拍我的肩膀，称赞道："好样的，姐欣赏你！"

"姐？"

简薇愣了一愣，说道："你刚刚不是要喊我霸气姐吗？"

"有问题，毕竟你比我还小上好几个月。"

"姐是由江湖地位决定的，年龄什么的就不要拿来作为依据了！"

在她与我斗嘴时，我下意识地将手放在她的头上，然后一顿胡乱拨弄。简薇抬头愤恨地看着我，我一阵惶恐，感觉自己的行为有些过界，可曾经的我们确实是这么闹的。我又意识到：自己和简薇独处的时间长了，会很容易

将过去和现在混淆，因为那关于过去的记忆，一直随着自己的血液在身体里流淌着。

我沉默了一会，才对简薇说道："抱歉，我不该把你的头发弄得那么乱。"

"以后别这么干了。"

"我知道。"

简薇注视着我，眼眶有些湿润，却笑着对我说道："其实弄乱了也没什么，只是你已经不能像从前那样为我梳回去了。"

我明白，这是简薇提醒我正视彼此现在的关系，但多少让我感觉有些悲伤。这个夜，我没有与简薇待太久，因为不想让自己困在回忆里，也不想让自己给米彩的保证，变成一个不负责任的谎言。

回到老屋子里，简单洗漱之后，我便躺在了床上，回想着刚刚与简薇的一些对话。她告诉我：男人怕的不是拼命，而是平凡。这句话从一个女人的嘴里说出来，委实霸气，也很有道理，而这些年我所欠缺的也正是这种气势，所以几年前，我从来没有以这种气势在简薇的父亲面前保证过什么，以至于从一开始，我就未能给他这个商界强人留下什么好印象。那时的我，总认为随遇而安就不错，为什么要在短暂的光阴中把自己弄得那么劳累和烦恼呢？尽管后来迫于压力，也在简薇去了美国之后努力过，可当她和我提出分手时，所有奋斗的动力便在顷刻间崩塌，从此走上了一条消极的不归路。我现在深刻明白：在我的骨子里，一直少了这种气势，所以曾经的自己才那么容易崩塌。

而现在呢？

现在，我真的害怕这种平凡，因为永远也忘不了米澜仗着一身财富在我面前耀武扬威的模样，也记得，自己去为米仲德祝寿时，没有人理会，只能独自缩在角落里的尴尬，更记得板爹、老妈、米彩、乐瑶，甚至是简薇对我的期待。想着想着，我便关掉了灯，在黑暗中为自己点上了一支烟，渴望在吸完这支烟后，浴火重生。

正当我沉浸在反思中时，再次收到了米彩的简讯，她也关心着我与杨从容的约谈。我很快便给她回了信息："我们约谈的时间定在中午，到时候会一起吃个饭。"

"嗯，专题宣传虽然很诱人，但你也不要给自己太大的压力，抱着一颗平常心去面对得失就好了。"

"平常心？你开什么玩笑！今天我就是抱着拼命的气势去的，不管他死活都得把这个事情给办成。"

"这不像你啊，你是怎么了？"

"不怕拼命，怕平凡！"

第 264 章

约谈

前夕

在我将那条表明自己无所畏惧的信息发给米彩之后，她立刻一个电话回拨了过来，这让我有些诧异，因为自从她去了美国后，我们之间一直有一个默契：不是特别重要的事情，是不会打电话沟通的。我接通了电话，并没有言语，只是等着米彩会对我说些什么。

"昭阳，为什么会忽然充满侵略性呢？"

我脱口而出："这个阶段太难了，我需要这样的侵略性，来破除挡在自己面前的坚冰。"

"商场是瞬息万变的，太强的侵略性，会让人丧失掉大局观。"

我笑了笑，说道："站在你所处的高度，大局观当然很重要，因为你除了会面对残酷的市场竞争，还有集团内部的矛盾，可我现在打理的仅仅是一间客栈，我所处的环境没有那么复杂，最大的敌人便是我自己，我很需要这样的侵略性来保持自己的优势。"

米彩沉默了一会儿才说道："也许是我多虑了！"

"你打电话就是为了提醒我这个事情吗？"

"不全是……还想听听你的声音。"

我一愣，才想起，这两天我有些忽略米彩，难道这种忽略也和自己过于渴望成功有关吗？我也说不上来，但这几天中，自己确实很忙，几乎少有空闲时间，所有的精力全花在与杨从容见面前的准备上，可米彩难道就不忙吗？

"怎么不说话了？"

我回过神来，带着些抱歉说道："我在想自己到底有多忙，已经两天没有

和你联系了!"

米彩并没有与我计较,转移了话题,说道:"给我唱首歌儿吧。"

"什么歌?"

"我头上有犄角,我身后有尾巴,谁也不知道,我有多少秘密……好了,我已经帮你开了头了,你接唱吧。"

我无奈一笑,这是一首曾经让我倍感尴尬的儿歌,现在米彩又让我唱,多半是给我的小小惩戒,所以说她是一个很聪明的女人,在给我留面子的同时,又会给予提醒。

我捏着嗓子,用童音唱了起来,米彩边听边笑……

在我唱完后,她说道:"谢谢你为我唱这首歌,感觉轻松了很多,下午会有一个好的状态投入到工作中了。"

"我以为你是借唱儿歌,惩罚我这两天没和你联系呢!"

"想太多了吧?"

"谁让你以前那么蔫坏,让我吃了多少苦头……"我的话只说了一半,便隐约听到电话那头,她的助理提醒她去参加商务会谈。

米彩应了一声后,匆匆结束了与我的通话。我将手机放在一边,回味着与米彩的对话,暂时忘却了明天将要面对的压力,这才恍然明白,或许这才是米彩让我唱儿歌的真实目的,而不是我所想的惩戒。

夜还不太深,我又从床上坐了起来,点上一支烟,悠悠抽了好几口,才想起在那皎洁的星空中找寻那座天空之城。很快我便放弃了,因为我深知,那座城池已经离现在的自己越来越远了,可到底是我迷失了,还是城池飘远了,我一点也弄不清楚。掐灭掉手中的烟头,却在烟雾弥散前的那一刹那,看到了那个长发垂肩的美丽女子,于是我盯着不远不近的她看了许久,然后问自己:这到底是那座城池消失前送给我的安慰,还是赠予呢?我的人生中没有比这个更复杂的问题了,我要好好想想……

次日,我一早便起了床,洗漱之后,驱车赶到与简薇约好的早餐店。点好早餐后,等了大约五分钟,简薇也到了,她在我的对面坐了下来。我将一屉小笼包递到她面前,她很客气地对我道谢,又问我感觉如何。

"兵来将挡,水来土掩,很淡定的感觉。"

简薇笑了笑,说道:"那就好。"

我点了点头,随即拿起筷子吃起了早餐,可心中并不像自己说的那么淡定,实际上我是排斥与简博裕见面的,可是现在没有办法拒绝,只能寄希望于中午见面时，将他当成一个普通的约谈对象，而不会想起他曾经站在制高点给我的拒绝。简薇的胃口似乎不像昨天晚上那么好，只吃了一个小笼包，喝了一杯豆浆，便结束了早餐。我不想让她久等，便加快了吃早餐的速度。

"昭阳，上午十一点半才是约谈的时间，你慢点吃，不赶时间的。"

"那你也再吃一点吧，到中午还有好几个小时呢！"

"没什么胃口。"

"怎么了？"

"想起要见简博裕就没胃口。"

我笑了笑，说道："你开玩笑的吧？"

"谁和你开玩笑？我已经一个多月没回过上海了。"

我试探着问道："说实话，我也很反感你爸爸，但是现在的你还有必要与我同仇敌忾么？"

"你这说法不对，我之所以不愿意见他，是因为他在我小时候就给了太多不是我想要的生活。"

简薇的这个解释实在是毫无破绽，我点了点头之后，便不再去想这个问题。又过了片刻，我吃完了早餐，因为时间比较充裕，我和简薇并没有立即离开早餐店，而是趁空隙休憩着。

我看了看时间，刚过早上八点，这个时候身在纽约的米彩应该已经结束了工作，便恶作剧般给她发了条微信："马上就要去上海了，忽然很紧张，你赶紧唱首歌儿让我放松一下。"

第 265 章

不留情面的

面谈

在我将信息发出去片刻后，米彩给我回了一条语音信息，她给我唱了一首《蓝精灵》，这又是一首深深烙印在我们童年记忆里的歌曲。她唱儿歌有一个特点，即便你很努力去分辨，她的童音仍然毫无破绽，这可能和她原本就

清亮的嗓音有关，而像我这种常年抽烟的，完全唱不了。

我一边听一边笑，简薇有些好奇地问道："这是谁唱的啊？"

"米彩。"

"哦，这是你们之间的小游戏？"

我抬起头看着简薇，半晌点了点头。简薇没有再发表多余的看法，抬手看了看表，说道："咱们提前去上海吧，我们等他们没关系，不能让他们等我们。"

我点了点头，去收银台买了单后，与简薇一起离开了早餐店。

一路上我们的车速都不快，饶是这样，到达上海时，也不过才十点，距离约定的时间还有一个半小时。简薇订了一间钟点房让我休息，自己则回了家，说是很长时间没有见她妈妈了，正好趁这个空隙见一下。她离开后，我便一个人待在房间里，中间又收到阿峰的短信，他告诉我，已经有不少商家愿意加入我们的"完美旅游套餐计划"。

我当即问道："你是不是给这些商家什么承诺了？"

"我只是提起针对这个计划可能会有一个专题广告，当然不会现在给他们什么承诺。"

阿峰的回答，让我稍稍放心，实际上自己的这种敏感，恰恰是没有自信的体现，这种自信的缺乏并不是因为害怕面对杨从容，而是简博裕，因为曾经的自己在他面前是那么一无是处。

一个小时很快过去了，我驱车向约定的酒楼驶去，到达后将车停在酒楼对面的露天停车场。准备打开车门时，一辆黑色的奔驰350也向停车场驶来，车后紧跟着的是简薇的那辆凯迪拉克CTS。我做了个深呼吸后打开了车门，然后站在中午的阳光下等待着。

简薇率先从车上下来，走到了我身边，轻声说道："那辆车里坐着的就是简博裕和杨从容叔叔。"

我点了点头。奔驰车的司机将车停稳后，赶忙下车打开了车两侧的后门，然后两个中年男人便从车上走了下来，其中一个是我认识的简博裕，那么另外一位必是杨从容了。简薇帮我理了理有些皱的西服，又给了我一个鼓励的眼神，示意我去和他们打个招呼先。我看了看简博裕，三年的岁月似乎没有在他的脸上留下什么痕迹，尽管已经年过五十，可看上去也就四十刚出头的模样，而那一头意大利式短发，配上一身商务正装，更显商场上磨砺出的干练。

简薇似乎没有告诉简博裕见面的对象是我，所以乍然见到我，他的表情除了意外，更是阴晴不定。我逼迫着自己喊他一声简叔叔，却怎么也不能忘怀过去，就这么僵愣着。

这时简薇终于开了口："简总，给您介绍一下，这位是昭阳先生，上次那个摔裂生活的宣传主题，就是他为您爱徒所在的金鼎置业构思出来的。"

这似乎是简薇给我们找的一个可以下的台阶，于是我对简博裕说道："幸会，简总。"

简博裕只是点了点头，然后责备地看了简薇一眼。我又和杨从容打招呼，他似乎并不知道我们之间的恩怨，很友好地向我伸出手，说道："那个摔裂生活的宣传主题我有耳闻，虽说只是一个概念，但也是打破常规思维的一个典型……听说你那天为了表述这个主题，当真在客户面前摔碎了一只杯子。"

我点了点头。杨从容冲我竖了竖大拇指，说道："这样的狠劲，哪怕在年轻人中也不多见了，希望这次你能给我一个惊喜。"

我还没有开口，简薇便将话接了过去："杨叔叔，我相信昭阳已经做好了准备，我们一起拭目以待。"

杨从容笑着点了点头。

简薇又向简博裕问道："简总，你怎么一直沉默着？……容易旅游网的发展瓶颈也是困扰了你很久的问题，难道你一点都不期待吗？"

这明显带着针对性的发问，让简博裕很尴尬，他半晌才对简薇说道："不期待我就不来了，进去说吧。"

进了酒楼的包厢内，一行人围着餐桌坐了下来，为了方便交流，我和杨从容坐在了一起。

我们没有闲言碎语，高效地进入到商务交流的状态中，他对我说道："谈谈你对我们容易旅游网的看法吧。"

我点了点头，说道："容易旅游网是中国最大的自助旅游网，但是与其他竞争对手相比，优势并不明显，但我觉得这并不是坏事，因为这是杨总极其渴望打破发展瓶颈的最大动力。"

杨从容点了点头，说道："你说得没错，竞争对手不断赶超，确实给了我们很大的危机感，你继续说。"

"我想在大环境中聊一聊容易旅游网的发展现状……目前，网站的定位只是一个发布信息的平台，因为不具备生产力，功能很单一，这就是遭遇瓶颈的最大症结。"

稍稍停了停，我又说道："网站现在主要的功能，除了发布旅游信息，便是在线下帮助各大景区出售门票，因为本身没有生产力，很难去挑战生产商的价格体系，所以很多时候是被动的，极端一点说，只是旅游生产商拓展的一个销售渠道，本身是没有核心竞争力的！"

我这番话说得极不留情面，等于从根本上否定了容易旅游网现行的经营模式。杨从容的脸色有些难看，以至于简薇面露紧张之色地看着我。压抑的气氛，并没有给我造成太多的心理负担，我只是不动声色地等待着……

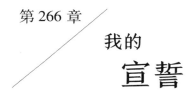

第 266 章

我的

宣誓

杨从容用手指有节奏地敲击着桌面，半晌点了点头对我说道："虽然我不愿意承认，但你说到的这些问题确实都存在，也是我们必须要正视的……你继续往下说，我愿意洗耳恭听。"

杨从容的认同终于让对面的简薇松了一口气，而我自始至终都没有产生一丝紧张的情绪，因为一个领袖，不能接受不同的声音，那么他一定是不合格的，如果杨从容连这点度量都没有，便不可能将容易旅游网做成全国最大的自助旅游网站。我稍稍理了一下自己的思路，又说道："我们可以将容易旅游网定义为 b2c 的商务性网站，在现在的市场大环境中，电子商务平台也确实是零售业的新宠，但其体验性差，交易安全性保障难，这些天然的缺陷也是不可忽视的……当然，传统零售业的自身缺陷也不少，所以无论是电商还是传统零售商，都在规避自身的缺点，向对方的领域渗透着，所以在这个背景下又诞生了一种 o2o 的销售模式……我认为容易旅游网一定应该是 o2o 这种销售模式的探路者……所以，我们除了做传统的线下商务旅游网，也要有自己的生产能力，让网站向多功能化的方向过渡，形成真正的核心竞争力。"

杨从容托着下巴思索了一会儿，对我说道："我想具体听你谈谈所谓的生产力。"

我一针见血地说道："所谓生产力，就是以旅游网为核心，大力发展衍生产品，做属于自己的实业，比如生产相关旅游用品，开设线上的旅游用品店，在景区内发展自己的酒店，让线上和线下两种模式互相渗透，最终在自身体系内形成一个完整的旅游产业链。"

杨从容看着我，却并没有急于表态，而这时我终于有了紧张的感觉，因为以上这番言论，只是基于我个人的判断，并没有实际的数据作为支撑，不过话又说回来，如果有据可依，那便不叫创新了，所以有了思路后，考验的往往是领袖的决策力。

终于，杨从容对我说道："这的确是一个新的发展思路，但是按照这个思路去发展，需要多少资金你想过吗？……我们容易旅游网，发展至今，一共经历了三轮融资，这最近的一次也不过是拿到了 2000 万美元的投资。"

我笑道："以您在业内的威望，只要您有信心去做这件事情，融资并不是什么大问题，当然，出于稳妥考虑，也可以保守一点去执行这个思路。"

"怎么个保守法？"

"比如开设景区酒店这个项目，便可以小面积地试点经营，验证这个思路的可执行性。"

杨从容看着我，点头笑了起来，说道："你这个年轻人的思维还真是缜密啊……恐怕引导我开设景区酒店才是你真实的目的吧？"

我看了看简薇，难道她已经对杨从容说起过我是做景区客栈的？简薇给了我一个眼神，示意她说过。我呼出一口气，让自己放松些，说道："杨叔叔，我得承认，我的确在西塘的景区开设了一家客栈，不过我可不敢奢望能够成为你们容易旅游网的试点酒店，因为这间客栈的天然缺陷非常多，真正的目的，只是希望可以在你们网站上做一期广告专题。"

杨从容饶有兴致，问道："说说看，你希望在我们网站上做一个什么样的专题广告？"

我当即将最近正在准备的"完美旅游套餐计划"告知了他。

杨从容笑了笑，说道："从本质来说，你这套计划就是一个变了形的联合营销，可以说是迎合了部分游客的需求，但从另一方面来说，也存在捆绑销售的嫌疑，你自己意识到了吗？"

我点头道："您说的问题确实存在，但我们小商家最大的优势就是灵活和机动性，我们有充分的空间条件将这样的捆绑销售转化成口碑销售。"

听我说完，杨从容称赞道："你这个年轻人分得清经营中的优势与劣势，

也很会利用自己的优势去规避劣势，这一次我选择相信自己的眼光，给你的客栈一个机会……"

稍稍停了停他又说道："也希望你能利用这次机会，逆转客栈的经营，如果你能交出一份优异的答卷，以后做我们容易旅游网的试点酒店，也不是不可能！"

简薇下意识地将身子向前探了探，问道："杨叔叔，这么说，您是同意帮昭阳的客栈在你们网站做一期专题广告了？"

杨从容认真地点了点头。

简薇又试探着说道："我得事先声明，他可没钱支付您的广告费用！"

杨从容看了看我，说道："如果他真的有钱支付这笔费用，也就不需要跑到西塘去开客栈了……这期的广告就算我送给他的回报，今天他的这番话对我来说还是很有帮助的，最后用不用，另说，但至少给容易旅游网以后的发展提供了一个思路。"

得到杨从容的保证后，简薇很是高兴，当即鼓掌说道："合作愉快。"

我心中终于松了一口气，起身与杨从容握了握手。在我准备坐下时，简薇却起身拉住我的衣袖说道："昭阳，你现在当着简博裕的面告诉他，你一定会将这个客栈做成全国知名的景区连锁客栈。"

我有些措手不及，而简博裕比我更加措手不及，我们以同样的目光看着简薇，但却心知肚明，她为什么要这样做。我深知有杨从容在场的情况下，不适合在简博裕面前宣誓什么，但想起过去的种种，心中一阵压抑，终于笑着对简博裕说道："我很感激简薇将我引荐给杨从容叔叔，让我的客栈有机会拿到容易网的广告资源，所以为了不辜负她，我一定会将这个客栈经营好的，目标就是全国知名的景区连锁客栈。"

简博裕面色极其难看，终究也没有发作，只是对我说道："年轻人不要太恃才傲物。"

简薇意味深长地笑了笑，说道："简总，你现在承认他有才了吗？"

简博裕面色更加难看，可能碍于杨从容在场，只能对简薇说道："薇薇，不要这么任性，更不要把个人的情绪带到这样的商务场合。"

杨从容终于意识到了些什么，他解围道："老简，你下午不是有个会议要参加吗？差不多就赶紧去吧，别耽误了。"

简博裕点了点头，避开了简薇相逼的目光，随即拿起公文包向门外走去。

第 267 章

每个人心中都有

秘密

　　简薇的目光一直追随简博裕离去的背影，直至完全从视线中消失，她才怅然坐回到餐椅上，笑着对我和杨从容说道："杨叔叔、昭阳，我们继续吃。"

　　看着简薇强颜欢笑的模样，我心中莫名难受，却不知如何安慰她。午餐结束后，我驾驶米彩留给我的那辆 CC 送杨从容去机场。

　　一路上我专心驾驶，坐在后座的杨从容则闭目养神。直到快到机场的时候，他才开口向我问道："小伙子，你和薇薇关系不一般吧？"

　　他的发问让我有些意外，但还是坦诚地说道："我们曾经在一起过。"

　　杨从容一副意料中的表情，叹息道："恐怕是烛残人未觉吧……唉！老简这辈子最大的错误，就是生了一个烈火一样的女儿，可他偏偏不给这把烈火燃烧的氧气……"

　　这又是一个来自旁观者的感慨，可是我却不愿意深入体会这番感慨的含义，因为有些事、有些人、有些感情，已经散了。

　　送走了杨从容，我又一次回到苏州，先是帮老屋子里的花草浇些水，然后打电话约简薇一起吃晚饭，毕竟这次她帮了客栈一个大忙。同时为了避免与简薇单独相处，我又打电话邀请方圆和颜妍，这次他们总算有时间了。

　　傍晚时分，我先去酒楼订好了包厢，片刻后方圆和颜妍夫妇便准时到了，我们一边闲聊，一边等待还在处理公司事务的简薇。好几杯茶水下了肚，简薇也没有来，我便与方圆一起去了酒楼的卫生间。小解过，烟瘾犯了的两个人索性站在卫生间的外面抽起了烟。

　　吸了小半支烟，方圆向我问道："你这次专程请简薇吃饭，还拉上我和颜妍，到底是为了啥？"

　　我倚着墙角深吸了一口烟，重重吐出后说道："她这次帮了我一个大忙，请她吃饭不是理所应当的么？"

　　"但又不愿意单独请她，所以就拉上了我和颜妍？"

　　"是，有些可能产生的误会能避免就避免吧，现在我和她之间，一切都是公开透明的。"

方圆出人意料地回了一句："太刻意了，反而显得过犹不及。"

我皱了皱眉，说道："你什么意思？"

"有些感情虽然模糊了，但只是模糊了，并不是消失了。"

"别说这些搅浑水的话。"

"这是搅浑水吗？只是提醒你，其实你和简薇就像两个被囚禁在深渊中不得救赎的人。心思隐藏得再深，也会被时间这个无情的机器给凿出来……这点对于你，对于我，对于简薇都一样，因为每个人心中都有秘密。"方圆说着重重地吸了一口烟。

方圆的这番话让我觉得很不对劲，却并不想去弄清楚到底是哪里不对劲，于是陷入到沉默中。

方圆又想起什么似的，说道："对了，有件事情得告诉你……"

"你说。"

方圆面露挣扎之色，这更勾起了我的欲望，催促道："你倒是说啊！"

方圆又点上一支烟才对我说道："听说那个蔚然昨天去美国了。"

我下意识地回了一句："他去美国不是很正常嘛！"

"这个时候去真的正常吗？"

我心中当即愣了一下，问道："你是怎么知道蔚然这个人的？"

"卓美幕后的投资人之一，我怎么不知道？"

我皱眉问道："就算如此，那他的去向，也不是谁想知道就知道的吧。"

方圆沉默了半晌，说道："……是米斓告诉我的，这次他去美国除了帮助卓美上市，还有就是……"

方圆没有再说下去，但是他要表达的已经不言而喻了，毕竟蔚然追求了米彩数年，又怎会轻易放弃，而米彩也从来没有与他保持过距离。可我真的有必要提心吊胆吗？我想经历了这么多后，我可以做一个在爱情中有分寸的男人，给予米彩足够的信任，于是转移了自己的注意力，说道："她连这样的事情都和你聊，你和她走得很近嘛！"

方圆变得有些不自然，半晌才说道："只是朋友。"

"我希望你永远也不要辜负颜妍这个糟糠之妻。"

"我不会辜负的。"

我点了点头，没再多言，因为每个人心中都有秘密，而总有一天，时间会将这些秘密悉数凿出来，最后是恶是善自有定论。

我和方圆吸完两支烟后，终于回到了包间里，而几乎同一时间简薇也拎着手提包从另一个角落走了过来，打了招呼之后，三人一起进了包间。

包间里，颜妍有些无聊地玩着手机，见我们回来了，有些不满地问道："你俩怎么去了那么久？"

我笑了笑，答道："抽了两支烟。"

"两个瘾君子！"

这次我和方圆一起笑了笑，简薇也放下了自己的手提包，从服务员手中接过菜单，开始点起了单。不久，饭菜便上齐了，只是让我们意外的是，除了饭菜还有十几瓶啤酒。

颜妍对简薇说道："你怎么点了这么多酒啊，这都开着车呢！"

"放心吧，这酒楼有代驾的……今天高兴，就是想喝酒。"

方圆与颜妍对视了一眼，很是不解。简薇却已经为我们每人都倒上了一杯酒，举起酒杯对方圆和颜妍说道："你们知道吗？今天昭阳和容易旅游网的CEO见了面，他的见解真的很好、很独特，杨叔叔离开后还给我发了一条信息称赞他呢！……我就知道他一定不会让我失望的。"

简薇说完后，便一口气喝掉了一整杯啤酒，可能第一杯还不适应，以至于呛到了自己，可是她脸上仍带着笑容。这一幕让我百感交集，什么话也没有说，也端起酒杯一口喝掉了杯中酒。

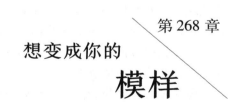

第 268 章

想变成你的

模样

见我和简薇都将杯子里的啤酒喝完，方圆夫妇也端起杯子喝完，简薇又在第一时间将空了的杯子全部续满。她举起杯子对我们说道："今天我高兴，你们都要陪我喝尽兴了，听到没有？"说完又一口喝掉了杯中酒，再次拿起酒瓶准备给自己倒上一杯。

颜妍按住了简薇的手，劝道："薇薇，我们知道你今天高兴，但不一定要靠酒来助兴，是吧……我们可以去唱歌，或者去购物也行啊！"

简薇只是用眼角的余光看了看颜妍，然后拿开了颜妍的手，给自己倒上了一杯。我很是不解，难道她如此喝酒，真的仅仅是为了今天的事情感到高兴，还是说，她心中藏了什么事，要用这种方式去宣泄？

就在简薇准备喝第三杯酒时，颜妍也将自己的杯子倒满，笑了笑道："既然你这么想喝酒，姐们儿陪着你。"

方圆又制止颜妍："你少喝点酒。"

颜妍并没有理会方圆，端起装满啤酒的酒杯，仰起头便一饮而尽。简薇好似找到了酒逢知己千杯少的感觉，立刻给自己和颜妍又倒满一杯，完全视我和方圆两个男人如无物。这种表现反而让我和方圆不敢喝太多的酒，因为已经可以预见她们会喝高，所以我和方圆肩负着妥善安置她们的责任。

果不其然，这个夜晚她们真的喝高了，方圆背着颜妍出了酒楼，简薇的酒量略微好一些，所以我只是搀扶着还有一些意识的她。代驾已经坐在车里等着我们，我和方圆看了看彼此，瞬间在对方的眼神中读到了一种惊讶。想想几年前，恰恰是颜妍和简薇照顾醉酒后的方圆和我，可现在却互换过来了。

方圆冲我无奈一笑，随后将颜妍送进了车里，而我也将简薇搀扶到她的那辆凯迪拉克里，替她系好安全带后，则坐到了副驾驶座上。代驾通过后视镜看了看独自坐在后座的简薇，有些疑惑，想必他以为我和简薇是情侣。

简薇依旧住在那个离护城河不远的小区，在快要到达时，她让代驾将我们在护城河边放了下来。她蹒跚着向护城河边走去，我紧跟着她的脚步，生怕她跌倒。我搀扶她走到一块平坦的草地上，她忽然挣脱我的手，张开双臂直直躺在了草地上，嘴里嘀咕着："风吹得真舒服啊！"

看着她很爷们的睡姿，我忍不住笑了，推了推她，说道："河边湿气重，你躺一会儿就回去休息啊。"

简薇没有理会我的提醒，却向我竖起了白皙又修长的食指和中指。

我有点不太肯定地问道："你是问我要烟？"

"对，给我烟。"

"不给，你会抽吗？"

遭到我的拒绝后，简薇狠狠地掐着我腰间的肉，钻心的疼痛让我直皱眉头，对她说道："你看看自己酒后失态成什么样子了！"

简薇并没有松开我，手中又用了一分力："你凭什么教训我？……你自己每次喝完酒不都这个死样子么！"

"我是男的，酒喝多了，路边就能解开裤子撒尿，你行吗？"

"我怎么不行！有时候太爱一个人，就特别想变成他的模样……想像他那样喝酒，像他那样抽烟，像他那样躺着……"

我确定此时的自己是清醒的，所以我没有听错，可却不敢肯定简薇有没有说错，于是就这么傻愣着，将她的那句话想了一遍又一遍，直到自己的手机铃声响了起来。我没有立即拿出手机，而是看了看简薇，此时她已经被酒精麻痹得昏睡了过去，她双手放在胸口，呼吸均匀地蜷缩着。我将自己的外套脱下来盖在她身上，这才从口袋里拿出了手机，这个信息是米彩发来的。

"昭阳，今天早上的阳光真好，你那边呢？"

我抬头看了看天空，一片漆黑，连一颗星星都没有，空气中充满了潮湿的味道，但还是给米彩回了这么一条信息："我这边的月色也不错啊！"

米彩几乎是秒回："快拍一张照片来看看。"

我之所以说月色不错，只是想给她一幅可以想象的很美的画面。无奈之下，我只能走到护城河的栅栏边，捡了一个石块扔进河里，于是那倒映在河面的灯光便碎成了一块块，我拿起手机将这幅画面拍了下来，并发给米彩。

"为什么要拍倒映在河面的月亮啊？还是不完整的！"

我只得又找借口回道："风有点大，河面晃了，月亮也跟着晃成了一片片。"

米彩过了许久才回信息，却转移了话题："那你记得给屋子里的花草浇水。"

"马上回去浇。"

米彩回了一个微笑的表情："对了，你今天和杨从容约谈的结果怎样？"

"他同意让我的客栈在他的网站上做一期专题广告。"

"那太好了！"

"今天是个好日子，我们都有贵人相助……听说蔚然也去美国协助你完成卓美的上市工作了？"

发完这条信息，我便将手机放回口袋里，然后回到简薇的身边，轻轻推了推她，她却睡得很沉。我只得将她从草地上抱了起来，向河岸边走去……信息的提示音再次响起，我却腾不出手在第一时间查阅了！

第 269 章

余情
未了

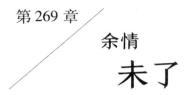

夜色中，我就这么抱着简薇向她住的小区走去，这个时候我真庆幸简薇在还有意识前告诉了我她的住址。进了小区后，才发现她住在六层，还没有电梯，我有点崩溃，只得先将她靠着墙角放了下来。稍稍休息了一会儿后，我才抱起简薇向楼上爬去。

到了六层，我从简薇的手提包里拿出钥匙打开了门，又摸索着开了灯，然后跌跌撞撞地将她抱进了客厅，平放在沙发上。我给自己倒了一杯水，以最放松的姿势仰靠在沙发上，恢复着已经透支了的体力。喝完水，我从口袋里拿出手机，看米彩发给我的信息。

"是的，他来美国了，有一个环节需要投资方的配合，他的公司现在是卓美最大的投资方之一。"

我笑了笑，给她回了信息："你干吗解释得这么到位啊？"

"因为害怕你会介意啊！"

"不会。"

米彩回了个难过的表情，没有文字。

"怎么就难过了？"

"你一点也不在乎我！所以你才会不介意！"

我下意识地抹了抹脑门上的冷汗，正犹豫着要回一条什么样的信息，去"镇压"住她这种小女人心态时，简薇的手机在她的手提包里响了起来。我并不打算替她接，依旧给米彩回着信息，可铃声却锲而不舍地响着。我生怕这是一个与她工作有关的紧急电话，终于起身从她手提包里翻出了手机，可在看到来电的那一刹那，整个人立马就僵了——这个电话是向晨打来的。我实在是没有道理去接这个电话，这么晚，简薇喝醉了，我陪着她，这不是找误会吗？就在我准备将手机放回简薇的手提包时，信息提示音响起，我下意识地看了一眼，仍旧是向晨发来的："薇薇，能不能接我的电话？能不能不要这么冷淡地对我？……我现在正在去苏州的路上，还有十分钟就到你住的地方，我希望你会为我开门，我们之间好好谈谈，可以吗？"

　　我足足愣了30秒，忽然意识到自己只剩下9分30秒离开的时间，赶忙将手机放回到简薇的手提包里，头也不回地向门外走去。夜色中，我又回到了护城河边，从来没有觉得人生是如此可笑，为什么我要如此狼狈地从简薇的家里逃离？是因为自己有了米彩，还是因为简薇有了向晨？也许都不是，不过是从前那坦荡的岁月，已经死在了时间这个慢性毒药中。

　　压抑中为自己点上了一支烟，我才想起还没回米彩的信息，可是此时不太想回信息，于是将手机放回口袋，就这么没有情绪地坐着。忽然，向晨给简薇发的那条信息，又突兀地出现在我的脑海中，我几乎不用琢磨，便知道他和简薇之间又有了矛盾，而且被简薇再次冷落着。

　　我并不傻，结合简薇最近的言行举止，我深深意识到，我们之间或许还有未了的余情！可是，又有很多地方是无法解释的。如果简薇还爱着我，为什么那天在方圆和颜妍的婚礼上会接受向晨的表白？为什么当初在美国又坚决地与我提出分手，甚至连个理由都没有？然后又想到了米彩，如果我一味去探究自己与简薇之间那些未曾得到答案的疑惑，这是不是一种对米彩的不尊重？可是，有一点是毋庸置疑的，曾经，我所认为的不再爱简薇，只是基于她不再爱我。当判断出她还有可能爱着我时，那没有死透的心，好似瞬间又产生了爱的动力。因为付出过的真心，不是说收回就能收回的。三年的刻骨铭心，又三年的日夜思念啊！……如果这六年是一种毒，我真的没有能力为自己解了这毒。我茫然了，我不知道该怎么办。

　　回到了米彩的那间老屋子，身体找到了家的安然，可灵魂好似被米彩拿着一根纯洁的鞭子抽打着。我感觉自己不能再待下去，帮阳台上的花草浇了些水后，便匆匆离开了。我打电话给罗本，这个时候我想和他这个同病相怜的哥们儿聊聊。

　　罗本告诉我，他又住回到曾经那个简陋的屋顶隔层上。这样更好，至少我不用面对与米彩关系最亲密的CC。片刻之后，我便来到罗本的住处，也没有敲门，从钱包里抽出一张银行卡，往老式的锁缝中一插，门便被打开了，只见罗本仰躺在床上抽着烟。

　　我用脚踢了踢床，他才扭头看着我，然后掐灭掉手中的烟，问了一句："你够牛逼的啊！怎么进来的？"

　　我扬了扬手中的银行卡。罗本没有再言语，只是给我扔了一支烟。我没有抽，夹在手上，问道："怎么又住这里了？"

　　罗本好似本能反应般答道："想她了。"

我故意咋呼:"你对得起 CC 吗?"然后面露渴望之色看着他,因为他给我的答案可能会为身陷旋涡中的我解惑。

罗本半晌才说道:"对不起也要想……怎的? 想替 CC 打抱不平?"

我摇了摇头,说道:"这个世界上谁都有资格替 CC 抽你俩大嘴巴,唯独我没资格!"

罗本一副了解的表情点了点头:"你是没资格!"

我没有言语,坐在床边的椅子上,终于将一直夹在手中的烟给点燃了,与罗本相对无言地抽着。然后,我的手机铃声便响了起来,是米彩打来的越洋电话,直到现在我依然没有给她回复那条信息。

第 270 章

飞蛾扑火

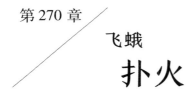

响起的铃音,让握在手中的手机好似变成了一只烫手山芋,因为从自己的内心来说,我是不愿意向米彩撒谎的,可是为了让我们之间保持这难得的风平浪静,我又必须用谎言去维持着。罗本踢了我一脚,说道:"你倒是接啊,这铃声吵得我头疼。"

我盯着罗本,忽然就将手机递到他手上,说道:"你先帮我接。"

"谁的?"

"米彩的。"

罗本从我手中接了过去,打开了手机免提,然后说道:"我是罗本。"

"罗本哥啊! 怎么是你接电话的,昭阳呢?"

"在我旁边站着呢!"我恨不能一脚踹向罗本。

米彩稍稍沉默后,问道:"那他怎么不接电话啊?"

"我有点事儿想和你聊,咱们聊完了你再找昭阳吧。"

"嗯,你想和我聊什么?"

我心中松了一口气,只是心中愈发好奇,罗本会和米彩聊些什么。

罗本吸了一口烟后对米彩说道："我不想再自欺欺人了，我对 CC 实在没有男女之情。"

米彩不知是没有听清，还是在愤怒中质问罗本："你再说一遍。"

"我对 CC 没有男女之情，我不想再自欺欺人了。"

米彩很久才回道："你不去告诉CC，为什么和我说这些?"

"我就想让你站在女人的角度告诉我，我该不该去和 CC 坦白，我心里是不想伤害她的。"

"我不知道，但是，无论如何你都已经伤害到CC……罗本哥，你真的不是一个好男人!"

罗本沉默……我终于在他的沉默中，拿起了电话，关掉了免提，对米彩说道："喂，我是昭阳，罗本无话可说了!"

米彩在电话里哽咽道："昭阳，CC 那么在乎他，他不能这么对CC!"

"是啊，他真不是人!"我如此说了一句，却更像在骂自己，"其实……他也是个可怜的人，他的痛苦不会比 CC 少。"

"我知道，他忘不掉自己的前女友。"

"连你都看得出来，CC 难道看不出来吗? 所以……"

"可是 CC 明明知道，为什么还要和他在一起?"

"因为有一种爱情叫作飞蛾扑火! 也许 CC 早就知道这段爱情的结局了!"

米彩沉默……

"别想太多了，你现在的注意力应该在工作上……我，我也是!"

"嗯……那你早些休息吧，我去吃午饭了。"

我也叮嘱她："在那边一定照顾好自己，工作强度那么大，饮食一定不能马虎。"

米彩轻声答道："我最近经常想着回国后，能够吃到你为我做的饭，想着这些，也就不觉得工作有多累了!"

"嗯……都做你最喜欢吃的。"

米彩终于开心了些，又和我聊了很多关于生活中的事情。

我又想起她的事业，问道："这次你是不是已经做好了背水一战的准备?"

米彩一点也没有向我隐瞒，说道："嗯，这次筹备上市，除了为企业融到继续发展的资金，另外就是稀释叔叔在卓美的股份，我已经准备好了资金通过其他渠道接收他这部分被稀释的股份了。"

尽管和米彩在通电话，但我还是下意识地点了点头，米彩推动卓美上市

这一招直接掐住了米仲德的要害，因为上市会给卓美现有股东带来巨大利益，米仲德想反对也不行，而一旦上市，持原始股的股东，股份被稀释也是必然的，这一番运作后，如果米彩的背后有足够的资金作为支撑，便可以达到彻底抑制米仲德的目的。

"加油！"

"嗯，你也要加油，期待你的客栈会成为你成功的第一站！"

结束了与米彩的通话后，我终于放松了紧绷的神经，也给自己找了一个解放的理由，现在的我不应该把过多的注意力放在情感上，我应该全力以赴去做自己的事业，想必简薇也是这么希望的。

简单洗漱之后，我在罗本的旁边躺了下来，沉默了好一阵之后才对他说道："其实，我也遇到了类似你的问题。"

"我知道，要不然你不会来我这儿，不过我们的情况是有区别的。"

"什么区别？"

"我对 CC 始终没有过男女之情，但是你对米彩有……而且米彩和 CC 的情况不一样……她比 CC 更辜负不起！"

我有些怅然，在怅然中想起了米彩的身世和她的敏感，如果我真的辜负了她，会让她生不如死吧！

见我沉默，罗本又说道："还有一点也有区别。"

"你说。"

"简薇弄不好还对你有余情……我的那位前任，却音讯全无，说不定已经结婚了。所以你的情况明显要比我复杂得多啊！"

经他这么一分析，我不得不服，真不希望会有做选择的一天。

罗本好似看穿了我的担忧，又安慰道："放心吧，你的那个前任，如果要让你选择，早就让了，不会等到今天的……你就把心收收，好好和米彩在一起，这样的女人你胆敢伤她丝毫，你自己都过不了自己这一关！"

想着米彩被自己伤害后的模样，我仿佛被万箭穿心，想想都受不了。

第 271 章

告诉我你的
姓名

次日一早，我便离开了罗本的住处，驱车赶回了西塘。可以预见，自此之后，我将迎来人生中最忙碌的一个时期，因为我要充分利用杨从容给的这次机会，将客栈的经营带到一个新的高度。

将车停在了客栈旁的柳树下，我并没有立即进客栈，而是打量着客栈招牌下多出的一个支架黑板。黑板上歪歪扭扭地写了一则招牌信息，还有一个今日特价房的公告，这让我很是欣慰，我相信这是出自童子之手，虽然不会暂时改变经营现状，但至少证明他将心思放在客栈的经营上了。我满意地点了点头，走进客栈内。童子面露喜色地说道："阳哥，你终于回来了，我快扛不住啦！"

"这两天辛苦了，晚上我请你泡吧，让你放松一下。"

"好耶，这两天可把我给憋死了！"

我笑了笑，问道："昨天客栈的生意怎么样？"

童子颇自豪地说道："昨天租出了五间客房呢！"

我并不感到意外，毕竟昨天是周末，再加上渐渐进入到旅游旺季，这样的入住率已经是偏低了，像这样的旅游旺季，如果达不到70%的入住率，很可能会亏本，尤其是我们这种高额房租成本的客栈。为了不打击童子的热情，我还是点头表示赞许，说道："不错，对了，屋外的小黑板是你弄的么？"

童子一副神神秘秘的模样，笑道："是有高人指点！"

我很好奇地问道："哪里来的高人？"

"就是那个我们在河边见到的红衣女人啊，昨天她来我们客栈了。"

我顿感不可思议："啊！那她现在住在我们客栈里吗？"

"本来是打算住的，可她看了房间之后，又觉得不满意，说我们的客栈太单调了，然后留了些建议，就走了……不过，她的建议真的挺管用的，她让我每天准备一两间特价房写在黑板上，真的就有游客冲着特价房来了。"

由于我一直专注在"完美旅游套餐计划"的实施中，所以客栈的前期并没有采取什么促销措施，虽然红衣女人给的只是最简单的促销建议，但却是一种细节化经营的体现，想来她的本意，也是提醒客栈要注意细节化经营。

想到这里，我对童子说道："你现在去黑板上再写一条公告，凡是入住我们客栈的，都可以在黄昏时分，获赠一杯免费的温情咖啡。"

童子一副明白的表情，笑眯眯地拿起粉笔，向门外的支架黑板处走去。

这个上午和下午，我待在客栈寸步不离，将"完美旅游套餐计划"又进行了一次完善，然后打电话叫来阿峰。阿峰风风火火地赶到了，言语中颇为关切地问道："昭阳，我联系的那些商家都在等着你的消息呢，你和容易旅游网那边谈成了吗？"

"谈成了。"

阿峰面露喜色，我又对他说道："你现在把这些商家的名单给我，我花两天时间去体验一下他们的服务和饮食，然后再筛选一下。"

阿峰有些担忧地回道："如果筛选的话不太好吧，毕竟之前已经联系过了，大家又是左邻右舍在一起做生意的！"

我摇了摇头，坚决对他说道："阿峰，我们即将要执行的是一个号称完美的商业计划，在商言商，自然要按照商业规则来，我希望我们在实施这个计划时，能够真正给游客们提供最好的服务，这样才能赢得最好的口碑，也让我们这个临时组建的小集团，区别于其他商家，形成绝对竞争力，成为西塘景区的商家代表。"

在我这番劝说后，阿峰终于打消了顾虑，当即找到纸和笔，将那些商家的名单列出来交给我，又问道："昭阳，这个计划到底有多大的成功把握？"

"看你对成功的要求了，如果只是想通过这个计划，阶段性地赚取一笔钱，我可以很肯定地告诉你，有了容易旅游网的广告资源，我们可以在整个旅游旺季，保持充足的客流量。"

阿峰点了点头，说道："如果从长远来看待这个计划呢？"

"我想利用这个计划，将这些优质的商家组织起来，进行口碑化的包装，然后在国内各个旅游景点推出，通过这种地毯式的扩张，最后形成规模。"

"你的意思是，西塘仅仅是一个试点？"

"对，所以这就是我为什么在乎商家素质的根本原因，一旦因为商家的良莠不齐，导致服务不到位，便会破坏这样的口碑营销，转换成令游客厌恶的捆绑消费，毕竟游客是需要向我们一次性支付服务费用的，是口碑还是捆绑就在一线之间。"

"明白了，我会尽力配合你的。"

我向阿峰伸出了手："加油，希望西塘是我们扬帆起航的地方。"

阿峰握住了我的手，笑了笑说道："准确地说，是你扬帆起航的地方，我并没有你这么高远的志向，我要的只是在西塘经营好酒吧，为游客们唱唱歌，疗疗情伤，这就满足了！"

我沉默半晌，也笑了笑道："人各有志，我能理解。"

阿峰好似感受到了我的无奈，只是拍了拍我的肩膀，没有再多说什么，转身向客栈外走去，而我看着他的背影，除了无奈，又增加了一分羡慕……因为我是米彩的男人，她是我的女人，我便不能这么平凡着！怅然中，我从烟盒里抽出一支烟，刚准备点燃，蓦然发现那个喜欢穿红色衣服的美丽女人走到了我的面前，她表情平淡地向我问道："你们客栈会在黄昏时分向住客提供一杯温情咖啡？"

"对。"

"如果我不愿意住在你们客栈，但又想品尝这杯温情咖啡，怎么办？"

我想了想，对她笑道："也可以，不过你得告诉我你叫什么名字，咱们这么互不知姓名地打交道，很别扭！"

她想了想，答道："好，没有问题。"

第 272 章

一杯没有
诚意的咖啡

达成一致后，我对她说道："尊敬的顾客，你先去我们客栈的阳台上稍等片刻，我马上就把咖啡给您送过去。"

红衣女子笑了笑，说道："我只是一个蹭咖啡喝的，你就不要用尊敬的顾客来称呼我了。"

"既然你说了是蹭，待会儿我问你的姓名时，你就不好意思拒绝了，毕竟喝人的嘴软。"

红衣女子不置可否地耸了耸肩，随后顺着楼梯向二楼的阳台走去，我则从收银柜里拿了50元，去了隔壁的咖啡店，买了一杯美式拿铁。

我端着咖啡杯来到了二楼阳台，她正坐在秋千椅上晃荡着。

"给，你的咖啡。"

她从我的手中接过了咖啡，浅尝一口，随后皱了皱眉。

"不好喝？"

"这是一杯没有诚意的咖啡！"

"此话怎讲？"

"如果我没猜错的话，这杯咖啡是你在隔壁的啡语咖啡店买的吧？"

"你看到了？"

她摇了摇头，说道："我喝过那家的咖啡，记得是什么味道。"

我瞪大眼睛看着她说道："不是吧，这你都能记住！"

她没有理会我的惊讶，皱眉说道："你觉得一杯从咖啡店买来的咖啡，还算得上是温情咖啡吗？"

"怎么就不算了，我要没有为顾客奉献的精神，就不会自己掏钱去买，这种奉献难道还不够温情吗？"

"不要忘记你是从事服务型行业的，只是这样的诚意是不会真正打动消费者，让他们对你的品牌产生归属感的。"

"你的意思是，我要亲自去为他们煮咖啡？"

"总算还有点觉悟，如果不是你亲手煮出来的咖啡，就谈不上温情二字，而你的温情营销也是不成功的，因为站在顾客的角度，只会觉得你是为了赚取商业报酬，刻意为之罢了。"

这番话，让我对她刮目相看，我带着疑惑问道："你是行业内的人吧？"

"这不重要。"

"是不重要，重要的是，你刚才答应我要告知姓名的承诺还作数么？"

"你给我的只是一杯没有诚意的咖啡，你觉得还能作数吗？"

我立马翻脸："那你将刚刚喝下去的那口咖啡给吐出来，要不然你还真以为天下有免费的午餐呢！"

她不屑地看了我一眼，随即从钱包里抽出一张百元的钞票拍在了桌子上，说道："不用找了，当给你跑腿的小费。"说完头也不回地转身向楼下走去。

我笑了笑，然后将她留下的那一百元钞票叠成了一只纸飞机，趴在阳台的栅栏上，等到她从客栈里走出来的时候，向她喊道："喂，钱还给你，谢谢你刚刚给我的建议，很受用！"说着将手中的钱丢了出去。

她下意识地伸手接住，又看了看我，却没有言语，再次转身准备离去。

夜晚，童子按照事先和我的约定，去酒吧放松了，而我则独自守在客栈里，等待游客们的光临。一个小时过去了，又一个小时过去了，我渐渐感觉到疲惫，便仰躺在办公椅上闭目养神起来。不知过了多久，手机铃声突然响起，我拿起看了看，是简薇发来的短信。

"昭阳，你那个完美旅游套餐计划筹备得怎么样了？"

"正在筛选参与的商家。"

"嗯，你要抓紧了，争取在西塘的旅游旺季到来前，将这个计划投放到杨叔叔的网站上。"

"放心吧，我会精准控制时间节点的。"

"嗯，加油！"

原本我们的对话应该就此结束，可我忽然想起了昨天晚上的事情，犹豫了片刻之后，还是给简薇发了信息："你昨天晚上喝醉了。"

"我知道，谢谢你送我回去。"

"向晨给你打了电话，我不太方便接，后来他发短信说，要去你的住处，你见到他了吗？"

"别和我提这些事情。"

我惊讶于简薇的态度，半晌不知道回些什么，而她又发了一条短信过来："昭阳，以后我们之间除了你的事业，其他什么话题都不要聊起，可以吗？"

我有些反感她的强势，便带着情绪回道："你爱怎样就怎样。"

简薇似乎也有了情绪，没再回信息，而我的世界也好似再次被割裂成一个独体，我生怕自己身处这独体中过于孤独，便又迅速进入到工作状态中，于是，再次陷入到一个最近一直困扰自己的难题中……

可以预见，一旦我的"完美旅游计划套餐"在容易旅游网上发布，必然会迎来客流量的暴增，但是，以客栈目前有限的客容量，该怎么去负荷这样的暴增？难道要每天限定购买套餐的人数吗？绝对不能限定，一旦限定，便是对这优质广告资源的极度浪费，可是要怎么去解决客栈容量小的棘手问题呢？毕竟这属于不可改变的硬伤。我习惯性点上一支烟，可思维却并没有被打开，于是越来越焦躁。这时，手机铃声再次响了起来，而这次并不是短信，是一个拨过来的电话，我再次从桌上拿起了手机，看了看来电号码，一阵异样的情绪随即在我的心头升起，因为这个电话是米彩打来的，而自她去美国后，我们是极少用打电话的方式直接沟通的，不禁疑惑：到底是什么事情让她选择了直接用电话与我沟通呢？

第 273 章

棘手的
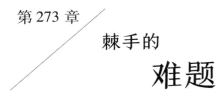

我接通了米彩的电话，疑惑地问道："怎么突然给我打电话了？"

"我忽然想起，你的完美旅游套餐，一旦在容易旅游网上发布，肯定会带来客流量的暴增，以客栈有限的客容量，该怎么去解决这个棘手的问题呢？"

我笑了笑，说道："我们还真是心有灵犀啊！我也正在思考这个问题呢。"

"那你找到解决的办法了吗？"

"我这边暂时还没有，你有好的建议吗？"

"我也没有太好的想法……可我真的很希望自己能帮上忙。"

"你能惦记这个事情我就很开心了，我会尽快解决这个问题的，就当磨炼自己应变的能力吧。"

"嗯……"稍稍沉默后，米彩又说道，"昭阳，是不是可以考虑整合一下周边客栈的资源，然后让他们一起加入这个计划呢？"

"这是下下策了，我不太愿意将这样的资源分享给同类竞争者，而且客栈目前真的很需要通过这次计划赚取一笔钱，如果将客源进行分流，是完不成这个目标的。"

"如果你不愿意将资源分享给同类竞争对手，那这一次便真的很考验你的应变能力了，不过我一如既往地对你有信心。"想了想她又补充道，"只是对你的事业有信心。"

"那你对什么没有信心？"

"呃……今天有没有和别的姑娘搭讪啊？"

我开玩笑道："姑娘们主动找我搭讪的算不算？"

米彩的语气有些不悦："真的有？"

"我的光芒向来很闪！"

"我挂电话了……"

"不至于吧！"

"至于，就知道你从来不肯收敛，所以谁和你搭讪都来者不拒。"

我终于收起了玩笑之心，语气很认真地说道："其实你愿意去吃我的醋，我真的挺高兴的，至少证明你在乎我。"

"那你能不能对我做到从一而终呢？"

"我觉得对一个人从一而终，是值得用一辈子去守护的事情。"

米彩沉默……我以为自己说得过于含蓄，于是在心中为自己打气，争取用最直白的方式向她表决心。她却忽然向我问道："昭阳，你爱我吗？"

我瞬间沉默，即便自己已经和米彩陷入到爱恋中，却从来没有将"爱"说出口，但这绝对不是因为彼此够自信，恰恰是因为不自信。我仿佛能感觉到米彩在等待中变得急促的呼吸声，终于不再犹豫，对她说道："爱……很久前就爱着！"

"可是你为什么从来没有对我说出口过？"

我又一次陷入到沉默中，那长久困扰我的情绪也在心里翻滚起来，很久才说道："在回答你的疑惑前，我想先问你一个问题。从小到大，追求你的男人多吗？"

米彩几乎没有回忆，便答道："很少，很少。"

我一点也不意外这样的回答，因为从上次蔚然向她表白就可以看出来，如果她习惯了男人的表白，就不会仓皇而逃。我苦笑道："因为追求你需要莫大的勇气，也就蔚然这种真正的高富帅敢于开口，而且他也是在四年后，感受到来自我的威胁，才向你表白……所以你应该明白，我这个一无所有的男人，为什么面对你时，总是无法解放心中的炙热了吧？"

"我不管这些，只要我爱的人爱着我，对我而言便是幸福的！"

"……你也爱我吗？"

"如果我不爱你，也就不会在你不告而别后，满世界去寻找你了！"

"可是你爱我哪里呢？"

米彩沉默了许久才对我说道："我说不上来……"

"你要说得上来才奇怪，也许你对我也仅仅是一种依赖吧。"

"依赖难道不是爱吗？"

"我不晓得，至少我从来没有因为依赖谁而对她产生过爱情。"

电话那头的米彩第三次陷入到沉默中，但我的这番话却是发自肺腑的，我很清楚，对曾经的李小允或是乐瑶，我都是有依赖的，可从来没有因此而产生爱情，我的心依然为曾经的简薇、现在的米彩而执迷着。我不愿意再让她的沉默继续下去，于是转移了话题说道："记得你答应过我，等从美国回来时，要穿上美丽的白裙子。"

"嗯。"

"还要记得在自己胸前挂上一把明媚的钥匙，替我真正打开你的心。"

结束了和米彩的通话，已经是深夜，可我却没有睡意，仰躺在办公椅上，抽完一支用来提神的烟后，再次陷入到工作的忙碌中，却不如刚刚那么专注，总想着刚才和米彩的通话。

熬到半夜的我，次日睡到中午才起床，匆匆吃了午饭后，便带着阿峰写给我的名单，去对那些有兴趣参与"完美旅游套餐计划"的商家进行筛选，而这个事情直到傍晚时，也才完成了一半的进度。

夜，悄然降临在西塘，我拖着疲倦的身躯走在路上，然后接到了容易旅游网市场部经理的电话，他与我确认，什么时间会在网站上发布"完美旅游套餐计划"。我告诉他，还需要一段时间，他又友情提醒我不要错过即将到来的旅游旺季，于是我在结束通话后，再次陷入到无计可施的困境中。

回到客栈，童子依旧趴在服务台上打着盹，我将他弄醒后，他眼巴巴地看了我很久，然后向我抱怨道："阳哥，今天客栈的生意又不行了，你的完美旅游套餐计划，到底什么时候才能对外公布啊？"

我拍了拍他的肩膀，解释道："这得来不易的广告资源非常宝贵，所以一定要制定出切实可行的方案，才能最大限度地发挥广告资源的效用。"

童子点了点头，又向我问道："阳哥你是不是遇到什么难题了？"

"嗯，还是一个不小的难题。"

"你可以找那个红衣女人请教一下呀，我总觉得她在经商上很有见解，说不定可以帮到你。"

这是一个连米彩都感到无计可施的难题，所以我一点也不指望红衣女人，便敷衍着对童子说道："等她下次来我们客栈时再说吧。"

第274章

不正经的
男人

这又是一个傍晚，空气中还残留着下午的炎热。我手捧切好的西瓜，坐在阳台的藤椅上，一边吃一边看着楼下来往的形形色色的美女，却并没有企图。看了一小会儿，视线里竟然出现了一个不亚于米彩的美女——那个喜欢穿红衣服的女人，不过今天的她却穿了一件淡蓝色的外套。

我冲她吹着口哨，吸引了她的注意力后，笑着问道："散步呢？"

"要你管！"

我从藤椅上站了起来，走到白色护栏处，扬了扬手中的西瓜，说道："上来吃片西瓜，消消暑呗！"

她四处看了看，一脸疑惑："现在是夏天了吗？"

"快了，还有一个多月就是夏至了！"

她的语气很是嘲讽："呵呵……夏天是西塘传统的旅游旺季，你家的生意还是不怎么样嘛！"

"我可是很客气地请你吃西瓜，你要不要这么不给面子？"

"像你这种不正经的男人，有何面子可言！"

我抬手将手中的西瓜皮扔向了她："还是请你吃西瓜皮吧！"

她一个侧身躲过，对我喊道："下来，把你扔的西瓜皮捡到垃圾箱里。"

"不说了是请你吃的吗？现在已经是你的私人物品了，怎么处置关我屁事！"

她从地上捡起西瓜皮骂了一句"有病吧你"，抬手狠狠砸向了我。看着西瓜皮飞来的曲线，尽管我的反应已经够快，但还是砸中了我的肩头，猩红的西瓜汁顿时弄脏了我身上的白色衬衫。她带着报复后的笑容看着我，这让我更感无奈，因为连她姓甚名谁都不清楚，现在不把这仇给报了，等她离开西塘可就寻仇无门了。我折回去从垃圾篓里捡起一块西瓜皮，再次来到护栏边时，她却已经没了踪影……

一阵温暖的风吹过，倒映在河面的夕阳好似翘起了嘴角，变成了一张嘲笑的脸，嘲笑我是如此无聊，竟和一个女人斤斤计较，或许我真的是一个不正经的男人！我自嘲地笑了笑，然后手持西瓜皮转过了身，她却站在离我不足一米远的地方，一双美到极致的眼睛狠狠地瞪着我。因为距离太近，我吓了一跳，下意识地往后退了一步，抱怨道："你这是腾云驾雾上来的吗？一点动静都没有！"

她依旧瞪着我说道："你不是要砸我吗？我现在就站在你眼前，砸呀！"

我手持西瓜皮继续往后退着："你别胡来啊，这可是法制社会，有人民警察管着你的！"

"切……外强中干！"

我讪讪地笑了笑："我就是有点无聊，哪能真和你一个女人动手！"

她的表情终于缓和了一些，我也顺势将西瓜皮扔回了垃圾篓里，厚着脸皮招呼她坐下聊会天。她没有拒绝，坐在藤编的摇椅上歇起了脚。

我拿了一片切好的西瓜递给她："请你吃的，吃完了记得和我一笑泯恩仇！"

她从我手中接过，却没好气地说道："你可真喜欢说废话！"

"是啊，我不光喜欢说废话，还喜欢喝酒、抽烟、唱歌。"

她向摆在摇椅旁的吉他看了看，说道："既然你这么喜欢唱歌，给你个机会，唱一首好听的。"

我的确很喜欢在黄昏中唱歌，便抱起了吉他，在脑海里搜索着好听的歌曲，忽然觉得那首《蓝精灵》很是不错，便唱了起来。

> 在那山的那边海的那边有一群蓝精灵，他们活泼又聪明，他们调皮又灵敏，他们自由自在生活在那绿色的大森林……

我一边唱，她一边忍俊不禁，直到我将整首歌唱完。我将吉他放在一边，向她问道："怎么样，这首歌不错吧？"

"太幼稚了，小朋友们喜欢听吧？"

"好好吃你的西瓜，听什么歌啊！"

她笑了笑，说道："再回想一下，其实还是蛮好听的——活泼的旋律，童趣的歌词！"

"对嘛！我和我的女朋友都爱唱这首歌……"

她看着我感慨道："你说这句话的时候，看上去很满足、很幸福呀！"

"那我再说一遍，你用手机帮我拍下来，我看看自己有多幸福！"

她没有理会我，表情看上去很黯然，半晌才问道："那天坐在河边陪着你的女人就是你的女朋友吧？"

"嗯，漂亮吧？"

"是否漂亮并不重要，重要的是，你们在一起，可以坦然地惦念着彼此！"说完，她的神色更加黯然，那艳红的指甲却紧紧地抠着自己的掌心，这一刻我好似在她痛苦的脸上看到了一种岁月和爱情的刻薄。

我不忍心再看她痛苦的表情，便说道："我最近在客栈的经营上遇到了一个难题，你可以给我一些建议吗？"

她看着我，却在好一会儿之后才说道："等我吃完这片西瓜。"

我点了点头。她低下头，一小口一小口地吃着西瓜，可是泪水却从她的面颊掉落，原来她并不畏惧一块砸向她的西瓜皮，却痛苦于西瓜瓤的甜蜜和温柔……也许，曾经她所惦念着的那个男人，也在春天的末尾，为她切过一片西瓜……也许，是我想多了，她仅仅是因为不能坦然去惦念而痛苦，与西瓜瓤的温柔和甜蜜无关！

第 275 章

韦蔓雯的

消息

等红衣女人吃完那一片西瓜，夕阳也恰好消失在遥远的天际处，只是在平静的河面上留下最后一抹舍不得离去的余晖——夜晚还是这么不可阻挡地来了。此时被夜色笼罩的西塘街，好似用万家的灯火和闪烁的星光书写着自己的孤独。它一定是孤独的，因为一个原本宁静的水乡古镇，却被改造成了商业景区，每天接待着各式各样的人，所以它一定很怀念自己曾经的韵味，而孤独便产生于怀念。

红衣女人站在我的身边，向我问道："你刚刚说被一个经营上的难题困扰着，到底是什么样的难题呢？"

我收起自己的心绪，将"完美旅游套餐计划"所带来的客流量暴增与客栈有限客容量的矛盾告诉了她。她面露思索的表情。我并不去催促，因为心中并不觉得她会给出好的建议。时间在她的思索中一点点流逝，我也因为无事可做为自己点上了一支烟，于是自己所在的方寸之地也变得迷离起来，好似呼应着整条西塘街的孤独。

在我将烟抽了一半时，她终于开口对我说道："你可以借壳。"

"借壳？"

"对，我相信西塘还存在着很多生意不温不火的客栈，你可以短期租借他

们的客栈，然后将暴增的客源进行分流，这样依然可以最大限度地利用这个计划赚取到一笔资金。"

我看着她，也觉得这个通过借壳赚取差价的方法可行，可是另一个难题又摆在了我的面前，如果我真的要去租借，那么要从哪里弄来一笔租借的资金呢？

见我沉默，她问道："怎么，觉得这个方法不可行吗？"

"还有什么更好的方法吗？"

她摇了摇头，说道："谁都希望在资本市场空手套白狼，可这并不实际，成功的生意前期是要有一定的资金投入的，或多或少而已。"

"你说得没错，我会认真去权衡这个建议的可行性。"

这个夜晚，我躺在床上辗转难眠，但却不是为了感情，而是自己的事业，我有了一种骑虎难下的感觉，因为贫乏的自己好似陷入到一个无穷无尽的资本游戏中。一旦采用红衣女子的建议，又意味着我将承担一笔巨额的费用，而已经负债累累的自己，真的不能再去举债了，可西塘的旅游旺季正在一点点接近，留给我的时间并不多了。此时已经是半夜三点了，我烦躁异常，于是迫切地想找到一种安静的力量。我打开微信，想和米彩聊聊天，想必此刻身在大洋彼岸的她，正在享受午后的阳光。

"hi，让我猜猜你正在做什么。"

发完这条信息，我便陷入到等待中，明明已经设置了铃声提示，可依旧一遍遍地打开聊天的页面，等来的却是石沉大海般的失望。半个小时过去了，我在无休止的等待中渐渐有了困意，准备关掉聊天软件时，却意外发现乐瑶更新了自己的朋友圈，她正在做着补水面膜，我习惯性地给她点了一个赞。

她马上给我回了一条信息："你怎么还没休息啊？"

"失眠了，你呢？"

"我刚拍完两场夜戏，所以我是为了工作。"

"不就是熬个夜吗，干吗把自己弄得那么有优越感？"

"有优越感是当然的，因为你熬夜只是为了想女人！"

我刚想反驳，却无法反驳，因为我在失眠后，的确是在想着米彩，想着她为什么还不给我回信息。这时，乐瑶又发来信息："昭阳，今天的夜戏拍完，往后的一个星期都没有我的戏了，你说我该去哪里放松一下呢？"

"随便啊。"

"我真看不惯你这副敷衍的模样，所以我决定去西塘折磨你了！"

　　我顿感不可思议，好似自己每次需要钱的时候，乐瑶总会意外出现在我的身边，然后给予我帮助，但这种巧合也并不能让我心安理得地接受她的帮助，于是回道："别来，西塘庙小，装不下你这尊国际大腕儿！"

　　"怎么，韦蔓雯的消息你也不想知道了吗？"

　　这条信息让我一阵紧张，于是用最快的速度给她回了信息："你打听到她的消息了？什么时候打听到的？"

　　"两天前。"

　　"那你怎么到现在才告诉我啊？"

　　"因为这个消息是否准确，还有待确认。"

　　"快点把你打听到的都告诉我。"

　　"见面再说吧。"

　　"这是能卖关子的事儿吗？"

　　"昭阳，你误会我了，这根本就不是在卖关子，等几天吧，看看那边能不能确认，如果不属实，就没必要让你们白高兴一场了。"

　　我心中依旧焦急，可却拿乐瑶没有一点办法："确认了以后，第一时间给我消息。"

　　"好，不会等太久的，估计我在西塘待上两天，那边就会有确认的消息过来了！"

第 276 章

预

感

　　结束了与乐瑶的对话，我无论如何也不能安然入眠了，脑海里莫名响起了压路机的轰鸣声，还有天桥下那一排排生了锈的栅栏。多年前，我和罗本真的在天桥下住过一段时间，那是我们人生中最黑暗的一段日子，每天伴随着浓烈的机油味、轰鸣的压路机声，用没有光彩的目光，望着无边无际的未来。之所以回忆起这些画面，是因为我有强烈的预感，罗本的生活将会迎来

前所未有的冲击，这种冲击很可能会让他回到那一段黑色的岁月中。我赤脚来到窗户边，打开窗户，迎面吹来一阵暖风，天际处朝阳的轮廓若隐若现，一个春末的早晨就这么来了。可我却越来越疲倦。

沉寂了许久的手机终于响起了铃声，我走回床边，打开了手机信息，正是米彩发来的："你那边马上快早晨了，怎么还不休息呀？"

"失眠了……你为什么到现在才回信息？"

"约见了一位金融领域的专家，手机一直调的静音。"

"哦，那现在应该已经结束了今天的工作了吧？"

"嗯，好累啊！"

这是米彩第一次与我抱怨工作，这让我有些不适应，因为潜意识里我总觉得她可以游刃有余地驾驭自己的事业，原来她也会有力不从心的时候。

"累的话就早点休息吧。"

"你会错意了，我说的累不是因为身体或者精神的疲乏，而是感觉这一段时间的生活很是枯燥！既没有油动力赛车，也没有可以坐着玩的木马，更没有回家后的家常便饭……是不是很乏味、很枯燥呀？"

我心血来潮地替她补充道："还少了一个经常把你气得半死的男人。"

"那这个男人，能不能在我回来后，带我去骑木马、玩赛车呢？"

我的脑海中随即浮现出一幅画面：我们在一个空闲的周末，去那个远离工业机械的广场玩赛车，累了，她便靠在我的肩膀上休息，直到黄昏时我们才离开，然后提着从菜市场买来的菜，回到小区门口的便利店，坐在木马上晃荡一会儿，最后回到老屋子，一起做一顿温馨的晚餐……这看上去简单得不能再简单的生活，却是我梦寐以求的，于是沉浸在这个虚设的场景中有些恍惚，许久才给米彩回了信息："等你回来，我们便过这种生活。"

"好。"

"到时候我想攒些钱将老屋子装修一下，这样我们会住得舒服一些。"

"不可以装修，如果你嫌不舒服，可以去那边（米彩的别墅）住。"

我虽然惊讶于她的态度，但也没有追问原因，因为总有一天她会告诉我的，于是我们的对话也止于此。疲乏的我终于在清晨第一缕阳光照进屋子时，陷入到睡眠中。

哪怕是一夜失眠我也没敢睡太久，刚过正午我便起了床，找到了那些参与"完美旅游套餐计划"的商家，与他们商量起具体的促销计划，直到傍晚时分，才初步制定了一套促销方案。

　　街灯已经亮起，手机铃声忽然响了起来，我掏出手机看，发现是乐瑶打来的，随即接通。我装模作样地对她说了声"你好"。

　　电话那头的乐瑶疑惑地说道："我打错电话了吗？你是昭阳？"

　　"没错。"

　　"你什么时候变得这么客气了？"

　　"毕竟我现在也算是从事服务行业的人了，对人和善一点是很有必要的。"

　　乐瑶有些无语，半晌对我说道："赶紧来西塘车站接我，我到了。"

　　"你这么一个万众瞩目的公众人物怎么敢坐客车来啊！"

　　"卸了妆，戴上帽子、墨镜、口罩，谁还认识我啊，你就别磨叽了，化成风赶紧来接驾，我这一路戴着口罩快闷死了。"

　　"嗯，你到车站外面的站台等着我，我马上化成风一样的男人去接你。"

　　驾驶着米彩留给我的那辆白色CC，风一样向车站赶去，果然在站台上看到了全副武装的乐瑶，我将车子调了一个头，来到她的身边，按了按喇叭示意她上车。乐瑶却没有立即上车，而是盯着车子打量了一番，才问道："你是在哪儿发了一笔财啊，竟然买了CC。"

　　"是米彩的。"

　　"她就开这车！"

　　我有些无语，更感觉人是分三六九等的，所以如果是我的车，乐瑶便觉得我是发了一笔横财，但一说是米彩的，便感叹竟然开这种不入流的车！我说道："怎么，这车很不入流吗？"

　　"车还行，但是米彩开，档次就低了些。"

　　"真市侩，非要把人和车分个三六九等。"

　　乐瑶没有理会我的抱怨，绕到车的另一边，打开副驾驶的门，坐了进来。按上车窗后，她便摘掉了自己的墨镜和口罩，长长地出了一口气，催促我赶紧开车。

　　看着她迫不及待的模样，我笑了笑道："公众人物不好当吧？"

　　"有得就有失，习惯了。"

　　"你的心态不错。"

　　乐瑶没有言语，只是侧目看着路两旁的街灯，等车子远离了人群的喧嚣后，这才放下了车窗，让春末的自然风吹进来，快要到目的地时终于向我问道："最近客栈有起色了吗？"

　　我摇了摇头，道："暂时遇到了一些难题，解决后会好的。"

"什么难题？"

"你还是好好琢磨该怎么演戏吧，经营上的东西你不懂的。"

"你说得对，我是不懂经营，也没有米总运筹帷幄的睿智……"

"你干吗和她比啊，她还是你的粉丝呢，前段时间可真是锲而不舍地将你演的那部剧给追完了。"

乐瑶瞪了我一眼："少调侃我。"

我无奈感叹道："真弄不懂你们女人的逻辑，你说我该怎么和你沟通？"

乐瑶没有理会我，而车子也终于载着我们来到了客栈。

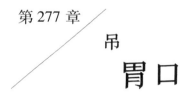

第 277 章
吊
胃口

我将车子停在了客栈对面的柳树下，乐瑶戴上帽子和墨镜，避开了游人的目光，走进了客栈。此时，童子正在用自己的笔记本电脑打网络游戏，乍然见到乐瑶，没有反应过来，下意识地问了一句："住店吗？"

乐瑶摘掉墨镜和帽子，说道："小朋友帮我开一间套房。"

童子的表情瞬间变得精彩，结结巴巴地说道："乐瑶……乐瑶姐，是你啊！"

乐瑶有些好笑地说道："你这是什么表情！我学了这么多年表演，也做不出来！"

"呃，应该是笑得比哭还难看的表情吧。乐瑶姐，你的身份证给我，我帮你登记。"

乐瑶从手提包里拿出身份证递给了他，然后打量着新装修过的客栈，直到童子将身份证递还给她，才问道："多少钱？"

童子看了看乐瑶身后的我，我向他摇了摇头，示意不收钱。

得到我的授意后，童子赶忙说道："不用给钱了，乐瑶姐。"

"要是都不给钱，你和昭阳喝西北风去呀。"乐瑶说完，便从钱包里抽出500元放在了收银台上，然后又示意不知所措的童子帮她将行李拿到客房去。

　　童子赶忙接过乐瑶手中的行李箱，拿着客房钥匙，领着乐瑶向二楼走去。这时，红衣女子也拎着行李箱走进了客栈，我有些不明所以地看着她。

　　正在上楼的乐瑶忽然转身对我说道："昭阳，待会儿帮我叫份外卖。"

　　我回过神来，当即说道："没有问题。"

　　乐瑶点了点头，目光却停留在红衣女子身上，红衣女子也看着她，这短暂的目光交集之后，乐瑶便又转身向楼上走去。红衣女子有些好奇地向我问道："你朋友？"

　　"对，很多年的朋友了！你这是要住我们客栈？"

　　"不欢迎吗？"

　　我一想到她要住我们的客栈，便可以看到她的身份证，赶忙说道："怎么会不欢迎？"

　　"那行，我要一间套房。"

　　我有些犯难，对她说道："我们客栈只有一间套房，已经被刚刚上楼的那位小姐给订了，要不……"

　　话没说完便被她给打断："我只住套房。"

　　"我知道你阔绰，可是也不用非套房不住吧，大床房里该有的也都有。"

　　"这是我的习惯，既然你这边没有套房，我就去住别家吧。"说完，她拉着行李箱就向外面走去。我只能无奈地看着她离去的背影，心中感慨：不就是一个姓名吗？有必要弄得像那帮写连载小说的，天天吊人胃口！

　　帮乐瑶订了一份外卖，然后送到她住的套房，打开门后，发现她正坐在客厅的沙发上看自己演的电视剧。我将外卖递给了她，感叹道："自己演的电视剧有什么好看的？"

　　乐瑶接过外卖，说道："我是在观察自己有什么演得不到位的地方。"

　　"那你真是敬业。"

　　"娱乐圈是最难混的，敬业一点才能混得久些！"

　　我笑道："有这种觉悟，你会成为娱乐圈常青树的！"

　　乐瑶点了点头，一边吃着外卖，一边目不转睛地看着正在播的电视剧。我沉默了好一会儿，终于向她问道："罗本的初恋女友现在到底怎样了？"

　　"不是说了，过几天等消息确认后就告诉你嘛！"

　　见她态度坚决，我下意识地感叹："又是一个吊人胃口的女人！"

　　"又？还有谁吊你胃口了？"

　　"我有必要告诉你吗？"

"你这不也是在吊胃口嘛！"

我一想，这还真是一个吊人胃口的夜晚……这个夜晚，我没有多打扰乐瑶，等她吃完外卖，我便回到楼下的服务台，吃了一份外卖后，就陷入到工作的忙碌中，直到晚上十点。

将客栈交给童子照看后，我又一次趁着夜色走在了西塘的街上，企图通过散步的方式放松自己，然后找到解决难题的最好方案。走完大半条街，我又一次看到红衣女子坐在河边的青石板台阶上，我从一座石桥上绕过，来到了她的身边，问道："最近可是西塘旅游的准高峰期，你的套房订到了吗？"

"你以为所有客栈都像你们家只有一间套房吗？"

"那就好，我还以为你会因为自己毫无道理可言的坚持而流落在街头呢！"

她不语。我也准备转身离去，她却突然喊住了我："喂，你那客容量不够的难题解决了吗？"

"还没有。"

她又问道："如果我没看错，今天住进你客栈的那个女人是现在比较热的一个女明星吧？"

"你没有看错。"

"既然你和她是相交多年的朋友，为什么不利用自己的明星效应来帮助你的客栈呢？……哪怕她只是为这个客栈发一条微博，效果也不会比你在旅游网上做专题广告差吧？"

她的话好似提点了我，为什么乐瑶情愿将几十万借给我去发展客栈，却没有举手之劳地利用自己的明星效应去宣传客栈呢？可能在我的潜意识里，乐瑶只是乐瑶，而不是星光闪闪的明星，尽管我时常称呼她为乐大腕。

第 278 章

转

机

我在红衣女子的身边坐下，说道："如果明星效应被过度消耗，会影响她以后接商业代言的，所以应该是出于这方面的考量吧。"

红衣女子摇摇头，说道："发微博这样的举手之劳谈不上过度消耗吧，再不济与你合张影放在客栈里也算是个不错的宣传呀！"

虽然心中也很疑惑，但却不想与她继续这个话题，于是点上一支烟，不言不语地抽着，直到快抽完时，才对她说道："这两天我认真思考过，其实你说的那个办法是可行的，但是我没钱去租借其他客栈。"

红衣女子看着我，半晌说道："一个成熟的经营者，是一定会对自己的资金进行可控预判的，你现在的困境源于你把经营这件事情想得太简单，或者你身体里就流淌着喜欢冒险的血液，喜欢去追寻那种绝处逢生的快感！"

"没有你想的那么复杂，我就是单纯没钱，又急切地想做出一番事业，所以很多时候都选择了冒进。"我推了推她，继续说道，"你那么款，出手又大方，要不你借我一点钱呗。"

"我凭什么借钱给你？不借。"

她坚决的模样让我感到借钱无望，赶忙给自己找台阶下，说道："我就是试试你这个人够不够仗义，不就钱嘛，找谁借不到，干吗非得和你这个连名字都不知道的人借！是不是？"

她点了点头，没再理会我，起身迈过台阶，向不远处的一座小石桥走去，很快便消失在我的视线中，于是只剩下我独自面对清冷的河水和微弱的灯火。

次日清晨，我坐在客栈对面的柳树下，一边吃着早餐，一边为客栈的事情劳着神。

乐瑶不知什么时候也手捧一只餐盒坐在了我的身边，她推了推我问道："在想什么呢？一副丢魂的模样。"

我感慨道："今天的空气不错，风也吹得人很安逸！"

"只要没有雨，西塘的早晨都是这个样子吧？"

我对乐瑶做了个"嘘"的手势："别说话，好好感受西塘清晨的魅力！"

"神神叨叨的！"乐瑶话音刚落，便被一个过路的游客认了出来，然后一群游客聚了过来。乐瑶临危不惧，发挥自己出神入化的演技，一口咬定他们认错了人，只是长得相像而已，饶是如此，仍被热情的游客们要求合影。

闹腾完后，人群渐渐散去，乐瑶颇抱怨地对我说道："刚刚那么多人围着我，你也不知道帮我解围啊！"

"谁让你不戴个墨镜就出来的。"

"哼，我要戴上墨镜，就看不到你这副见死不救的嘴脸了！"

　　我没心思和乐瑶斗嘴，便转移了视线，顺着河流向东面看去，却意外发现阿峰正往我们这边走来，老远便和我打起了招呼，看样子是来找我的。我对乐瑶说道："我朋友来了，你要不要回避一下？"

　　"不回避，让我继续看清你见死不救的嘴脸。"

　　"这大清早的，把自己弄得像个怨妇，有意思吗？"

　　乐瑶狠狠地踢了我一脚，而阿峰也走到我们面前，打量着我身边的乐瑶，一副不可思议的表情问道："你……你是最近很火的那个女明星吧？"

　　乐瑶对阿峰微微一笑，说道："你是昭阳的朋友吧，我也是。"

　　阿峰点了点头，没有像童子初见乐瑶那般不知所措，这些年他在酒吧里也接待过不少来西塘游玩的明星。

　　乐瑶感叹道："唉，我们都交友不慎，昭阳这人太不讲究了！"

　　我用手敲打着她手中的餐盒，不满地催促道："赶紧吃你的早饭，别影响我们谈正事。"

　　见我对乐瑶态度恶劣，阿峰一副"你牛逼"的表情看着我。

　　我向阿峰问道："这么早找我有什么事儿？"

　　"西塘的缘来客栈你应该知道吧？"

　　我点头："嗯，知道。"

　　"老板是山西人，最近在老家那边弄了一处煤矿，客栈也就没有精力打理了，打算出让，知道你正在为自己客栈的客容量头疼，就来问问你有没有兴趣盘下来。"

　　"我记得他那客栈的规模不小，得有 50 多间房吧！"

　　"一共 56 间，其中套房 6 间，经济房 15 间，各类标准房 35 间，能够满足不同层次消费者的需求。"

　　我很是心动，如果能够拿下这家客栈，那么客容量的问题也就基本能得到解决了，可是转让费绝对不是现在的我能够承受的，这让我很是纠结。

　　阿峰又说道："这间客栈去年才装修过，里面的住宿环境还不错，配置也全，关键现在是低价转让，你既然对旅游这个行业充满抱负，就不要错过这个机会，而且你现在手上也有资源，应该不用担心接手后的客源问题。"

　　我没有表态，身边的乐瑶却推了推我说道："咱们先去考察一下呗，要不要接手再商量！"

　　阿峰附和道："我也是这个意思。"

　　我终于点了点头："那你和老板联系一下吧。"

　　阿峰随即拿出自己的手机，找到号码后拨了过去，聊了几句，便挂了电话对我说道："我和缘来客栈的老板约了今天下午见面，这事儿要抓紧，听说对这间客栈有想法的人不少，毕竟规模不小，价钱也便宜！"

　　乐瑶又抢在我前面答道："下午就下午，到时候我和你们一起去，这个客栈昭阳一定会拿下来的。"

第 279 章

传说中的
煤老板

　　午餐后，我与乐瑶、阿峰来到缘来客栈，实际上这个客栈距我们的客栈也就 300 米左右，所以与我的"完美旅游套餐计划"有着较高的兼容性，还是很适合接手经营的。看着眼前的缘来客栈，乐瑶感慨道："这个客栈真不错，在西塘这个寸土寸金的地方，很难得有这么大一片广场，对于自驾游的游客来说，停车问题很容易便解决了！"

　　我点了点头，也很喜欢客栈前这片宽阔的广场，但是我注意的点并不在方便停车上，而在这片广场将会为我的很多开放式活动提供场地。进入客栈后，我们才发现这是一间标准化经营的客栈，包括前台接待的服务员都统一了着装。

　　阿峰向前台说明了来意之后，便有服务员领着我们上了二楼的长廊。我们一路走到了长廊的尽头，在一间挂着"总经理室"标牌的房门口停了下来。前台敲了敲门，得到请进的示意后，领着我们走了进去。进去后，我迅速用眼角的余光扫视了这间办公室，只见装修精致，格调高雅，布置讲究，心中更加不抱希望，就算低价转让，也不在我能承受的范围内。

　　服务员对坐在办公椅上的一个 30 多岁的男人恭敬地说道："周总，这两位先生和小姐说有兴趣接手客栈，想与您洽谈。"

　　男人点头示意，我这才打量他——只见这个被称为周总的男人，穿着修身的黑色 T 恤，留着一头干练的短发，那隆起的肌肉线条让他很显健硕，脖

间更是特立独行地纹上了"信仰"二字，完全不是职场的装束。

他请我们坐下后，直奔主题："你们有意向接手我这间客栈吗？"

我心中没有底气，并没有立即开口，倒是乐瑶对他说道："是的，所以过来和你面谈，了解一下你的转让条件。"

男人打量着乐瑶，面露疑惑之色，因为此时的乐瑶正带着一副硕大的墨镜。男人似乎认出了乐瑶，但又不敢确认，而等待答复的我，在无意中看到了一把摆放在办公桌上的车钥匙，这本没什么，但让我吃惊的是车钥匙上那醒目的兰博基尼的 logo，我这才想起，楼下的广场上停着一辆黑色的兰博基尼蝙蝠，原来车主是他！

乐瑶似乎很反感他盯着自己看，有些不悦地说道："说说你的转让条件吧，我们权衡一下能不能接手。"

男人意识到自己的失态，赶忙说道："抱歉！这间客栈我是打算连房一起转让的，房子的产权也是我的。"

"你的意思是，如果要接手客栈，就要将这栋四层的房子全部买下来？"

男人点了点头。乐瑶试探着问道："那你准备多少钱转让呢？"

"3000 万。"

这个数字报出后，乐瑶惊得摘掉了自己的墨镜。不光是乐瑶，阿峰也一副不可思议的表情，而我倒没有什么情绪，因为一开始便没抱太大的期望。

男人惊讶地看着摘掉墨镜的乐瑶，不过却没有纠结于乐瑶的明星身份，笑着解释道："这间客栈的经营面积是 2000 平方米，每平方米的出售价是一万五千元，再加上外面那个不小的广场，作为景区旁盈利性的商用房，3000 万的价格真的很低了。"

我向身边的阿峰感叹道："还真是低价转让啊！"

阿峰点了点，说道："是很低了！"

这并不是我和阿峰对男人的调侃，因为这个转让价格确实很低，不过和我们完全没有关系，我便没有了继续谈下去的欲望，很坦诚地对男人说道："之前不知道你的转让方式，所以才冒昧来和你谈，这 3000 万完全不在我们能力范围内，就不打扰了！"说完示意乐瑶和阿峰一同离去。

乐瑶却不肯走，又试探着问道："可以考虑其他的转让方式吗？"

男人出乎意料地没有拒绝乐瑶的提议，问道："比如呢？"

"产权还是你的，我们来经营你的客栈，按年给你租金，怎样？"

男人犹豫了一下，说道："这么做太麻烦了，我也不缺那些租金。"

眼前的这个男人说出这番话，让我很是不解，既然他这么有钱，为什么还来西塘经营这间客栈？乐瑶似乎与我心有灵犀，她向男人问道："既然你说不缺这些钱，为什么还有兴趣买下这房子的产权，在西塘经营客栈呢？"

她的追问并没有让男人感到不耐烦，他依旧很和善地解释道："我家是在山西做煤矿生意的，不过我从小就有文青情结，所以来到西塘这个有人文气息的地方开了这间客栈。现在我父亲的年纪越来越大了，家里的生意让他力不从心，而我放纵了自己这么多年，也是时候回去接手家里的生意了！"

听了男人的这番解释，我才意识到阿峰之前打听到的消息有误，他并不是弄到一处煤矿，而是世代做煤矿生意的……是传说中的煤老板！

乐瑶面露失望之色，说道："既然你觉得麻烦，那我们就不打扰了。"

我和阿峰也随之起身与男人道别，随后与乐瑶一起向屋外走去。这时，男人突然喊住了我们，他对乐瑶说道："你能留个联系方式吗？这件事情我可以再考虑考虑。"

出于保护乐瑶的目的，我当即拒绝了。男人看了看乐瑶，等待着乐瑶的答复。我给了乐瑶一个眼神，乐瑶很听话地向男人摇了摇头，示意不方便留联系方式，随即与我们一起向二楼的楼道处走去。

第 280 章

煤老板的 为人

一行三人走到客栈前的广场时，乐瑶停下了脚步，回头看了一眼那栋四层的客栈，向我问道："昭阳，你真的要放弃这间客栈吗？"

"姐姐，客栈虽然很不错，但我们也要立足于实际，那可是 3000 万的转让费啊！"

"人家刚刚不是说了再考虑考虑，说不定有转机呢。"

"他之所以说考虑，很明显是冲着你来的。看到那边停着的兰博基尼没有，就是他的，凡是开这种车的都爱泡明星，来炫耀自己的社会地位。"

乐瑶一脸质疑地说道："我在北京什么样的富二代没见过，总有靠谱的，他们也没那么不堪。"

我拉着乐瑶边走边说道："反正这事儿你别管了，我自己想办法解决。"

乐瑶挣扎着："昭阳，你轻点，弄疼我了！"

我赶忙松开了乐瑶："对不起，是我激动了！"

乐瑶不满地看了我一眼，没再说话。我也随之陷入到沉默中，埋怨自己紧张过头了。实际上乐瑶与那个煤老板也只是萍水相逢而已，而身处娱乐圈的她，早已见惯了类似的人，她肯定有自己与他们相处的方法和准则，我不应该如此干涉。

回到我们自己的客栈后，乐瑶回了房间，我和阿峰则站在阳台上抽着烟。阿峰对我说道："昭阳，我怎么觉得你过于紧张乐瑶了？"

"有吗？"

阿峰肯定地点了点头。

我重重地吐出一口烟，说道："你不了解她的人生经历……别看她是混娱乐圈的，但是对身边的人却很少留心眼。"

阿峰笑了笑，说道："我看未必，能在鱼龙混杂的娱乐圈混到今天这个地步，没有一点自己的手段是不太现实的。也许她只是在你面前做了一个最真实的自己，所以你才习惯性地以为她对别人也没有戒备。"

我没有反驳，因为阿峰有可能是对的。

他又继续说道："缘来客栈的周兆坤（煤老板）我是有一些了解的，他有时会光顾我们的酒吧，却从来没见他和某个女人暧昧，为人也乐善好施，几乎每年都会为周边的学校捐赠一批教育设备，也没少资助社会弱势群体。"

"有这回事儿？"

"我还能唬你么？毕竟他来西塘也好些年了，要是为人真有问题，早就在这个巴掌大的地方传开了。"

"我看他也三十好几了，个人条件这么好，就没有成家，或者找一个女朋友吗？"

"文青病呗。听说他曾花了一年时间游遍全球，目的就是为了找到让自己一见钟情的女人。都到这个年纪了，还相信一见钟情，不是文青病是什么？"

我笑了笑道："我看纯粹是有钱给作的！"

阿峰随我笑了笑："这个段子的重点不是游遍全球，而是游遍全球后也没有找到一个能让他一见钟情的女人！"

　　我耸了耸肩，没有再言语，只深深地吸了一口烟。

　　阿峰推了推我，说道："话说，你真的打算放弃那间客栈吗？"

　　"不放弃也没有办法啊！"

　　"周兆坤还是挺好说话的，要不咱俩再过去好好和他谈谈。他不是怕麻烦么？咱们就给他拿出一套不麻烦的方案来。"

　　我又思量了一番，也觉得自己不应该这么轻易放弃，因为创业需要锲而不舍的韧性来克服各种困难，于是说道："说好了，这次就咱俩去。"

　　拿定主意后，我和阿峰又折回到缘来客栈，恰巧周兆坤也拎着一只手提包向广场上的那辆兰博基尼蝙蝠走去，好似准备离开。我和阿峰喊住了他，他有些不解。我对他说道："周总，关于转让客栈的事，我还想和你再谈谈。"

　　"行吧。两位楼上请。"周兆坤说完，在我们之前向客栈内走去。

　　阿峰小声地对我说道："怎么样，这人很平和，没什么架子吧？"

　　经过阿峰的一番介绍，结合他现在的言行举止，我对他的印象的确有所改观，随即向阿峰点了点头，至少他没有一般富二代身上嚣张的气焰，与那个让我极度反感的蔚然完全不是一个类型。

　　再次来到周兆坤的办公室，他坐回到办公椅上，我和阿峰则坐在对面的沙发上，他对我说道："有什么想法你就说吧。"

　　我点了点头，说道："首先我得承认，我肯定拿不出 3000 万。"

　　"嗯，你继续说。"

　　"所以只能是以合作的方式了，周总，我想冒昧地问一句，这间客栈您以 3000 万的价格转让，赚钱了吗？"

　　"这个价格转让肯定是不赚钱的，几年前我买下这块地时就已经花了 2300 万，再加上盖房、装修、客栈的绿化，也差不多有 3000 万了。"

　　"那您何必要转让呢，毕竟谁都看得出来，这块地以后还会升值，而 3000 万的价格，有实力拿下的，整个西塘也没几个人吧？"

　　周兆坤端起杯子喝了一口茶水，一副淡定的模样，好似一点也不在乎所谓的 3000 万。我和阿峰则有些忐忑地看着他，等待他表态。他终于笑了笑，说道："之所以一次性转让，是因为想让自己下定决心离开西塘这个地方。这 3000 万的转让费呢，我也不打算带走，准备一次性捐给本地的公益机构，建一些社会福利设施，也算我离开西塘前，对这个地方的回报。"稍停了停他又补充道："我个人对这里是很有感情的！"

第 281 章

是 巧合 吗?

　　周兆坤给的答案完全出乎我的意料，此人阔绰的程度简直超出了我的认知，好似 3000 万对他来说，仅仅是一句话的价值。短暂的震惊之后，我迅速在大脑里思索要如何回应他，终于说道："周总，你我都明白，现在公益机构的公信力越来越低，这 3000 万的资金我认为应该花在刀刃上，或者说应该减少中间环节，直接给受益人。"

　　周兆坤笑道："这仅仅是你给我这笔款项上的建议，还是另有所图?"

　　我很诚恳地说道："一半建议，一半另有所图，因为我觉得自己有更好的方案去实现你的需求。"

　　"那就谈谈你的所图吧。"

　　我用最短的时间理顺了思路，说道："我希望你能将客栈以出租的方式转给我经营，每个月我支付你 10 万元的租金，这笔租金用来定点帮助附近的弱势群体进行小本创业，毕竟单纯给他们金钱，比不上给他们一个赚钱的工具更有实际意义，而且这个客栈还会继续升值，几年后的价值可能远远超过 3000 万，到时候依然拥有产权的你无论怎么处理，都比现在更有价值。"

　　周兆坤听完后思索许久才说道："看上去是一个三方共赢的方案，不过我想知道你怎么帮助那些弱势群体进行小本创业呢?"

　　我思考之后说道："我想在客栈前的那个广场上建造一个美食角，然后与周边的酒吧进行合作，定期举行活动和汇演，在将这个客栈打造成文青客栈的同时，那个美食角也将免费提供给周边的弱势群体用来售卖小吃，而那每月支付给你的 10 万元租金，则用来购买做小吃的各类设备，送给他们，真正做到给他们一个无本创业的机会。"

　　周兆坤又一次陷入思索，我则静静地等待着，身边的阿峰却轻轻地推了推我，竖起大拇指向我示意，显然也因为我所提出的这个方案而心动。

　　许久，周兆坤终于开了口："你的这个方案的确充分满足了我的需求，也真正帮到了周边的弱势群体。但是，我还是需要认真考虑一下。"

　　我点头道："应该的，毕竟这不是个小事情。"

"嗯，我会尽快给你答复的，你留个联系方式给我吧。"

我从钱包里抽出一张名片，双手递给他，他也很礼貌地双手接过，看了看后笑着对我说道："昭阳，不错，你很有经商天赋，也很懂别人的心理需求，我记住你了。"

我向他伸出了手，说道："期待与您的合作。"

他握住了我的手，点了点头，松手后将我的名片放进了自己的钱包里。

离开缘来客栈，我和阿峰边走边聊，他对我说道："昭阳，我真是佩服你，前面刚说到那个广场，后面你就把它应用到商业方案中去了，而且还满足了周兆坤的心理需求，我觉得这事儿可能真的靠谱！"

我笑了笑，问道："依据呢？"

"我要是周兆坤，我会接受这个方案的。这真的是一个可以让多方得益的完美方案！"

"事情没有尘埃落定之前，还是不要过于乐观。"

阿峰点了点头，又感叹道："要是能接手缘来客栈，你可就真的爽了，毕竟装修高档，不用改造便能直接营业，56 间客房啊，再加上你客栈的 16 间客房，旅游旺季入住率百分百的话，一天可就是好几万的收入，而且容易旅游网的广告资源也不会浪费了！"

我因为阿峰的这番展望而兴奋，如果可以成功，那离我人生中的第一桶金就真的不远了！回到客栈已经是下午四点钟，我坐在客栈阳台的藤椅上，这才想起看看被自己调成静音的手机。点开屏幕后，才发现有一条米彩在三个小时前发来的未读短信。信息中，她只是很简单地叮嘱我不要太劳累，注意休息，可是我仍盯着这条信息看了很久，因为我发现此时的自己很想她……可是，为什么总是在她关心我时，才会发现自己是如此地想她呢？或许直到现在，我也爱得不够坦然吧！

尽管纽约那边已经接近黎明，我还是给她回了信息："我还好，不算很累，倒是你自己注意休息才好。"

信息发出后许久，米彩也没有回我的信息，我却更加想她了，想她穿着一袭白裙回到我的身边，我们一起过着简单却愉悦的生活。这种情绪不断膨胀，我忽然心血来潮，很想回苏州的那间老屋子。于是在快要傍晚时，我驱车向苏州赶去。一个多小时的行驶后，我在黄昏中回到了老屋子，先打开所有的窗户让空气流通，又给花草浇了水，最后拿起拖把和抹布打扫起整个屋子，直到天色已暗，才疲乏地躺在沙发上喘息着。我渐渐放空自己，就这么

躺在沙发上昏昏沉沉地睡了过去，直到被一阵手机铃声给吵醒。我拿出手机，在朦朦胧胧中看了一眼，才发现是乐瑶打来的。

我接通了电话，她语气不悦地问道："昭阳，你去哪儿了？"

"回苏州了。"

"你算朋友么？回苏州都不和我说一声，把我一个人扔在西塘！"

乐瑶的不悦，让我感到自己确实很冒失，可是也不能将她带到这间老屋子里，因为这里除了米彩不属于任何人。我有些抱歉地说道："我明天早上就回去，晚上你要无聊就去阿峰的酒吧坐坐，里面的氛围还是很不错的。"

"去哪儿玩还用你教我吗？"乐瑶说完便挂掉了电话。

我挠了挠头，无奈地苦笑。窗外天色已暗，我决定出去吃点东西。我在楼下的小吃店买了一屉小笼包和一杯豆浆，边走边吃。不知不觉，我竟然走到了市中心，再次看到了相对而立的卓美购物中心和宝丽百货，心中不免感慨，于是出神地盯着两家百货的霓虹 logo 看了许久。忽然，卓美地下停车场的出口处驶出了一辆奥迪 A4，我看着眼熟，不免多看了几眼，才发现是方圆的车。不过车却沿着街对面的机动车道行驶着，我也够不上与他打招呼，便从口袋里拿出手机，准备给他打个电话，却乍然发现，向我平行驶来的车内除了方圆还有一个女人——米斓！

撞见一次是巧合，撞见第二次、第三次还算是巧合吗？我皱了皱眉，将还没有拨通的电话给挂断了。

第282章
米家的
女人

方圆的车子已经随着城市的霓虹彻底消失在我的视线中，我有些恍惚地站在街边的路灯下，整个城市似乎变得虚假起来。远处的钟楼，响起一阵救赎的声音，终于让我在茫然中回过了神。我再次拿起手机，想给颜妍打个电话，思量许久，却又放弃了，最后找到简薇的号码拨了出去。

简薇接通了电话，诧异地问道："昭阳，怎么给我打电话了？"

"我在苏州，现在有空吗？我请你吃饭。"

"嗯，待会儿就下班了。去吃干锅，很久没吃了。"

一家主打干锅的酒楼门口，我等待着简薇，十分钟后她便到了，不过却没有开车，而是乘坐的出租车，看样子是打算待会儿喝些酒。简薇来到我的身边，依然诧异地问我："你是纯粹想请我吃饭，还是有其他什么事情？"

"是有事情……"

简薇制止了我："那等一会儿吃完饭再说。"

酒楼内，我因为刚吃过一屉小笼包，只是看着简薇吃。饭后，简薇说吃得有些饱，便与我在城市的光影中散步消食。好似被车来车往的喧嚣所打扰，两人谁都没有言语，直到接近她在护城河边的住处，我才开口说了第一句话："我在苏州待的时间少，有件事情需要你帮忙核实一下。"

简薇停下了脚步，看着我问道："是什么事情？"

我的心中忽然有些难受，给自己点上了一支烟，才说道："方圆可能……可能有婚外情了！"

简薇的面色立刻沉了下来："你确定？他出轨的对象是谁？"

"现在还不能确定，需要你帮忙核实……对象是卓美米仲德的女儿，也就是米彩的堂妹。"

"如果方圆真的背叛了颜妍，我一定会让他付出代价的。"

我又提醒简薇："事情还没有确定前，你先不要告诉颜妍。"

简薇点了点头："我有分寸。"停了停又讥讽地问道："米家的女人在你们男人眼中就这么有魅力吗？"

"米彩和米斓不一样……"

"是，你和方圆也不一样！"

我吐出了口中的烟，转过身扶着护栏，仰望着有些厚重的天空，然后回忆起那天方圆与米斓见面时的情形……有时人是复杂的，有时爱情却又是简单的，也许方圆和米斓的情愫便产生于那天舍命的相救中。如果真是这样，那这段孽缘也是因我而起了……所以，我在心中祷告着，自己看到的都是假象，否则我将没有脸面对颜妍。

许久后，简薇终于放下那个让我们揪心的话题，向我问道："你的客栈最近怎样了？"

"正在等一个机会。"

"你的效率要高一些了，杨从容叔叔一直在等着看你的表现呢。"

我点了点头，忽然更加渴望，周兆坤能够同意我的方案，这样成功的可能性也就变得无限大了。

告别简薇回到老屋子时，已经是晚上十点，我有些疲乏，却没有睡意，在洗漱之后躺在沙发上，终于从口袋里拿出手机，给米彩发了一条信息："你现在方便视频吗，我想看看你。"

片刻后米彩回了信息："我只有十分钟的时间。"

于是，我忙不迭地向米彩房间的电脑桌跑去，打开电脑后，立即给她发了视频讯息。稍稍等了一会儿，米彩接通了视频，于是我们在分隔了许久之后，终于见到了对方的模样。

视频里的米彩不施粉黛，却美丽如初，我看着她手边那一叠厚厚的工作文件，有些心疼地问道："最近工作很忙吧？"

"嗯，上市前有很多东西需要整合。"

"那你更要注意身体了，还指望你帮我生个健康活泼的娃呢！"

米彩有些脸红，拿起身边的文件，掩饰般翻看起来。于是我笑了起来，她则一言不发。

我终于正色道："我有一个想法，等我在苏州买得起车和房，你便嫁给我，好吗？"

米彩看着我，并不表态，于是我很紧张地看着她。

她终于笑了笑，说道："好啊。"

我因为这简单的两个字而心花怒放。

她又向我问道："为什么突然有结婚的想法了呢？"

我思量了一下，答道："我们认识的时候都是 26 岁，现在已经 27 了，想想也该结婚了。不过你要觉得还早，我可以再等等的。"

"27 岁结婚挺好的。"

我附和着点头，米彩那边却忽然有人走进了她的办公室，虽然没有走进镜头里，但是我已经从说话的声音中听出是蔚然，还有另外几个美国人。

米彩切断了视频窗口，并迅速发来一条文字信息："先工作了，晚些时候聊。"

我有些低落，失神了很久，才从电脑桌边抱起那把我送给米彩的吉他，唱了一首她所喜欢的《往日时光》，也随之想起我和她初次见面的场景……

第 283 章

有胆
你就来

　　唱完后，我又翻看了米彩留下来的各种书籍和衣物，寄托着对她的想念，累了便躺在她的床上，却在这一刹那想到了颜妍，可是被我想象出来的她，却是一副悲伤的表情。我赶忙从床上坐起，下意识地从床头柜上摸出一支烟为自己点上，却没有勇气去设想方圆出轨后的颜妍是多么痛不欲生。于是不禁问自己，如果有一天我和米彩结了婚，生活被琐碎磨掉了新鲜之后，我会和方圆做一样的选择吗？我没有设想下去，却给了自己一个耳光，责备自己胡思乱想，毕竟现在还没有确定方圆是否出轨，干吗如此武断地将出轨的帽子扣在他的头上？我掐灭掉手中只吸了一半的烟，拿起手机准备回自己的房间休息，铃声却忽然响了起来，我看了看号码，是简薇打来的。

　　我带着疑惑接通了电话，问道："怎么了？"

　　"给你十分钟时间，马上来香格里拉酒店。"

　　简薇语气冰冷地说完这句话后，便挂掉了电话，我足足 30 秒才反应过来，赶忙披上外套，拿起车钥匙向楼下跑去。十分钟后，我便驱车赶到了香格里拉酒店的露天停车场，简薇那辆艳红色的凯迪拉克很是显眼，我一眼便认出来了，随即将车开到她那边停了下来。

　　简薇按下车窗，示意我上她的车，我拉开副驾驶室的车门，在她身边坐了下来，却发现她表情冰冷，不禁问道："到底怎么了？"

　　她伸手往右前方指了指，我顺着她所指的方位看过去，头皮一阵发麻，因为那里正停着方圆的车子，那么此时和他在酒店房间里的一定是米斓无疑了。

　　我极力让自己冷静，问道："你怎么这么快就找到他了？"

　　"刚刚我们分开后，我给颜妍打了电话，她说方圆还没有回去，我就群发短信让公司有车的员工在全苏州的酒店找方圆的车，然后就在这里找到了。"

　　我点了点头，这确实符合她一贯雷厉风行的作风。

　　简薇语气痛恨地说道："我们是现在上去抓那对狗男女，还是在这里守着？"

　　"酒店不会随便透露房间号的，等吧，他总要回家的。"

简薇重重一巴掌拍在了车子的中控台上，宣泄着心中的怒火……

半个小时后，方圆果真搂着米斓从酒店的大堂里走了出来，两人有说有笑，举止非常亲昵。我和简薇一左一右打开车门，当即走了出去。简薇沉着脸看着方圆和被他搂着的米斓，我依旧没有言语，心中却对方圆充满了失望。

骤然看到我和简薇，方圆整个人都好似石化了，以至于手臂还一直搭在米斓的肩膀上未曾放下来。简薇两步走到方圆面前，抬手就是一记响亮的耳光，骂道："方圆你就是一个畜生，你对得起跟了你这么多年的颜妍吗？"

方圆捂住自己的脸颊，避开了简薇痛恨的目光，他身边的米斓怒视着简薇，问道："你谁啊，怎么动手打人！"

这一问，让简薇的目光从方圆的身上转移，她看着米斓，忽然反手又是一个耳光重重地抽在米斓的脸上，当即鲜红的血从米斓的嘴角处流了出来，她愣住了，估计从小到大没有人敢这么对她。回过神的米斓伸手就想一个耳光还给简薇，我一把抓住了她的手，简薇趁势再一巴掌甩在了她的脸上，顿时又是五个鲜红的指印留在了她面颊上。

简薇言语冰冷地说道："在别人眼里你是卓美董事长的千金，在我眼里你只是一个不要脸的小三，今天我就动手打你了，因为你欠教育……"

米斓彻底愤怒了，一边奋力挣脱被我捏住的手，一边冲简薇吼道："你有病吧，敢说你是谁吗？我让你不得好死！"

面对叫嚣的米斓，简薇满脸不屑地说道："你问我是谁，好，我现在告诉你，我叫简薇，是方圆老婆的闺密，如果你觉得信息不够详细，我可以给你张名片，有胆你就来找我。"说着从钱包里抽出一张名片，拉开了米斓的衣领，塞了进去。

米斓无法挣脱我，哭泣着向方圆说道："你就眼睁睁地看着他们这么对我吗？"

一直沉默的方圆，终于看着简薇说道："简薇，你不要闹了，这件事情错在我，与米斓无关，你有怨气就冲我来，是打是骂，任凭你处置。"

简薇没有理会方圆，而我终于松开了放弃挣扎的米斓，方圆也适时挡在了米斓的身前，不让她再与简薇发生冲突。四周围观的人越来越多，为了避免事态继续升级，方圆对米斓说道："你赶紧回去吧，剩下的事情我来处理。"

米斓依旧恨恨地盯着我和简薇，而人群中似乎已经有人认出了她的身份，出于保护她的目的，方圆拉着她向自己的车子走去，然后将她推进了车里，又将车钥匙递给她，示意她赶紧走，毕竟她是米仲德的女儿，出了这样的丑闻，对卓美的声誉是有影响的。米澜迅速开着方圆的车向酒店外驶去……

此时，简薇依旧很愤怒，她拿出手机，方圆紧张地问道："你要干吗？"

"打电话给颜妍。"

方圆从简薇手中夺过了手机，然后乞求着对她说道："薇薇，不要告诉颜妍，我求你一定不要告诉颜妍。"

"恶心的男人，现在知道怕了，你早做什么去了？"

方圆又求助般看着我，他此时的表现让我明白，其实他对颜妍还是有感情的，否则他不会如此害怕颜妍知道自己出轨的事情。

我一声叹息后对简薇说道："先找个地方坐坐吧，这里不是说话的地方。"

简薇终于没有再反对，在我们之前向自己的车子走去，我看了看呆若木鸡的方圆说道："别傻站着了，走吧。"

方圆点了点头，随即我与简薇各自启动车子，快速驶离了这个是非之地。

第 284 章

希望你永远记得这个
伤口

简薇的车子在前面行驶，我载着方圆尾随其后，一路上方圆一言不发，烟却抽了一根又一根。两辆车子穿过了数条街道后，简薇渐渐放慢了车速，似乎已经快到目的地，我下意识地往前方眺望，骤然发现方圆与颜妍举行婚礼的雅茗大酒店正矗立在眼前，当即明白了简薇来这里的用意。果然，身边的方圆闭上了眼睛，充满了出轨后的歉疚。

酒店的茶餐厅内，我与方圆坐在一边，简薇独坐一边，她用质问的眼神看着方圆，却又一言不发，我甚至能感觉到方圆被逼迫后的巨大压力，以至于夹着烟的食指和中指都在轻微颤抖。

简薇终于开了口："方圆，你还记得四年前的自己是什么样子吗？"

方圆抬头看着简薇，表情有些呆滞。

"你记不得是吧，那我来告诉你。四年前的你，大学刚毕业，没钱、没

车、没房，甚至连一份稳定的工作都没有。"

方圆点了点头，没有否认简薇口中的那个在四年前一无所有的自己。

简薇又逼问道："当时颜妍是怎么对你的，这个你是不敢忘的吧？"

方圆仰起头，艰难地说道："是她一直在玩命地工作，养着我。"

简薇嗤之以鼻："方圆，我还要提醒你，在大学时颜妍就是学校模特队的队长，公认的系花，身边从来不乏追求者，毕业后在你们最艰难的那段日子，她为了你拒绝过多少优质男人，你不会不知道吧？"

方圆惊诧地看着简薇。

简薇一脸悲痛，许久才说道："她从来没有和你说过这些，这个傻女人，她肯定是为了不给你压力，在她眼里你就是潜力股，是她可以一辈子去依赖的男人。是的，现在的你，的确在事业上小有成就，可是在这之后你都干了些什么？你在玩婚外情，你还是人吗？"

方圆低着头，泪水从他的眼眶中掉落下来……简薇依旧不肯罢休，我向她摇了摇头，示意不要再说下去了，因为一个男人落下了泪水，是他给自己最严酷的惩罚。

沉默了许久之后，我拍了拍方圆的肩膀，说道："想想怎么善后吧。"

一直沉浸在痛苦中的方圆，终于回过了神，紧紧拉住了简薇的手，语无伦次地乞求道："薇薇，千万不要将我出轨的事情告诉颜妍，她承受不住的！算我求你了，行吗？"

简薇甩开方圆的手，语气坚决地说道："这件事情颜妍不应该被蒙在鼓里，因为这是对她最大的伤害。"

方圆满脸无助，再次看着我。我心中充满了挣扎，因为无论说与不说，对颜妍而言都是极大的伤害。我终于向方圆问道："你老实告诉我，你对米斓是什么感觉？"

方圆沉默了很久："我只是一时……一时鬼迷心窍，贪恋她的年轻和漂亮。"

"你不会为了她和颜妍离婚吧？"

"不会，我从来没有想过要和她离婚。"

我又转而问简薇："如果颜妍知道了这件事情，你说她是和方圆离婚，还是选择继续和他过日子？"

简薇怒道："她为了这个人渣付出了这么多，怎么舍得离婚，多半还是咬牙去承受。"

　　"如果颜妍知道这件事情后有决心和他离婚，那我肯定不会帮他隐瞒，但是如果舍不得，我们告诉了她，除了给他们以后的婚姻生活蒙上一层挥之不去的阴影，还能有什么作用？"

　　简薇下意识地咬住嘴唇，表情复杂，足足一分钟后才对方圆说道："不告诉颜妍也行，除非你放弃卓美的工作，彻底与那个狐狸精断了联系。"

　　方圆震惊地看着简薇，估计做梦也没有想到简薇会有这个要求。

　　简薇催促道："你怎么说？"

　　方圆忽然很痛苦地抱着头，声音很轻，却又充满了压抑："今天我刚收到升职通知书，下个月将正式担任苏州卓美的执行副总了，不要逼我好吗？走到这一步，真的太难了。如果放弃卓美的工作，苏州的百货行业都不会再有我生存的空间。"

　　方圆的这番话并没有水分，因为当初他就是跟随陈景明从宝丽百货跳槽到卓美的，如果这次被逼离开，那么在苏州的百货行业便再无立足之地。

　　我又劝说道："是否离开卓美并不是解决这个问题的关键，如果他主观沉溺在这段孽情中不能自拔，你就是把他流放到国外也没有用！"

　　简薇寸步不让："你说的我都明白，但是我现在就是想看到他的态度。"

　　方圆看着简薇，忽然咬牙说道："你要看到我的态度，是吗？"

　　"对，我就是要看到你永不背叛的态度。"

　　方圆拿起餐刀，闭上了眼睛，然后狠狠地扎向了自己的手⋯⋯

　　我惊出一身冷汗，此时的方圆已经被简薇的强势逼到完全丧失了理智，可我已经来不及阻止。餐刀就这么直直地扎了下去，钉在木质的桌子上，而血从方圆的指缝间流出，顺着桌子往简薇那边流淌着。

　　"你疯了吧？"我说着将餐刀从方圆的指缝间拔出，然后握住他的手腕察看，心中重重松了一口气，万幸只是扎开了无名指和食指上的皮肉，饶是如此也依稀看到了伤口处的指骨。

　　医院大楼外的院落里，方圆向简薇问道："现在你还会怀疑我的态度吗？"

　　简薇的态度终于缓和了些，她轻叹一声说道："我相信你是在乎颜妍的，希望你永远记得手上的这个伤口！"

　　方圆点了点头，没再多言，伸手招来一辆出租车后，很快便随车消失在我和简薇的视线中。我和简薇并肩站着，谁都没有立即离去，谁也没有开口说话。无休止的沉默中，我强烈感觉到：今天方圆的事件也影射了我和简薇，可是到底影射了哪里，我却说不上来⋯⋯

第 285 章

文青

客栈

回去的路上，我的心思仍沉浸在今天晚上的事件中，忽然想起一个细节：方圆用餐刀扎向自己手指时，一般女人早就吓得花容失色了，可简薇自始至终都很镇定。我又联想到她手腕处的那道伤疤，如果那条伤疤真的如她所说是别人误伤，她应该更惊恐才对，除非是她自伤。如此一分析，我的心似乎被一只无形的手给揪住了，一阵钝痛，情愿相信是误判，于是安慰自己：简薇一向强势，那么肯定有一个强悍的性格去支撑她的强势，基于此，她当然不会被那一幕惊到。反复安慰中，我的心终于平静了一些，随后重踩了一脚油门，顶着呼啸而过的晚风，向那一处可以短暂安放自己的小世界奔去。

次日早晨，我回到了西塘。停好车后，我向客栈内走去，发现乐瑶正戴着墨镜坐在阳台的摇椅上晃荡着，貌似很清闲。

我向她喊道："吃早饭了吗？"

她不咸不淡地回道："你看不出来我不愿意搭理你么？"

"我不就昨晚回了一次苏州，至于吗？"

"至于，你这人就是缺人品。"

我叹道："这么好的早上，还是做点有意义的事情吧。"

我说着准备向客栈内走去，乐瑶却突然喝止了我："别上来，罚你去给我买一份早饭，要不然和你没完！"

买了三份早餐再次回到客栈内，将其中一份给了童子后，拎着剩下的两份来到阳台上，乐瑶依然坐在摇椅上晃荡着。我满脸堆笑地将早餐递给她，说道："昨天晚上去阿峰的酒吧玩了吗？"

"去了。"

"玩得嗨么？"

"别用这些无聊的问题掩饰你对我的愧疚。"

"你真是太了解我了！"

这句感叹刚说出口，手机便响了起来，我拿出手机，发现是容易旅游网的市场部总监打来的，接通电话后，和自己预料的一样，他又催促我赶紧准备好要发布的广告，不能让网站来配合我的时间。我向他保证，最多三天便把这个事情办妥。他可能碍于杨从容的面子，没有再抱怨什么。

我的压力因为这个电话而骤然变大，心中也拿定主意，不管能不能顺利接手周兆坤的缘来客栈，后天都得将"完美旅游套餐计划"广告发给容易旅游网。这个早晨，我一直在完善广告文案，但这份文案中，并没有涉及周兆坤的缘来客栈，因为潜意识里，我更倾向于他不会接受我的提议。

快中午时分，我又接到一个电话，却是陌生的号码，带着些疑惑接通，传来似曾熟悉的声音："请问你是昭阳老板吗？"

"是的，请问你是哪位？"

"缘来客栈的周兆坤，昨天我们聊过。"

"你好，你好。"

"你好。"稍稍停了停他又说道，"昨天晚上我很认真地思考了你的提议，也很期待你对客栈未来的经营规划。我记得你是准备将缘来做成一个文青型、公益型的客栈，是吧？"

"对，是这个想法。"

"好，今天晚上你就做给我看，让我看到你所规划的客栈雏形，如果达到了我的心理期望值，这个客栈我会按照你的提议转租给你。"

"今天晚上？"

"我知道给你的时间很短，但这考验你的执行力。如果你没有足够的执行力，我要怎么相信你会实现自己的承诺呢？"

我没有再犹豫，对周兆坤说道："我愿意接受这个挑战。"

周兆坤笑了笑，说道："好，现在是中午，从现在开始到今天结束，整个缘来客栈的经营权交给你，你可以动用里面一切资源来做活动。期待你能打动我。"

"我也很期待能和你合作。"

结束了与周兆坤的通话，我立刻叫来阿峰，将大致情况说与他听后，与他商量着对策，仅仅花了半个小时，我们便确定了活动方案，然后兵分两路，他去购买晚上活动要用到的各种物料，我则去缘来客栈进行现场勘察，评估活动有多大的立体空间。

大约下午三点，阿峰便很高效地带来了一辆小型货车，里面装满了活动要用到的装饰物，接着便有"完美旅游套餐计划"的参与商家开始进场布置。很快现场便拉起了各种水果形状的彩灯，彩灯下放置了数堆柴火和保证安全

的灭火器，这是在傍晚时用来做篝火的。随着我的一声令下，客栈的门口又竖起了一面巨大的广告旗，上面写着今天晚上的活动宣传语。

周兆坤来到我的身边，他打量着广告旗，念道："风吹得我们想跳舞！"

我对他笑道："这是今天晚上的活动主题，天气预报说今晚会有风。"

他又转身看着那几堆未点燃的篝火，说道："吃着烤羊，喝着酒，等着一阵吹来的风，再跳上一支民族舞。有点感觉，让我想起了在中东国家度过的某个愉快的夜晚。"

我心中稍稍松了一口气，能勾起他的回忆，那便成功了一小半，这也间接证明，他的身上确实有文青气质，因为"风吹得我们想跳舞"这个宣传语，实在有点酸，但也是一种成功的迎合。

他又对我说道："你们的执行力还不错，我觉得这样的活动长期举行下去，会在这个客栈形成文艺气氛，不过公益性呢，公益性你准备怎么体现？我是说今晚。"

"关于公益性的体现，我先卖个关子，晚上活动举行时，你就知道了。"

周兆坤笑了笑，说道："那我就拭目以待了。"

我回应了他一个笑容，刚刚才松了一口气的心又紧了起来，因为时间过于紧迫，根本还没有闲暇去考虑公益性的体现，之所以说卖个关子，不过是给自己争取些时间罢了。

第286章
风吹得我们想
跳舞（1）

现场的布置在我的指挥中井然有序地进行着，仅仅用了两个小时，一个临时的活动现场搭建而成，我又开始做着最后的安全检查。这时，出去宣传的阿峰和他的乐队回到了客栈，看着已经搭建好的临时活动现场，向我称赞道："布局很合理，装饰也很有格调，你肯定有不少组织活动的经验吧。"

"以前在百货商场的企划部待过，这些经验都是工作中积累下来的，今天派上用场了。"

阿峰点头附和道："我相信周兆坤会喜欢的。"

"希望如此。对了，附近你有认识的家庭比较困难的学龄儿童么？"

"还真有，这孩子的爸爸是个残疾，妈妈有轻微的智障，生活挺艰难的。"

这让我又想起了远在苏州的魏笑，心中有些难过，不过目前也不容多想，就对阿峰说道："你现在去把这孩子带过来吧，今天晚上咱们帮他一把。"

阿峰对这样带有公益性的事情很热心，当即便应了下来。

在阿峰离开后，我又去了客栈的服务台，向服务员询问今天晚上还有多少间空房，她告诉我，还有 28 间，我选了 6 个位置比较好的房间，告诉她不要对外出租，今天晚上有用。服务员很配合地应下了，当即给了我 6 张房卡。

等待的风还没有来，夜色却已拉开帷幕，现场的灯光纷纷亮了起来，阿峰和他的乐队开始调试起音乐设备，而木炭烤炉上架着的全羊渐渐呈现金黄色，油的香味弥漫开来。闪烁的灯光，燃起的篝火，婉转的音乐，美食的香味，刺激了路过的游客，让他们纷纷围拢来一探究竟。

天色又暗了一些，现场的游客越来越多，多到出乎我们的意料，我从阿峰的手中接过一只话筒，对众人说道："各位晚上好，首先欢迎你们来参加这场即兴举办的'风吹得我们想跳舞'的主题篝火晚会，今天晚上，在这个小广场内聚集了许多西塘优秀的美食商家，目的就是为大家提供一场美食盛宴和心灵的狂欢。"

台下的游客开始交头接耳，好似不太明白我到底想表达什么。

我索性直切主题："大家看到眼前的这些美食和美酒了吗？"

游客们纷纷说道："怎么，我们今天可以免费品尝吗？"

因为时间过于紧迫，并没有设置具体的活动内容和流程，一切只能靠临场的应变，于是我即兴对那些询问是否可以免费品尝的游客说道："免费品尝可以啊？不过……不过你得到台上为大家唱歌助兴，如果大家都为你鼓掌，我就送你一张免费的品尝券，把你吃到嗨，吃到吐，怎样？"

台下当即有了起哄的人，一个穿着时尚的美女走上台来，眼疾手快地从我手中接过话筒，开始一展歌喉，其他没有抢到首轮机会的，仍保持着极高的表现欲，跃跃欲试，不过更多的是对美食感兴趣愿意掏钱购买的游客。不管游客们抱着什么样的心思，但现场的气氛却在一瞬间火爆了起来，而且不断有新的游客在涌入。

我和阿峰站在一边看着，周兆坤站在另外一边，阿峰看了看他，有些担

忧地说道："昭阳，我承认你是做活动的高手，但现在这火爆的气氛和文艺搭不上边吧，恐怕周兆坤不会太喜欢。"

"急什么，那一阵风不是还有没吹来么！"

我话音刚落，却不想腰间突然传来一阵钻心的疼痛，回头望去，正是戴着墨镜和口罩的乐瑶，她语气"仇恨"地说道："昭阳，你好意思吗？自己组织一大帮人疯玩，把我一个人像面壁似的留在客栈里！"

我挣脱了乐瑶，附在她耳边说道："这是一帮人海吃海喝的场合，你连口罩都不能摘，我喊你干吗，光看又不能吃，不是折磨你嘛！"

乐瑶当即摘掉了口罩，说道："现在这样可以了吧？"

"有本事把墨镜也摘了！"

乐瑶又往我腰间掐了一把："你有完没完了？"

我再次挣脱她，说道："别闹，有正事儿要办呢！"

乐瑶不满地"哼"了一声，环视一圈现场后说道："要不是我看游客们都往这边走，还真不知道你在这里做活动呢！说，你不是不打算和人家合作吗，怎么又用人家的场地做活动了？"

乐瑶的话没有质问到我，却引起了我的怀疑，我试探着问道："周兆坤今天突然接受我的提议，给我这么一次机会，该不会和你有关系吧？"

"你在说什么呀？"

乐瑶的演技过于高超，我无法判断她有没有撒谎，便向阿峰问道："她昨天去你酒吧玩了吧？"

阿峰点头表示肯定，又说道："不过周兆坤没去啊！"

我稍稍心安了一些，又问道："那她昨天晚上几点从酒吧离开的？"

"11 点左右。"

我当即给童子打了电话，让他调看监控录像，确认乐瑶昨天晚上是 11 点 10 分回去的，心中终于彻底踏实了下来，因为乐瑶完全没有时间与周兆坤见面。我的这一系列举动终于让乐瑶明白了过来，她当即摘掉墨镜瞪着我说道："昭阳，你有病吧？"

虽被乐瑶骂了，我却并没有言语，因为就算被她骂了也是值得的，我不想她再为我去付出些什么，我欠她的实在是太多了！

第 287 章

风吹得我们想
跳舞（2）

乐瑶摘掉墨镜后，顿时吸引了一众人的目光，我赶忙将她挡在我身后，她又戴上了墨镜，好在灯光闪烁，人潮涌动，倒是没人认出她的明星身份。

我向她抱怨道："你能不能别每次一激动就把墨镜给摘了！"

"谁让你总不做人事，把我给惹毛了！"

"唉，现在是女明星了，脾气见长啊，想想以前的你，多和气！"

乐瑶的语气顿时软了："我这不是被你给气的么，谁脾气见长了？"

"这儿人太多，我待会儿事更多，也没精力照顾你，你先回客栈吧。"

"这儿多好玩啊，我干吗走？"

我皱眉说道："你这人怎么老爱和我较劲！谁叫你是明星呢？"

在我和乐瑶争执时，周兆坤忽然走到我们身边，我更加急切地想让乐瑶离开了，于是便用手推着她，谁知她和我较上了劲，双臂死死抱着我。身边的阿峰实在看不下去了，咳嗽了两声提醒乐瑶，谁知她只是看了一眼周兆坤，仍死死地缠住我，如此情景，让周兆坤也跟着尴尬起来。我索性放弃了挣扎，冲周兆坤笑了笑算是打招呼。

周兆坤向我点头示意，直到乐瑶放开了我，才对我说道："昭阳，可以介绍我与这位小姐认识吗？"

我点了点头对乐瑶说道："这位是周兆坤老板，昨天你们见过了，今天正式认识一下吧。"

乐瑶倒也不排斥，笑了笑对周兆坤说道："你好。"

"你好。"

我又对周兆坤说道："这位小姐是我的朋友，你应该知道她的姓名吧？"

周兆坤有些诧异地看着我，摇头示意不知。我比他更诧异，难道他并不认识乐瑶？这倒也不是没有可能，毕竟中国的明星这么多，乐瑶也还没有知名到家喻户晓的地步。

乐瑶天生活泼，没等我替她介绍，便说道："我叫乐瑶，快乐的乐，瑶池的瑶。"

"很高兴认识你。"

"我也是。"乐瑶说完便转头饶有兴致地看向演唱台，多少显得有些敷衍。

周兆坤也不介意，就这么站着，也将注意力放在了演唱台上。

一阵大风忽然吹来，刮起了些许尘土，所有人下意识地眯起了眼睛，而风铃声却突然在耳边响起，原本无序的声音，渐渐有了规律，众人静静地聆听这风铃声，现场就这么安静了下来，可烤羊的香味却在大风中更加浓烈。

终于等来了风，我当即从工作台拿起一只话筒，回到演唱台上对所有人说道："各位，风来了……吹起了烟火，吹散了浮华，吹来了酒肉的味道，吹得风铃在跳舞，也吹起了我们今天聚在一起的缘分，所以跟随这阵风跳起来吧，跳出命运的束缚，跳进幸福的河流……"

我的话音刚落，DJ便放了一段律动感很强的音乐，在场的人在短暂的愣神之后，纷纷跟随着节奏晃动起身体，那人与人之间的天然隔阂好似渐渐消散，彼此在吹过的大风中互相靠近着，渐渐连那篝火都好似有了人的情感，忽高忽低，忽明忽暗……

气氛越来越好，我也被这种气氛所感染，骨子里那豪爽的性格又被激发出来，高声对所有人说道："大家听好了，今天一定要玩得尽兴，所有吃喝的费用，全部算在我身上，我为大家的狂欢买单……"

人群中响起一阵热烈的欢呼声……跳舞、喝酒、吃着烤全羊，人人都好似甩掉了生活的负重变得放肆，直至冲破了夜的深邃，将最本真的自己放进呼啸而过的大风里，接受着岁月的洗礼。

我再次来到周兆坤的身边，看着还在狂欢的人群对他说道："文艺绝对不是孤傲的自赏，而是人性的释放，周总您认同吗？"

周兆坤若有所思，点头道："我认可这个活动赋予客栈的人文精神。"

"谢谢周总的认可。"

周兆坤再次点头回应，却没有言语，好似在等待我接下来将会如何体现出客栈公益性的一面。这时，阿峰将我拉到一边，压低声音说道："昭阳，你真是疯了，如果今天你要为全场买单的话，知道要花多少钱吗？"

我并没有太多的心理负担，说道："随便多少钱，我都觉得值！"

"希望今天晚上能让周兆坤满意，否则你这钱就白花了！"

我没有言语，心中却一片坦然，因为今天的自己已经尽力了，无论结果如何，都是问心无愧的。避开拥挤的人群，我找到了一个相对安静的角落，点上了一支烟休憩着，再过一会儿我将去组织最后一个环节，而成败便在这最后的环节上。

　　风越吹越大，口中吐出的烟雾甚至来不及与空气做一次亲密的接触，便消散得无影无踪，我预感到待会儿可能会有一场不期而至的阵雨，必须尽快将今晚的活动结束掉，于是掐灭了手中的烟蒂，准备回活动现场，却忽然在入口处发现那个红衣服的女子正向场内走来。

　　我下意识地看了看口袋里正装着的 6 张用来做活动的房卡，心想：今晚一定要将这 6 间房中的其中一间，租给那个红衣女子，我相信她不会拒绝这接下来带有公益性质的活动。所以，今晚我终于有机会弄清她的姓名了！

第 288 章

两女
相争

　　红衣女人走进场内后很快便被狂欢的人群淹没，我并没有过多关注她的动向，迈着大步向演唱台走去。我从主持人的手中接过话筒，对台下的众人说道："各位，待会儿可能会有一场大雨，咱们今天的活动可能要提前结束了。"

　　人群中顿时有人说道："下雨就下雨，淋一下没什么大不了的，这么好的活动这么快就结束实在太可惜了！"

　　顿时有人附和道："老板，你是不是心疼今天请我们免费吃喝的这些东西啊？没关系我们可以付钱的！"

　　我笑道："各位真是误会了，因为今天的活动准备得过于仓促，所以没有做防雨措施，现场很多设备和厨具是不能淋雨的，各位就见谅一下吧，以后这样的活动会经常举行的，欢迎各位常来西塘玩。"

　　人们纷纷抬头看着天空，确实布满了厚重的乌云，终于不再勉强。我让参与的商家将剩余的酒和食物全部分给游客们之后，示意阿峰将那个家庭贫困的孩子领到台上，站在了我的身边。他有些胆怯地看着台下，我因为他怯懦和自卑的眼神而难过，轻叹一声之后，才将话筒放在嘴边对人群说道："今天举办这个活动，除了让大家狂欢，还有另外一个目的，就是希望大家能够

献出自己的爱心，帮帮这个孩子，他的家庭很困难……"

我的话还没有说完，便被台下的一个大嗓门给打断："不就是捐点钱么，小意思。就冲老板你的仗义我捐一百，你们其他人也踊跃一点，好吧？"他说着从钱包里抽出了一张百元的整钞递给我。众人表示赞同，十块、二十、一百、二百……纷纷从他们的钱包里被抽了出来，人性的美好，似乎在这场吹过的大风后被无限放大。

我带着感激拒绝了他们递过来的钱，说道："各位愿意献出自己的爱心我真的挺感动的，不过我还是希望能有偿地向大家募集这笔善款，也让我们缘来客栈为这个孩子献上一份力。"说着，我从口袋里掏出 6 张房卡，接着说道："这里有 6 张房卡，是我从客栈精心挑选出来的 6 间好房，通过竞拍的方式租给大家。这样既让我们客栈为这个孩子出了一份力，也让各位的善意得到一个小小的回报。"

众人纷纷点头，向我询问道："多少钱起拍？"

"房型不同，价格也不一样。"

"那你拍吧，我们等着。"

我点了点头，抽出其中一张房卡说道："这是 2 楼的一间标准大床房，设施齐全，最大的特色是房间的后面有一个 2 平方米的小阳台，黄昏时坐在阳台上喝一杯茶或咖啡还是很惬意的！这间房的起拍价是 20 元。"

当即有人喊道："我出 100 元。"

话音刚落又有人跟价："100 也好意思喊，我出 200。"

"200 也不过是这个房间的平常价格，一点诚意也没有，我出 500。"

竞拍的价格就这么不断被刷新着，最后这间房以 1200 元成交，拍得这间房的游客拿了房卡之后，当即与服务员去客栈内登记了个人信息。第二张房卡拍出了 800 元，第三张拍出了 1500 元，第四张拍出了 2000 元。这个结果完全出乎我的意料，也更加相信人性的美好。我终于拿出了第五张房卡，对众人说道："这是一间我们客栈为数不多的套房，客厅和房间都很宽敞，装修淡雅却不失精致，最大的特色是房间内有一个全景式的落地窗，拉开窗帘便可以将如画的西塘尽收眼底。这间房的起拍价是 200，请各位出价！"

介绍完房间后，我迅速扫视着人群，找到了站在角落里的红衣女子，我觉得她一定会拿下这个房间，因为她喜欢套房。

底下有人叫价："我一步出到位，3000。"

第一次出价便这么高让我略感震惊，随即打量此人，果然一副款爷的架势，毕竟脖间那拇指粗的黄金项链也不是摆设。台下陷入到安静中，我用眼角的余光看向红衣女子，她果然如我所料地开了口："我出5000。"

所有人的目光在刹那间集中到她身上，显然被红衣女子的阔绰给震惊到了，尤其是之前出价到3000的那位款爷。款爷咬着牙说道："我出6000。"

红衣女子没有一点压力地说道："8000。"

款爷这下彻底败下阵来，拍着自己的大脑袋说道："我就一做厨师的，犯不着和你们这些有钱人较劲。"

众人因为"款爷"的自我坦诚和抱怨，一阵哄笑，我也向他表示了感谢，因为在他并不富裕的情况下愿意拿出3000元资助那个孩子，这份品格真的可以掩盖一切缺点，极其宝贵。就在众人以为这个红衣女子将势在必得时，一直站在台下未曾离去的乐瑶终于开了口，她竖起了一根手指对我说道："我出一万。"

台下又是一阵哗然，我也因为乐瑶的出价而意外，可是想到一万块钱对她而言也没什么压力，便调侃道："感谢这位戴墨镜的神秘美女出价。"

我的话音刚落，便根据乐瑶的嘴型判断出她骂了我一句"去死"，而她身边的阿峰也笑着摇了摇头。众人的目光再次转移到红衣女子的身上，好奇她会不会跟下去。只见红衣女子没有丝毫压力地说道："一万五。"

我大声喊道："这位红衣美女真是够土豪的，不知道那位神秘美女会不会继续跟呢？"

乐瑶并没有犹豫，随即说道："两万。"

红衣女子依旧很无所谓地说道："两万五。"

这个时候我倒真的开始为乐瑶感到担心了，这五千五千地往上加，也是很恐怖的，毕竟红衣女子自始至终都表现得很无所谓，可在如此场合下，我又不能提醒乐瑶，只能祈祷她不要再往上加价了，这真不是值得恼气的事情！

第289章

少给我发
好人卡

在红衣女子出价到两万五千元之后，乐瑶没有一丝犹豫地报出了三万元，顿时惊得全场鸦雀无声。而红衣女子甚至没有看一眼与之竞争的乐瑶，依旧很无所谓地说道："三万五。"

两个女人的针锋相对极大地满足了众人看戏的心态，纷纷起哄鼓掌。我朝阿峰使眼色，示意帮我阻止乐瑶这种不理智的行为。阿峰会意，轻轻推了推乐瑶，示意其冷静，可乐瑶根本不理会，再次执着地报出了四万的价格。这时的红衣女子终于看了一眼与她针锋相对的乐瑶，不过仍将出价提到了五万，这让看戏的游客们纷纷鼓掌叫好，然后等待着乐瑶继续出价。果然，乐瑶又准备喊价，但这次却被站在她另一侧的周兆坤给阻止了。

周兆坤不似往常那般带着笑脸，他面色严肃地走上台，说道："我出十万，这间房的竞拍就到此结束可以吗？"

人们彻底震惊了。我还没有表态，红衣女子却不罢休，当即又报出了十一万，周兆坤皱了皱眉，直接报出了二十万，然后对红衣女子做了一个打住的手势，说道："这位小姐，首先我很感谢您对这次竞拍活动的积极参与，可是公益活动如果变成了无尽的攀比，也就失去了原本的意义，所以就到这里为止好吗？"

红衣女子沉默了半晌，说道："你说得有道理，这间房让给你了。"说完后便推开了人群向场外走去。

我有些愕然，做梦也没有料到，最后是以这种戏剧性的方式结束了。拍出第五间客房之后，第六间房被无人竞争的乐瑶以 5000 元的价格拍了下来，这也宣告拍卖活动至此结束，不过游客们想为贫困的孩子略尽绵力的心却没有结束，纷纷从钱包里抽出钱递给站在我身边的自卑且怯懦的小男孩。

风更大了，厚重的乌云里忽然蹿出一条蛇信形状的闪电，随之响起的雷鸣声好似将天空震颤成无数个碎片，而雷雨就要来了。我大声提醒游客们赶紧散去，却依然有不少人在离去前向我问道："老板，以后你们的客栈还会有这样的活动吗？气氛真的很不错！"

"会有的。"

"那行，下一次我们一定会争取竞拍到房间，这个环节很有意义。"

"那我就先替那些需要帮助的弱势群体谢谢你们了。"

"每个有社会责任感的人都会这么做的……对了，你给我们留一张名片吧，下次我们来西塘就直接给你打电话，住你们家的客栈。"

我再次表示感谢，然后从车里拿来厚厚一叠名片，依次分给了众游客，他们接过名片后陆续散去，现场渐渐安静了下来，而那一阵酝酿许久的雷雨也终于来了！雨水伴随着电闪雷鸣瓢泼似的落下，来不及回客栈的我与乐瑶并肩站在一个商家的遮阳棚内避雨。雨声很大，以至于我提高声调对她说道："咱们去客栈内避避雨吧，这个遮阳棚太小了！"

"你不觉得这样很有情调吗？第一次离雨水这么近，却没被淋到。"

"你的文青病又犯了！"

乐瑶没有理会我，闭上眼睛听雨，我则点上一支烟消遣着无聊。一支烟快要抽完，我推了推她，问道："你刚刚为什么非得和那个红衣女人较劲啊？"

"我倒不是和她较劲，只不过想帮你把出价再往上提提。"

"少来，她要是不愿意再出价了，最后这好几万不就落你身上了吗？"

"你太小看她了，我觉得几万块钱对她来说真的不算什么钱。"

"依据呢？"

"你没有注意到她身上的衣服和包都是 CHANEL 的全球限量款吗？"

我感叹道："我以为就是一般的 CHANEL 呢，没注意是限量款的。"

"所以呀，十万、二十万对她来说也就是一身行头的价钱。"

"假如，我说假如，她要是不肯出价了，你该怎么办？以后还是不要再做这么冒险的事情了！"

乐瑶并不太在意地回道："她不出就不出呗，几万块钱我还是出得起的……想想能改善那些孩子们的生活，我就觉得值！"

"你真是个好姑娘！"

"你去死吧，少给我发好人卡！"

"你别激动啊，我是真的觉得你挺好的，毕竟现在这些明星哪怕为公益捐了一分钱，也得想方设法趁机包装自己，与他们一对比，你真的很难得了！"

乐瑶看着我，沉默不语，这让我有些局促。远处，周兆坤撑着一把白色的雨伞向我们走来，我的目光终于从乐瑶的身上转移，随之心跳加快，因为他可能是来告诉我结果的，我是否能够接手缘来客栈只在他的一句话间。一直沉默的乐瑶也随我变得紧张起来。为了缓解这种紧张，我低声向乐瑶问道："你说刚刚周兆坤在红衣女人报出十一万后，为什么还出价到二十万，明明他是反对在这样的公益事件中进行攀比的。"

"你这么问是什么意思？"

"我当然相信他是讨厌这种攀比的，但更觉得他是一怒为红颜，毕竟刚刚红衣女人和你针锋相对了那么久，他得帮你把面子找回来，否则红衣女人最后出到十一万时，他就没有必要再往上加了。"

乐瑶朝周兆坤看了看，说道："如果是真的，我也不一定会领情。"

"不至于吧，我觉得他这个人还是很不错的，细心，还温文儒雅。"

"至于，我生平最不喜欢那种典型暴发户的煤老板！"

第290章

成功
越来越近

我没再回应乐瑶，因为这个话题本就是为了缓解紧张的心情而提起的。周兆坤终于走进了遮阳棚内，关掉了伞，很平和地对我说道："今天辛苦了。"

"谈不上辛苦，今天于我而言也收获了很多。"

周兆坤点了点头，随即从口袋里掏出一张支票递给我，说道："刚刚我拍下了第五间套房，这张支票你拿着。"

我抱歉地说道："在你的客栈做活动，还让你为这笔善款买单……"

"都是为了做公益，不计较这些，希望你能妥善处置这二十万，尽可能帮助那些需要帮助的弱势群体。"

我从周兆坤的手中接过支票，很郑重地说道："这是我的责任，请放心！"

周兆坤点了点头。这时，乐瑶向周兆坤开了口："周总，今天晚上的活动您还满意吗？"

周兆坤看了看我，答道："总体是满意的，但最后的竞拍不尽如人意。"

乐瑶很敏感地回道："你的意思是我帮了昭阳的倒忙，不该与那个红衣女人将出价往上抬了一次又一次？"

周兆坤点头道："我觉得这样有些哗众取宠，公益应该是发自内心的给予，而不是大庭广众下的攀比。"

"真搞笑，按照你的逻辑，你最后出的二十万不也是哗众取宠吗？"

我制止了乐瑶，因为有文青情结的人，多半是偏执的，但也可以将这种偏执理解为信仰，所以周兆坤会在自己的脖子上纹上"信仰"二字。我做着最坏的打算，向周兆坤问道："那您是不认可这次的活动了？"

"我是一个完美主义者，我希望我所关注和期待的人或事物都是完美的。"

我的心在一瞬间跌到了谷底，说道："您已经给我答案了，是吗？"

周兆坤并没有回答这个问题，而是说道："我记得刚刚你和游客们保证过，会将这个活动延续下去。今天缘来客栈的经营权我是交给你的，所以你今天的承诺，就代表了客栈，我希望你能代表客栈做一个言而有信的人。"

我有些发愣，很久才问道："您的意思是？"

"凡事都有例外，而且我也不认为谁接手后会比今天的你做得更好，所以……客栈按照你之前提出的方案交给你经营，为期一年，如果这一年中你让我看到了想要的经营成果，我们再续长约，你看可以吗？"

失望和兴奋转换得太快，以至于我觉得像在做梦，直到身边的乐瑶推了推我，才回过神对周兆坤说道："可以，当然可以！"

周兆坤拍了拍我的肩膀，鼓励道："明天来客栈签合同……加油吧！"

我点头道："我会让这个客栈往你所期待的方向发展的。"

周兆坤与我和乐瑶道别后，便撑起伞朝自己那辆兰博基尼走去。随着发动机的轰鸣声，车子如黑夜的精灵一般从我们的视线中消失。我却突然心潮澎湃起来，感觉自己的双手已经触摸到了成功的边缘，那么透亮……我跑进了正在往下落的暴雨中，仰起头，闭上眼睛，大喊着"啊"，任雨水击打着我的脸，任灵魂浸泡在这刺骨的冰凉中，于是体内的那一把火焰终于熄灭，好似化作了一阵芬芳，缭绕在未来将要前行的道路上……

待在遮阳棚里的乐瑶忽然也从里面冲了出来，紧紧地抱住我，学着我的样子宣泄着……可我却在她的喊叫声中平静下来，然后将手中那张快淋湿的支票塞进她那件防水的夹克外套里，附在她耳边大声问道："你叫什么啊？"

她回答的声音比我还大："从去年到今年，我完成了人生的蜕变，我觉得很爽啊，为什么不能像你一样叫……啊……啊！"

暴雨还在击打着我们的身体，可我们并不畏惧，只觉得自己和此时的乐瑶就像两只并肩冲破束缚的雨燕，赐予彼此感同身受的力量，翱翔在这无边无际的天空里，再也不愿意回望曾经在社会底层苦苦挣扎的日子。

这个夜，乐瑶并没有住进缘来客栈那间自己拍下的套房中，而是回了我的客栈，因为她被雨淋感冒了！我端了一碗煮好的姜汤和感冒药来到她的房间，监督她喝完，准备离去时，她却喊住了我。

我不解地问道："又怎么了？"

"后天是什么日子，你还记得吗？"

"是我们认识多少年的纪念日吗?"

"你傻呀,后天是你的生日,要不然你以为我会来西塘找你吗?"

我一算日子,还真是。

"这证明你这个曾经一无是处的混子,也知道全身心投入到事业中了。"

我摸了摸下巴,笑道:"我喜欢你这个解释,也觉得自己成了事业型男人!"

乐瑶打了个喷嚏,揉着鼻子笑道:"前面几年都是我陪你过的生日,今年也让我陪着吧,你不会想着女朋友,重色轻友吧?"

我随之想起了米彩,心中一阵说不出的滋味,比我还要奔忙的她肯定记不住我的生日,就算记住了,也不会回来吧?

乐瑶伸手在我面前挥了挥,说道:"心不在焉的,想什么呢?"

"想你会送我什么礼物。这次送我一个大点的蛋糕,不能小于 14 寸,毕竟你现在也脱贫步入富裕阶级了,当然礼物的标准也不能低,知道没?"

"你好意思说,去年我过生日时,你送我几寸的蛋糕了? 6 寸的,还真好意思提到生日派对上,把我朋友们的嘴都笑歪了!"

"那你不也吃了么?"

"我犯贱,你送的我都觉得好吃,行吗?"

不知为什么,明明这是一句抱怨的话,却触动了我心中那片时常被自己所忽略的地方,甚至有一种现在就送她一盒 14 寸蛋糕的冲动,因为在生活的细节上,我总是不够用心去对待她,而她看上去大大咧咧,却总将为数不多的细心留给我!

第 291 章

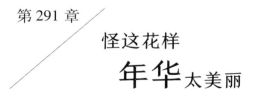

怪这花样年华太美丽

与乐瑶互道了晚安,我便回到自己的房间。洗漱后我躺在床上抽着烟,望着天花板发呆。后天就是自己的生日了,我忽然非常想念板爹和老妈,想念没有离开徐州前,他们每年在我生日时,准时送给自己的生日蛋糕和笑脸……想着想着便笑了，然后将手中的烟掐灭了，又从床上坐了起来，打开电脑，准备将刚刚接手的缘来客栈也设计进"完美旅游"的方案中。时间在恍然不觉中来到了深夜两点，我终于将全新的方案做好，然后连同今天拍摄的活动照片一起通过电子邮件发给了容易旅游网的市场部。

一桩困扰自己许久的难题就这么解决了，整个人瞬间松弛下来，然后疲惫感便铺天盖地地袭来，我洗了一把脸之后，便躺在床上，等待入睡。可是明明很疲倦，我却睡不着，然后再次点上烟，很无聊地思考自己为什么会无心睡眠。找不到答案的我，终于拿起手机，先打开了QQ又打开了微信，想发一条朋友圈消息，让自己显得有存在感，可是想了许久，也不知道要发些什么，这才在失落中发现自己已经游离在朋友圈之外很久很久了！

我瞪大眼睛看着手机屏幕，明明米彩的联系头像近在眼前，却总是习惯性在自己特别需要她的时候，不愿意与她联系。或许我也是一个追求完美的人，总希望在想她的时候，她就会化作一阵春风从我面前吹过。可现实总是这么骨感，在我需要她时，她并不会化作一阵春风，却时常留给我一个忙碌的背影，然后将彼此放置在两个不同的剧情里，所以她的身边有蔚然陪伴着，我的身边则有乐瑶，但这又改变不了我们是男女朋友的事实，也许这复杂的局面便是一场难以掌握的花样年华吧！

闭上眼睛，重重地呼出一口气之后，准备关掉打开的QQ和微信，却在QQ好友里意外发现了在线的"思美广告"。此时已深夜两点半，简薇竟然还没有休息，于是给她发了一条信息："完美旅游的方案已经发给了容易旅游网的市场部了。"

稍稍过了一会儿，她回了信息："那我就放心了，加油。"

"嗯，这次谢谢你了。"

"只是一声谢谢也太敷衍了吧。"

"那你想怎样？"

"后天是你的生日……不对，已经过了12点，是明天，你不打算举办一场生日party吗？"

简薇竟然还关注我的生日，我很是意外，回道："你还记着我的生日呢！"

"嗯，蛋糕已经订好了，正好再让你借过生日的机会请我吃一顿饭。"

"借过生日请你才是真的敷衍，以后单独请吧。"

"姐工作很忙的，好吗！你愿意请我也得有时间配合才行。"

简薇在我面前自称姐让我觉得很是别扭，但也没多想，很快给她回了信

息："那行，你不介意的话，就这么办吧。"

"对了，今天傍晚颜妍和方圆也会去西塘，一起给你过这个生日。"

"他们也来？"

"他们之间需要这样的短途旅行来调剂，所以我喊了他们，你懂的。"

我给她回了个表示赞同的表情，又问道："你怎么忙到现在还没有休息啊？"

"最近接了一个政府的大项目，都是我在跟进，所以熬得有点晚。"

"嗯，政府的项目是要格外重视的，不过你也要注意身体，别累垮了！"

"这些叮嘱就别提了。时候不早了，先回去休息了，你也赶紧休息吧。"

"行吧，开车回去的时候注意安全。"

尽管失眠到半夜，次日我依旧早早起了床，因为要与周兆坤签订缘来客栈的转租合同，这让我很兴奋，更觉得这是送给自己 27 岁生日的最好礼物。九点时，我与阿峰一起向缘来客栈走去，路上我去银行取了三万元的现金，给了阿峰，并对他说道："这三万块你拿去分给那些昨天参与活动的商家吧。"

阿峰拒绝了，他说道："三万块钱也不是小数目，你自己留着吧，昨天活动的费用就从游客们的捐款中扣除好了。"

我严肃地回道："这绝对不行，人无信而不立，捐款的每一分钱都必须花在那些需要帮助的孩子身上！你这么替我着想，哥们儿心底挺感激你的……对了，周兆坤昨天给了我一张二十万的支票，这个钱你也想一想可以转换成其他什么方式来帮助那些孩子们。"

阿峰点头，回道："嗯，给现金是不太合适，等我想到后再和你商量吧。"

在与阿峰说话间，手机铃声再一次响起，我以为是米彩，忙不迭从口袋里拿出，可结果却叫我失望，这个电话是 CC 打来的。我下意识地撇了撇嘴后才接通电话，对 CC 说道："CC 姐，怎么一早给我打电话啊？"

"我和罗本会在今天傍晚去西塘……我们可都记着你的生日呢！"

"你们太让我感动了……真的感动！"

"还是等我们将生日礼物送到你面前的时候再感动吧。"

"是什么生日礼物？"

"一个可以让你感动到无以复加的礼物。"

"不可能，自从看透了人生的刻薄后，我已经很少感动到无以复加了！"

"昭阳，话可别说得太满哦。"

听 CC 说得如此肯定，我更加好奇，催促道："反正你和罗本都没有工作，现在就把生日礼物带过来让我开开眼界呗！"

"现在不行，真不行……生日礼物还在路上呢！"

我很无语，半晌回道："在路上？不就是在淘宝上买的什么地摊货么？至于说得这么神秘！赶紧打个电话催催快递，说不定待会儿就给你们送到了。"

"懒得理你，反正傍晚时你就看着我们送给你的生日礼物慢慢感动吧。"说完 CC 便挂掉了电话。

我颇不以为然地笑了笑，什么礼物我都不稀罕，想让我感动，除非米彩能站在我面前，以女朋友的身份，亲口对我说一声：生日快乐！

第 292 章

我的 27 岁
生日

结束了和 CC 的通话，我便将她所谓的礼物忘在脑后，与阿峰一起按照原先的计划向缘来客栈走去。路上阿峰向我问道："刚刚一直在听你说生日礼物，你这是要过生日了吗？"

"是啊，明天。"

阿峰埋怨道："你这太不把我当哥们儿了吧，我不问你也不说。"

"这几天真是忙，要不是昨天乐瑶提醒我，我自己都忘了！"

阿峰理解地点点头，又向我问道："准备在哪儿办 party？"

"都是年轻人，要不就在你的酒吧里吧。"

阿峰很爽快地答道："行，那明天酒吧就不营业了，给你腾出地儿。"

"那哪成，该营业还得营业，给我们留一小块地方就行了。"

阿峰点了点头，算是把过生日举办派对这件事情给定了下来。然后我又拿出手机，准备给板爹和老妈打电话，决定主动向他们要一个生日祝福。电话很快便被板爹接通，我很直白地问道："板爹，明天我过生日，你和我妈还记得么？"

"嗯，记得。"

我等待着板爹会和我说声"儿子，生日快乐"，可他却没说，于是我在尴

尬中说道："你儿子过生日，没礼物就算了，'生日快乐'总得说一声吧，毕竟是你亲生的。"

板爹没有理会我，却催促着他身边的老妈赶紧上车，好似要去哪儿，于是我更尬尬了，也不好意思再说些什么。沉默了一会儿，板爹终于对我说道："今天正好是周末，我和你妈合计了一下，准备去西塘看看你。"稍稍停了停又补充道："蛋糕都买好了。"

我心中充满了惊喜，礼物什么的暂且不说，单单他们愿意从徐州千里迢迢地赶来西塘给我过生日，就证明他们对我这个常年漂泊在外的游子充满了惦念。感动中，又听到老妈说道："儿子，你爸在开车，老妈和你聊聊。"

"你让板爹开车慢些，周末路上人多。"

"你爸开车一向稳，放心。对了，你过生日，那个苏州姑娘陪你吗？"

"妈，她是我女朋友，你老这么称呼人家苏州姑娘，是不是太见外了？"

"少给我转移话题，她到底有没有去陪你啊？"

我心中一阵失落，也不想隐瞒，便说道："最近她一直待在美国，工作挺忙的，肯定是回不来了。"

"你就是自己找罪受，要是当初和小允好了，我说不定都准备抱大孙子了，现在可好，一个人漂在西塘，没着没落的！"

我并没有反驳，因为很久前就明白，只要我和米彩谈恋爱，这些便是我必然会承受的，于是玩笑似的回道："妈，下午咱们不就见面了么，你电话里就少说两句吧，毕竟这长途话费也不便宜。"

"你少说废话，反正今年你得想办法把婚给结了，男人要是过了 27 岁，就难找对象了！"

我习惯性给老妈扔了一张空头支票，信誓旦旦地表示在 28 岁前把婚结了，她才结束了通话。我从口袋里摸出一支烟点燃，想象着今天傍晚时分可能会发生的场景，因为时隔三年多，板爹和老妈也将再次与简薇见面。曾经，我将简薇带回过徐州，看着我们恩爱的样子，他们坚定地认为简薇就是那个会成为他们儿媳妇的女人。直到后来某一天，我告诉他们与简薇分手了，他们便再没有在我面前提起简薇，这种不提及恰恰是因为心中有伤，如今再相见，他们又将是什么心情呢？

我又想起了米彩，她真不像话，在朋友和家人纷纷赶到西塘为我过 27 岁生日时，她竟然连一个问候的短信都没有。虽然心中不快活，但我依然不想去提醒她，因为仍在期待着她会在不经意间化作一阵春风，从我 27 岁的生日中吹拂而过。

来到缘来客栈，周兆坤早已经准备好合同，只用了十分钟，我们便很高效地走完了签合同的所有流程。当我的手与周兆坤握在一起的刹那，我有一种强烈的预感：我的人生终于告别了羊肠小道，从此走在了一条宽阔的大路上。签好合同后，又邀请周兆坤明天参加我在酒吧的生日 party，他很爽快地应了下来。现在的我是把周兆坤当朋友的，虽然有时候他近乎偏执，但更真诚，与这样的人相处，完全没有钩心斗角的疲惫，一个煤老板能做到此，实属不易。

下午三点左右，方圆的奥迪 A4 和简薇的凯迪拉克 CTS，率先停在客栈旁的空地上，我站在客栈外迎接他们。颜妍和简薇每人手拎一盒蛋糕向我走来，方圆则面带笑容地跟在后面，已经看不到前些天在他身上留下的阴霾。颜妍和以前一样，与我热情拥抱，将蛋糕递给我后，又送上了生日祝福，然后便是简薇，她只是看着我笑了笑。

我从她手中接过蛋糕，她四处看了看，问道："米彩没有回来给你过生日吗？"

我并不意外简薇会如此问，于是带着些许低落回道："她在美国，你又不是不知道……不过罗本和 CC 他们都来了，现在应该在路上，对了……还有我爸妈也来了。"

简薇的表情顿时变得不自然，转瞬又恢复了正常，笑道："我和叔叔阿姨也很久没见面了吧。"

我点头应道："三年多了。"

简薇没有言语，转头看向了身边那波光粼粼的西塘河……

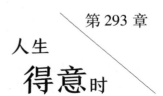

第 293 章

人生

得意时

我随简薇看向了那条西塘河，好似看到了被时间瓦解的生活化成碎片，随波逐流，最后在阳光的映衬下，泛起一阵银光，被风吹散在了河流的尽头。终于我对简薇说道："进去坐吧，吃的、喝的都给你们准备好了。"

安顿了简薇他们之后，我又坐在客栈对面的柳树下，等待着板爹和老妈的驾临，算算时间他们也差不多该到了。一直待在客栈里的乐瑶，走到我身边，开玩笑说道："唉……就算你这么眼巴巴地看着，她也不会回来了！"

我看了她一眼，说道："我等我爸妈。"

"啊，你爸妈有那么宝贝你吗？竟然从徐州赶来给你过生日！"

我瞥了乐瑶一眼，说道："咱们这个朋友还能不能做了？"

乐瑶怅然若失，许久才答非所问："记得我爸妈一起给我过生日的那次，我还在上高一，一转眼都十多年了！"

我轻轻拍了拍她的肩膀，安慰道："所有的美好都源于曾经的缺陷，所以你更应该抬起头向前看，看看自己坦荡的星途，这是多少人奋斗了一辈子都求不来的！"

乐瑶点了点头，随即想起什么似的，慌张地说道："昭阳，完了……去年是我把你从徐州弄回了苏州，你爸妈肯定特恨我吧……我得去避避风头！"

看她一点也不像开玩笑，我赶忙拉住了她，说道："逃什么逃，他们根本不知道你是始作俑者！"

乐瑶半信半疑地向我问道："那他们以为是谁？"

"他们一直以为是米彩，所以这黑锅米彩已经替你背了！"

"那米彩多冤枉啊，你也不和他们解释一下吗？"

"不解释也好，至少他们也借此明白了我对米彩的决心。"

"听你这么解释，米彩哪怕是背了这个黑锅也是幸福的吧！"

我没有言语，因为我不是米彩，是否幸福，不能替她去做评判。

漫长的等待中，我给老妈打了个电话，得到的回复是：她和板爹已经到了浙江境内，最多半个小时便会到达西塘。十分钟后，我又接到容易旅游网的市场部总监打来的电话。他告诉我：今天早上收到我的邮件后，中午便将"完美旅游套餐"在网站上发布了出来，短短几个小时已经卖出 68 份套餐，让我及时做好准备，迎接即将暴增的游客。

我向他表示了感谢，心中更是说不出的舒爽，因为仅从经济角度去看待这件事情，便意味着我每天至少有一万元的毛利润收入，这在我活过的数十载中是从来没有过的，我强烈预感到，人生中的第一桶金离自己越来越近了！在这人生得意时，我更加渴望米彩会在我身边，与我一起分享，可偏偏她连一个微信都没有，于是刚刚还舒爽的心，一瞬间又黯然起来。情绪低落中，我又拨通了 CC 的电话，询问她和罗本什么时候到西塘。

"还没出发呢!" CC 说道。

"怎么还没出发?这都快四点了!"

"唉,没办法,我们给你准备的礼物才到苏州,你别急,我们这就带着礼物出发!"

"四点钟正是快递喜欢派发邮件的点,你们还真是在网上给我买的礼物啊!我说你们也真是的,在网上买礼物就挺没诚意的了,还不知道选个好一点的快递,这朋友是没法做了!"

CC 不耐烦地打断了我:"你有完没完?什么快递,吃错药了吧!"

"吃错药的是你吧,你要不是等快递,能拖到现在?"

CC 泄气似的说道:"完了,我没法和你沟通了!"

"那你就别和我玩神秘,直接告诉我是什么礼物,我都说了,就算你们用网上买的地摊货充当礼物也没什么,毕竟从昨天晚上开始我就已经做好心理准备了!"

我的话音刚落,却不想那边的罗本暴躁地说道:"你和他说那么多废话做什么,电话挂了,赶紧的!" CC 对罗本言听计从,利落地挂了电话。

又是二十分钟过去,我终于看到板爹的那辆老款桑塔纳 2000,冒着黑烟向客栈驶来,我赶忙起身相迎,引导板爹在一块空地上停好车。而这时,乐瑶、简薇等人也来到了我的身边,迎接着板爹和老妈。

板爹从车上走了下来,老妈则从后座拿出一盒蛋糕,向我抱怨道:"你看看,非要待在西塘,每次我和你爸来,光坐车就快把这身子骨给颠散了!"

我厚着脸皮从她手中接过蛋糕,又很殷勤地用另一只手给她捶背,却忽然发现在另一侧站着的板爹,正和简薇对视着,他似乎很意外简薇的到来!

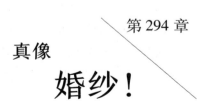

第 294 章

真像

婚纱!

简薇迎向板爹意外的目光,轻声说道:"叔叔好。"

　　板爹点了点头，这时老妈终于发现了简薇的存在，下意识地问道："丫头，你什么时候回国的？"

　　简薇低着头，声音好似有些哽咽："阿姨，我去年就回国了。"

　　老妈看了看我，我避开她的目光，心中却因为她称呼简薇"丫头"而心酸，也许老妈还没有从原来的角色中走出来。这时，颜妍和方圆也和板爹、老妈打起了招呼，终于缓解了这种气氛。随后我领着他们进了客栈，开了一间房，让他们暂且休息。

　　在我准备离去时，老妈忽然叫住了我，问道："昭阳，那个一直带着墨镜的姑娘，我怎么看着这么眼熟呢？"

　　我知道她说的是乐瑶，笑道："她要是把墨镜拿掉你肯定就认出来了。"

　　老妈皱了皱眉，说道："这姑娘也和你处过对象？"

　　"没有，我们只是朋友，几年前就认识了。"

　　老妈嘀咕道："怎么看着这么眼熟，到底是在哪儿见过呢？"

　　离开了板爹和老妈住的客房，我发现简薇正站在阳台的护栏边，有些茫然地眺望着远方。我犹豫了一下之后，还是迈着很轻的步子向她走去，站在她身边，问道："看什么呢？"

　　"西塘的黄昏真美！"

　　我向楼下眺望，只见落日的余晖轻柔地抚着新生的柳条，柳条落进清澈的河水里，风一吹过河面，便在柳条的四周泛起阵阵向外扩散的波纹，让人神怡。我闭上眼睛，贪婪地呼吸着春天的气味，许久才睁开眼对简薇笑着说道："所以我选择留在西塘创业是一个多么明智的选择，每天好似在风景画里赚钱！"

　　简薇笑了笑，却不言语，任晚风将自己的发丝吹得凌乱……我也陷入到沉默中，直到那个红衣女子从客栈前走过，我才冲她喊道："喂，又散步呢！"

　　她停下脚步，朝我和简薇看了看，说道："你又背着女朋友泡妞呢？"

　　简薇顿时面色不善，我轻声对简薇说道："她开玩笑的，你别介意！"

　　简薇冷漠地回道："没什么好介意的。"

　　我稍稍放下心，赶忙对红衣女子说道："你没事儿能不能别老在这条街上晃悠？"

　　"碍你事儿啦？"

　　我向她使眼色，示意她赶紧离去。红衣女人冲我竖了个鄙视的中指之后，继续向前方走去。我心里后悔死了，不该嘴欠和她搭话。我还在护栏边站着，简薇却坐在了与我相隔两米的藤椅上，自嘲似的说道："昭阳，我怎么觉得这么讽刺，现在的我成了你背着女朋友去泡的妞。"

我不语，却能理解简薇的心情，换位思考，哪怕我们分手多年，哪怕是开玩笑，此时的自己也很难接受被别人说成是简薇与某某男人的第三者。一阵压抑的沉默之后，简薇说道："昭阳，今天早上向晨和我求婚了。"

我心中一阵没来由的钝痛，许久才回道："你们能修成正果，挺好的。"

"我拒绝他了。"

"为什么要拒绝？"

"我不知道，或许是因为想象不出和他结婚后的生活是什么模样吧，我有些恐慌！昭阳，你告诉我，我的拒绝是正确的吗？"

"你不该问我，你一向很有主见的。"

"身边已经改变的一切让我觉得自己该嫁给他，可是总下不了决心，我很难形容这种挣扎的感觉，但是真的很不好，好似整个人都被束缚了……"

"就像你自己说的，身边的一切都已经改变了，所以就耐心等待自己有勇气嫁给他的那一天吧，到那天，我会很诚恳地祝你们幸福的！"

简薇点了点头，起身离开了阳台，向客房走去。我没有看她的背影，却重重地呼出了一口气，然后以最平静的状态想象自己与米彩的未来……

傍晚五点半，距离上次和CC通话已经过去了一个半小时，根据车程，CC和罗本也应该到了，于是我又忍不住给他们拨了个电话。这次，过了很久后电话才被接通，我抱怨道："你俩怎么回事儿，开个拖拉机也到西塘了吧！"

"拖拉机！"

我一时没分辨出是谁在说话，说道："记住你开的是车，开车就要有开车的血性，就西塘到苏州这点距离，我最多一个小时内跑完！"

电话那头传来一阵温婉的笑声："是啊，你开车是很有血性，难怪上次把车开到路边的树上去了！"

我愣住了，除了米彩知道上次的车祸，还有谁？还用想吗？此时与我对话的不是米彩还有谁！果然，街的那头，一辆白色的大众CC向这边驶来，驾驶室内坐着的是罗本，副驾驶室是CC。我迎着车子跑过去，等车停稳后，便趴在车窗上向车内看去，米彩真的坐在车的后座上，她长发垂肩，身着一袭白色的连衣裙，简直比梦里还要美。

她按下车窗，微笑地看着我，我却看着她的裙摆感叹道："这连衣裙真像婚纱啊！"

第 295 章

听

昭阳的

我以为米彩会娇羞，却不想她低头打量着自己，半晌说道："是有点像，你让我穿白色的长裙，就是这个目的吧？"

她特有的淡然总是让我那么着迷，我盯着她说道："我有那么高瞻远瞩么？你赶紧下车，转个圈，让我好好看看。"

CC 起哄道："昭阳，人家米儿都穿着婚纱回来看你了，你不能像个男人一样把她给抱下车吗？"一向沉默寡言的罗本也附和着。

我冲米彩挑了挑眉毛笑道："既然群众的呼声这么高，我们就成全他们吧。要不要我再去客栈里喊人，争取弄个人山人海的场面出来？"

米彩哭笑不得地看着我，我已经面带笑容向她张开了双臂。终于，她也迎合着我张开了双臂。我心怀喜悦地抱住她，任她的长发落在我的肩上，紧拥她腰肢的柔软，却感受到爱情的重量，这一刻，似乎让所有的等待都变得有了价值。我又情难自禁地紧抱着她在原地转了一个圈，于是她的裙摆便在夕阳的映衬下飘荡了起来……我终于在恋恋不舍中将她放了下来，但目光却没有离开过她，因为第一次看到她穿裙子的模样，我想将她那完美的身姿刻进自己的脑海里。

CC 似笑非笑地向我问道："昭阳，我和罗本送你的这个礼物是地摊货吗？"

"你们真是胡来，这么一个美丽的姑娘，怎么能当成礼物呢，太暴殄天物了！"

CC 没理我，却对米彩说道："为什么每次看到你们家昭阳给自己找台阶下时，我就觉得好笑呢？"

米彩面带微笑，看着我说道："他一向都这个样子的。"

CC 感叹："爱一个人，果然就奋不顾身，连他的缺点都爱了！"

我下意识地想回她一句"你不也爱上罗本的逼格了嘛！"可又生生咽了回去，因为在韦蔓雯的下落还没有确定前，是不能够提及她与罗本那脆弱的爱情的。

我与米彩、罗本、CC 一起向客栈内走去，这时厨房飘来一阵饭菜的香味。探身往里看了看，正是板爹和老妈在做晚饭，看样子是打算来一顿家庭晚宴了，这样也好，至少比在饭店里更有氛围，而且板爹的厨艺也不错。我牵着米彩的手，向厨房走去，打算带米彩在第一时间向板爹和老妈问声好。

厨房内，老妈和板爹一个洗菜、切菜，一个炒菜，极其忙碌，也没发现我们的到来。

我扯着嗓子向他们喊道："板爹、妈，我女朋友回来陪我过生日了！"

两人同时转身，意外地看着忽然出现的米彩。米彩好似知道自己替乐瑶背了黑锅，有些拘谨，轻声说道："叔叔、阿姨好。"

一向沉默寡言的板爹，对米彩一如既往的热情，他抖了抖手中的大漏勺问道："特地从美国赶回来的？"

米彩点了点头。

板爹笑了笑，说道："那怪累的，赶紧去休息一会儿吧，待会儿饭做好了，我让昭阳喊你！"

"不累的。对了，叔叔、阿姨，这次我回来得太急，也没给你们准备礼物，你们见谅呀，明天一定补上！"

"不用这么客气，我们家不兴这些，人能回来，我们就很高兴。"板爹说完后又示意我带米彩去休息。

我点头，米彩再次和板爹、老妈打了招呼后，才随我向二楼的客房走去。经过楼梯时，正好遇到下楼的方圆和颜妍，两人乍然见到米彩很是意外，尤其是方圆，他的眼神甚至有些闪躲，但仍恭敬地说道："米总，你也来了！"

米彩回了他一个笑容，道："嗯，最近你们为了集团都辛苦了，等我忙完了上市的事情，会论功行赏的！"

"米总您言重了，为领导分忧是我们下属应尽的职责！"

与方圆的拘谨不同，颜妍对米彩很是亲近，她拉住米彩的手，热情地问道："米彩妹妹，你这突然回来应该把昭阳给高兴坏了吧？"

我难掩喜悦，举起与米彩握在一起的手，笑道："从刚刚到现在我就没松开过她的手，够说明问题了吧？"

"既然是两情相悦就赶紧结婚吧，我们可都等着喝喜酒呢！"

我很郑重地向颜妍承诺："不会太久的！"

颜妍又笑着向米彩确认："米彩妹妹，你怎么说？"

米彩看着我，充满幸福感地回道："听昭阳的。"

告别方圆和颜妍，我带米彩来到了一间大床房，她去卫生间洗漱，我则

站在窗户边抽着烟，心中想着方圆刚刚的表现。他之所以会对米彩闪躲，想必是因为和米斓的那段孽情，这样的事情即便是米彩得知了，也会很恼火的。忽然我又产生了另一个担忧，我害怕方圆除了在情感上与米斓产生联系之外，在工作中也有密切的联系，尽管米斓和米彩是堂姐妹，但绝对是在两个对立的阵营里，所以方圆会不会做出什么不利于米彩的事情？我的心情瞬间沉重起来，权衡着要不要将方圆和米斓的事件告诉米彩，让她及时做好防范。

第296章

他

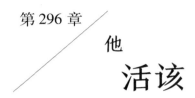

思量了许久，我还是打算将这个事情缓一缓再告诉米彩，毕竟她刚回国，况且这一切只是我的猜测。忽然一阵沐浴液的清香飘进了我的鼻腔里，回过头，米彩正穿着白色的睡衣走过来，向我问道："你一直在这里站着，没离开过？"

"是啊，这个窗户的视野最好，总能把西塘的黄昏看得最透。"

"西塘的黄昏是很美，但是你的心思恐怕更多吧？"

我诧异地问道："怎么这么说？"

"以你好动的性格，没有心思不会站这久的，看黄昏是个不错的理由！"

"我不相信你这么了解我。"

"其实你很简单，从你住进那间屋子的第二天我就这么认为了。"

"原来你从第二天开始就已经暗恋我了，我从来都不知道自己这么魅力闪闪！"

米彩很无语地看着我……我见目的已经达到，将她推到床上，替她盖上被子，催促道："抓紧时间休息一会儿吧，待会儿吃完晚饭，咱们一起去我朋友的酒吧坐坐，估计会玩到很晚。"

米彩欲言又止地看着我，终究还是顺从地闭上了眼睛，我关上窗户，拉上窗帘，退出了房间。不可避免地路过那个阳台，我发现罗本正摆弄着我的那把吉他，便问道："怎么无聊到一个人在这儿玩吉他，CC 呢？"

罗本抬头看着我，半晌说道："不知道。"

"不是哥们儿说你，你就不能对她用点心吗？"

罗本转移了话题："你上次说帮我打听她的消息，现在打听到了吗？"

"还没有眉目，再等等吧。"

"不能等了，自从你答应帮我去打听她的下落后，我每一天都活得很煎熬，这种感觉就像胸口插着刀，人却没死透，你明白吗？"

"我当然明白。"

罗本情绪有些失控："那你就快点、再快点，能办到吗？"

我重重呼出一口气，对罗本说道："我会尽快搞定的。"

罗本平静了些，向我点了点头，然后低头轻轻拨弄起吉他弦……

告别罗本后，我去了乐瑶的房间，因为只有她知道韦蔓雯的下落。房间内，乐瑶躺在床上，一边翻着手中的杂志，一边对我说道："米彩好不容易回来一次，你不陪着她吗？"

我笑了笑："你刚刚看到她来了，也不下去打个招呼，怎么说她也是你的影迷，你这牌儿是不是耍得有点大了！"

"我不见她，不是因为耍大牌，而是她莫名其妙替我背了个黑锅，我不好意思见她！"

"你太认真了！"

乐瑶放下手中的杂志，向我问道："说吧，来找我是为了什么事儿？说完赶紧走！"

我这才意识到自己不太适合在乐瑶的房间里久待，便切入正题："我就是想问问你关于韦蔓雯的消息，老这么吊着实在太折磨罗本了！"

"罗本他活该，当初他自以为找个妓女睡一觉就是成全了韦蔓雯，却不知道将那个对他死心塌地的可怜女人弄得遍体鳞伤……之后的她并不幸福！"

我心中充满了震惊，问道："那韦蔓雯现在到底在哪里，过得怎么样？"

"我现在不想说，罗本就应该为他的自以为是付出代价……"

"你这么吊着有什么意思呢？总有一天要说的。"

"等你明天过完生日，再说不迟，我不想因为这个事影响大家给你过生日的心情。"

我只得妥协，可是却为罗本和韦蔓雯感到遗憾，更为 CC 担忧，因为一场剧烈的爱情风暴正在逼近她，如果韦蔓雯过得不好，以罗本的性子，哪怕她

已经和别人结了婚，也不会放手的。到底是什么让爱情变得这么复杂？又为什么越来越多的人不能因为相爱在一起？我心中有一个模糊的答案，却又不愿意承认，因为在我的心底仍期待会有一份不受世俗约束的爱情。

夜色笼罩了整个西塘小镇，板爹和老妈终于做好了满满一桌饭菜，这让今天所有来的朋友，终于有机会聚在一起，吃上一顿有家庭气氛的晚饭。除了还在熟睡的米彩，所有人都已经落座等待开饭，我准备去房间叫醒她。用备用房卡打开房门，房间里静得甚至能听到米彩的呼吸声，我打开床头灯，凝视着她，许久才轻轻推了推她。

米彩睁开蒙眬的睡眼，打了个哈欠向我问道："可以吃饭了吗？"

"就是来喊你吃饭的，今晚吃饱点，吃完饭还要去酒吧玩呢！"

"好啊，好久没有和 CC 一起唱过歌了。"

听到 CC 的名字，我心中又是一阵难言的惆怅。

第 297 章

爱到
飞蛾扑火

这个晚上，收获最大的，便是老妈，在她见到摘下墨镜的乐瑶时，才明白原来是在电视上见过她，于是热情地和乐瑶聊起戏里戏外的事儿，最后还和乐瑶要了一个亲笔签名。这种现象更证明了这些年宫廷剧的巨大市场，乐瑶确实抓住了机会，成为演艺圈为数不多的一戏成名的代表。

吃过饭，板爹和老妈去游览西塘的夜景，我们一行人则准备去阿峰的酒吧坐坐。路上，我和罗本、方圆走在前面，米彩、简薇、乐瑶、CC、颜妍则走在后面，当这几个女人走在一起时，无疑成了西塘最夺目的风景，不时有路人用目光去追寻她们的背影。米彩和 CC 似乎有说不完的话，简薇和颜妍这对将近十年的闺密手挽着手很是亲昵，于是与简薇向来不来电的乐瑶便落了单，不过她也不在乎，戴着墨镜酷酷地走着，的确够大腕！

很快我们便来到阿峰的酒吧，因为事先打过招呼，阿峰早已留出一片较大的空间，又招呼服务员拿来各种酒水摆好。阿峰将我喊到一边，聊起了最近已经在容易旅游网上售卖的"完美旅游套餐"，他对我说道："昭阳，今天一整天我都在关注容易网上的售卖数据，哪怕接手了周兆坤的客栈，你的压力也很大啊，现在已经开始限售了，没有足够的房间提供给游客！"

我点了点头，此时客栈与其他参与商家的矛盾便体现出来了，以阿峰的酒吧为例，毕竟是快速消费，游客们不会停留太久，即便一天售卖几百份套餐，也没有太大影响，可是客栈却负荷不了。想了想我对他说道："目前再去接手其他客栈也不实际，一旦过了旅游旺季，承担的风险就太大了。"

阿峰无奈地说道："我明白，希望明年这个时候能早做准备吧。"

"嗯，今年咱们先积累经验，明年这个计划会更成熟，现在咱们要做的就是为游客们提供最好的服务，让这个计划保持旺盛的生命力。"

结束了和阿峰的对话，我坐到米彩身边，随即举起啤酒瓶示意她碰一个，米彩微笑着端起果汁与我碰了一个，喝了一口后又与身边的CC聊起了天。罗本今天似乎很有唱歌的欲望，刚喝了一瓶啤酒，他便借了阿峰的吉他，在演唱台上唱起了自己原创的《北京姑娘》。这首歌的意义我们都明白，我看着CC，担心她会有情绪，但她只是托着下巴静静地听着，这让我愈加费解，一个女人真的可以对一个男人做到绝对忍让吗？再看简薇，她手持一杯鸡尾酒，显得很游离，而乐瑶则戴着墨镜坐在最不起眼的角落，只有米彩用一种鸣不平的目光看着台上唱歌的罗本，我知道她是在为CC感到难过。

在罗本唱完了一首歌之后，CC又上去接唱，她唱的是王菲的《扑火》。这是用歌声对罗本的一种回应。她用磁性的嗓音唱着：

> ……我痛到想哭，却傻傻地笑，爱到飞蛾扑火，是种堕落，谁喜欢天天把折磨当享受，可是为情奉献，让我觉得，自己是骄傲的、伟大的……爱到飞蛾扑火，是很伤痛，我只是相信人总会被感动，你为什么就是不能爱我，像我那么深地爱你，为什么？

米彩却哭了，关于与罗本的爱情，CC与米彩交流得最多，所以米彩比所有人都更懂她的无奈和伤痛，可是爱情终究是自己的，我们这些朋友，除了扼腕叹息，还能做些什么呢？她的哭泣，或许是因为更害怕我对简薇也有那份难以忘记的旧情。而我呢？也未能确定现在的自己对简薇是什么情感，有时觉得我们只是肝胆相照的朋友，有时又因为过去的一些回忆而撕心裂肺，

但有一点可以确定，我是爱米彩的，我还需要一些时间来加深和巩固这份爱。猛喝一口酒，目光从众人的脸上依次扫过，忽然觉得：也许终其一生，我们这群人也不会真正明白爱的意义，所以总是因为爱情而收获、而迷茫、而担忧、而痛苦、而挣扎……但这不恰恰就是爱情的魅力所在吗？哪怕将折磨当成享受，也要勇敢地去扑一扑那一束爱情的火焰。

又饮完了一瓶啤酒，我用手拍了拍方圆的腿，说道："酒吧里太闷了，出去抽根烟。"

方圆不解地看着我，我又晃了晃手中的烟盒示意他别磨叽，他点了点头，起身与我并肩向酒吧外走去。酒吧外的垂柳下，我们迎着西塘的夜色各自点燃了一支烟，彼此很有默契地吸了一口，我向他问道："我们认识多少年了？"

方圆将口中的烟吐出，回道："八年多了。"

"真的很久了，时间真不经过！可我越来越不了解你了！"

"什么意思？"

"我们认识八年多了，你应该懂我的意思，更懂有些话我虽然问不出口，但真的很想知道答案！"

方圆是个聪明人，顿时会意，说道："你是担心我在卓美，会做出不利于米总的事情？"

第 298 章

两个

专一的人

方圆说完后注视着我，我点了点头，说道："有些事情摆到明面来说，确实很伤人，但是我不得不保护她，因为你是我介绍到卓美的，而她是我的女朋友。"

"我理解你的心情。"

我不言语，只是耐心地等待着他给我个说法。

方圆掐灭烟头，对我说道："卓美目前的内部矛盾的确非常突出，但是我不会做伤害米总利益的事情，也没有这个能力，毕竟我不是董事会的成员，只不过是苏州卓美的一个执行副总，所以不要高估我的影响力，更不要质疑我们兄弟之间的感情，为了我们认识的这八年，我的立场也必然是坚定的。"

我终于安心了些，说道："好好珍惜现在的生活，你已经拥有很多别人梦寐以求的东西，人应该学会满足，不是吗？"

方圆笑了笑点头，又问道："你准备什么时候和米总结婚？"

"我们是这么约定的，等我在苏州买了自己的房和车就结婚。"

"那快了，到时卓美也在米总计划内上市，那可真是三喜临门啊！"

我憧憬着方圆口中的三喜临门，心情顿时舒畅了许多，以至于在风中高难度地吐出了几个烟圈，烟圈盘旋着向上升去，也许真的会有这么一缕烟，代替我先行看看那座天空之城的模样。

回到酒吧内，我发现米彩的情绪似乎不太好，将自己原本喝的果汁也换成了啤酒。我搂住她的肩，笑问道："怎么喝上啤酒了！是不是打算待会儿上去唱一首《醉拳》……"

米彩拿开了我的手，说道："没心思开玩笑。"

我有些愕然，随后往正在喝闷酒的罗本看了看便清楚了，因为米彩对罗本有诸多不满，却又不知道怎么去发泄，于是便喝上了啤酒。我劝解道："我也很为 CC 感到难过，但是感情的事情，我们这些旁人总归是无能为力的，还是随他们去吧。"

"他为什么那么花心，就不能对 CC 忠诚一点吗？"

"他倒不是真的花心，恰恰是因为太专一了。"

"那你专一吗？"

这个问题怎么回答都好似不太对劲，半晌我才说道："专一。"

米彩往简薇那边看了看，没有再言语，但明显在质疑我的专一……

说话间，又有一个人来到，正是周兆坤，经过这几天的相处，我认可了他的为人，便主动招呼他来我们这边坐。周兆坤对我点头示意后，便在我的身边坐了下来，我当即将他介绍给了众人，众人得知他将客栈转交给我经营后，纷纷以我朋友的身份向他表示了感谢。

我开了一瓶啤酒递给周兆坤，他从我手中接过，看了看乐瑶，有些好奇地问道："她怎么总是戴着一副墨镜？"

我笑了笑，答道："你可能不太关注娱乐新闻，她现在是国内比较炙手可热的影视明星之一。"

周兆坤颇感意外，下意识地感叹了一句："女明星!"

"嗯，所以晚上也戴着墨镜。"

"那很不自由的!"

我点头。

周兆坤似乎对乐瑶很感兴趣，又问道："能和我聊聊她吗?"

我笑了笑，说道："有机会你还是亲自和她聊吧。"

周兆坤点了点头，当即给自己创造机会，端着一杯酒向角落里的乐瑶走去，很绅士地打了招呼后，询问能不能坐下聊几句。乐瑶没有拒绝，于是两人便闲聊起来，倒是让乐瑶显得不那么孤单。

离开酒吧时，已经是晚上十一点了，其他人都回到客栈休息，我和米彩则趁着难得的清静，牵手走在西塘河边，享受着二人世界。

我向她问道："这次回国准备待多久?"

米彩停下脚步，注视着我说道："我想陪在你身边。"

我心中感动，抚摸着她的秀发："我也想你陪在我身边，可是美国你还是要回去的。"

米彩抱住我，说道："我想陪在你身边监督你做一个专一的人。"

"愿来你想留在我身边就是为了监督啊?"

"对，CC 说你和罗本是物以类聚，你们看问题的思路是一样的。"

"有些事情我们还是有区别的。"

"哪些事情是有区别的，能明示吗?"

"姑娘，真的要刨根问底吗?"

米彩点了点头："我想开诚布公地和你聊聊，为什么你过生日，简薇和乐瑶都来了?"

"其实就是朋友吧，你没看到方圆和颜妍也来了吗? 而且向晨已经向简薇求婚了。"

"简薇答应了吗?"

"呃，女人得端着一点，所以简薇还在端着呢。"

"你的意思是我一点都不端着，上次你只是和我提了结婚的事情，我就答应了!"

我忽然有一种疲于应付的感觉，因为每次与米彩对话，总会不自觉地被带进她的思维中，以至于自己如此被动，难道我们真的有智商上的差距吗?

第 299 章

阳哥和

彩妹

　　我无语了半晌，终于对米彩说道："你好不容易从美国回来一次，咱们聊点开心的。"

　　米彩点了点头，说道："好啊，我送你一个生日礼物吧。"

　　我的心情瞬间飘起来，说道："原来你给我准备了礼物，快拿出来看看。"

　　米彩从手提包里拿出一只布偶对我说道："看，像不像你？"

　　我细细端详着，还真有点神似，便问道："你自己做的？"

　　"对啊，每天工作完，我就回酒店做一点，终于赶在你生日前做好了。"

　　我称赞道："不错、不错，想不到堂堂卓美的米总还有这个手艺呢！"

　　米彩笑了笑，说道："你帮他起个名字吧。"

　　我想了想，说道："就叫阳哥吧，朗朗上口还大气！"

　　"可以。"

　　我点了点头喜滋滋地将"阳哥"挂在自己的钥匙扣上，米彩又从包里拿出一只布偶，对我说道："看，还有一只，像不像我？"

　　我又仔细端详起来，只见那只布偶身穿白色的长裙，一头乌黑的长发垂肩，果真有米彩的样子，只是脸颊上却有很多小雀斑，便摇头说道："不像，你皮肤那么好，根本没有雀斑。"

　　"这是为了做出卡通效果啊，阳哥的脸上也有。"

　　"真有？"我从腰间将钥匙扣解了下来，细细看着布偶，果然也有小雀斑，便抱怨道，"你这卡通效果做得太刻意了，我倒是无所谓，毕竟你是那么漂亮的一个姑娘。"

　　米彩并不在意地说道："没事儿，我觉得有点小雀斑反而更可爱，你赶紧帮我这个布偶也起个名字吧。"

　　"我的叫阳哥，你的那个明显应该叫彩妹啊！"

　　"阳哥和彩妹。"米彩好似自言自语，然后便笑了……

　　我从她手中将"彩妹"布偶抢了过来，又把"阳哥"布偶递给了她，说道："以后彩妹留在我身边，阳哥就留在你身边。"

米彩想了想，说道："嗯，交换过来也不错。对了，我准备将'阳哥'挂在我的钱包上，你呢？"

"那我也将'彩妹'挂在钱包上，以后一拿钱包就想起你，也想起当初没钱租你房子时，你是怎么把我赶到外面去的。"

"你又偷换概念，那时候我从来就没打算将房子租给你。"

我将她搂在怀里，回想当初，不禁唏嘘，说道："其实我挺怀念那个时候的，虽然你总是赶我走，可我也在这过程中找到了生活的动力，最后告别了两年多的颓靡生活。"

走得累了，我们便坐在河边的台阶上歇息，米彩靠在我的肩头，很有兴致地把玩着两只布偶，很多时候她就是这么一个有童心的女人，所以爱唱儿歌，爱玩我送给她的赛车，还喜欢我陪着她去便利店前坐木马玩。我一点也不反感这样的她，这至少证明她和我相处时，是不设防的，我喜欢她对我的信任，更喜欢她的童心。

我点上一支烟抽着，米彩则一副家长的口吻，与"阳哥"说着话，她教训"阳哥"以后要学乖一点，又大肆对"彩妹"进行了一番表扬，表扬彩妹温柔贤淑、善持家、还专一！看着她自得其乐的模样，我笑了笑，心中恨不能与她白头到老。

她终于停止把玩两只布偶，轻声说道："这次，我只能在西塘待三天。"

我尽管很是不舍，但还是点了点头，问道："上市前的准备工作进行得还顺利吗？"

米彩摇了摇头："很多环节都被卡住了，不过我会想办法的。"

"事在人为，我相信你可以的。"

米彩伸手挽住了我的胳膊，我也顺势将她搂在怀里，她有些失落地说道："其实想让卓美上市，并不全为了限制我叔叔，我更希望将爸爸留下的产业做大，因为这是他一生的心血。"

我沉默了许久，问道："如果米仲德也有能力将卓美发扬光大，你愿意将所有权让给他，做一个千金小姐吗？"

"不会，谁也不能从我的手中拿走卓美，这是我爸爸生命的延续。"

这个回答让我心中不免有些遗憾，因为她原本可以活得更快乐，毕竟米仲德除了卓美的所有权，从来没有亏待过她，而现在的我也有信心去支撑她的生活，所以更加希望她能活得轻松一些。只是，我从什么时候有了这种心态，自己却不清楚。但这不重要，因为无论我的意愿怎么变化，我还是会选择尊重她的决定。

夜色更深了，西塘也更静了，我轻声说道："不早了，咱们回客栈休息吧。"

米彩拉住我的衣角，示意等等。

我不解地看着她，问道："怎么了？"

"我想和你聊聊罗本和 CC 的事情。"

我暂时收起要离去的心，对她说道："聊吧。"

米彩向我问道："罗本要去找他的初恋女友了，对吗？"

我犹豫之后，还是告诉了她："对，这是一个困扰了他多年的心结。"

"那他会放弃和 CC 的这段感情吗？"

"以我对他的了解，如果韦蔓雯过得不好，他一定会回到韦蔓雯的身边，而 CC……CC 注定要受伤！"

"现在可以确定韦蔓雯过得不好了吗？"

我摇了摇头，说道："韦蔓雯的消息一直是乐瑶在打听，现在应该已经有下落了，不过她执意要等到我过完生日后，再处理这件事情，所以我现在也不能确定她过得好不好。"

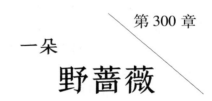

第 300 章

一朵

野蔷薇

在我将罗本正在遭遇的事情告诉米彩之后，她便陷入到沉默中……时间就这么走到了凌晨，我又一次提醒她该离开了。她抬头看着我，终于说道："如果罗本不要 CC 了，你记得帮我陪在她身边安慰她。"

我点了点头，没有多说什么，但却感觉到 CC 在米彩心中的重量，她自小孤独，遇到 CC 这个投机的闺密，心里恐怕早就把她当作姐姐了。

回到客栈，我和米彩各自回了自己的房间，可我却不像想象中那么渴望睡眠，于是抱着笔记本查阅最新的旅游资讯，现在的我需要为自己充电，储备旅游行业的相关信息。深夜一点钟，我忽然听到阳台处传来一阵低泣声，

下意识地"哆嗦"了一下，仔细去听，似乎是 CC 的声音。我赶忙放下电脑，披上外套来到阳台，果然看到了抱着双膝的 CC，她背对着我，后脖子处的野蔷薇纹身，在后半夜的雾气中，好似昭示着曾经的她是一个多么自由和洒脱的女人。我拍了拍她的肩，问道："在哭呢?"

她骤然一惊，随即带着泪痕训斥道："哭你妹啊! 一个大男人走路都没个声音，吓死人了!"

我看了看脚上穿着的宾馆专用的那种薄拖鞋，便回道："又不是穿的高跟鞋，有啥声音!"

CC 没有理会我，却用手背擦掉了脸上的泪痕。我推了推她，示意给我让个座位出来，她有些不情愿地挪了挪身子，于是两个人就这么不拘小节地坐在阳台的地上。我从烟盒里抽出一支烟递给 CC，帮她点燃后，自己也点上一支。CC 重重地吸了一口烟，闭上眼睛，烟雾便被她娴熟地以一条直线从口中给吐了出来。

但就这么一个充满野性的女人，却在刚刚哭泣了，恐怕只有她自己晓得，她正承受着何种悲痛的心情。半支烟吸完，她终于笑着对我说道："昭阳，是不是觉得我特不要脸，总是缠着一个不爱自己的人，勉强他爱上自己?"

"你只是对爱情过于执着，又不幸地爱错了人。"

"我一直期待着他会像我爱上他那样爱上我，所以为了他，我什么都愿意做，哪怕……哪怕不要自尊地忍受着他对初恋的执着!"

"忍受的结果就是像现在这样，一个人背负着痛苦和孤独，在深夜里坐在这天台之上哭泣着。"

CC 不语，重重地吸了一口烟，然后吐出，又无声地落下泪来，这种沉默的哭泣，让我很是为她心痛，于是我赶忙推了推她说道："别哭啊，长这么大，我都没见你哭过!"

CC 含泪瞪着我："什么长这么大! 到底我是你妈，还是你是我爸? 会不会用词!"

我心中感到好笑，却没有心情笑，于是搂住她的肩说道："别哭，在我眼里，你就是一朵风雨不侵的野蔷薇，一直保持着破晓而出的姿态，现在怎么能让泪水打湿了这朵野蔷薇呢?"

CC 趴在我的肩头，终于哭出了声："昭阳，我真的……真的不想失去罗本，我已经是一个堕落在爱情中变得愚蠢的女人了!"

我心中更加难过，只是轻拍着她的后背，让她的气息顺畅一些，却又感觉是那么无力。再次点上一支烟，默默地吸着，心中愈发好奇，韦蔓雯到底是何许人也，为什么离开了这么多年，也不能让罗本对任何女人心动，哪怕是 CC 这个充满魅力的女人。相较于罗本，我为什么放下了对简薇的执着？而初恋到底又是个什么东西呢？这才发现，原来自己心中潜藏的那些无奈和疑问一点也不比现在的 CC 少……这是一个非常遗憾的夜，因为我没能安慰到 CC，有时候真的情愿 CC 找一个可以代替罗本的男人去爱，比如她曾经说过的那个默默为空城里音乐餐厅捐献了十万块钱的男人。

　　只睡了几个小时，便迎来了早晨，与众人一起吃了早餐后，我便陷入到忙碌中，因为今天已经陆续有从容易旅游网买了套餐的游客来到西塘，所以我一直开车在客栈和车站之间穿梭着，安顿着一批又一批的游客，全然忘了今天是自己的生日。这样的忙碌让我感到踏实，也让我遗憾，因为我又少了一些时间陪伴米彩，直到傍晚时分，迎来了客流的低峰期，才将接待游客的任务交给童子，与一行人来到阿峰的酒吧，庆祝自己 27 岁的生日。

　　或许是过于劳累，生日派对中，我与众人的互动少之又少，甚至拒绝了阿峰让我上台唱歌的要求。也或许是因为韦蔓雯的下落即将在我的生日后揭晓，我为 CC 和罗本感到焦心，总之在这个有许多朋友来捧场的生日聚会中，我的情绪确实不高。而 CC 呢？一向开朗的她也变得沉默寡言，好似一朵在爱情摧残中凋零的野蔷薇！

第 301 章

妖精，你就作践我吧

　　我仰躺在沙发上，渴望谁能去台上为我唱一首安静的歌，便将目光投到 CC 身上，因为她磁性偏冷的嗓音特别适合唱安静的歌。我在酒吧的嘈杂中，冲她大声喊道："CC，送我个生日礼物吧。"

　　CC 的口型好似在说："不是送了你一副墨镜吗？"

　　我又扯着嗓子喊道："再送我一首歌，我想听你唱歌！"

"什么歌？"

我想了想，说道："我要听《暗恋》，袁泉的《暗恋》，会吗？"

"会，我也喜欢这首歌。"

我招手让阿峰拿来一只话筒，随即递到 CC 手上，说道："好好唱，唱好了这首歌，就是我这个生日收到的最特别的礼物。"

CC 没有多言，手持话筒，挤开扭动腰肢的人群，走到演唱台上，还没开口便吸引了所有人的目光，她似乎有一种与生俱来的舞台气质。CC 并没有急着唱歌，而是先给自己点上一支烟，深深吸了一口后闭上了眼睛，似乎在酝酿情绪。终于，她睁开了眼睛，向音响师做了个手势后，前奏便响了起来……她的嗓音好似有魔力一般，让原本嘈杂的现场顿时安静了下来。

> ……秋千随风摆荡，话还在我耳旁，一朝醒来发苍苍，心事却依然，许我向你看，每夜梦里我总是向你看，在这滚滚红尘心再乱，一转头想你就人间天堂，许我向你看，美好记忆只因为向你看，既然青春是如此短暂，暗恋才如此漫漫……

我浮躁且疲惫的心在 CC 的歌声中安静下来，却又想哽咽，因为太沉迷在歌中所表达的情绪中，而身边的米彩已经眼角湿润，她轻声说道："如果我是个男人，一定会爱上 CC，为什么罗本就不知道珍惜呢？"

我诧异地看着米彩，另一边沉默了许久的乐瑶也开口说道："如果我是个男人，也一样会爱上 CC，她身上的气质，尤其是唱歌时，真的很迷人！假如她愿意放下身段，去参加一些选秀，一定会大红大紫的！"

我又看着 CC，不禁庆幸：幸好她不是男人！再看看被米彩和乐瑶定义为薄情寡义的罗本，却只是面无表情地抽着烟，这种无动于衷的表现，更印证了爱情是毫无道理可言的，并不是说你充满了魅力，我就非得爱上你不可！歌曲的间歇中，CC 按灭了手里的烟头，对所有人说道："今天是我弟弟昭阳的生日，本该为他唱首生日快乐歌，可是他说很喜欢这首袁泉的《暗恋》，恰恰我也喜欢，就作为生日礼物送给他吧，祝他生日快乐！更希望在以后的日子里，他能做一个阳光、靠谱的上进青年。"

众人纷纷看着我鼓掌，我起身举起酒杯向他们示意，阿峰又以我的名义为每一位游客赠送了一瓶啤酒，于是，我很快便与众人喝得 high 了起来。CC 唱完这首歌后，便独自离开了酒吧，米彩放心不下，追随她而去，而罗本自始至终都坐在那个只属于他的角落里，未曾动过，天知道此刻的他到底在想些什么。我终于按捺不住，手持一瓶啤酒来到罗本身边，用手拍了他一下说道："装了一晚上的雕像，有意思吗？"

罗本喝了一口啤酒，半晌情绪复杂地说道："昭阳，我有强烈的预感，我最近可能就要见到蔓雯了！"

我愣了一愣，说道："假如，韦蔓雯已经嫁为人妻，并且有了孩子，你还要这么坚持吗？或者这样的事实被肯定后，你才会想起 CC 这个备胎？"

罗本用手背抽了抽我的胳膊，斥道："你别用备胎形容 CC。"

我有些愕然，却又忽然明白，在罗本的心中，CC 其实是有重要位置的，只是这并不叫爱情。

罗本又为自己点上一支烟，说道："我出去走走。"

"去吧，去看看 CC，她的心情不太好，昨晚在天台上哭了很久。"

罗本点了点头，随后离去。我的身边忽然变得空荡，甚至连此时的乐瑶也与今天来参加我生日聚会的周兆坤聊着天，而简薇似乎很疲惫，靠在沙发上睡了过去，板爹、老妈则在陪我们吃完蛋糕后，便回了客栈。最后看了看方圆和颜妍，他们夫妻很有破镜重合后的和谐，正靠在一起说说笑笑，我索性闭上眼睛，养起精神来，打算等米彩他们回来时，便结束掉这场生日聚会。再次睁开眼，意外发现那个红衣女人正坐在我斜对面的角落里，果然是每隔一天来一次酒吧的节奏。反正无人可说话，我索性拿起啤酒瓶坐到她对面，感叹道："西塘这么小，我们却已经有两天没见面了！"

她呛了我一句："谁愿意和你见面！"

"我当然也不愿意和你见面，只是我一直对你的名字很好奇。"

"偏不告诉你。"

"君子有成人之美，你就告诉我呗，再说你又不是电影里的杀手，干吗弄出一副隐姓埋名的样子？"

红衣女人感叹道："你的废话可真不是一般的多！"

"我废话多，完全和你不肯说出姓名有关，所以责任在你。"

红衣女人不愿搭理我，将目光移到另一边，这让我很是尴尬，于是准备离开。她却喊住了我，我回头问道："怎么？良心发现，准备自报家门了？"

"我明天离开西塘，不会再来了。其实，还是挺感谢你的，毕竟在西塘遇到了你这么个无聊的人，也算给我带来了些乐趣，不过，我还是不打算将姓名告诉你，然后急死你！"

"谁稀罕，赶紧走吧，以后别来了。"

红衣女人浑然不在意，回道："别催，喝完这杯鸡尾酒就走。"

我鄙视了她一眼，随即向自己原先的座位走去。她果然在喝完一杯鸡尾酒后便离开了酒吧，我心中忽然有些失落，因为很多时候人与人之间一次告别，就是一辈子，比如现在这个红衣女人……看着她的背影，默默地祝福她：希望以后的日子，她真的不再需要西塘这个地方。

独自坐了一会儿，乐瑶终于结束了和周兆坤的交流，坐回到我身边，问道："你刚刚和那个女人聊了些什么啊？"

我如实答道："我想弄清楚她叫什么名字，可她死活不告诉我。"

乐瑶叹道："你真无聊！"看了看四周，发现米彩、罗本和 CC 已经离开了，又叹道："你这人还真是没存在感，明明是你过生日，最后，最无聊的人竟然是你自己！"

我苦笑，随即正色道："我的生日马上就过完了，你可以说出韦蔓雯的下落了吧？"

乐瑶并没有正面回答我，却问道："米彩什么时候回美国？"

"明天晚上，上海飞纽约的飞机。"

"那你明天再好好陪陪她吧，韦蔓雯的事情押后再说。"

我忽然就来火了，但这时米彩和 CC 回到了酒吧，我不得不压低了声音冲乐瑶抱怨道："妖精，你就作践我吧！"

第 302 章

再三

求证

又在阿峰的酒吧坐了一会儿之后，我们便结束了这场生日聚会，而我也正式跨入到 27 岁大龄青年的行列，这让我对生活有了更多的渴求，渴求婚姻，渴求事业，渴望从此将生活过得顺风顺水。回到客栈后，所有人都回到自己的房间各自休息，我依然留在服务台与童子统计着今天客栈的销售数据，最后的结果在我意料之内，但仍感震惊，因为仅仅一天，我们的客栈加上周兆坤转租给我的缘来客栈共盈利了一万五千元，这已经抵得上高级白领一个月的收入了，如果能持续两个月，我便有多余的资金向其他领域发展，所以我相信，从今天开始我的事业正逐步走上正轨。

次日一早，板爹和老妈先行离开西塘，我和米彩为他们送行，临行前老妈让我带米彩多回去，板爹则叮嘱我多照顾米彩。我点头，下意识地将米彩的手握紧了些。

发动机的声音响起，老桑塔纳 2000 冒着黑烟在颤抖中起了步，而我深深为这一幕感到心酸，因为这些年亏欠了父母太多，而他们虽然不愿，但仍一次次纵容着我对自由的追逐，甚至还千里迢迢赶到西塘为我过生日。车子渐渐消失在我的视线中，我的眼角有些湿润，说道："等我赚钱了，一定给板爹换一辆好点的车！"

米彩说道："要不我送一辆给叔叔吧，那样的车开着安全隐患太多了！"

"他不会要的。"

"要是我以儿媳妇的身份，等他过生日的时候送给他呢？"

我因为米彩的话感到高兴，但仍回道："他会很开心，但还是不会要。"

"原来你的性格看上去像阿姨，实际上骨子里像叔叔。"

我再次看向板爹和老妈离去的方向，笑着说道："也许你说得对。"

一阵沉默中，我将米彩搂进怀里，享受着轻柔的阳光、温柔的风和她在我怀里的充实感，又无比惬意地点上了一支烟，吸了一口后很无聊地向米彩问道："要不要抽上一口？就像 CC 那样。"

米彩没有理会我，却正色说道："昭阳，我下午想约叔叔见个面，你愿意一起吗？"

我心中顿时产生一阵强烈的排斥感，说道："我干吗要见他……反正他同不同意，我们这个婚都得结，到时候领了证，直接往他面前一拍，告诉他已经办完事儿了，然后让他在我们的高效率中感到深深的无奈。"

这次米彩没有勉强我，说道："那这件事情以后再说吧，但有些坎我还是希望我们可以携手走过去，而不是躲避！"

"我有躲避吗？只是不想去见米仲德而已，我就是看不惯他。"

在我的寸步不让中，米彩选择了沉默，没有与我继续理论，但我并不认为不去见米仲德有什么不对，我就是不齿与他有交集，尤其在上次参加过他的生日宴会之后，这种不齿的感觉愈加强烈。

中午时分，我和米彩以及方圆、简薇等人，一起回了苏州，而米彩果真独自约了米仲德，而我趁这个空隙打电话约了许久不曾见过的老上司陈景明，我想从他那了解卓美现在的情况，以及方圆的近况。尽管方圆亲口向我保证过，但是我仍不太放心，因为这是关乎米彩和卓美的大事情，不做到再三求证，我是不可能完全放下心的。恰巧陈景明正在苏州过周末，我一个电话便将他约了出来，我们在卓美大楼下的海景咖啡店内见面。

咖啡店内设有专门的可抽烟区，落座后，我很恭敬地为他点上一支烟，他吸了一口后，笑着问道："你小子怎么突然想起约我这个老上司了？"

"想你了啊！"

"虚伪，越混越虚伪，还矫情……"

被陈景明不留情面地拆穿，我也不尴尬，又为自己点上一支烟后，依旧笑着说道："真想听你讲讲人生道理，毕竟你是我人生路上一盏指路的明灯！"

陈景明笑了笑，说道："你是想向我打听卓美内部的事情吧，我难道还看不出你是在担心米总吗？"

我点了点头，正色说道："是啊，我挺想知道卓美现在是什么情况，还有这次米彩操纵上市的胜算到底有多大。"

陈景明喝了一口茶，稍稍沉默之后说道："其实只要能够上市成功，米仲德丢掉对卓美的彻底掌控权便是板上钉钉的事情，米彩米总就是利用卓美董事会那些董事成员渴望上市，增加个人身价的心理，狠狠掐住了米仲德的咽喉，他是没有办法拒绝上市的。"

"那你意思是，米仲德这次输定了？"

陈景明摇了摇头，说道："也不尽然，这个老谋深算的狐狸肯定还留有一手，但我个人判断他是无力回天了，除非……"

第 303 章

别让她
太难过

陈景明的停顿，让我心中骤然紧张，马上追问："除非什么？"

陈景明又喝了一口茶，说道："除非卓美最大的投资方倒戈。"

我一时没反应过来，下意识地问道："卓美最大的投资方是哪个公司？"

"蓝图集团下属的 ZH 投资公司，他们的新任总经理是米总的朋友，你不会没有耳闻吧？"

在陈景明的提醒下，我才想起卓美最大的投资方便是蔚然所控制的蓝图集团，随即点了点头，说道："知道，我和蔚然见过几次面。"

陈景明点了点头，说道："没错，听说他和米总是留学时的同学，关系很不一般，我觉得他倒向米仲德的可能性不大。"

我喝了一口茶水，没有言语，心中一阵说不出的压抑。一阵沉默后，我终于问道："陈总，方圆在这次米彩与米仲德的博弈中又扮演着什么角色呢？"

陈景明有些诧异地反问道："为什么这么问？"

我很隐晦地说道："我有些担心他会做出对米彩不利的事情。"

陈景明似乎明白了什么，说道："你的担心有点多余，怎么说方圆也只是苏州卓美的一个小小执行副总，在米总和米仲德级别的较量中，他是起不了大作用的，关键还是卓美的董事会和投资方，明白吗？"

稍稍停了停陈景明又面色严肃地说道："再说，方圆是我一手带出来的，也是你相交多年的挚友，就冲这一点也不应该对他有多余的怀疑。"

我终于打消了自己的疑虑，说道："您说得对，我应该相信方圆的为人。"

陈景明的面色缓和了一些，说道："你更应该相信米总的能力，这次只要不出大意外，卓美一定可以上市成功的。"

我点了点头，说道："希望卓美可以上市成功，也希望陈总在未来的日子里能多辅佐米彩，她一个女人要面对这么复杂的局面，真的挺不容易的！"

"米总对我有再造之恩，我一定会竭尽全力地为卓美做贡献的！"

下午三点，我与陈景明一起离开了咖啡店，心中终于踏实了一些。我没有在外面逗留，直接回了老屋子，而米彩还没有回来，于是我在等待中打扫起整间屋子。直到傍晚五点，米彩才回来。我扔掉手中的抹布，迫不及待地拥吻了她，她却推开了我，催促道："昭阳，赶紧送我去机场，七点钟的飞机，快来不及了！"

我死死抱住她，说道："还有两个小时呢，以我开车的血性，一个半小时就搞定了，剩下的半个小时，你就大方点留给我吧！"

米彩的语气更急切了："不行、不行，现在是下班高峰期，路上要是堵车就完了。"

　　我气急败坏，但还是妥协了，替她拎着行李箱，拉住她的手向楼下的车子跑去，边跑边埋怨她把时间卡这么紧，要是她能提前半个小时回来该多好，哪怕20分钟也行啊！果然，路上遇到了一场不算太严重的堵车，赶到机场时，离登机的时间只剩下10分钟，我不得不承受这立即要分别的不舍。我们紧紧拥抱在一起，足足一分钟，才放开彼此，她很细心地替我理了理弄皱了的衣领，轻声说道："我得走了。"

　　"我许你走，但是回来的时候，你要记得开心点。"

　　"嗯，还要穿白色的长裙吗？"

　　"直接穿婚纱更好！"

　　"这个时候还忙着要贫嘴！"

　　"没有要贫嘴，我是真的想娶你的啊。"

　　米彩稍稍沉默后，说道："今天我和叔叔说了我有和你结婚的打算。"

　　我忽然紧张起来，赶忙问道："他怎么说？"

　　"你不是无所谓他的意见吗？"

　　"我当然无所谓，但他要是能爽快点同意不更好吗？"

　　米彩点了点头，说道："嗯，我也是这么想的，不过他没有明确表态，只是让我现阶段以事业为重。"

　　"真够虚伪的，你要以事业为重才是他最不愿意看到的吧！"

　　米彩没有回应，而机场广播正在反复提示乘客们登机，米彩从手提包里拿出各种证件，准备离去，我的心一瞬间好似被抽空，恨不能随她而去。她向前走了两步，却又突然回过头，我下意识地迎着她跑过去，她抱住我，在我耳边轻声说道："替我照看好CC，别让她太难过！"

　　"放心吧，我一定会的。你也要答应我，别总是让我承受这样的离别。"

　　"以后不会了，我会一直陪在你身边，陪你着你无聊、快乐……"

　　我重重地点了点头，拨开她鬓角的发，亲吻着她的耳垂："嗯，期待在财经新闻上看到卓美上市成功的消息，一路顺风！"

　　她就这么消失在我恋恋不舍的视线中，我终于闭上了眼睛，将她离去的模样深深地刻在脑海里，因为听说：有时候太想一个人，就会记不清她的样子。我不能忘记她的样子，否则还怎么想象出她穿着婚纱的模样呢？所以必须深深地刻进脑海里。我又变得无聊起来，回忆起刚刚亲吻她耳垂时，自己几乎没有低头，不禁感叹，原来她那么高！毕竟我也有183公分的身高，就算她穿了高跟鞋，那至少也得有168公分的个头吧，下次等她回来时，得好好量一下！然后告诉她，仅从身高来说，我们是多么般配！这般胡思乱想，帮我冲淡了些离别的惆怅，于是又转念想起了罗本和韦蔓雯那悬而未决的恋情，心情又惆怅起来……

第 304 章

韦蔓雯的

消息

离开了上海，我没有再回苏州，连夜赶回了西塘。敲了乐瑶的房门，半晌都没人回应，我只得找来备用房卡打开了她房间的门，只见她正躺在床上，吃着薯片，看着某电视剧。我带着不满将房卡甩向了她，很凑巧地打掉了她手中的薯片，她很恼火地说道："昭阳，你毛病吧！"

"我敲了半天门，你干吗不理我？"

"我以为是隔壁房间的敲门声，再说你不是有房卡吗，用得着敲门？"

"怎么能不敲门，你要是正在换衣服，被我撞见了你得多尴尬！"

乐瑶似乎不在乎，没有理会我，又将注意力转移到正在看的电视剧上，我则找到遥控，带着不满关掉了电视。乐瑶忽然便将手中的薯片全砸在我身上，我辨不清她是真的翻脸了，还是开玩笑。我找来扫帚，一边扫一边骂道："你这不是犯病吗，我怎么你了？"

"谁让你关我电视！"

"就为了这事儿？"我说着将扫帚往地上一摔，怒道，"自己扫。"

乐瑶没理我，拿起遥控器又打开电视机看了起来，我感觉她不太对劲，天知道她犯的什么病，但我并不打算惯着她，直接拔掉了电视机的电源，说道："别看了，和你聊正事儿。"

乐瑶抬手将遥控器狠狠砸向我，我一个侧身躲过，眼睁睁地看着遥控器摔了个稀巴烂，而乐瑶似乎还不罢休，又拿起床头的电话。我甩掉鞋子，跳上床，按住她的手，将她压在身下，火道："有话好好说，干吗砸东西！"

"我跟我妈学的，从小就是看她砸东西长大的！"

"那我是不是也要学你爸，给你两脚？"

乐瑶泣不成声，语无伦次地说道："你们……男人……都是禽兽，专喜欢……伤害深爱你们的女人，你和罗本……都是这副死德性！"

我琢磨着这句话的深层含义，有些分神，然后便被乐瑶重重一脚给踹下了床，"扑通"一声，震得房间似乎都在抖！我顺势一动不动地躺在地上，刚刚还泣不成声的乐瑶，忽然便慌了神，连滚带爬地从床上下来，推着我说道："昭阳，你没事儿吧？"

我龇牙咧嘴地说道："有事儿，快摔死了！"

"对不起，你就是欠踹，所以我没忍住！"

"你大爷，有你这么道歉的吗？"我说着摸了摸腰腹处，顿感一阵疼痛，估计摔青了。

乐瑶将我扶到床上坐下来，又找来活血的膏药帮我贴在腰间，然后轻轻地揉着，我却怒气难消地说道："你这不是欠么？踹完了我，还得帮我揉！"

"我一大明星，帮你这小瘪三揉，你还有什么好抱怨的？"

"你就是欠！"

乐瑶一把掐住了我的痛处，说道："你还有完没完了？"

我疼得受不了，连连说道："有完、有完，我不说了，你手下留情。"

乐瑶这才松开我，坐在床边的沙发上，一言不发，这让我一点也判断不出，现在的她在想些什么，而刚刚又为什么会那么暴躁。过了许久，我才开口对她说道："你应该知道我为什么来找你吧？现在可以告诉我韦蔓雯的下落了吗？"

乐瑶没有言语，而是从自己的手提包里拿出两张照片递给我，我有些诧异地接过来，然后细细地看了起来。照片的背景是在一个偏远、落后的山区，照片中有一群穿着简朴的学龄孩童，坐在露天的谷场上，为他们讲课的是一个扎着头巾的女人，模样看不太清晰，可皮肤很是粗糙，甚至在腮处有一块醒目的高原红，完全就是一副长期待在大山里的女人模样。

我指着照片中的女人向乐瑶问道："这是谁啊？"

乐瑶一阵沉默后说道："她就是你和罗本要找的韦蔓雯。"

我又细细地看着照片，可无论如何也无法将照片中这个粗糙的女人，与那个罗本曾经给我看过照片、书香门第出身的韦蔓雯联系起来，于是越看越震惊，再次向乐瑶问道："真的是韦蔓雯？"

乐瑶点了点头，说道："千真万确就是韦蔓雯。"

"到底是怎么回事？她离开罗本后，到底发生了什么？"

乐瑶一声叹息，顿了很久才说道："她从苏州回到北京后患了严重的抑郁症，一直持续了半年，慢慢康复后，就去了贵州锦屏县的一个贫困山区支教。我现在可以用一百个字把她这三年的经历说出来，但是昭阳，她到底经历了什么样的痛苦，你应该可以想象出来吧？"

我点了点头，如果罗本得知这个消息后，一定会在自责中痛不欲生，难怪乐瑶会一拖再拖，因为这对罗本而言是一个最残酷的结果，他当初承受着放弃的痛苦，换来的只是更加痛苦的韦蔓雯！罗本低估了韦蔓雯对他的感情！而这三年彼此无尽的痛，到底又该谁来买单？是韦蔓雯执意相逼的父母，还是自以为是的罗本，或者是执迷不悟的韦蔓雯？

"昭阳，你说现在怎么办，要将这个结果告诉罗本，让他伤了另一个深爱他的 CC 吗？"

我心中沉痛，半晌没有主张，只是从口袋里抽出一支烟点燃，然后看着不断被吞吐的烟雾发呆……

第 305 章
让他哭、 让他痛、
让他悔

一番吞吐后，我终于掐灭掉手中的烟，对乐瑶说道："既然打听出韦蔓雯的消息，就应该告诉罗本，虽然痛苦了一点，但他和韦蔓雯、CC 都是公平的。"

乐瑶说道："痛苦如果痛到不能承受，人会崩溃的。要不，我们告诉罗本，说韦蔓雯已经嫁人，现在过得很好，让他彻底断了这个念头吧。"

"不可以，如果有一天罗本得知真相，会恨我们一辈子的，而且你能眼睁睁地看着韦蔓雯就这么孤独地待在那贫困山区终老一生吗？"

乐瑶沉默了，眼泪却"吧嗒吧嗒"地往下掉，因为罗本与韦蔓雯这份至死不渝的爱情，在这浮躁的现实世界里是那样珍贵，珍贵到让听者动容。我心中发酸，但还是咬牙向乐瑶伸出了手："把那两张韦蔓雯的照片给我，我现在拿去给罗本。"

　　乐瑶低头看了看手中的照片，良久，终于伸手递给了我。我接过照片，极力让自己在压抑的沉默中平静下来，对乐瑶说道："我现在就去找罗本，你早点休息吧。"

　　乐瑶拉住了我的手，不让我离开，又眼眸含泪地看着我。

　　"怎么了？"

　　她哽咽着回道："我特别能理解韦蔓雯，我也可以为自己深爱的男人，找一片孤岛，找一座山村，终老一生！"

　　我心中一阵莫名伤感，低声对她说道："在说什么傻话，以后你注定会成为一个星光闪耀的巨星，山村、孤岛，这些都不会和你的生活有联系的。"

　　乐瑶松开了我，不言不语地坐回到床上。我又看了看她，没有再停留，转身拿着韦蔓雯的照片向屋外走去。终于来到罗本的房门口，数次下定决心敲门，却都放弃了，然后没头苍蝇似的在过道里来回踱步，直到阳台处传来一阵吉他声，才发现罗本并没有待在自己的房间里。我迈着最轻的步子来到阳台处，却意外发现此时 CC 也和罗本站在一起，她正听罗本唱歌。

　　罗本唱的是宋冬野的《莉莉安》，这是和他同期出道的一个民谣歌手，而这首《莉莉安》除了体现出海的意境，还讲述了一个在海岸那头孤独的人。此时，CC 轻轻地抱住了他的腰，好似一个告别了孤寂，从海岸那头走来的女子，可是一场她不知道的风暴，正在逼近，随时会将她打回到那片孤独的海岛上。这一刹那，我动摇了，恨不能将韦蔓雯的消息深埋心底，任它腐烂。可是，此刻的韦蔓雯何尝不在一座凄凉的孤岛上苦苦挣扎着，我又怎能因为 CC 是自己的挚友，便去伤害那个可怜的女人呢？

　　我就这么陷入到痛苦的挣扎中，人性也好似被这阵阵夜风，吹得忽明忽暗……许久，我终于下定决心，让 CC 和罗本度过这个平静的夜晚，也算是对 CC 最后的成全，一旦明天朝阳下的暖风吹起，我便向罗本揭开这尘封多年的真相，让他哭、让他痛、让他悔……

　　回到房间后，我将韦蔓雯的照片压在桌子的玻璃下，心中涌起了无数的心思，但还是强迫自己打开电脑，继续优化"完美旅游套餐"，争取最大限度地解决自己和参与商家之间接客量不对等的矛盾。时间在不察觉中走到了深夜，工作用的 QQ 突然闪了起来，点开闪动的头像才发现是简薇发来的信息，她问我："都快十二点了，还没有休息呢？"

　　"你不也还在工作吗！"

　　"听说罗本最近一直在找他的初恋女友？"

"是有这个事情。"

"那找到了吗?"

这是一件完全与简薇无关的事情,我便没有隐瞒地告诉了她。却不想信息刚发出,她便给我发了语音请求,我当即找来耳麦,接通了语音。

简薇言语间颇关切地问道:"她现在过得怎样?"

"很不好,待在贵州的一个偏远山区支教,模样和几年前相比都苍老了许多,实际上也还没到 30 岁。"

"这件事情,错就错在罗本愚蠢地以为每个女人都会忘记过去,开始新的看上去还不错的生活。"

"你怎么知道罗本曾经对他的初恋做过什么?"

"昨天我和 CC 聊起过。"

"那 CC 也知道罗本在找他的初恋了?"

"罗本自己和她坦白了,我倒想看看他知道这个结局后,会是什么反应。"

"你不至于抱着这么一个看戏的心态吧?"

"当然不是看戏心态,我也很为他的初恋感到心痛,但更讨厌类似他这种自以为是、自作聪明的男人,现在的悲剧就是由他一手造成的,痛死他都活该!"

简薇近乎极端的话语,让我感到错愕,以至于久久不言,好似又体会到那种被影射的情绪,但又不能肯定,而简薇已经在我的恍惚中挂断了语音,随即用文字给我发了个"晚安"后,便下线了。

第 306 章
想她,想她就去吧

关掉房间所有的灯,我拉开窗帘,站在窗户边,遥望那深邃的天际处,思维忽然便逆向走了一遭,假设简薇是女版的罗本,会不会也是因为什么不得已的苦衷与我分手呢?这种想法刚冒尖,我便吓了一跳,然后嘲笑自己太善于联想,这个世界上哪有那么多的隐伤去丰富我们的人生呢?而身边有一

个罗本和韦蔓雯就已经足够了！我又想起此时还在飞机上的米彩，如果此时的她得知了韦蔓雯的下落，会不会为了与 CC 的姐妹情义而阻止我？我想她一定不会，因为她是个理智、懂是非的女人，会去成全罗本的悔不当初。

夜，在我的心思繁杂中又深了一些，而半空中的月亮也似乎疲软，把那一片乌云当作温柔乡，再也不肯现身，而我终于意识到自己该休息了……

次日，没有想象中的朝阳，更没有温暖的风，只有漫天的乌云和淅淅沥沥的雨，以及顶着伞匆匆而行的游客。我与罗本并肩站在阳台上的雨棚下，各自点燃了一支烟，我先深吸了一口，另一只手紧紧捏着口袋里韦蔓雯的照片，再次看着罗本，终于抽了出来，递给他说道："这两张照片你拿去看看。"

罗本按灭了手中的烟蒂，看似平静地从我手中将照片接了过去……他的嘴角在抽搐着、颤抖着，半晌说道："这是蔓雯！"

我并不意外罗本认出了韦蔓雯，点了点头说道："是的！"

罗本的声音哽咽了："她怎么会变成这副样子？"

我沉声说道："当年她从苏州回到北京后，患了……患了很严重的抑郁症，直到半年后才渐渐康复。之后便去了贵州的锦屏县，在一个偏远的山区做支教。这些年，她受苦了！"

罗本整个身体忽然就软了，倚在护栏上。他将韦蔓雯的照片紧紧贴在胸口处，仰起头，眼泪便顺着蠕动的喉结落进了衣襟里，然后一拳又一拳地砸着钢筋水泥筑成的护栏，企图用这种肉体的疼痛去缓解心痛……他崩溃了！

"罗本，你不要折磨自己了！"忽然出现的 CC 拉住罗本的手臂，用力一扯，不让他继续用自己的血肉去砸那冰冷的护栏。

罗本不言不语，依旧一拳一拳地向护栏砸去，嘴里嘀咕着，却听不懂他在说些什么。

CC 发了疯似的将罗本推倒在地，轻轻握住他血迹斑斑的手，哭泣着说道："想她，想她就去吧……不要这么对自己了，不完全是你的错！"

罗本低着头，身子发抖，却哭不出声音。而我是那么无力，因为这样的痛，是安慰不了的。

一直陪着 CC 的乐瑶责备我："你为什么眼睁睁地看着他把自己的手废了，也不阻止？"

"如果是我也会这么做的，这样心里会好过一点。"

乐瑶似乎认同了我的说法，转而看着罗本，冷冷地说道："罗本，你活该……活该像现在这样！"

罗本抬起头，望着乐瑶，忽然便躺在了地上，撕心裂肺地哭了起来……

乐瑶轻声说道："哭个够吧，哭完了记得正视自己和她的缘分，然后去找到她，告诉她这么多年，你一直爱着她，却总是像个傻子似的躲着。"

罗本渐渐平静下来，我给他递了一支烟，CC 眼中含泪，用消毒水帮他清洗着伤口，又用纱布缠住了伤口，可触目惊心的创伤终究是留下了。

一支烟抽完，罗本终于向我问道："她到底在锦屏县的哪个山区？"

我看着乐瑶，等待她替我回答。

"在锦屏县的冲火村，交通很差，也非常偏远。"

罗本从地上站了起来，当即向自己的房间走去，我随他走进了房间，他正收拾自己的行李，我没有阻止，只是问道："现在就走吗？"

"我只想快点见到她，一秒钟都不愿意等！"

"那边太复杂了，我和你一起去，路上有个照应。"

"不用。"

我没有理会他的拒绝，说道："你等我，我这就去收拾行李。"

这时，乐瑶和 CC 也进了房间，乐瑶说道："罗本，我和 CC 也一起去，这么大的事情我们这些朋友一定要陪着的，而你也要给 CC 一个交代。"

罗本终于停止了手中的动作，面色复杂地看着 CC。CC 点头道："我想见见她，更要弄清楚，为什么你会用自己的生命去爱她，而不是我。"

罗本没有拒绝，只是点头。这次贵州之行便无可避免地开始了，此刻我相信，不仅仅是 CC，即将动身的我和乐瑶，也对那个叫韦蔓雯的女人充满了好奇！时隔三年，再次与罗本相见，了解了当初罗本逼她离开苏州的真相后，她又会是什么心态呢？真的希望她可以忘记那些在所难免的委屈，不要踌躇不前。

第 307 章

艰难的
行程

这天早上，我们一行四人收拾好行李后便驱车赶向了上海，然后从上海

乘飞机到桂林，再从桂林转车去锦屏，顺利的话，这千里的行程一天便可以结束，而这个时候任何波折和意外对罗本都是折磨。

飞机上，CC 和罗本坐在前排，我和乐瑶坐在后一排，乐瑶有些担忧地向我问道："昭阳，客栈这几天这么忙，你和我们去贵州没有问题吧？"

我心中也担忧，半晌才说道："有童子呢，还有周兆坤客栈的几个领班，工作能力都不错，再加上阿峰帮忙，应该不会有什么问题。"

乐瑶点了点头，又轻声说道："不知道罗本见了韦蔓雯之后，会怎样？我挺希望他能将韦蔓雯从那座大山里带出来，过回都市生活。"

"我觉得他更想待在那里，不愿意再回去了。"

"如果这个事情发生在你身上，多半也是这个选择吧？"

"到那天再说。"

飞机在飞行了两个半小时后到达了桂林，我们四人下了飞机后，甚至没来得及在机场吃个饭，便在当地租赁了一辆车向锦屏县赶去。300 多千米的行程，预计在五个小时内可以完成，但也肯定要到晚上，而到达韦蔓雯所在的冲火村必然是深夜，而且车能不能驶进深山里的村子还无法确定，所以如此艰难的行程，也是我放弃客栈也要陪着罗本的原因。

前 200 千米由我来开，行驶到半途时，天空忽然乌云密布，接着便是倾盆的大雨，以至于雨刷器都来不及刮，而且我也不熟悉这边的路况，车子却一直穿行在傍山的险路上。

乐瑶终于害怕了，看着被黑幕笼罩似的天空对我说道："昭阳，找一个安全的地方停车吧，等雨小些了再走。"

我将车速放到了最慢，交替变换着灯光，提醒弯道处驶来的对向的车，终于找到一个视野相对好且宽敞平坦的路面停下了车。我扔给罗本一支烟，自己也点了一根，将窗户微微打开一个缝隙后抽了起来，而窗外雨水敲打车窗玻璃的声音却更大了，雨水甚至透过缝隙打在了我们的衣服上，但烟还是要抽，因为很闷！

我轻轻将口中的烟吐出，对失神的罗本说道："雨太大，明天进山吧，今天在县城里住一夜。"

"你们住着，我先去。"

"别闹，这么大的雨，弄不好有泥石流的。"

"谁还管得了这些。"

"三年都快过去了，不急于这一天。"

乐瑶也附和道："罗本，这不是开玩笑的，这个地方我们一点也不熟，又这么大雨，要是出点危险，那可就是一生的遗憾！"

罗本不语，闷头抽着烟，根本不知道他的脑子里在想些什么。

一直沉默的CC终于开了口："你要今天晚上非去不可，我陪你去。"

罗本回头看了看CC，许久沉声说道："我知道你们担心我，可是我真的不愿意等了。"

我拍了拍罗本的肩膀，向乐瑶问道："你那边能弄到韦蔓雯的电话号码吗？"

"我要有号码，不早说了嘛，她既然选择待在那个几乎与世隔绝的地方，就不会对外面有什么念想，所以备个手机什么的，对她来说只是打扰。"

我想想也是，于是又对沉默的罗本说道："今晚真的别冒险去了，为了自己的安全，也为了我们这群朋友，行吗？"

罗本又向滚滚乌云的天空看了看，终于点了点头。晚上八点，雨还在"哗哗"地下着，龟速的行驶中，我们终于进入锦屏县城，这个时候的我才松了一口气，将车子开到一个酒店的门口停了下来。眼前的酒店应该是这个县城里最高标准的，但也算不上豪华，而整个县城甚至很难看到超过十层的楼，可以想象，在这个县城之外的小山村，是何种艰苦的条件。

乐瑶去服务台开了两间房，她与CC一间，我与罗本一间，各自将行李拿到房间后，便撑着伞走在了街上，除了找吃饭的地方，也想找一个认路的，带领我们明天进村。但此时清冷的街头已经少有行人，我们一路走，一路打听，询问了数个出租车司机，给的答复都是车子进不了山村，最后与一个熟路的出租车司机商议，我们支付他一千块钱，车子开到哪儿算哪儿，然后由他领我们进山。解决了这个事情后，心情终于轻松了一些，然后又在路边找了个酒楼，四个人点了些饭菜围着桌子吃了起来，可气氛很沉闷，直到我的手机铃声响起。

我从口袋里拿出手机，看了看号码，是远在美国的米彩打来的，这是她离开26小时后，我们第一次联系。我手持电话，离开了吃饭的包间后，才接通了电话。

我向她问道："到纽约了吗？"

"已经26个小时了，当然到了。你那边在下雨吗？雨声好大！"

"是啊，从下午下到现在。"稍稍沉默后，我继续说道，"罗本的初恋有消息了。"

"啊！你赶紧和我说说，这些年她是怎么过的。"

我下意识地点上一支烟，说道："离开罗本后，她便患上了抑郁症，康复之后，去了贵州的一个偏远山区支教，这些年都是她自己一个人，所以过得很不好！"

米彩沉默了很久才问道："罗本怎么说？"

"我们已经到贵州了，CC 也一起。我觉得罗本和 CC 之间已经结束了，虽然他还没有表态！"

"这是一个意料中的结果，可还是让人很难过！"

"嗯，爱情的事情谁能说得清楚呢，也不必去评判谁对谁错，所以尊重当事人的决定吧。"

第 308 章

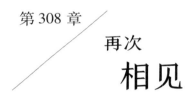

再次
相见

我和米彩的对话还在继续，天空忽然响起一个炸雷，将电话那头的米彩吓得停止了言语，半晌才对我说道："昭阳，正在打雷，你就别接电话了，咱们就聊到这里吧。"

"等等，你先别急着挂电话。"

"怎么了？"

"还记得你答应过我，等我事业小成后，我们就结婚吗？我都想好了，有了第一个孩子，就让他和你姓米，也算给你爸爸一个慰藉。"

"为什么突然提起这个，甚至连以后的婚姻生活都规划好了？"

"感情的事情最怕夜长梦多，我不想我们之间有类似罗本这样的意外出现，所以赶紧为感情找一个结局吧，哪怕是人为制造出来的。"

"好啊，感情的事情听你的。"

米彩的回答让我沉闷了一天的心情得以轻松起来，随后我们互相嘱咐了几句便结束了通话。

离开酒楼，我们一行人回到刚刚订好的酒店中，而雨却更大了，风也肆虐着从窗户边吹过，发出阵阵凄厉的嘶吼。罗本点着烟，沉默地站在窗前，向窗外的夜色看去。

我拍了拍他的肩，说道："反正现在被困在这里，也没什么事情可做，聊聊你和韦蔓雯的过去吧。"

罗本重重地将口中的烟吐到玻璃上，直到烟雾消散，才对我说道："曾经我是一个孤僻的人。那天我们的乐队在他们师范大学演出，演出结束后，我喝了不少酒，回去时骑着朋友的机车，晃晃悠悠地就把她给蹭了！"

"真是戏剧啊！"

罗本点了点头，说道："结果她没什么事儿，我却摔伤了。"

"然后她送你去医院了？"

罗本摇头："那时候她住在师范大学的教师公寓里，那天她带我回家了，给我包扎了伤口，还一个劲儿和我道歉，我当时觉得她挺傻的！"

"是善良吧。"

"后来我们就交往了，我挺喜欢和她腻在一起的，我们似乎有说不完的话和对未来的展望，她说她想做一个人民教师，我说我想成为一名民谣歌手，于是我们一边交往，一边各自努力，直到大学毕业！"

"所以和她交往的过程中，你很像个正常人！"

"是啊，所以一份原本平淡的爱情，也就在岁月的积累中变深情了，再后来的事情你也就知道了，她为我去了苏州。"

"然后她的父母来找你，你当着她的面，睡了一个女人。"

"其实没睡，做做样子而已。这些都不重要，重要的是她走了，我一个人留在苏州，每天看她给我留下的十五万块钱发呆。"

"她给你留了十五万块钱？"

罗本点头："是我们一起攒下来准备在苏州买房子用的。"

我忽然想起一件事情，问道："当时在 CC 的餐厅留下十万块钱的男人不会就是你吧？"

"不是，后来我决定用这十五万赌一赌，于是我去了澳门，想赢一笔钱自己开个酒吧，或者回北京买个房子，结果一晚上输光了，挺痛苦的！"

"你还真是吃喝嫖赌样样沾啊！"

罗本叹息，静静地看着窗外的夜色，沉默不言。他似乎真的很孤僻，尤其是在韦蔓雯离开了三年后的今天。

许久，我又向他问道："这次见到她后，你打算怎么办？"

罗本答非所问："我是一个睡过无数女人的男人，我配不上她。"

"你虽然睡过无数女人，但是精神上却没有背叛过。"

罗本皱着眉头反问道："如果一个你深爱的女人，被别人给睡了，然后告诉你，其实她心里一直没有背叛过你，你昭阳还会爱她吗？"

我忽然就怔住了，随即，一幅我永远也不愿意去假设的画面浮现在脑海里，我顿时就怒了，咬牙切齿地说道："都被别人给睡了，还爱个屁啊！"

"是啊，有些事情你换拉想一下，往往就是最接近真实的答案了！"

我无法反驳，胸口一阵沉闷，然后慌张地从烟盒里抽出一支烟，平复着自己的心情。

一夜风雨后，次日早晨，天空终于放晴，起床洗漱后，我立即联系了昨晚的出租车司机，让他领我们去找深山里的冲火村。路上，我一直向他打听冲火村的情况，得到的答复就是极度落后、贫穷，然后他又好奇地问我们为什么会去那么个地方，我告诉他这是个秘密，他便不再问。他的效率很高，进入大山后，便有一辆毛驴拉着的板车在等着我们，然后他便将我们转给了这辆毛驴车，说毛驴车的主人便是冲火村的老乡。

我留了个心眼，向老乡问道："老乡，我向你打听个人，你们村里有一个叫韦蔓雯的女人吗？"

老乡连连点头。

"她在你们村是做啥子的？"

"韦老师可好了，我们村子的娃娃，都和她学习文化。"

我和身后的乐瑶对视了一眼，既然他知道韦蔓雯的这些信息，那必然是村子里的人了，于是又催促道："老乡，你赶紧带我们去你们村子，我们是韦老师的朋友，想见见她。"

"好咧，你们上毛驴车，还要走上好几个钟头呢！"

"不碍的，能见到就好。"我说着便先将乐瑶扶上了毛驴车，然后是 CC，最后我和罗本，一左一右在车两旁坐了下来。老乡坐在前面，手中鞭子一扬，毛驴便迈着吃力的步子走在了碎石山路上，而阳光下的世界，就这么一点点安静下来，最后只听到山里的鸟鸣声和虫叫声。

山路真的很崎岖，毛驴走不动的路，我们不得不下车步行。体力最差的乐瑶，累得满头大汗，却又不愿意耽误行程，苦苦坚持着，而 CC 始终一言不发，跟在罗本的身后。

我终于停下来对乐瑶说道："我背你吧。"

"早该这么干了，我都快累休克了！"

"毕竟男女授受不亲，不到不得已，我还是克制点好！"

乐瑶轻声嘀咕道："睡都被你睡过了，装什么呢！"

我四处看了看，心中感叹：也就这么个深山老林里她敢这么口无遮拦。CC 和罗本以及那个老乡已经走在我们前面很远，我蹲下身子向乐瑶催促道："快上来，咱们赶紧追上他们，要是在这儿迷了路，就完了。"

乐瑶脱掉自己的高跟鞋，双手拿着，然后跳到我的身上，我背起她便奋力地迈着步子朝前方的他们追赶着。路上，乐瑶顺手摘了一片树叶替我扇风，又感叹道："昭阳，难怪韦蔓雯会选择这个地方，我现在都有打算在这里终老的想法，毕竟这么安静，风还吹得很舒服！"

"得了吧，这里的老乡都巴不得走出这座大山，看看外面的精彩呢！"

"所以得不到的永远在骚动！"

"我快累傻了，没空听你感慨。"

"你不就惦记着自己在西塘的温柔乡么，哪里会懂大山的雄伟和情怀？要不我唱个山路十八弯给你听听，顺便帮你开开窍，让你懂得大山的魅力！"

在乐瑶的喋喋不休中，眼前的视线忽然变得开阔，而这幽闭的山路也终于走到了尽头，一阵让人舒畅的凉风迎面吹来，视野中尽是绿色的梯田，看似错杂，却又井然有序，然后便听到了溪水流动的声音和羊群、牛群叫唤的声音，果真是一个世外桃源般的地方。正当我沉浸在这纯自然的风光中时，乐瑶却拍了拍我的肩，示意我往山脚下看，我顺着她手指的方向看去，只见罗本正向一个在梯田里劳作的女人狂奔而去。我们虽然看不清女人的模样，但已经猜测出，她就是罗本日思夜想的韦蔓雯！

第 309 章

意外

突生

我和乐瑶从山顶走到山腰，便停下了脚步，因为此时的罗本已经奔到那

个在田间劳作的女人面前，我们都想看看他会怎么宣泄这三年的想念之情。可是他们之间并没有想象中的深情拥抱，罗本在快要接近女人时停下了脚步，好似说了些什么，又好似在沉默，我实在看不真切。

身边的乐瑶向我问道："昭阳，他们说话了吗？"

"看不清楚，应该会说点儿什么吧。"

"当初简薇回国时，你和她说什么了吗？"

"没说太多，只是打了个招呼。"

"真能端着啊，不怕把自己给憋死么？"

"你是在说简薇吗？"

"我是在说你……"

我没有再搭理乐瑶，心中却有感悟：活在这现实世界中，哪怕撕心裂肺也不能像电视剧里那般用痛哭流涕去宣泄，大部分时候只能往自己脸上戴上一张冰冷的面具，然后告诉自己：别逗了，我这么冷酷，一身铁血，你怎么可能会伤到我！所以三年后，自己再与简薇见面时，也只是微微一笑。

我和乐瑶终于走到了山脚下，与 CC 站在一起，也终于将罗本和韦蔓雯看了个真切。韦蔓雯真的变了，和照片里的她一样，饱经风霜，但那知性、温柔的韵味却更突出。韦蔓雯发现了我们的到来，很平静地向罗本问道："这些都是你的朋友吗？"

罗本点了点头。她冲我们笑道："我还有一点农活儿，忙完了便带你们回去，这天气挺热的！"

我和乐瑶有些愕然，因为她真的太平静了，平静到只把罗本和我们当作是过路的人，到底她是在伪装，还是已经看透？这时，一个扎着马尾辫、皮肤黝黑的小女孩跑到韦蔓雯的面前，然后怯生生地看着我们。

韦蔓雯摸着小女孩的脑袋，很亲和地问道："金花，找老师有事吗？"

小女孩抬起头向韦蔓雯问道："韦老师，今天下午你去上课吗？"

韦蔓雯看了看我们，说道："今天下午老师要招待朋友，你通知其他同学，下午的课改成晚上，好吗？"

小女孩点了点头，随即将手中拎着的一个布袋递给韦蔓雯，说道："韦老师，这是我们家刚磨出来的面粉，妈妈让我给你一袋。"

"老师自己也种田，有粮食的，拿回去给你妈妈吧。"

小女孩却不理会，将布袋往田埂上一放，便一溜烟跑了。韦蔓雯摇头笑了笑，又弯腰除起了地里的杂草，而我们就这么被她晾在了一边，但心中并不介意，甚至喜欢她这种平静，或许这大山真的可以净化和升华一个人。

CC 和乐瑶站在一起，我则与罗本找了一块石头坐了下来。罗本抽出一根烟放进嘴里，点燃后说道："这样看着她，我才踏实。"

罗本的一支烟还没有抽完，一个骑着自行车的男人也来到了田埂边，他从车后座卸下一只水壶，递给韦蔓雯，然后又拿出一块手帕帮她擦掉脸上的汗水，而韦蔓雯并没有拒绝。这亲昵的举动顿时撕扯了我们的神经，我撇过头看了看身边的罗本，他已经用自己的手指生生掐灭了燃烧的烟头，表情充满了惊慌和愤怒。我向乐瑶投去询问的目光，她面色凝重地摇了摇头。

韦蔓雯拉着男人来到我们面前，面色平静地说道："给你们介绍一下，这是我的未婚夫周航，青岛人，来这里做医疗支援，我们下个月就要结婚了。"

"这……"我说不下去，因为这个意外残酷地抹杀了罗本的期望。

罗本的喉结不停地蠕动着，两眼紧盯着眼前这个身穿白色医褂的男人，情绪明显处在崩溃的边缘，是他的选择让韦蔓雯来到这个落后的山村，然后邂逅了这个男人，等于他亲手毁掉了自己和韦蔓雯的可能，而成全了这个男人，他怎能不痛？

罗本终于颤抖着开了口："我以为你离开后会过得很好，嫁一个你喜欢的人，从来没有想过会是现在这个样子。"

"我现在过得很好，航哥也是我心目中想嫁的男人。"

罗本和韦蔓雯的对话让周航意识到什么，他向韦蔓雯问道："这位是？"

"我在北京的朋友，罗本。"

周航面色顿变，突然撕扯着罗本的衣领，几乎吼道："原来你就是那个人渣……你现在来找蔓雯做什么，给她的伤害还不够吗？"

"航哥，你松开他吧，那些都是过去的事情，没有再提的必要了。"

周航终于松开了罗本，却仍愤愤地盯着罗本。罗本似乎也看到了韦蔓雯那颗对自己已经死透了的心，整个人就这么失魂落魄着，丧失了表达能力，傻愣愣地站着。我于心不忍，终于对韦蔓雯说道："我们能单独聊聊吗？当年罗本是有苦衷的，他更不知道当初自己的选择会让你经历了那么多痛苦，然后来到这个地方，否则他不会那么做的。"

第 310 章

这是你的

脾气吗

在我提出要和韦蔓雯单独聊聊时，她显得很犹豫，这种犹豫恰恰证明她还是想知道罗本当年的苦衷的，于是我趁热打铁："感情的事情你不觉得明明白白更好吗？至少这样对当年的你和罗本都是一个交代，而怎么选择，你依然有绝对的主动权。"

这番话就这么被我以旁观者的角度轻松地说了出来，却根本忽略了自己从未和简薇要一个明明白白。所以，人啊！很多时候总愿意将别人看得透彻，却习惯将自己埋在深渊里痛苦挣扎。

韦蔓雯最终也没有被我说动，她看了看身边的周航，对我说道："抱歉，关于过去的事情，我真的不应该再想了，如果你们愿意的话，留下来喝杯茶，我很欢迎，如果还要打扰我的生活，就请离开吧。"

罗本终于开了口："我想留下来喝杯茶。"

韦蔓雯点了点头，随后对身边的周航说道："航哥，待会儿你也留下来喝杯茶吧，我手上的农活马上就忙完了。"

周航看了看我们一行人，对韦蔓雯说道："我会陪着你的，无论多久。"

"嗯。"

我再次打量周航，确实在他的身上看到了男人的成熟，再看看罗本，一条手臂上尽是纹身，脖子上挂着造型奇异的项链，他的骨子里真的充满了狂妄和不羁，哪怕已经是而立之年。这一刻，连我都动摇了，也许 CC 这样不拘泥于世俗的女人才是罗本真正的归宿。

韦蔓雯的住处是一个很简陋的屋子，不过打扫得很干净，而村子里的人，听说来了客，也纷纷聚到韦蔓雯的住处，甚至连村主任也过来了。于是，我们在一群人的注视中，喝上了韦蔓雯泡的茶，可气氛却是沉闷的，尽管那些不知情的村民们，拿来了许多山里的水果，热情地招待着我们。

村主任向我们问道："你们都是城里来的朋友吧，我们知道韦老师就是大城市的姑娘。"

CC 一直很沉默，乐瑶则戴着墨镜，趴在桌子上一动不动，于是只能由我回答道："嗯，韦老师是北京人，坐在她旁边的那个小伙子也是北京人，我们是其他城市的。"

村主任连连点头，感叹道："要是我们山里这群娃娃也能出去见见世面就好了，可是村子太穷了，连去县城的马路都没有，孩子们到县城上个初中、高中，都难得很喽！"

村主任的话音刚落，罗本便从钱包里抽出一张银行卡递给村主任，说道："这张卡你留着，里面有一些钱，你拿去帮助一些贫困的孩子上学吧。"

村主任本性质朴，连连摇手说道："这使不得、使不得！"

一直趴在桌上的乐瑶终于挪了挪身子，附在我耳边轻声说道："这张卡是影视公司托我给罗本的，里面是他上次做词曲的劳务费用，有二十多万！"

我震惊地看着罗本，这应该是他全部的身家了，他竟然就这么送出去！难道他是想用这种方式，让自己和韦蔓雯一般，为这群大山里的孩子倾其所有？但目前看他仍会痛苦，因为爱得太深，与韦蔓雯的缘分太浅。

村主任收也不是，不收也不是，于是求助似的看向了韦蔓雯。韦蔓雯冲村主任摇了摇头，于是村主任又将卡放到了桌上，示意坚决不要。

罗本表情痛苦地看着韦蔓雯，沉着声音问道："为什么对我这么残忍？"

"我不懂你要表达什么，还有几个小时天色就暗了，你们赶紧出山吧，夜路不好走。"

罗本一言不发，面色很不好。韦蔓雯又对村主任说道："李叔，你待会儿找一辆车，送他们出山吧，我晚上还要给娃娃们上课，也没时间招待他们。"

村主任点了点头，随后安排了一个中年老乡送我们。

罗本终于在崩溃的临界点陷入到疯狂的状态，他抬手重重地拍在了桌子上，吼道："给我站着别动！"

这突如其来的发作，让那个中年老乡怔在了原地。韦蔓雯眉头紧锁地看着罗本，冷冷说道："这还是这般我行我素，无论来或去，又都要由你罗本来支配吗？"

罗本的声音更低了："我不想就这么走了！"

"可是现在的我只想把你当作萍水相逢的朋友，明白吗？"

"我明白，但那又怎样，这个村子也不是你的，你凭什么赶我走？"

罗本的这个回答，让我在恍惚中看到了曾经的自己和米彩，那时候的我似乎也总是用类似的无赖去应对把我赶出屋子的米彩，也许我们是同一类人。

韦蔓雯并没有因为罗本的不可理喻而愤怒，只是平静地说道："你要留下

谁都阻止不了，但是这个村子里没有人会给你提供食宿，你想待也待不住。"

罗本依旧很坚持地说道："这是我的事情，不需要你操心。"

"那随便你。"韦蔓雯说着便转身向屋内走去，只留下面面相觑的山民，还有那个黯然落泪的 CC。想必她是羡慕韦蔓雯的，因为罗本从来没有对她如此执着过。

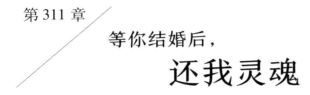

第311章
等你结婚后，
还我灵魂

韦蔓雯进了屋子后，周航也跟着进了屋子，而刚刚还歇斯底里的罗本，忽然便平静了下来。我对村主任说道："李叔，你能不能帮我们安排个住的地方，今天我们是真走不了，而且出了山也没有去县城的车子，是不是？"

村主任表情为难地看着我们。我接着说道："韦老师在和那个小伙子置气，我们剩下的人是无辜的，要不你把那小伙子送到山外，我们留下。"

村主任看着罗本，点头道："是该把他送到山外去，这脾气太野了！"

明明是一句玩笑话，罗本却很较真地回道："别打我的主意，我哪儿也不去，就在这儿坐着。"

乐瑶没好气地回了一句："哪儿也不去！你这是闭关修炼呢？然后还得让我们这些人帮你护法！"说完乐瑶又向我使了使眼色，我点了点头，跟着她来到韦蔓雯的屋后。

"你想和我说什么？"

乐瑶一边用手扇着风，一边对我说道："把罗本劝走吧，我觉得现在这样也挺好的，韦蔓雯嫁给周航，CC 也不用这么撕心裂肺了。"

"可是你觉得韦蔓雯真的放下罗本了吗？"

乐瑶反问道："事到如今，这还重要吗？你和我都明白韦蔓雯要的是一个踏实的守护，而不是罗本那种时好时坏的男人！"

我半晌也找不到反驳乐瑶的话，只怪罗本太不争气，当初他除了选择放弃外，还可以选择用自己的音乐才华去奋斗，然后给韦蔓雯一个理想的生活，再不济也应该了解一下韦蔓雯在离开他以后的生活，这样也就不会有这三年的悲剧。

"昭阳，你怎么不说话了？"

我一声轻叹："没什么可说的了。"

"那你就赶紧把罗本弄回去，让他继续做一个浪荡的人，别让他留在这大山里祸害韦蔓雯。说真的，我一点也看不惯他现在这副死缠烂打的臭样子，最后遭殃的不仅仅是他自己，还有韦蔓雯和 CC。"

"只是做错一件事，难道真的就没有回头的余地了吗？"

乐瑶注视着我，问道："你觉得当初把我给睡了，是对还是错？"

"错了。"

"那你觉得还回得了头吗？或者没有那个夜晚？"

回到屋前，村民们已散去，而罗本依旧坐在原来的位置没挪过身，CC 也就这么陪在他的身边。CC 这么一个充满个性，甚至风华绝代的女人，便如此倒在爱情的泥潭中……

乐瑶不断向我使眼色，示意我赶紧说服罗本。我终于艰难地开了口："咱们回去吧，把这大山里的生活留给她，继续过你灯红酒绿的生活。"

"你怎么知道我就不喜欢这儿的生活？"

我有些火大，从腰间抽出皮带，冲他扬起，火道："信不信抽你，跟茅坑里的石头似的！"

罗本完全不理会我，CC 却夺过我手中的皮带，示意我不要冲动，让罗本自己处理。乐瑶忽然就火了，冲罗本吼道："那你倒是处理啊，真坐这儿修炼呢？亏你还是个北京爷们，血管里淌的血都馊了吧，还有点血性吗？"

罗本低着头半晌不言语，好似没有了主张，其实这也不能怪他，任谁经历了这样的事后，也难以保持正常人的状态。无计可施的乐瑶急得直跳脚，恨不能从 CC 手中抢过我的腰带，狠狠抽罗本一顿，却不想这时的罗本，忽然起了身，迈着大步向门前跑去，然后照着屋门狠狠踹了一脚，顿时那简陋的屋门轰然倒地！

罗本这突如其来的发作，让乐瑶一声惊叫："完了，这修炼成魔了，昭阳赶紧去拉住他，别让他干蠢事儿！"

我几步走到门前，只见屋内的韦蔓雯和周航惊恐地看着罗本，罗本则眼睛充血地看着他们，好似真的发了狂，我赶忙对身后的乐瑶说道："赶紧去喊

人，把他给绑了，我一个人恐怕弄不住他。"

乐瑶连连点头，转身向屋外跑去，而我奋力抱住罗本，一个抱摔将他放倒在地上，然后将他的手反扣在背后，单腿跪在他的后背上，不让他动弹，而他就这么狼狈地被我制服了，但他自始至终都没有反抗过，只是看着韦蔓雯，哽咽着说道："我知道自己配不上你……更没有指望你会回到我的身边，可是只要看着你……我就踏实，真是踏实，让我留下来，行吗？我看着你结婚，等你结了婚，快乐了，幸福了，我就走，永远不再进这座山，永远不打扰你和你的丈夫，可以吗？"

韦蔓雯看着极度狼狈的罗本，眼眸终于含泪，背过身说道："外面的世界有江上远帆，有锦灯如花，为什么非要留在这里不肯放过我呢？"

"因为我的灵魂你还没有还给我……赶紧结婚吧，然后还给我自由、还给我灵魂……没有自由、没有灵魂，那什么江山远帆、锦灯如花，都是狗屁！"

罗本的声音已经沙哑，哭得断断续续，而我好似真的看到了一副没有灵魂正在苦苦煎熬的肉体。

第 312 章

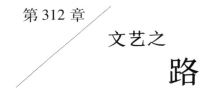

文艺之

路

我终于松开了哭得撕心裂肺的罗本，然后将他扶了起来，而韦蔓雯眼眸中含着的泪，终于从她的眼角处落了下来，许久说道："你要坚持留下来，那就留着吧，但是覆水是收不回的。"

罗本仰起头笑了笑，说道："在来这里之前，我就没有指望收回这覆水，我会兑现自己的承诺，等你和周航完婚后我就离开……"

这时一直沉默的周航看了看韦蔓雯，说道："留下就留下吧，或许这对我们来说都是一个考验，我要的是一个完完整整、情真意切的你！"

我顿时理解了周航的言外之意，一段刻骨铭心的爱情并不是韦蔓雯想忘就忘的，尤其是在罗本失魂落魄地站在她面前时，那些尘封的过去，便被轻轻吹起，然后膨胀！

　　这时，乐瑶带来一群手拿绳索的村民，指着坐在地上的罗本说道："赶紧把他给捆了，弄不好要起祸害！"

　　我赶忙阻止道："老乡，各位老乡，你们高抬贵手，事情已经暂时解决了，你们看他都不动了。"接着，我将刚刚发生的事情告诉了乐瑶和村民。

　　乐瑶看着罗本感叹道："这小哥，还真是懂破后而立啊！"

　　这个夜晚老乡们点起了篝火，拉起了长桌，赠予我们一大桌丰盛的晚餐，而在这吃吃喝喝中，我们自始至终看到的只是痛苦，并没有谁真正拥有幸福，罗本如此，韦蔓雯如此，CC更是如此，甚至那个对我们来说只是陌生人的周航也是如此……

　　晚餐结束后，我与罗本坐在山脚下的石块上。我悠悠吐出一口烟，对罗本说道："客栈最近的事情多，我也不能在这里久待，明天早上走。"

　　"走吧。"

　　"你真打算留在这里等到韦蔓雯结婚吗？"

　　"有她在的地方对我来说才算是生活，能待一个月就待一个月吧，哪怕结果已经注定。"

　　"早知道现在，你当初为什么还要放手呢？"

　　"很多事情做了以后，才知道是对、是错。如果这些年她过得很好，也不见得我当初的选择就是错误的，偏偏她……"罗本的声音有些哽咽。

　　我一声轻叹之后，拍着他的肩安慰道："经历了磨难后才更懂生活的意义，就当这是一场人生中避不开的流年吧。"

　　罗本没有言语，只是重重吸了一口烟。我又向他问道："对于韦蔓雯你真的打算就这么放手了？假如她对你还有情呢？"

　　罗本想了想，说道："那肯定不能放。"

　　"你现在还有一个月的时间，预祝你好运，记得学会改变，因为她想要的，肯定不是你现在这个样子。"

　　说话间，乐瑶来到我们这边，她向罗本使了使眼色，示意要单独和我坐一会儿，罗本便先行离去。乐瑶在我身边坐了下来，感叹道："昭阳，这山里真的很安静啊！"

　　我四下看了看，说道："是啊，要是时间允许我也想在这里多待几天。"

　　乐瑶瞟了我一眼，说道："昭阳，我想和你商量个事儿。"

　　我警觉地看着她，因为想起每次她说要和我商量什么事情时，一般都是惹了祸。

　　"干吗这副死样子看着我？"

"因为我觉得你不会说出什么好事儿。"

乐瑶厌烦地看了我一眼，说道："是第五个季节酒吧的事情。"

我拍着腿感叹道："你看，果然不是什么好事儿吧，酒吧又怎么了？"

乐瑶一脸崩溃地看着我，说道："酒吧没问题，但是我打算转给你去经营。说实话，这个酒吧一年赚的钱，对现在的我而言可有可无，但还要跟在后面劳神，我觉得继续经营下去也就没什么意义了。"

我问道："现在酒吧一个月能盈利多少钱？"

"时好时坏，但是每个月几万块钱还是有的。"

"那对你真的是可有可无了！"

"对啊，再说这个酒吧的灵魂都是你给的，没有人比你更合适了！"

"那你打算多少钱转？"

乐瑶想了想，说道："一口价，150万。"

"一口价！还150万！你当我是周兆坤啊，分分钟给你拿出来！想卖就拿出点诚意来，便宜点！"

"便宜点也行啊，不过你要给一个能让我感到兴奋的经营思路。"

"转给我后就和你没关系了，我怎么经营还关你什么事儿啊？"

"虽然酒吧的灵魂是你给的，但躯体是我给的吧，就算转给你经营，它的发展前途我也是关心的。"

自从在西塘开了客栈后，我对事业的渴求便越来越强烈，当乐瑶提起要转让第五个季节酒吧时，我真的心动了，而且我对酒吧也确实有很浓厚的个人感情，于是在大脑里思索起接手以后的经营思路。片刻之后，我对乐瑶说道："我想以客栈、酒吧、餐厅为基础，在全国打造出一条文艺之路！"

"什么文艺之路？听上去很高端的样子！"

第 313 章

记得叶贝妮
曾经爱过你

我稍稍整理了一下思路，说道："我的构思是，以文艺为主题，在全国各个著名的旅游城市开设风格各异的客栈、餐厅和酒吧，最后在中国的地图上形成一条文艺之路。"

乐瑶瞪大了眼睛看着我说道："说得天花乱坠的，你是在忽悠我不懂做生意吧？"

"燕雀安知鸿鹄之志，反正我的思路已经给你了，你愿不愿意便宜卖，就给句痛快话。"

"你的意思是，以后我不管去哪个城市旅行，都可以见到你开的酒吧和客栈，而且经营风格都不是重复的，但很有文艺范儿？"

"你这不是自己就想明白了嘛，还说我忽悠你！"

乐瑶又往我身边凑了凑，问道："国外呢，国外会不会也有？"

"发展到一定程度，Why not（为什么不可以）？"

乐瑶点头称赞道："这就把英文给用上了，看样子真的可以啊！"

我笑道："既然我给了你这么强烈的信心，你是不是可以认真考虑一下将酒吧便宜出售的事情呢？"

乐瑶却没有正面回答我，问道："还记得很久以前我们约定要做生活的高手吗？"

"嗯，现在的你已经是生活的高手了，没有人可以再给你脸色看！"

"我真的希望可以在未来看到一个闪亮的你，也更希望你所提出的文艺之路不仅仅是一个天马行空的想象，而是一个会付诸实际的目标。到那时，你和米彩在一起，也就会快乐很多了，因为不必活在她的光环之下！"

我抬头仰望着星空，希望可以看见那个在事业成功后意气风发的自己，而那时候再和米彩在一起，也会惬意很多，当然我还可以回报给板爹和老妈一个舒适的物质生活，如此想来我真的应该在这优胜劣汰的残酷社会里，做一个生活的高手。

这时，乐瑶轻声说道："昭阳，酒吧你拿去经营吧，等你以后赚到钱了还给我就可以。"

"我已经欠你那么多钱了，不能再这样了，真的不合适！"

"你怎么是这么一个偏执的人。那行，你现在就给我 150 万吧。"

"你让我想想办法，行吗？反正你也不是急着要转。"

乐瑶反问道："找简薇借？你要是找她借，我情愿送人都不卖！"

我陷入到无语的状态中，似乎乐瑶总是对简薇充满了敌意，这种敌意让我很费解，毕竟两人没有直接的立场冲突。

乐瑶又推了推我，说道："昭阳，要不你去找米彩借吧。这对她来说很轻松，但对你而言意义可就不一样了，毕竟这是为你设想的蓝图添上了第一块砖瓦！"

"我要找她借150万，还不如先接受你的酒吧，以后再付给你钱呢！"

"就知道你会这么说，可她怎么说也是你女朋友，你们之间有必要计较这么多吗？以后结了婚，她所拥有的一切不都是你们夫妻的共同财产吗？"

"你刚刚还说希望我不要活在她的光环下，现在又怂恿我去和她借钱，你不觉得这很矛盾吗？"

"借钱是为了让你快速发展起来，然后彻底脱离她的光环，这矛盾吗？而且我觉得你要是真的和她开了这个口，你们的关系会更近一步。很多时候，我真的觉得你们一副貌合神离的样子，你自己有没有这样的感觉？"

乐瑶的话好似提点了我，细想自己和米彩真的很难做到那种情侣间的亲密无间和融合，便向乐瑶请教道："你为什么觉得我和米彩之间貌合神离？"

乐瑶几乎没有思考便答道："你们虽然喜欢着彼此，但是从来没有共荣共辱过，各自活在各自的世界里，无法向对方的世界渗透，准确来说，是你不能向米彩的世界渗透，而她应该在努力向你靠近，可是你总会往后面躲着，避开她的接近！"

我仔细一想，确实是这样，因为米彩真的和我住过条件极其简陋的公路旅社，而且连自己开的车子也换成了一辆很普通的大众CC，可我却从来没有迎合过她的生活。

乐瑶又说道："所以啊，昭阳，如果你真的当米彩是自己的女朋友，就应该和她去借那150万，然后努力赚钱，还给她。"

经过乐瑶的这一番劝说，我还真有些动摇，可心中仍过不去那个坎儿，于是说道："这事儿我再好好琢磨琢磨，等我想通了给你答复。"

乐瑶叹息道："唉！为了你伟大的蓝图和文艺之路，还是赶紧想明白吧。"

次日一大早，我们便起了床，准备动身离开。罗本和韦蔓雯将我们送到了村口，而不远处，村主任安排的小驴车正在等待着我们。在这场离别中，我们所有人都成了配角，而CC和罗本则是主角，但我们这些配角都很想知道，罗本他会怎么处理和CC这段短暂的感情。罗本数次想对CC说些什么，但最后都未能开口。终于CC黯然地笑了笑，对罗本说道："你不必勉强说些什么，我也不需要，但是……希望你永远记得一个叫叶贝妮（CC的原名）的女人曾经深深地爱过你。"

罗本面色愧疚地点了点头……

CC又转而对韦蔓雯说道:"其实我们大家都看得出来,你对罗本还有旧情,但是你有你的挣扎,如果最后真的选择嫁给了周航,也请你在其他事情上给罗本一个安慰,不要让他太痛苦,好吗?"

韦蔓雯没有言语,她似乎有些弄不懂CC的意图,实际上我也不懂,因为这个女人很多时候与罗本有着一样奇异的思维,可是他们却没有走到最后的缘分。

小驴车不断在山间的小路上颠簸着,乐瑶轻声向身边的CC问道:"经历了这一次,以后你会有什么打算呢?"

CC的表情不再阴郁,抬头望了望碧蓝的天空,笑着说道:"找到那个为空城里音乐餐厅捐款十万块钱的顾客,看看能不能嫁给他,想想我也已经28岁了!"

第 314 章

卓美要出

问题

离开小山村后,乐瑶直接从桂林飞回北京,继续她的演艺事业,而我和CC则飞往上海,然后我从上海回西塘,CC则回苏州,临别前,我们抓紧时间做了一次短暂的交流。

我向她问道:"回到苏州后有什么打算?"

"经营好空城里餐厅,继续自己的单身生活,就这么简单。"

"我觉得你应该抽时间出去放松一下。"

CC笑了笑,说道:"不要操心我了,你呢,以后有什么打算?"

"做好自己的事业,然后等米彩回国,如果她愿意嫁给我,很快就能结婚了吧!"

"真的挺羡慕你和米儿这种两情相悦的,所以为了我的羡慕,你们也要好好经营这份来之不易的爱情。"

"是的，为了叶贝妮，我们也应该好好在一起。"

CC 瞪着我说道："别叫我名字，好好说话。"

"其实你的名字蛮好听的，以后就别叫 CC 了，每次都会想到大众的那款汽车，尤其是在米彩也买了这款车之后！"

CC 没有理会我的玩笑，抱了抱我，便伸手招来一辆出租车，而我看着她离去的背影，心中充满了同情和矛盾。这时，我更深刻体会到三角恋情的残酷，因为一定会有人受伤，所以更希望自己在未来不要陷入这种情感的纠葛中，就这么一路平坦地走下去。而如果此生能与米彩一起度过，我在感情上也真的不会再有所求。

傍晚时分，我终于回到了西塘，刚进客栈，便感受到了超高的人气，此时客栈那个原本冷清的阳台上坐满了游客，正在品尝着我们精心准备的下午茶。我刚放下行李，便以客栈老板的身份，送给他们数只果盘，又简单地做了个调查，询问他们购买"完美旅游套餐"后的体验，游客们纷纷表示，参与这个计划的商家们都很不错，给他们带来了一次美妙的旅行，这个"完美旅游套餐"值得他们去口碑相传。

得到顾客们的好评，我更庆幸当初对参与商家进行了严格的筛选，这才充分保证了计划执行后的质量。我相信，来年等这个计划更加成熟，我们的准备更加充分后，不仅会给我们带来更多经营上的收入，也会为我离开西塘对外扩张提供充分的经验和资金动力。

夜色渐渐笼罩了西塘。晚饭后，在茶香四溢的阳台上，我为游客们弹着吉他唱起了歌。阵阵掌声中，一辆兰博基尼蝙蝠停在了客栈的柳树下。这是西塘唯一的一辆兰博基尼蝙蝠，那么车里的人必然是周兆坤。于是我放下了吉他，站在护栏边和他打了招呼："周总，还没有回山西呢？"

周兆坤摘掉墨镜，笑了笑对我说道："回山西前想和你喝上一杯，不知道你有空吗？"

我当即应了下来，与游客们说声"抱歉"后，便下了楼，然后打开车门坐进副驾驶室。生平第一次坐这种顶级超跑，我不免左顾右盼。

周兆坤向我笑了笑，问道："怎么样，要试试这车吗？"

"方便的话，当然想试试。"

周兆坤当即摘掉了身上的安全带，与我互换位置。我抹掉手心兴奋的汗水，在驾驶室坐了下来，启动车子后，压抑着自己对速度的追求，慢慢从拥挤的人群中驶出，出了西塘后，便驶上了一条车流很少，且不测速的宽敞路段。脚下的油门只是轻轻一点，车子立马开始狂飙，速度很快到了 200 码，但车子却没有一点吃力的感觉，这就是顶级跑车强悍的动力，我越来越兴奋，于是踩着油门的脚又用了一分力，心想着上了 280 码就停止这种疯狂的行为，以后和人闲谈时，也增加了一个吹牛逼的料。

速度还在往上飙升，手机却在口袋里振动起来，我无奈地松开了油门，等车速降到 80 码之后，从口袋里拿出手机，没敢分神看号码便接通了电话，问道："你好，哪位？"

电话那头传来了方圆的声音："昭阳，在哪儿呢，今天打你好几次电话，都关机。"

"白天一直在飞机上没开机，怎么了？"

"卓美可能要出问题！"

我心中一紧，问道："到底怎么回事儿？"

"你现在方便来苏州么？咱们见面聊。"

"行，我这就过去，一个小时后卓美楼下的海景咖啡见。"

挂断电话后，我对身边的周兆坤说道："周总，我现在有急事要去苏州，今天晚上的酒，以后再补吧。"

"咱们现在就在往苏州去的路上，反正我也没什么事，一起吧，等你办完了自己的事情，咱们一样可以喝上一杯。"

我对周兆坤说了声"谢谢"后便放下电话，一脚重踩油门，车子在发动机的轰鸣声中，向苏州狂奔而去。不足一个小时，车子便到达苏州市区，很快又绕到了卓美的大楼下，我将车交还给周兆坤之后，便小跑着向海景咖啡店走去。

刚进店门，便有服务员过来领我往方圆订好的包厢走去，我意识到事态的严重，否则方圆根本不用避人耳目地选择在包厢与我见面。

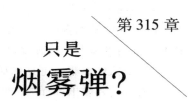

第 315 章

只是

烟雾弹？

来到包间后，我当即在方圆的对面坐了下来，直切主题地问道："赶紧告

诉我，卓美目前到底是什么情况？"

方圆面色凝重地对我说道："米总上次因为你过生日从美国回来后，与米仲德有过一次交涉，他们应该是彻底摊牌了，但最后却没有达成共识，所以……"

"所以米仲德准备在卓美上市的关键时刻动手了？"

"其实这是意料之中的事情，只是时间提前了……"

"他想通过什么手段去破坏卓美的上市呢？"

"现在还不清楚，但应该是人为地去制造公关危机，从而破坏卓美的品牌形象，我们都清楚，一个品牌的形象一旦受损，上市成功的可能性几乎为零！"

我愤怒地回道："他是疯了吗？这么做只会两败俱伤，也会毁掉卓美的。"

"米总已经挑战了他所能忍受的底线，现在的局势也已经发展到他和米总不能在卓美共存的地步，所以选择玉石俱焚便是他最后的手段。只要彻底扳倒了米总，哪怕是废墟中的卓美，还是有机会重生的，而那时候他依然是卓美的最高领导者，我相信此时的他已经在筹备卓美的重建了！"

"真的已经到这个地步了吗？"

方圆点头确认道："是的，这就是商战中的破后而立了，也是米仲德最后一搏的筹码，毕竟米总的身后有蔚然，他无法在资金和股权上找到筹码，只能选择这个下下策。"

我让自己冷静下来，对卓美当前的形势做起了分析，此时的米仲德应该是穷途末路了，毕竟卓美的其他股东是支持上市的，而且最大的投资方也站在米彩这一边，他手中可以用的筹码越来越少，四面楚歌中做出这种两败俱伤的事情，也就不难理解了。终于我向方圆问道："你是从哪里得知这个消息的，可靠吗？"

方圆沉默了。我当即便明白了，问道："是从米斓那里吧？"

方圆点头道："这也是我将这个消息告诉你，而没有直接告诉米总的原因，但是我和米斓真的没有任何情感上的纠葛，她只是希望我能在这次制造品牌危机的事情上，给她提供一些帮助。"

"她很信任你嘛，可是你却将这个消息告诉了我。"

"人总是要做出选择的，我不想辜负米总对我的知遇之恩，还有你的兄弟之情。站在我个人角度上，我也不希望看到一个因为上层争斗，而受伤的卓美，所以你尽快提醒米总做好防备吧，一旦集团的形象受损，上市成功的可能性几乎就没有了！"

我面色凝重地点了点头，如果方圆提供的消息属实，米彩必须要提前做好应对措施，可问题的关键是，现在根本不清楚米仲德会制造出什么样的品牌危机，只能选择被动地防御。

交谈结束时，方圆准备先行从包厢离去，我喊住了他："之前我一直担心你会做出伤害卓美和米彩的事情，现在看来是我对你的信任不够，想和你说声抱歉！"

方圆拍了拍我的肩："做了这么多年兄弟，你是第一次和我说抱歉，其实完全没有必要，因为人性始终是有缺陷的，一定会有错判的时候。"

我点了点头。

方圆又笑了笑，说道："希望这次卓美能够顺利上市，你和米彩也赶紧开花结果，这才是我最想看到的。"

"我也想……"我说着下意识地从烟盒里摸出一支烟点上，深深吸了一口，心中感慨：恐怕这一路要充满波折了！方圆离开后，我便拨通了米彩的电话。接通后，她有些惊讶地问道："昭阳，怎么突然给我电话了？"

我直切主题："你叔叔近期可能会制造出卓美的品牌危机，从而阻止卓美上市。"

"你是从哪里得知这个消息的？"

"是方圆告诉我的……你会怎么去应对这个事情，会回国吗？"

米彩稍稍沉默之后说道："其实我也得知了这个消息，但是我怀疑这是一颗烟雾弹，目的是为了让我回国，从而给他们在美国创造机会，现在已经到了上市的关键阶段。"

我顿时佩服米彩的心思细腻，因为确实有这样的可能性。我感叹道："如果真是这样，那米仲德真够老谋深算的，可是也不排除这个消息是真实的！"

"我会授权陈景明来处理这个事件的，他是一个可以信任的人。"

"这……是不是有些太冒险了？"

"如果这个消息是真实的，那么最需要的是一个有极强能力的公关团队，来高效率地解决公关危机，至于是由我还是陈景明来组建这个公关团队并没有太大的区别。"

"那你们集团的公关部能力够吗？可靠吗？"

"不行，这些年卓美并没有发生过大的公关事故，所以集团的公关部，并没有太多的实战经验，而且这个部门也一直是由我叔叔控制的，所以必须要与外界的公关公司合作。"

稍稍停了停，米彩又向我问道："你以前一直在宝丽的企划部任职，应该和公关公司打过不少交道吧？你有好的公关公司推荐吗？"

我下意识地想到了简薇，因为她的爸爸简博裕就是广告界和公关界的权威，手中握着大把的公关资源。我权衡了一下终于对米彩说道："这个事情我建议你与简薇合作，她的父亲在广告界和公关界很有威望，只要借助他父亲所掌握的资源，搭建一支专业高效的公关团队，对她来说并不是什么难事！"

第316章

简米

合作（1）

在我提出利用简薇的资源搭建公关团队时，米彩陷入到犹豫之中，这可能是因为两人之间的尴尬关系。我当然不愿意勉强米彩，说道："我只是单纯给你一个建议，如果你觉得不合适的话，就不必考虑。"

一阵沉默后，米彩说道："这只是一场单纯的商业合作，我不应该掺杂个人感情，回头你发一些那边做过的公关案例给我，我参考一下，给你答复。"

"好的，没问题。"

结束了和米彩的对话，我的心情并没有轻松起来。我深知卓美对米彩的重要性，所以她才会在危急关头选择与简薇合作，真的期望简薇和米彩这次历史性的合作会取得意想不到的成果。

走出"海景咖啡"，我意外发现周兆坤一直坐在他的车里耐心地等着我，我向他做了一个抱歉的手势后，随即在车的副驾驶室坐了下来。

上扬的车门渐渐闭合，周兆坤向我问道："苏州你应该很熟悉吧，咱们去哪儿喝酒？"

"带你去一个很有文艺格调的酒吧。"

周兆坤颇有兴致地说道："可以啊，你引路吧。"

随即车子启动了，在我的指引下向第五个季节酒吧驶去。片刻之后，我们便进了酒吧内。CC今晚正好在酒吧内驻唱，骤然见到我，非常意外，当即放下吉他向我走来，问道："你怎么又来苏州了？"

"有点急事儿需要处理。"说完又对周兆坤说道，"这位叶贝妮小姐是我朋友，在阿峰的酒吧你们应该见过面了。"

周兆坤还没有开口，CC便掐着我胳膊上的肉说道："昭阳，你烦不烦，说了别叫我叶贝妮！"

我疼痛中赶忙改口喊她CC。周兆坤笑了笑，环视了整间酒吧，对我说道："这个酒吧很有你的风格，应该和你有关系吧？"

CC代替我答道："你的洞察力很敏锐，这个酒吧的第五个季节主题就是他提出来的。"

周兆坤向我竖了竖大拇指表示称赞，又问道："那你应该是这个酒吧的老板吧？"

我摇了摇头，说道："不是，酒吧的老板是乐瑶，不过她现在的演艺事业蒸蒸日上，也无心打理，正打算出售酒吧呢！"说完又对CC说道："姐，去给我们拿些啤酒来，记我的账上。"

"我请你们。"CC说完便转而招呼服务员为我们拿来了啤酒，自己又回到演唱台上自弹自唱起来。

我拿着开好的啤酒瓶与周兆坤碰了一个之后，便陷入到自己的心事中，我在揣摩米仲德会制造什么样的公关危机来影响卓美的品牌形象。而周兆坤似乎很有喝酒的兴致，直到将一瓶啤酒喝完之后才对我说道："这个酒吧的风格很不错，我有接手的兴趣，你能帮我和乐瑶牵个线吗？"

我面色疑惑地问道："你不是要回山西吗？现在接手这个酒吧不太实际吧？"

周兆坤笑了笑，答道："和客栈一样，转交给你经营就可以了，既然这个酒吧的主题是你提出来的，我相信你一定可以经营好的。"

"其实我是打算接手这个酒吧的，不过目前没有那么多资金，而且对于以后的发展，我也有自己的想法。"

"所以乐瑶肯定不会转让给我了？"

"这也不一定！"

"那能聊一聊你对酒吧以后发展上的想法吗？"

我点头道："准确地说，在我的规划中，这个酒吧只是一个部分，我希望将酒吧和餐厅以及客栈整合起来，然后在全国各个著名的旅游城市设点，最后在中国的地图上形成一个充满文艺血液的脉络，我称之为文艺之路。"

"文艺之路?"

"对，这就是我近几年会付诸行动的一个目标。"

周兆坤点了点头，说道："我确实在酒吧和客栈上看到了文艺性的一面，但是餐厅呢？餐厅你目前也有涉及吗？"

"明天你有时间的话，我带你去一家餐厅，那才是真正将文艺发挥到极致的代表。"

"行啊，我很期待!"周兆坤说着又与我碰了一个。

这个夜我没有多喝，因为待会儿还要去找简薇，和她谈谈与米彩合作的事情。我先将周兆坤带到我和米彩住的那间老屋子，将自己的房间让给了他住。随后我便给简薇打了个电话，接通电话后，她很是意外地向我问道："这么晚了，怎么想起给我打电话呢？"

"有事情想找你谈谈，你现在有空吗？"

"有啊，刚下班，正坐在护城河边吹着风呢!"

"那我现在就去找你。"

"你来吧，对了，给我带些关东煮，还没来得及吃上晚饭呢。"

"除了关东煮，还要吃些什么吗？"

"如果你还记得我喜欢吃些什么，尽管带，我来者不拒!"

"来者不拒？你这得饿成什么样子了!"

简薇只是笑了笑，便挂掉了电话，现在的她似乎不太喜欢与我斗嘴。我思索着她喜欢吃些什么，但又觉得那些曾经的喜欢离现在已经过于久远，谁知道她是否还会喜欢，于是便买了一份正儿八经的营养套餐，甚至连她要的关东煮也没买，因为这东西太没有营养，还不卫生。

半小时后，我便来到了护城河边，果然看到简薇停在河边的车子，只是车头上掉了一大片漆，看样子最近和别的车有过碰撞，这一定和她在工作中过度劳累有关。有时不仅是向晨，甚至连我也不太能理解，她为什么要如此拼命，只要她愿意，完全可以做一个衣食无忧的千金小姐，或全职太太!

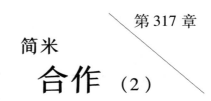

简米

合作（2）

　　我提着晚餐来到简薇身边时，她正拿着一叠厚厚的文件，借着微弱的路灯看着。我拍了拍她的肩感叹道："不至于坐在这儿也要看文件吧？"

　　简薇头也没抬地回道："从上个月开始，我就习惯把重要的文件带到这儿来看，这儿让我感觉很放松。"

　　我在她身边坐下，感叹道："我记得你上大学时，学习态度也算不上多端正，怎么工作起来却像拼命三郎呢！"

　　简薇抱怨道："大学时跟了个小混混，我学习态度能端正起来吗？"

　　"我混我的，你学你的，不冲突啊，可你总荒废掉学习时间陪我泡酒吧。"

　　"我要不是怕你被酒吧里的狐狸精给勾走了，谁愿意陪你！"

　　我笑了笑，没有言语。

　　简薇却皱眉问道："你笑什么笑？"

　　我摆手说道："我不是随便笑的，只是想起我们第一次见面，你未语人先羞的模样，其实那时候的你还是蛮温柔的。"

　　简薇愣了愣，然后骂道："你去死吧，眼前就是护城河！"

　　被她骂了后，我无言了半晌，然后将手中的餐盒递给了她，说道："你先吃晚饭吧，等你吃完了，我有正事儿和你说。"

　　简薇从我手中接过餐盒，一边翻一边问道："让你买的关东煮呢？"

　　"没买，那东西既不卫生又没营养，吃了做什么？"

　　简薇将餐盒扔在一边，怒道："你凭什么替我做主？"

　　我心中不悦，还是耐心说道："你这一天高强度的工作下来，吃点营养的饭菜，难道不对吗？"

　　简薇不理会我的好言相劝，说道："不吃了，你赶紧说你的事儿。"

　　卓美的事一直牵动我的神经，我也顾不上简薇的脾气，说道："现在是卓美上市的关键阶段，米仲德为了阻止上市，可能会人为地制造卓美的公关危机，从而破坏卓美的品牌形象，达到阻止上市的目的。"

　　简薇吃惊道："他是疯了吧，这么做，最后受伤的不是卓美吗？"

"他在乎的不是卓美，而是卓美的掌控权，只要有掌控权，他还是有机会东山再起的。"

简薇点了点头，问道："你需要我在这个事件中做些什么？"

"提供最好的公关服务，从而应对卓美可能会到来的公关危机，我相信你手上一定有这样的公关资源。"

"我是不是可以理解为，这次是我和米彩之间的合作？"

我点了点头。简薇看着我，认真地回道："不好意思，我们广告公司暂时还没有开通公关服务这个项目，所以爱莫能助。"

我非常意外简薇的拒绝，半晌不言，心中却充满了被拒绝后的失落，更为米彩感到担忧。我让自己冷静下来后才对简薇说道："给我一个合理的理由可以吗，所谓不提供公关服务真的是太敷衍了。"

"你要合理的理由，是吧？那我告诉你，我觉得这个事情轮不到你和我来谈，既然是卓美的业务，那就应该由米总亲自来找我谈。"

"你这不是较劲儿吗？又不是不知道她现在人在美国。"

"打一个越洋电话，不算太困难的事情吧？"

我忽然倍感为难，因为米彩要求我先拿到简薇这边做过的公关案例给她参考后，再考虑要不要合作，而简薇却要米彩亲自和她谈合作的事情，否则不予考虑，这种冲突让我的牵线好似显得很勉强，毕竟双方对这样的合作都没有太高的热情，可作为旁观者的我，却很清楚米彩有多需要这样的合作，甚至简薇也很需要，毕竟可以扩大公司的经营范围，并带来一笔可观的业务收入。权衡了一下，我还是决定从简薇这里找突破口，厚着脸皮说道："毕竟米彩是客户，而你是服务方，于情于理也应该是你主动去争取这笔业务。"

"好啊，那你把米彩的电话号码给我，我去和她争取。"

简薇这咄咄逼人的架势，让我更加看不透她在想些什么……我犹豫再三，终于还是将米彩的号码给了她，并说服自己：这种直接沟通的方式会更有效率，毕竟身处一个商业年代，效率才是最重要的。

简薇在自己的手机上按出了我报给她的号码，随即拨了出去，并很坦荡地将手机调成了免提模式。电话那头终于传来了米彩的声音，她问道："你好，请问你是哪位？"

"你好米总，我是思美广告的简薇。"

米彩很是意外，顿了下才说道："哦，你好，简总。"

当简薇和米彩称呼对方为某某总时，便意味着她们已经摆正了自己的身份，将这次沟通定义为商务会谈，这让我稍稍心安了一些，于是静静地听着她们会说些什么。

自报家门后的简薇，直奔主题："米总，卓美目前面临的情况，昭阳已经和我说了，他希望我的广告公司能够组建专业的公关团队，应对可能会出现的公关危机，我想请问，米总你也是这个意思吗？"

"如果你的广告公司有足够的信心帮我解决问题，这当然是我的意愿。假设你没有足够的信心，我便不会让卓美去冒这个险。"

简薇笑道："米总，你的意思我明白了，很高兴今天晚上能有这样的机会与你进行交流。那米总，我就不打扰你了，祝你工作顺利。"

"谢谢。"

简薇就这么挂断了电话，我却觉得，她们的对话根本没有什么实质性的内容，于是向简薇抱怨道："你不是说要争取吗，怎么还是一副凌驾于客户之上的姿态啊？"

"有吗？可我们之间已经达成合作的共识了。"

我顿感震惊地问道："你们达成合作了？我怎么一点都没听出来？"

"女人之间的对话你不懂。"

"说得这么玄乎，不会是忽悠我的吧？"

"你要不相信的话可以打电话或者发信息找米总求证啊。"

我百思不得其解，实在弄不懂她们是怎么达成合作的，于是在半信半疑中给米彩发了一条信息："你已经打算和简薇的思美广告合作了吗？"

一会儿之后，米彩便回了信息："是的，我们已经达成合作的共识了，明天我就会让陈景明去她的公司谈合作的细节。"

我又问道："那她这边之前做过的公关案例你也不看了吗？"

"刚刚我们的交谈已经打消了我的疑虑，所以没有必要看了。"

"那你能告诉我，你们到底是怎么达成共识的？"

"只可意会不可言传。"

我实在想不明白，便不再勉强自己，因为，此刻她们能达成合作才是最重要的。夜色越来越深，我想起此时的简薇还没吃晚饭，于是又向她问道："我刚刚给你买的饭，你还吃不吃了？"

"不吃，我自己去买关东煮吃。"

"你这不是犯病么，放着好好的营养套餐不吃，非要去吃那玩意儿。"

"你管得着吗？"简薇不耐烦地看了我一眼，转身离去，似乎真的打算去

吃关东煮。

我又向她喊道："你准备怎么去搭建这次的公关团队啊？"

简薇头也不回地答道："明天去找简博裕，得先和他借几个人。你就放心吧，这次与卓美的合作，对我们公司而言，也是一次扩大业务范围的机会，我会尽力的！"

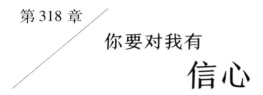

第318章

你要对我有

信心

回到老屋子，周兆坤并没有休息，而是坐在沙发上看电视剧，正是某电视台在午夜档重播的乐瑶主演的那部宫廷剧。我将屋子的钥匙扔在了茶几上，给自己倒了一杯水后，向周兆坤问道："还没睡呢？"

"她的演技不错，明显高出其他人一截。"

"是啊，她的情感表达得很好。"

"那她在感情上一定有很多刻骨铭心的经历吧？"

我愣了愣，关于这一点，自己还真是不太清楚，似乎自从我们认识以来她就没有正儿八经谈过恋爱，而认识之前的她，就更不清楚了，但应该有过一段很深的情感经历，所以那时的我和罗本才在酒吧见到了一个极其狼狈的她。我摇头向周兆坤说道："这个不太清楚，如果你很感兴趣的话，可以和她本人聊聊。"想了想又补充道："前提是她有和你聊的意愿。"

周兆坤笑了笑没再言语，又将注意力转移到电视剧中，我有点受不了宫廷虐情戏的哭哭啼啼，便准备回房间睡觉，却不想周兆坤又喊住了我："昭阳，等等，有事儿想和你聊聊。"

"什么事儿？"

周兆坤当即关掉了电视，认真地说道："我想和你聊聊你设想的文艺之路。"

我又坐回到沙发上，掏出烟，扔给周兆坤一支，自己也点上一支，问道：

"你是对这个设想感兴趣吗？"

"嗯，虽然听上去有些空中楼阁。"

"是啊，所以现阶段我的这条文艺之路是设想，而不是一个项目。实际上当初提出打造文艺之路，更多的是为了忽悠乐瑶将她的酒吧转让给我。"

周兆坤笑了笑，稍稍沉默后对我说道："如果我愿意注资你这个设想呢？你有信心替我们这些有文艺情结的人，打造出这条声势浩大、空前绝后的文艺之路吗？"

我霎时愣住了，而周兆坤又向我投来一个询问的眼神。我审视自己，终于说道："这个设想还很模糊，我也没有做好足够的心理准备……"

"你很坦诚！"

我吸了一口烟，说道："大范围地开疆辟土，需要的资源和人脉是不可想象的，我觉得身处生意场，一定要对自己现阶段的能力有一个正确的评估。不过打一场小范围的战役，我还是很有把握的。"

"小范围的战役，比如呢？"

"先拥有文艺型餐厅、酒吧、客栈各一间，通过经营后，形成一套盈利的体系，再开始向周边的城市扩张，然后才有融资的打算，而那时候的时机也是最好的，对我个人和投资方都是一种负责的体现。"

周兆坤点了点头，无奈一笑："你这算拒绝了我的投资请求吗？"

我回应他一个笑容，说道："来日方长，这应该不算拒绝吧。"

周兆坤再次点头，环视这间屋子，终于转移了话题："这间屋子是你的吗？虽然简陋了些，但看上去很有情趣。"

我环视墙壁上不知道什么时候粘上的海螺装饰物，想来应该是米彩去美国前装饰上去的，仔细一看，还是蛮有情趣的，便对周兆坤说道："这个屋子是我女朋友的，屋子里的布置也是她设计的。"

"我倒忘记了你还有个女朋友，看她的气质应该是一个成功的女人，难怪你会拒绝我的投资，毕竟和自己的女人打造这条文艺之路会更有意义。"

"你说笑了，她虽然算是一个成功人士，但和你们搞矿产的没法比，而且我们的事业是各自独立的，她的集团对她很重要……"我的话只说了一半，便没有再说下去，因为这实在没什么好讨论的，虽然我很想和米彩一起建立那条文艺之路，可这只能想想，除非米彩彻底脱离了卓美，但这可能吗？

结束了和周兆坤的交谈，我回到了米彩的房间，呈大字形躺在了她的床上，享受着床的宽敞，可看着房间里满是她留下的东西，不免让我睹物思人，于是我想了很多，最后思维停留在她与米仲德对卓美经营权的争夺上。假如，最后失败的人是她，她该怎么面对？而我们的感情又该何去何从呢？我想来想去也没有一个确切的答案，但有一点可以肯定，我必须要让自己的事业踏上更高的台阶，哪怕以后米彩丧失了现在所拥有的一切物质财富，我也依然可以给她一个上流社会的生活，让她不至于承受那由奢入俭的失落。

也许乐瑶说得对，我过于看重自己的尊严了，有些事情我应该和米彩开口，比如借那150万，去接手乐瑶酒吧的事情，毕竟当我事业有成后，才能真正给米彩在商场沉浮的生活拉上最后一道保险。可是，我为什么迟迟不和米彩开这个口呢？想来，我对我们之间的感情并没有绝对的信心，我是怕以后我们分手了，自己欠她太多，却无力偿还！

我忽然便给了自己一个耳光，一份总是想着后路的爱情，还算爱情吗？就算是，也是夹带着自私的爱情，亏我还总是去追寻那座天空之城的晶莹剔透，自己心中却残留着许多世俗的杂质，这真够恶心的！

所以比我看得更透彻的乐瑶，才会极力建议我去和米彩借那150万，而这150万并不是一个简单的金钱单位，更代表着我和米彩的一种融合，还有我不给自己留后路的决心！想透了这一切，我终于拿起手机，给米彩发了一条信息："我想和你借钱。"

片刻之后，米彩回了信息："我反复确认了号码，确实是你的。可是，我没有看错吧？"

"没有，就是我昭阳想和你借钱。"

过了一会儿，米彩打电话来问道："你是遇到什么困难了吗？"

"我想接手乐瑶的酒吧，可是没那么多资金，于是就想和你借。"

米彩沉默了很久，才说道："你变了……"

我有些紧张，以至于没有立即回应米彩。

她却又说道："可是我喜欢这样的你，让我觉得我们是可以一起承担、一起面对的！"

"那你愿意借吗？"

米彩的语气中有一种淡淡的小喜悦："你是我想要一起过完一辈子的人，为什么不愿意呢？"

我心中说不出的感动和踏实，许久才对她说道："我真的希望我们可以在一起无忧地过完这一生。如果有一天，我是说如果，你在和米仲德的竞争中失败，失去了卓美，请你一定不要太难过，因为你的身边还有我，和我努力为你准备好的另一种代表着幸福的生活。"

米彩却不容置疑地回道："我不会失败的，你要对我有信心。"

我不知道该怎么去回应，只是看着窗外，才发现夜色已经很深了……

第 319 章

对赌

合同

次日一早，周兆坤便要回西塘，而我想起今天米彩会安排陈景明与简薇见面，便暂时放弃了回西塘的打算。临走时，周兆坤又向我问起乐瑶什么时候再去苏州，他竟然还没要到乐瑶的联系方式，让我很是意外，毕竟连童子都从我手机里找到了乐瑶的联系方式，而他则显得过于君子了，或许这和他的文青性格有关吧。

我点头，说道："行，等她下次回苏州我通知你。"

周兆坤向我表示感谢，又很诚恳地说道："其实我对她很有爱慕之情，从见第一眼开始就有，这种感觉对我来说太难得了！"

我笑了笑，说道："我看得出来，但是……"

"但是你怕我是一个靠不住的人？"

"不可否认，物质条件好的男人，在感情上比一般男人更加容易摇摆，乐瑶她是娱乐圈的人，而且从小她的父母就离异，在感情上她更需要被保护而不是伤害，明白吗？"

周兆坤点头，说道："实际上我能看到她坚强外表下的脆弱。我承认我很有钱，但这不应该成为我追求真爱的阻碍，这对我太不公平，而我也从来没有对任何世俗女子动过心！她是个例外，因为我觉得她是一个很纯净的女人，虽然她是混娱乐圈的，但凡事都有例外，有钱也不一定花心，对吗？"

我无法反驳他的这番话，心中却起了一种微妙的感觉，只觉得自己并不是那个懂得欣赏乐瑶的男人……细想来这便是人与人之间微妙的感情缘分了，哪怕周兆坤曾经见过那个美得不真实的红衣女子和米彩，但让他心动的也仅

仅是乐瑶。如果他真的把乐瑶当作天空之城里的女子，那对乐瑶而言何尝不是一个好的归宿？只是这次，力的相互作用并没有在乐瑶身上得到体现，她不曾对周兆坤产生那种一见钟情的感觉，所以这注定了周兆坤即将走上一条"长征之路"，然后等待那一见钟情后的结果。

没来得及一起吃个早饭，周兆坤便离开了苏州，而我才想起昨天和他说好，今天请他去 CC 那间餐厅吃饭，只是两个人竟然都忘了，不过这也没什么，用他的话说，总会有机会的，所以等下次乐瑶回苏州时，再补上这顿饭。

大约早上九点，我接到陈景明的电话，他让我带他去简薇的广告公司。路上，我将简薇的背景给陈景明做了一个大致的介绍，他也表示听过简薇父亲简博裕在广告和公关行业的威名，选择与简薇合作是一个明智之举。二十分钟后，我们来到了简薇的"思美广告"。

此时的简薇正坐在办公室里吃早饭，一手拿着牛奶瓶，一手拿着一块没有吃完的提拉米苏，骤然见到我们，略显尴尬，放下了手中的牛奶瓶和食物，用纸巾擦了擦手，然后面色不悦地看着我。

我抱歉地说道："不好意思，没想到你正在吃东西，忘记敲门了！"

"什么时候能把你那随性的毛病改一改？"

"简总教训的是。我来介绍一下，我身边这位是卓美的执行副总陈景明，也是我的老上司，专程代表米总来和你谈公关合作的事情。"接着又转而对陈景明说道："刚刚这一手拿牛奶瓶，一手拿提拉米苏的就是简总，是一位闪耀广告界的后起之秀！"

陈景明向简薇伸出了手，简薇也起身握住了他的手，以示尊重，却抽空瞪了我一眼，显然不满我刚刚对她的那番介绍，实际上我倒不是想调侃她，只是想活跃下气氛，毕竟这即将面对的公关危机已经够沉重的了。

在我和陈景明落座后，陈景明首先问道："不知简总对这次合作的报酬有什么要求？"

简薇似乎早有准备，对陈景明说道："这次合作我不需要金钱上的报酬。"

陈景明有些意外，疑惑地问道："简总，此话怎解？"

"因为我看中了卓美北门的两块广告牌资源，听说下个月就要到期了，我希望米总可以用这两块广告牌三年的经营权，来抵这次的合作报酬。"

陈景明当即面露难色，说道："简总，你是业内人士，一定清楚北门这两块广告位的商业价值。"

简薇很平静地答道："我当然知道，这两个广告位可以说是市中心的黄金广告位，其中任何一个单独拿出来拍卖，一年至少是 80 万的租金。"

我当即感到震惊，简薇这次有些狮子大开口了！但也恰恰说明，这次的合作她是不掺杂任何个人情感的，毕竟现阶段她的广告公司最紧缺的便是这样的黄金广告资源，她确实是一个有战略素养的经营者。

沉默了半晌，陈景明说道："这个我需要和米总商量，因为涉及的金额实在太高了，业内也没有哪家广告公司会收这么高的公关服务费用！"

简薇摊了摊手，说道："500 万的公关服务费用很高吗？"

陈景明点了点头，说道："确实很高。当然，你要有百分之百的把握能够解决可能会出现的公关危机，那 500 万对米总来说也不算什么。"

我顿时佩服陈景明的谈判经验，难怪米彩会对他委以重任，仅仅一句话，就扭转了自己在谈判中被动的局面，将难题扔给了简薇，现在就看简薇敢不敢许下百分百成功的承诺。

简薇随即从抽屉里拿出一份合同递给了陈景明，说道："这是我们公司准备的合同，如果我们不能帮卓美解决这次公关危机，我们将不收取任何费用，反之卓美必须将北门的两块广告位的经营权，转让给我三年。"

陈景明震惊地看着简薇，似乎折服于这个女人表现出的自信和魄力，许久才从她的手中接过合同，认真地看了起来。仅仅几页的合同，陈景明却反复看了 10 分钟，这才对简薇说道："简总，你确定要执行这份具有赌博性质的合同吗？"

"合同既然是我拟定的，我当然有执行下去的打算，现在就看你签不签。"

"我请示一下米总，您稍等一下。"

简薇做了一个请便的手势后，从桌子上拿起没有吃完的早餐继续吃了起来，这闲庭信步的感觉，让我都对这次的合作充满了信心。片刻，请示完的陈景明便回到了办公室，点头对简薇说道："米总说可以签，也让我转告对简总的问候，如果这次能够解决卓美可能出现的公关危机，除了那两个黄金广告位，她回国后，还有重谢。"

简薇笑了笑，说道："米总客气了。"

陈景明拿起笔在合同上签上了自己的姓名，而这也意味着，简薇和米彩的合作正式开始。签订了合同之后，简薇与陈景明例行握了握手，陈景明又向她问道："不知道简总这次为卓美准备了什么样的公关团队呢？"

简薇从抽屉里拿出了一叠资料，递给陈景明，说道："这是卫如莉和孙锐的资料，他们是公关界精英中的精英，只要不出现三鹿事件那样的公关危机，

他们都有把握解决的。"

陈景明接过资料，一边翻阅一边说道："这两个人在公关界的大名我早有耳闻，简总能请到他们，相信是有所准备的，希望我们的合作大获成功！"

双方签订了合同，又聊了一些细节后，我与陈景明准备离开，简薇却忽然喊住了我，说要与我单独聊聊，我便让陈景明先行离去，却不想陈景明在离去前从自己的公文包里抽出了一张150万的支票递给我，说是米彩给我，这个行为当即惹得简薇用一阵异样的目光看着我。

第 320 章

疯狂

收购

我接过了陈景明递来的支票。此时，办公室里只剩下了我和简薇，她终于向我问道："这150万是怎么回事儿，你问她要的，还是借的？"

我很反感这个问题，便给自己点上一支烟，吸了好几口，也不愿意说话，简薇却依然不肯放弃地看着我，说道："为什么当年你死活不愿意在简博裕的面前低头，哪怕为了我也不愿意，后来我为你争取的那50万，你也毫不留情地扔回给我，而现在却接过了这150万，到底是谁改变了你？米彩吗？"

简薇的质问让我心中一阵压抑，许久我才说道："我不想再做那把照亮自己的偏执，却灼伤别人的烈火，我想让自己的事业更上一个台阶，所以我需要这笔钱，这就是我在顿悟后的改变。"

简薇沉默了很久，点了点头示意自己明白了。我在一阵比她还长的沉默之后，问道："你留下我到底有什么事情？"

简薇看了看我，终于恢复了职场中的姿态，说道："我希望你能加入到这次临时组建的公关团队中来，协助我们完成业务。"

"我没有处理公关危机的经验。"

简薇并没有顺着我的话，而问道："如果你是米仲德，你会制造什么样的公关危机，来损害卓美的形象，从而阻止上市呢？"

我想了想答道："自曝丑闻，我想这么大的集团，多多少少会有一些内部丑闻的。"

"如果是丑闻事件，你会怎么去应对呢？"

"我又不是全能战士，真没有处理类似事件的经验啊！"

简薇依旧对我充满信心地说道："我觉得你有很强的临场发挥能力，等事件真的爆发时，你或许会有好的想法，而处理公关危机讲究的就是一个谋字，多一个人，成功的可能性就会增加一分，更重要的一点，这是你女朋友正在遭遇的危机事件，你没有拒绝的理由。"

当简薇把此次事件归类于米彩的个人事件时，我似乎真的没有了拒绝的理由，终于点了点头，说道："那我就略尽绵力吧。"

简薇"嗯"了一声，又说道："有需要我会随时和你沟通的……"

我点了点头，准备离开，却想起来时是陈景明带我的，因为匆忙，自己的钱包都没有带，连坐车的钱都没有，便停下了脚步，厚着脸皮对简薇说道："借我20块钱，我打车。"

简薇不可思议地看着我，无奈地从自己钱包里拿出两枚硬币扔给我，说道："坐公交，打什么车！"

拿着简薇给的两块钱硬币，我站在公交站台下，等待着来往的公交车。阳光中，看着眼前来往的人群，不免有些分神，便想起米彩和简薇这两个女人，似乎她们都是我人生中的导师，一个教会我在情感中成熟，于是我学会了融合，放弃自己的偏执，向她借了150万，另一个又引领我在事业中成熟，总是为我提供展示自己的机会和平台，所以才要求我加入这次的公关团队。细细想来，这确实是我的幸运。

胡思乱想中，公交车终于驶来，我捏紧了手中的硬币，上了车后，新的征程也便开始，我该和乐瑶谈收购酒吧的事情了，而除了乐瑶的酒吧，我还打算收购CC的空城里音乐餐厅，然后小规模地打造出漫长"文艺之路"上的一个点，所以在收购酒吧之前，我打算先和CC谈谈，看看她有没有转让餐厅的意愿。

很快，我便来到了空城里音乐餐厅，因为还没有到午饭时间，里面很安静，而CC正在一个安静的角落里喝着啤酒，看着一本旅游杂志。我轻手轻脚地在她对面坐了下来，问道："怎么，你是打算最近出去旅游吗？"

CC抬起头看看我，说道："嗯，想去尼泊尔转转。"

"你真会选地方，那边还没到雨季，气温适宜，正是徒步旅行的好季节。"

CC 合上杂志，盯着我看了好一会儿才问道："昭阳，我怎么觉得你很有企图的样子，说吧，来找我有什么事情？"

我环视这间餐厅，深知 CC 对其的感情，但还是想试试，终于说道："我想接手你这间餐厅，你有出让的意愿吗？"

第 321 章

我了解他

在我说出要接手她的餐厅时，她很意外，说道："你就是冲断我生路来的吧，前面收购乐瑶的酒吧，现在又要收购我的餐厅了！"

听她这么一说，我忽然想起乐瑶的酒吧她也是有少量股份的，想了想对她说道："CC，我现在站在纯商业的角度和你谈这个事情，你这间餐厅，是我所设想的商业计划中的一块重要拼图，如果你愿意转让给我，我一定会给你相应的股份，让你一生衣食无忧，后者是我作为朋友给你的承诺！"

CC 恋恋不舍地看着自己的餐厅，这种目光让我明白她打算将这个餐厅转给我。终于她对我说道："其实是否衣食无忧并不是我在意的，如果这间餐厅对你的事业有帮助，你拿去吧。也许，我真的该离开苏州这个地方了！"

这番话让我心中充满了不舍，下意识地拉住她的手说道："别走啊，你离开了苏州，以后我酒喝大了，都没有人管我了。"

CC 笑了笑，说道："你现在有米彩了，怎么会没人管呢？"

"别啊，真的别走，你待在苏州快七年了吧，对这里肯定有了家的感情。至于你这间餐厅，我完全可以放弃，只要你留在苏州。"

CC 从烟盒里抽出一根女士烟点燃，轻轻吸了一口，许久才怅然说道："昭阳，有时候爱上一座城市，仅仅是因为爱上这座城市里的某个人。现在我爱的那个人他不会回来了，留在这里除了没完没了地体会那睹物思人的痛苦，再也不会得到什么，你能理解我的心情吗？"

我想起去年的自己，之所以迟迟没有离开苏州，是因为心中仍抱着对简薇的期待，直到她回国后接受了向晨的表白，我便没有了待在苏州的欲望，所以丢掉工作后便立即回了徐州，直到爱上了这座城市里另一个叫米彩的女人，才又重新燃起了对这座城市的眷念。

想起那不堪回首的岁月，我心中沉闷，许久才对 CC 说道："我当然理解你的心情，因为我曾深刻体会过，可是你和罗本真的就这么结束了吗？也不尽然吧？而且我知道，你还愿意等着他，所以嫁给那什么当初在餐厅留下十万块钱的男人，只不过是你掩饰伤疤的借口而已！"

CC 的眼眶顿时就湿润了，却笑着说道："要是罗本也懂这些该有多好。"

我轻声叹息，又问道："这两天你和罗本联系了吗？"

"没有，但是一直关注着他的微信朋友圈动态，这两天他发了不少新动态。"

我当即拿出手机打开微信，果然看到罗本在这两天内一连更新了好几条动态，都是在田里帮韦蔓雯干农活和教学生的照片，不禁惊讶于他的改变。

"他在尝试改变自己，看到他对韦蔓雯用情至深，我能感觉到自己一直坚守的信念正在松动，可是我还想留在苏州等他一个月，一个月后如果韦蔓雯愿意为他放弃即将与周航开始的婚姻生活，我会默默祝福他们，如果韦蔓雯执意嫁给周航，罗本依旧孤身一人，我愿意再给自己最后一次机会。"

我忽然无比同情眼前这个可怜的女人，更想好好去安慰她一番，可又无从安慰起，最后只是陪她抽了一支烟。CC 掐灭掉手中的烟后对我说道："你什么时候想要我这间餐厅，就来找我吧。"

我点了点头，说道："你是想要股份，还是现金呢？"

"你代替我经营好这间餐厅就可以了，如果有朝一日找到那个留下 10 万块钱的男人，替我把这笔钱还给他，就算作转让费吧。"

我还想说些什么，CC 却阻止了我，说道："昭阳，用钱或者股份来衡量这座餐厅的价值，是对这座餐厅最大的侮辱，如果你真的懂这间餐厅存在的意义，就不要再提了。"

我点了点头，心中却已经拿定主意，等接手这间餐厅后，一定会兑现自己说过要让她一辈子衣食无忧的承诺，这样她就可以自由地做自己想做的事情，带着她的吉他，在全世界的每一个角落留下动听的歌声。

离开 CC 的餐厅，我的心情并没有因为她将餐厅转给我而喜悦，反而有一种说不出的惆怅，更有预感，未来的几个月，将会是一个多事之秋，我的命运将会因为一系列即将发生的事情而彻底改变，但无论怎样改变，我都无力阻止，所以心中更加渴望自己可以越来越强大。假如我有类似周兆坤或蔚然的资金和社会地位，也许米彩根本不需要为了卓美的事情而劳心劳力，甚至如果她愿意在情感上接受蔚然，米仲德对她而言便根本构不成威胁，可她却没有这么做，而将自己倾国倾城的一生托付给了我。我没有比此刻更加渴望力量过，于是在人群拥挤的街头拨通了乐瑶的电话，我想现在就和她确定酒吧转让的事情，然后走上一条快速发展的道路，直到撑起那坚韧的羽翼，将那渴望保护的人，统统护在自己的羽翼之下。

电话很快便接通，乐瑶语气不耐烦地问道："干吗？"

"能不能说话客气点。"

"来大姨妈了，正烦着呢！你少给我添堵。"

我有些无语，她似乎什么话都能肆无忌惮地和我说，可我也实在没有哪里给她添了堵，便正色说道："大姨妈的事情押后再聊，先说正事儿。"

"什么正事儿？"

"酒吧转让的事情，按照你说的150万，一分钱都不砍你的。"

乐瑶试探着问道："你哪里弄来的这笔钱？"

"是和米彩借的。"

乐瑶忽然便陷入沉默中，许久才笑着对我说道："这真好，盼了这么多年，你终于开窍了，真是不枉我一番盼望你长大成材的苦心啊！"

"大姨妈来了，难道还会影响智商吗？还渴望我长大成材，好像你自己不是块朽木似的，其实你现在这个样子，我才感到安慰，毕竟曾经的朽木都被雕刻成精美的艺术品了！"

乐瑶出奇地没有继续与我斗嘴，说道："我最近很忙，这次就不回苏州了，我拟一份合同寄给你，你签好后再邮寄到北京来，好吗？"

"行啊，不过CC在你酒吧的股份，你准备怎么处置？"

"你那150万，我和CC平分了，给她75万。"

我有些诧异，便提醒道："你当时可是投资了100多万的，分给她一半，你自己亏大发了啊！"

"CC在我人生最困难的时候给予我莫大帮助，所以别人对我的好，我一定会加倍偿还，这就是我的原则。"

我当然愿意乐瑶这么分配她和CC的利益，又对乐瑶说道："那你尽快把转让合同弄出来。"

乐瑶答应后，便挂了电话。办妥了这两件事后，我终于感到轻松一点，便拨通了米彩的电话。米彩似乎有些困，打了个哈欠，说道："刚洗漱完准备睡觉，没想到你竟然来电话了！"

我笑了笑，说道："就是想告诉你，我加入简薇组建的公关团队了。"

米彩一点也不意外地回道："这是意料之中的事情，我也期待你会有令人称奇的表现！"

我再次疑惑，难道这也是那天她们在寥寥数语中达成的共识？如果是，这也太玄乎了，或者说这两个女人过于聪明，而我的悟性则有些差。不过，我没有太纠结于此，而是向米彩问道："现在你们卓美上市最为关键的便是蔚然为首的投资方，他那边不会出现问题吧？"

米彩语气很坚决地回道："不会的，我了解他，更相信我们这么多年积累下来的情谊，只要能够抵御住我叔叔的反扑，卓美上市是一定没有问题的！"

第 322 章

公关危机的
爆发

在米彩对蔚然一如既往保持信任时，我那担忧的心渐渐平静下来，然后又想起自己身边的简薇和乐瑶甚至 CC，她们都在不遗余力地帮我，为什么蔚然就不能以类似简薇等人的无私去帮助米彩呢？想来，我的担忧倒显得有些狭隘了。稍稍沉默之后，我终于对米彩说道："可能是我想太多了，我应该尊重你和蔚然的友谊。"

"嗯。"

"对了，如果方圆透露的信息是真的，你觉得米仲德会制造什么样的公关危机？"

"对于卓美他是有感情的，所以我相信他不会制造出那种毁灭性的危机，最多是小面积地制造出客户的信任危机。"

米彩此时的判断与我之前设想的自曝卓美的内部丑闻是有区别的，但是我相信她的预判更加准确，因为她在统筹全局下的预判能力不是一般人可以比拟的，所以她曾数次化解米仲德所针对她的阴谋诡计。

"昭阳，如果制造出的真是客户的信任危机，你会怎么去应对呢？"

这个问题，简薇之前也问过，我又细细思考了一遍，仍没什么头绪："我没什么思路，在宝丽百货的企划部混了几年，也没有遇到什么公关危机，实在没什么经验，不过你放心，简薇这次搭建的公关团队绝对是业内顶尖阵容，在有准备的前提下，一定可以从容应对的。"

米彩笑了笑，没有再追问，便结束了通话。

当天下午我又回到了西塘，因为这些天客栈的客流量一直在激增，需要我回去进行统筹和安排，这个时候的我是极度苦恼的，因为没有足够的客房去接待那正在井喷的客源，于是这个傍晚，我再次去找了阿峰，没想到他也正在为这个事情犯愁。

阿峰向我抱怨道："昭阳，你的客栈现在真的严重拖了我们其他商家的后腿啊，我们这些做餐饮的基本是不受客容量限制的，可现在明明有充足的客源却不能接待，真的挺无奈的！要不你再收一间客栈，反正现在咱们有充足的客源，应该不会有什么风险的。"

我在心里琢磨着，半晌回道："现在正是旅游的旺季，大家都铆足了劲在赚钱，恐怕很难收到客栈。"

阿峰一脸沮丧。

我点上一支烟，一连抽了好几口，终于说道："我现在有这么一个想法，我打算将周兆坤客栈的一半房间进行改造。"

"怎么改造？"

"按照青年旅舍的标准去改造，一个房间可以住上八个人，客容量瞬间扩大了四倍以上，另外针对这次改造，我们还要在完美旅游套餐计划里增加一个经济套餐，目标消费群体便是那些过路的驴友和经济能力稍弱的游客，你们酒吧和其他商户也拿出相应的方案，加入这个经济套餐，这么一来客容量的难题就可以得到极大地缓解了。"

阿峰赞叹道："有些人天生就是经营高手，你显然就是。"

"过奖了，经营不就是这个样子么，发现问题然后解决问题。"

"有些问题可以被发现，但不是每个人都有能力去解决，我个人感觉完美旅游套餐计划会越来越成熟，覆盖的各类消费群体也将会越来越宽！"

我点头，这点确实是不可否认的，否则我也不会急于在临近西塘的苏州布下点，而且不久的将来，我在苏州的酒吧以及餐厅，也会与西塘这边的客栈产生联系，初步形成一个紧密相连的小产业链。现在只要帮助米彩解决即将出现的公关危机，我便可以开足马力做自己的事业了。

时间又往前推进了三天，这三天里，我一直奔波于苏州和西塘之间，而乐瑶也已经将转让合同寄给了我，我签署之后，又给她寄了回去，等我将那75万的转让费打给她，"第五个季节酒吧"的经营权就正式属于我了。

这天下午，我带着一张存着75万元的银行卡，与CC约在她的餐厅见了面。我们不可避免地聊起了罗本，CC告诉我，罗本最近写了一首新歌，叫作《幸福在身边》，并且准备参加某台在今年夏天举办的原创歌曲大赛。这个消息震惊了我，因为罗本正在用看得见的速度改变自己，而原因便是韦蔓雯的再次出现，可是这种改变可能幸福了韦蔓雯，却深深伤害了CC，而作为旁观者的我们，并不敢断言谁对谁错，毕竟爱情向来是不由人的！

我将杯中的扎啤全部喝完，才从口袋里拿出那张准备好的银行卡，递给CC，说道："这里面有75万，是乐瑶转让酒吧后分给你的。"

CC很平静地问道："怎么会有这么多？当时我也只是投资了20万而已。"

"你这20万是在乐瑶最需要的时候投资的，而且自从她去了北京之后，也一直是你在帮忙打理酒吧，所以她嘱托我一定要将这75万交给你，你就收着吧，这是你应得的！"

CC很坚决地拒绝道："我只拿回自己当初投资的20万就行了，至于帮她打理酒吧，大家本来就是很好的朋友，更无从说起了！"

CC的性格让我很是无奈，但这75万我是肯定要给她的，便说道："你在苏州这么多年了，还居无定所，要不用这些钱买一套房子吧，小两居室正好够了！"

正在等待CC回复时，手机铃声忽然响起，一接通，电话那头便传来了简薇急切的声音："昭阳，你赶紧来我公司，卓美的公关危机爆发了……"

第 323 章

不讲理的
简薇

我结束了和简薇的通话，来不及与CC多解释，便拿起桌上的车钥匙，开

着米彩留给我的那辆车向简薇的广告公司赶去。仅仅十五分钟我便从城南开到了城北，几乎跑着进了简薇的广告公司，依旧没有敲门便推开了办公室的门，然后办公室里的所有人便以异样的目光看着冒失的我。

简薇起身对众人说道："人都到齐了，我们先去会议室，再介绍一下。"

众人纷纷向隔壁的会议室走去，我与陈景明并肩走在了一起，低声问道："陈总，卓美这次到底爆发了什么样的公关危机？"

陈景明面色凝重地说道："卓美的 VIP 客户资料被大面积泄露了，现在被其他商家骚扰的客户们很恼火，已经打算通过法律途径与卓美要一个说法了，你知道卓美的 VIP 客户代表着苏州最精英的群体，他们的维权意识是很强烈的，而且很快就会有媒体介入，我们恐怕很难摆平！"

此时，我心中充满了震惊，一是震惊米彩的未卜先知，这次的公关危机，果然源于客户的信任危机；二是米仲德的做法，这次的信任危机比米彩预想的要更加强烈，因为客户愿意将个人资料，甚至是隐私资料，交给一个集团，那便是一种极大的信任，现在这些资料被人为泄露了，便是对客户最大的不尊重和亵渎，偏偏这些客户还代表着全苏州最上层的群体，正如陈景明所说，棘手的程度远远超出了预期。

众人来到会议室后，各自落座，简薇将我和陈景明介绍给团队的成员之后，说道："大家都是公关行业的精英，此次事件我就不需要过多地强调了，我希望在媒体介入前，可以拿出一个切实可行的公关方案出来，将这次危机造成的损失降到最小，甚至是彻底化解。"

简薇身边坐着的公关专家卫如莉和孙锐同时点了点头，说道："简总你放心，既然你花重金邀请我们来解决这次公关危机，我们一定会竭尽全力完成任务的。我们在这个行业有多年的积累，在媒体面前也是有一定话语权的，所以关于媒体介入的事情，我们会尽力拖延。"

简薇点了点头，说道："方案你们也要尽快出，千万不能影响到卓美在纳斯达克的上市，否则哪怕解决了这次的公关危机，任务也是失败的。"

卫如莉和孙锐终于面露凝重之色，这次任务的难点并不仅仅在于解决危机，更重要的是不能影响卓美的上市计划，必须要有很高的效率。这一次，卫如莉和孙锐二人没有再和简薇保证什么，只是相互低声交流着，而简薇终于向我问道："昭阳，你有好的想法吗？"

连卫如莉和孙锐这样的公关高手都陷入到为难之中，此时的我能有什么好的想法，于是向简薇摇了摇头，说道："现在我只能想到这次的公关危机有多么棘手，至于解决方案，真的没有！"

简薇面露失望之色，但也没再说什么，毕竟大家都明白，如果谈话间就能解决的危机，那还有必要打造出这么一支精英团队来应对吗？这时卫如莉终于开了口，对陈景明说道："陈总，您现在能给我们一份被泄露客户的名单和联系方式吗？我们准备让团队里善于谈判的成员，先安抚他们的情绪。"

"没问题，五分钟内传到你们的工作邮箱里。"陈景明刚说完便一个电话打了出去，此时需要的就是这样的效率。

孙锐又对陈景明说道："我们也希望卓美方面能够尽快准备好赔偿方案，当然我们会尽力让此次公关危机不产生赔偿，但方案一定要有。"

陈景明点头："明白。"

这时我终于认识到顶级公关团队的能力，尽管现在还没有拿出系统的解决方案，但已经在主观解决了，而且连应急的预案都有涉及，而我这个门外汉显然无法做到，更没有去控制媒体介入的能力，所以米彩这次用两块黄金广告位，折合人民币 500 万的服务费用是值得的。初步讨论之后，卫如莉和孙锐便带着他们的团队随陈景明去了卓美，准备了解即时的信息，而偌大的办公室里，只剩下我和面露忧色的简薇。

简薇皱着眉头，对我说道："昭阳，我对你寄予厚望，可你怎么会连一点解决的思路都没有呢？"

我有些无语，但仍耐心说道："都和你说了，我没有处理的经验，如果危机一来，我就能够解决，那还要卫如莉和孙锐这样的顶级公关专家做什么？"

"我不许你用没有经验来推卸责任，我知道你有能力、有想法，反正你一定要给我拿出解决方案来。如果这次卓美的公关危机不能解决，我个人最少损失 100 万。"

"你是不是有点不讲理了？刚刚你也没这么勉强我！"

"我不管，你一定要拿出解决方案，并且要比卫如莉他们的更好！"

我心中烦闷，下意识地回道："你这不是刁蛮小姐的脾气么？我要是能解决问题，我肯定是所有人里最积极的！"

简薇依旧不肯罢休，怒道："这次我和米彩合作的线是你牵的，你就想这么放手不管吗？昭阳我告诉你，今天你要是拿不出一个让我满意的解决方案，你就别想走出这间办公室！"

本来我就心烦意乱，再被她这么一闹，我终于怒道："你还有完没完了！"

简薇根本不理会我的愤怒，抬手重重地拍着桌子说道："你要是个男人，

你就把这个事情给扛下来，说那么多没用的废话做什么！"

这话终于惹火了我，我两步走到她面前，几乎贴着她的脸用手指重重点着桌子说道："行，不就是扛这个事情么，我扛，我给你一个满意的方案！"

简薇忽然就没了刚刚蛮不讲理的气势，坐回自己的椅子上，看了看手表，平静地说道："现在是下午三点钟，明天上午九点，你带着你的解决方案来找我。"

第 324 章

突破

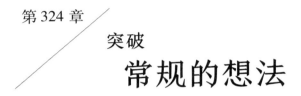

离开简薇的广告公司，我将车开到了市中心，然后一个人晃荡在纵横交错的街道上，脑子里始终想着该用什么方法去应对这次棘手的公关危机。走着走着便来到了卓美的大楼下，不禁驻足凝视，看到的依然是一栋富丽堂皇的大厦，可谁又看得到它因为人为的钩心斗角而正在溃烂的内脏？想来这个世界真够无情的，而人更无情，为了自己的利益，谁还顾得上这花样年华的美丽，于是世界就这么越来越乌烟瘴气。

分神中，我好似看到了从卓美大楼里走出的方圆和米斓，两人正在激烈地争执着，可我却一点也听不清内容，最后只看到米斓愤怒地上了自己的奥迪 R8，而方圆神情落寞地站在原地点上了一支烟。我几步走到他面前，他有些诧异地问道："你怎么来了？"

"刚好经过。"

方圆点了点头，又从烟盒里抽出一支烟，想点燃却放弃了。

"你们刚刚在吵什么？"

方圆往米斓离去的方向看了一眼后回道："米仲德那边已经得知米总组建公关团队的事情，所以这次苏州卓美的公关危机只是一个开头，很快便会波及上海和南京的卓美，我不希望看到这样的局面发生，让她去劝服米仲德停止这疯狂的行为。"

"她怎么说？"

方圆摇了摇头，说道："她刚刚的样子你也看到了。昭阳，让简薇那边的公关团队赶紧拿出切实可行的方案来，阻止卓美这场越烧越烈的战火吧。"

我叹息道："你说米仲德他到底是怎么想的，卓美本来就是米彩父亲的心血，为什么要霸占着不放，原本他可以辅佐米彩让卓美顺利上市，进一步发展壮大这个集团，现在这样弄得两败俱伤到底图些什么！"

"问题的关键就是辅佐这两个字了。米总在美国留学的这段时间，一直是米仲德在管理着卓美，米总回国后就咄咄逼人要夺回控制权，他会心甘情愿吗？其实关于卓美的争夺没有对错之分，只有立场不同而已！"

不可否认，方圆的说法是毫无破绽的，而我因为与米彩的关系，所以总是习惯性站在米彩的角度去看待卓美的权利争夺，或许站在米仲德的角度，他也是有许多不甘和憎恨的。

我还在沉默，方圆拍了拍我的肩，说道："昭阳，集团里面事情多，我先上去了。"

我点了点头，也转身离开了卓美的大楼，而马路对面就是我曾经工作了数年的宝丽百货。我不知不觉来到宝丽百货的楼下。这里依旧呈现出与卓美分庭抗礼的繁华，可是这样的繁华莫名刺激了我，随即一个念头从我的脑海中蹦了出来，为什么我们一定要把解决危机的思维局限在卓美身上呢，难道不能将这个危机进行转移吗？一个大胆的想法在我的脑海中形成，我打算将危机转嫁到卓美在苏州最大的竞争对手宝丽百货上，既然卓美的客户资料被泄露了，那宝丽百货的客户资料如果也泄露了呢？且不说这个想法执行后会造成什么后果，但是公众的注意力至少不会全放在卓美上，而那紧迫的空间便会得到一半的释放，到时候再处理起来，便会从容许多，而且还能重挫这个竞争对手，不让其在这次卓美的公关危机中有机可乘。确定了这个想法后，我当即驱车向简薇的广告公司赶去。

十分钟后，我便再次来到简薇的公司，急匆匆地推开了她办公室的门，然后对一脸诧异的她说道："关于这次的公关危机我有想法了。"

简薇放下了手中的文件，对我说道："你说说看。"

"你现在打电话给卫如莉和孙锐，我们一起商量下，看是否可行！"

简薇似乎对我很信任，当即便拿起电话拨给了还在外面的卫如莉和孙锐，大约20分钟后两人便相继赶来。这次我们没有再去会议室，在简薇的办公室里便聊了起来，我当即将自己转移危机的想法说了出来，卫如莉和孙锐听完

之后，互相用震惊的眼神看着彼此，许久才说道："这确实是一个大胆和突破常规的想法，而且先把水搅浑的行为可以为我们解决危机打开空间，更重要的是，不让卓美最大的竞争对手——宝丽百货有机可乘，我们觉得可以作为第一阶段解决危机的方案去执行！"

简薇面带喜悦地看了我一眼，随即对二人说道："你们有办法弄到宝丽百货的客户资料吗？"

"这对我们来说不是什么难事儿，只要肯花钱就行，毕竟宝丽百货也不是铁板一块，总有一些为了个人利益去损害公司利益的人存在。"

简薇当即表态，说道："钱不是问题，我马上再给你们批50万，但执行效率一定要高！"

孙锐和卫如莉同时点头，我则带着一些顾虑问道："我这个想法是不是有些下作？"

卫如莉摇头道："这就是商战，假设正在遭受危机的是宝丽百货，他们如果也有同样的想法，一定会毫不犹豫地将危机转嫁给卓美的，事实上在公关界待了这些年，什么样的商战手段都见识过了，你这个算比较客气了，但是真的很有创造力，值得以后我们在处理公关危机时去借鉴。"

卫如莉和孙锐离开后，办公室里只剩下我和简薇，她面带微笑地看着我，我却不知道她是什么用意。

第 325 章
蔚然的
约见

简薇终于说道："我就知道，只要逼你一下，你一定可以的。"

我心中却仍有一种说不清楚的顾虑，终于说道："这个事情我越想越觉得欠妥，毕竟宝丽百货的客户是无辜的，现在泄露他们的资料，或多或少会给他们的生活带来困扰！"

简薇一阵沉默后对我说道："这点确实欠妥，但是处在这个行业里我必须告诉你，现在很多公司之间都是将客户资料进行共享的，比如与我们公司合作的装潢公司会和一些房产公司、培训机构等存在着大量的客户资料交换行为，而国家相关法制也不健全，监管力度更不够，所以可以说是泄露，也可以说是商家间的资源共享，比如4S店会将自己的客户信息推送给合作的保险公司，但你能定义成一种泄露行为吗？而消费者一般也不会在意，之所以这次卓美的泄露事件会产生危机，是因为人为地去操作，放大了这个事件的负面效应，这点你应该很了解的。"

我心中仍觉得不妥，迟迟没有言语。

简薇又说道："商战中类似的事情真的太多了，假如现在不将祸水引向宝丽，很可能下一阶段宝丽就会利用这个事件彻底打垮卓美……"

我思量着，或许这就是所谓的在商言商，人在追求一些的同时，也会丢掉另一些东西，而这样的得失要靠你自己去衡量。

次日下午，以卫如莉为首的公关团队很高效地弄到了宝丽百货的客户资料，并且人为地放大了资料泄露后的负面效应，顿时在业内引起了轩然大波，而仅仅时隔两天就出现了两家高端商场同时泄露客户资料的事件，引起了业内业外人士的各种猜想。有人说是因为两家商场之间的竞争，导致了这种互相损伤的事件；也有人分析说，是因为两家商场的安全意识单薄，不够重视用户信息的保密和管理，才导致了这样的泄露事件，总之水是被彻底搅浑了，而卓美也终于获得了喘息的机会。

随着事件的不断发展，再加上卫如莉、孙锐公关团队的引导，舆论压力越来越倾向于宝丽百货，因为卓美在苏州经营的这些年，一直稳压宝丽百货，而且卓美正在筹备上市，已经拉开了与宝丽百货的距离，所以没有必要制造这样的事件来损害宝丽百货，相反，一直处于弱势的宝丽百货却有足够的动机，而后面宝丽百货客户资料被泄露，也只是卓美的以牙还牙，当然这仅仅是公众的猜测，并没有谁有直接的证据，可以验证猜测的真实性……

迫于舆论压力，宝丽百货在接下来的一个星期内一连举行了两次新闻发布会进行澄清，而卓美却始终做出公开回应，于是公众对宝丽的质疑声越来越大，而卓美已经利用此机会在宝丽百货之前，做好了在此次事件中被泄露信息用户的补偿方案。在这份补偿方案中，卓美除了金钱赔偿之外，还为客户进行了VIP权限的升级，并且连续一个星期进行了自开建以来最大力度的促销活动，回馈消费者，最后几乎没有造成卓美VIP客户的流失。

相反，因为宝丽百货在巨大的舆论压力中，一直疲于应对，更是在卓美

之后才拿出补偿方案，显得诚意不足，造成部分 VIP 客户流失到卓美，而卓美在举行大力度促销活动的这一个星期中，更是创造了史无前例的销售佳绩，所以这次的公关危机，不仅没有造成卓美客源的流失，而且还重伤了竞争对手宝丽百货。

这是一个庆功的夜晚，我也在被邀请的行列。庆功宴会是陈景明代表米彩举行的，而此时的米彩正在美国为冲击上市做最后的准备，并且反馈过来的消息是：这次卓美的公关危机并没有给卓美的上市造成负面影响，相反更认可了卓美是一个有处理危机能力的集团，为上市成功增加了筹码。

在这次庆功宴上，陈景明将米彩已经签署的广告位转让合同交给了简薇，简薇欣然接受，而这意味着此次的公关危机近乎完美地解决了。

晚宴结束后，我向陈景明问道："陈总，这次事件后，米仲德应该不会再人为制造出不利于卓美上市的因素了吧？"

陈景明笑道："他想制造也有心无力了，虽然这次事件没有被点破，但董事会的成员都不傻，知道是他米仲德所为，现在的他已经失了人心，对卓美的掌控力也越来越弱，而远在美国的米总却已经接近于掌控卓美了。"

"接近于？此话怎解？"

陈景明稍稍沉默之后，说道："其实卓美的董事会已经有削弱米仲德权力的打算，但是卓美最大的投资方——蓝图集团的少老板蔚然一直没有表态，所以这个事情就这么被搁浅了，但是米仲德在卓美的威望越来越低却是不争的事实。"

他的回答让我很诧异，追问道："他怎么可能不表态呢？毕竟这是对米彩和上市极其有利的啊！"

陈景明摇了摇头，说道："这个我不太清楚，或许是因为米总念及与米仲德的血缘关系，以及这些年米仲德对卓美的贡献，所以才没有下死手，而蔚然蔚总作为米总最坚定的盟友，也就手下留情了！"

我想了想，觉得这确实是一个合理的解释，便点头表示认同。随后我回到了自己与米彩住了许久的老屋子。大约晚上十一点时，她在百忙之中抽空给了我电话，我当然知道她是对我表示感谢的，尽管我们之间不需要这个。我带着对她的想念，开口便问道："怎么样，现在的心情该放松了吧？"

米彩笑了笑，说道："是啊，这次真的很谢谢你了，也谢谢简薇和她组建的公关团队。"

我很认真地回道："其实完全没有必要说谢谢，尤其是对我……"

"嗯，我以前就说过，你是爸爸派来守护我和卓美的，有你在我很有安全感。"

米彩的话让我心中涌起一阵喜悦和成就感，许久才向她问道："你待在美国快两个月了，什么时候回来？"

"还走一下最后几个流程，就可以回国等待消息了。"

米彩的回答让我最近一直压抑着的心情终于完全松懈下来，感叹道："这是要拨开云雾见月明了吗？我等你回来的这一天真的已经等了很久了！"

米彩笑了笑，问道："还记得你说过等你事业小成后，就会和我结婚吗？"

"嗯，一直记着。"

"那你可以和我聊聊你现在的事业吗？"

"我现在已经收购了乐瑶的酒吧和 CC 的音乐餐厅，而西塘的两个客栈也正在盈利当中，很快就会形成一个盈利的体系，等我有了足够的信心，会去找渠道融资的，然后走上快速发展的道路，到那时应该算是事业小成了吧！"

"到那个时候才算事业小成，是不是有点太迟了呀？"

"我怎么觉得你有些恨嫁呢？"

米彩似乎有些难为情，以至于没有当即回应我，而在她的沉默中却有另外一个电话打了进来，我正好借此给米彩沉默的时间，切换到另一个打进的电话上，却发现是一个从来没有见过的陌生号码。我带着疑惑接通，那边传来一个似曾相识的声音："昭阳，是吧？我是蔚然，现在人在苏州，明天想和你见上一面，不知道你是否有空？"